Sandra Paretti
Das Zauberschiff

Sandra Paretti

Das Zauberschiff

Roman

Sandra Paretti: Das Zauberschiff
Lizenzausgabe für die
Naumann & Göbel Verlagsgesellschaft mbH
Emil-Hoffmann-Straße 1
D-50996 Köln

Gesamtherstellung: Naumann & Göbel Verlagsgesellschaft mbH, Köln

ISBN 978-3-625-21078-8
www.naumann-goebel.de

The Liner, She's a Lady.

RUDYARD KIPLING

Freitag, 31. Juli 1914

Das Schiff fuhr hellerleuchtet durch die Nacht; es hielt Kurs auf Osten, genau dorthin, wo die Dunkelheit am tiefsten war. Der Mond stand steuerbord, fast ein Vollmond.

Das stetige Fallen und Steigen des Bugs war auf der Brücke kaum zu spüren; nicht Wasser schien das Schiff zu durchschneiden, sondern Nacht und Ewigkeit. Das Meer teilte sich von selbst, als wäre das Schiff nur ein Blendwerk der Nacht, nicht wirklicher als sein eigenes Spiegelbild auf der dunklen Wasserfläche – beide Schiffe in ihrem funkelnden Lichterglanz Zauberei.

Auf der Brücke der KRONPRINZESSIN CECILIE brannte kein Licht; nur rund um den beleuchteten Instrumententisch herrschte ein gedämpftes Halbdunkel. Der Mann, der vorne an der Glasfront stand und über das Vorderschiff und den Bug wegblickte, war ein Hüne. Seine Kapitänsmütze berührte fast die Decke. Den kälteren Temperaturen angemessen, die in diesem Breitengrad herrschten, trug er die Uniform aus dunkelblauem Wolltuch. Die Jacke spannte sich über seinem Rücken. Ein paar bunte Konfetti lagen auf seiner linken Schulter. – Die Ankunft im ersten europäischen Hafen und damit das traditionelle Kapitäns-Dinner stand noch bevor; aber das Geschäft an Bord, das die dabei unentbehrlichen Artikel führte – Konfetti, Luftschlangen, Papphütchen –, hatte heute bereits mit dem Verkauf begonnen, und eine der Damen am Kapitäns-Tisch hatte sich nicht bis morgen gedulden können …

Außer Charles Polack, dem Kapitän, waren noch fünf andere Männer auf der Brücke. Sie alle kannten Polack lange, und die Blicke, die sie sich hinter seinem Rücken zuwarfen, drückten Verwunderung aus, eine gewisse Unruhe. Es ging auf elf Uhr, und zu dieser Stunde gab es für den Kapitän keinen Grund, auf der Brücke zu sein. Der Kurs des Schiffs für die Nacht war festgelegt, ebenso die Geschwindigkeit. Es gab hier nichts zu tun für ihn – warum also sollte er den Speisesaal verlassen, er, der sonst das Dinner mit den Damen an seinem Tisch nur zu gern bis lange nach Mitternacht ausdehnte?

Vielen Kapitänen auf den großen Passagierschiffen im Nordatlantikverkehr war der gesellschaftliche Teil ihres Berufs eine Last. Nicht für Charles Polack. Er führte nicht das schnellste Schiff, nicht das luxuriöseste, und doch zählte die CECILIE unbestritten zu den beliebtesten auf der goldenen Route des Nordatlantiks. Die Passagiere liebten ihn, diesen schnauzbärtigen Riesen, vor allem die Amerikaner. Wenn sie im New Yorker Büro des Norddeutschen Lloyd ihre Buchungen machten, verlangten sie nicht etwa das Schiff, den Doppelschraubenschnelldampfer KRONPRINZESSIN CECILIE – das war für amerikanische Zungen sowieso unaussprechbar. Sie fragten einfach: »Wann fährt Kapitän Polack nach Europa?« Es gab Passagiere, die ihm seit zwanzig Jahren die Treue hielten und auf allen seinen Schiffen mit ihm gefahren waren. Für sie war er »Papa Polack«, oder einfach »Charly«.

Er war einer der besten und erfahrensten Kapitäne im Nordatlantikverkehr. Er hatte Kunststücke fertiggebracht, die in die Lehrbücher der Seefahrt aufgenommen wurden. Wenn es sein mußte, stand er achtundvierzig Stunden auf der Brücke. Bei einem Dinner bewies er dieselbe Ausdauer, und es war nicht einfach, ihn loszueisen, wenn er erst einmal bei den Nachspeisen und seinem geliebten Kosakenkaffee angelangt war. Diese Vorliebe war kurios bei einem Mann wie Polack. Er konnte Glas um Glas davon trinken, gut gelaunt, zurückgelehnt in seinen Sessel am Kapitänstisch im großen, prunkvollen Speisesaal der I. Klasse. Kosakenkaffee und dazwischen Erdbeereis. Warum war er heute nicht sitzen geblieben?

Von den Männern auf der Brücke kannte ihn niemand besser als Pommerenke, sein persönlicher Steward, sein »Tiger« in der Marinesprache. Die beiden Männer waren seit dreißig Jahren zusammen, davon sechsundzwanzig bei Lloyd, und so spürte Pommerenke mehr noch als die anderen die Spannung, die von der Gestalt des großen Mannes ausging. Polack hatte kein Wort gesprochen, seit er die Brücke betreten hatte. Er stand immer noch an derselben Stelle, die Spitzen der schwarzen Schuhe auf dem polierten Teakholz, die Absätze auf dem roten Läufer. Das Konfetti auf der linken Schulter störte Pommerenke mehr als alles andere; er war abergläubisch, und dieses Konfetti, voreilig und verfrüht gestreut, weckte böse Vorahnungen in ihm. Am liebsten hätte er die Hand ausgestreckt und es weggefegt.

Er trat einen Schritt näher. »Kaffee?« fragte er.

Auf der Brücke wurde stets ein tiefschwarzes Spezialgebräu für Polack bereitgehalten. Es geschah selten, daß er es ablehnte. Doch diesmal schien der Kapitän die Frage nicht einmal gehört zu haben.

»Das Nachtglas«, sagte er und streckte die Hand aus. Pommerenke beobachtete ihn, wie er es mit beiden Händen hob und für seine Augen einstellte. Aber was gab es zu sehen, da draußen in dem Dunkel, das auch für das Glas undurchdringlich sein mußte?

»Irgend jemand sonst ... Kaffee?« fragte Pommerenke aufmunternd.

Die Männer vor den Instrumenten, in der schwachen Beleuchtung von unten einander seltsam ähnlich, wechselten Blicke, aber keiner bejahte die Frage. Das Schweigen hielt an, unterbrochen nur von den gewohnten Geräuschen des Schiffs, dem leisen Ächzen beim Steigen und Fallen des Rumpfs, dem kaum vernehmbaren Ausschlag des Ruders, dem Vibrieren der Motoren, der fernen Musik, die manchmal von den Gesellschaftsräumen bis zu ihnen heraufdrang.

Um so lauter klangen die Schritte, die sich auf dem Niedergang näherten, und die Rollen der Eisentür, die jetzt an der Seite der Brücke aufgeschoben wurde. Simoni, der Funker der CECILIE, zögerte angesichts der schweigsamen Gestalten. Polack nahm das Glas von den Augen; er hatte das Kommen des Funkers gehört, und in der Scheibe vor sich, die wie ein dunkler Spiegel wirkte, sah er auch die Gestalt Simonis. Aber er wandte sich nicht um. Pommerenke schien es sogar, als würde sein Rücken noch breiter und abwehrender.

Simoni, der Funker, stand irritiert da und blickte auf das weiße Blatt in seiner Hand. Er kam nicht oft auf die Brücke; meist schickte er eintreffende Kabel durch einen Boten herauf, und während die Stille um ihn andauerte, wünschte er, auch diesmal hätte er es so gehalten und hätte sich nicht hinreißen lassen, selber den Weg zu machen. Als er endlich sprach, klang seine Stimme weniger alarmiert als vielmehr entschuldigend. »Eine Nachricht für den Kapitän.« Er vermied es, die große stumme Gestalt selber anzusprechen. »Dringend und vertraulich.«

Polack wandte sich langsam um, und das allein genügte, um den Männern das Gefühl zu geben, daß ihre düsteren Gedanken reine Hirngespinste waren. Selbst wenn er ernst war wie jetzt, hatte Polacks Gesicht etwas, das Optimismus ausstrahlte. Es waren vor allem die Augen, lebenslustige Augen, umgeben von vielen Fältchen, in denen immer ein Schmunzeln zu nisten schien. Er gab das Glas dem 3. Offizier zurück und nahm aus der Hand des Funkers das weiße Blatt entgegen, ohne allerdings einen Blick darauf zu werfen, als interessiere ihn der Inhalt nicht im mindesten.

»Ich nehme jetzt einen Kaffee«, sagte er. »Hoffentlich ist er s-teif genug, Pommerenke.« Er sprach das »s-teif« wie ein Mann von der Waterkant.

»Steif und heiß wie der Teufel, Käpt'n«, kam von Pommerenke die Antwort. »Irgend jemand sonst noch

Kaffee?« Seine Stimme und seine Miene drückten Erleichterung aus. Drei Männer meldeten sich gleichzeitig, und der Duft des Kaffees verbreitete sich auf der Brücke. Simoni stand immer noch da, den Blick erwartungsvoll auf Polack gerichtet; der chiffrierte Text der Nachricht machte ihm Kopfzerbrechen; das war der Grund, warum er das Kabel persönlich überbracht hatte. Aber als auch jetzt keine Reaktion erfolgte, ja, als Polack sich abwandte und auf die Tür im Hintergrund zuging, verließ auch der Funker die Brücke; und obwohl er beruhigt war, daß er die Bedeutung der Nachricht offensichtlich überschätzt hatte, empfand er fast etwas wie Enttäuschung.

Polack hatte die Tür zur Navigationskabine geöffnet. Er mußte sich bücken, um einzutreten. Die CECILIE war nicht für ihn gebaut worden; er hatte das Schiff erst vor drei Jahren übernommen, von einem Kapitän, den er um zwei Köpfe überragte.

Polack knipste die Lampe über dem Tisch an, auf dem die Seekarten ausgebreitet waren. Pommerenke, der ihm gefolgt war, stellte ihm eine zweite Tasse mit Kaffee hin. Das Kabel, ein gelber Streifen, der auf ein weißes Blatt geklebt war, lag unmittelbar im Lichtschein der Lampe, aber Pommerenke machte nicht den Versuch, die Nachricht zu entziffern, sondern musterte nur das Papier mit einem feindseligen Blick.

»Gestatten Sie?« Er konnte sich nicht länger zurückhalten, jetzt, wo sie allein waren, und fegte Polack das Konfetti von der Schulter.

»Diese amerikanischen Damen ...«, Polack lächelte, »sind mit Sechzig noch Backfische.«

»Gloria Linzee ist weit von den Sechzig entfernt.«

»Schön, du hast recht wie immer, aber wo steht geschrieben, daß der Kapitän nur ältere Jahrgänge an seinen Tisch bitten darf.« Er war froh, eine Bemerkung machen zu können, die nichts von seiner wahren Stimmung verriet; es war ohnehin schwer, Pommerenke hinters Licht zu führen, was seine Stimmungen betraf. Das Gute daran war, daß er ihm auch nicht zu sagen brauchte, wenn er allein gelassen werden wollte. Auch jetzt verstand ihn der »Tiger« ohne ein Wort und zog sich zurück.

Charles Polack war ein Mann, der nicht an zwiespältige Gefühle gewöhnt war; er haßte diesen Zustand, und wenn möglich beendete er ihn schnellstens: Ein Schiff und ein Mann hatten s-tatisch richtig bes-timmt zu sein – das war die Devise, nach der er lebte.

Er strich die Meldung glatt, beschwerte die aufgerollte Ecke. Der chiffrierte Text war kurz, mit einem Blick zu lesen:

ERHARD AN BLASENKATARRH ERKRANKT, SIEGFRIED

Obwohl er die Bedeutung ahnte, fand er die Worte lächerlich. Der Dechiffriercode war ihm vor drei Tagen, kurz vor dem Auslaufen in New York, ausgehändigt worden. Es war ein seltsamer Moment gewesen, als der Überbringer, ein Marine-Attaché der Deutschen Botschaft, ihm das versiegelte Kuvert in die Hand gelegt hatte; trotz der kursierenden Gerüchte über einen drohenden Kriegsausbruch in Europa hatte Polack die Gewichtigkeit, mit der es geschah, übertrieben gefunden, und nachdem das Kuvert im Safe verschwunden war, hatte er es vergessen; das heißt, er hatte sich befohlen, es zu vergessen ...

Schon beim Auslaufen von Bremerhaven, westwärts zur Fahrt nach New York, am 15. Juli, hatte er den Vorsatz gefaßt, das Gerede über einen bevorstehenden Krieg zu ignorieren. Wie viele Kapitäne war er ein unpolitischer Mann. Sicher, er war Deutscher, aber seine eigentliche Heimat war das Meer; sein eigentliches Zuhause war sein Schiff; und seine eigentliche Nationalität, das war die Reederei, deren Emblem – Anker und Schlüssel – er auf dem Rockaufschlag trug. Ein Krieg war nicht gut für die Seefahrt, nicht gut für Lloyd, für niemanden gut.

Mit jedem Tag mehr, mit jeder Meile Ozean mehr zwischen der CECILIE und Europa, hatten die Gedanken an Krieg tatsächlich an Gewicht verloren, und in New York schließlich hatten sie sich fast ganz verflüchtigt: Irgendein österreichisches Thronfolgerpaar, das ermordet worden war, irgendwo weit weg auf dem Balkan; in New York, mit mehr als dreitausend Meilen Atlantik zwischen sich und Europa, hatte man für dieses Ereignis nur ein Lächeln.

Und noch etwas hatte dazu beigetragen, Polacks Sorgen zu zerstreuen. In Bremerhaven hatte man für die Rückfahrt der CECILIE mit einem leeren Schiff gerechnet. Genau das Gegenteil war eingetreten: Unbeeindruckt hatten die Amerikaner ihren sommerlichen Europatrip gebucht. Polack hatte sich, was er selten tat, vom Oberzahlmeister die Passagierliste zeigen lassen: Die vertrauten Namen, die jeden Sommer wiederkehrten! Seine getreue Gefolgschaft, die Jahr für Jahr auf seinem Schiff den Atlantik überquerte, vollzählig!

Die Namensliste der I. Klasse las sich wie ein »Who's who« der oberen Zehntausend. Ein Präsidentensohn, Senatoren, Bankiers, und der Damenflor, die Creme der reichen Witwen, und die heiratsfähigen Töchter der großen Familien, in denen man auf Schwiegersöhne mit einem europäischen Adelstitel Wert legte. Sie alle glaubten nicht an Krieg, sondern machten sich wie eh und je auf zur »Grand Tour«: Shopping an der Place Vendôme und auf dem Faubourg St. Honoré; eine Audienz beim deutschen Kaiser in Potsdam; eine Fahrt auf dem Rhein, ein Besuch in Bayreuth. Zum obligatorischen Programm gehörte weiter: der Louvre, der Prado, eine Kahnfahrt in der Blauen Grotte, eine Besteigung des Ätna, ein Eselsritt nach Amalfi, das Füttern der Tauben auf dem Markusplatz in Venedig, das Einritzen der Namen in die Stufen der Spanischen Treppe in Rom, die Brotzeit im Münchner Hofbräuhaus, der Besuch des Dresdener Zwingers und noch viele andere *must.*

1280 Passagiere hatte die CECILIE an Bord. Die I. und II. Klasse waren ausgebucht. Als man in letzter Minute noch eine Kabine für die zwei New Yorker Bankiers brauchte, die den Goldtransport begleiteten, hatte Polack seine Kapitänskajüte freiwillig abgetreten und kampierte für diese Überfahrt im Navigationsraum.

Das Gold! Elf Millionen Dollar Münzgold für englische und französische Banken. Dazu drei Millionen in Silber. Polack dachte daran, während er noch immer auf den chiffrierten Text blickte.

Es mochte ja sein, daß ein paar amerikanische Damen, braungebrannte Schönheiten aus Kentucky und pfirsichhäutige Debütantinnen aus Kansas, die politische Lage falsch beurteilten. Aber hartgesottene Banker aus New York? Würden die zwei größten amerikanischen Banken einem deutschen Schiff vierundvierzig Millionen Mark in Gold und Silber anvertrauen, wenn sie befürchteten, der Transport könnte Europa nicht erreichen? Nie hatte eines seiner Schiffe eine so wertvolle Fracht befördert. In New York hatte diese Tatsache ihn beruhigt, jetzt allerdings steigerte die Vorstellung der aufeinandergeschichteten Goldbarren im Sicherheitsraum der CECILIE seine Besorgnis ... Er stand auf. Trotz seiner Größe waren seine Bewegungen leicht, fast elegant. Der Safe hatte eine Buchstabenkombination, die nur er und der Oberzahlmeister kannten. Er stellte die Buchstaben nacheinander ein – E – D – J – E – D – langsam und versonnen. Er brach das Siegel des Kuverts auf und kehrte mit dem grauen Heft an den Kartentisch zurück. Wieder zögerte er, als könnte er damit noch etwas ändern. Die Unterschrift auf dem Kabel – SIEGFRIED – bedeutete, daß die Nachricht von der Direktion des Norddeutschen Lloyd kam.

Er schlug das graue Heft auf und suchte den Code, schrieb die Auflösung an den Rand des weißen Blatts. Dechiffriert lautete die Nachricht:

KRIEG MIT FRANKREICH, ENGLAND UND RUSSLAND. KEHREN SIE UM.

Wer dachte sich so einen Code aus? Es war eine absurde Frage in diesem Moment, und dennoch der einzig klare Gedanke, den Polack fassen konnte. Sein Kaffee stand unberührt da …

Er zog sich die Seekarten mit dem eingezeichneten Kurs der CECILIE heran. Ihre Position lag 30 Grad West, nördlich der Azoren, fast 1600 Seemeilen von New York entfernt, etwa 1400 Seemeilen vor Plymouth, dem ersten europäischen Hafen, den sie nach Plan am Sonntagabend erreichen sollten. Er klappte das Codeheft zu und schloß es zusammen mit dem Kabel in den Safe ein.

Er schien äußerlich ruhig, als er auf die Brücke zurückkehrte. Er wußte, er war den Männern eine Erklärung schuldig, und er fühlte auch, daß sie darauf warteten. Warum sagte er ihnen nicht einfach, was zu sagen war, in den einfachen Worten, die sie von ihm gewohnt waren. *Wir haben Krieg!* Warum nicht?

Er hatte sich nie vor Verantwortung gefürchtet. Im Gegenteil, der absolute Herrscher auf einem Schiff zu sein, auf einem Stück Universum, das seinen Gesetzen gehorchte, war etwas Selbstverständliches für ihn. Es war immer so gewesen und würde immer so sein, solange er ein Schiff führte. Er war jetzt vierundfünfzig, und wie er manchmal an seine erste Zeit als Kapitän dachte, so versuchte er auch hin und wieder, sich vorzustellen, wie es sein würde, wenn er nicht mehr zur See fahren, sondern als pensionierter alter Herr leben würde. So gerne er beim ersten Gedanken verweilte, der zweite erfüllte ihn mit Furcht – und eben diese Furcht hatte die Nachricht vom Kriegsausbruch in ihm ausgelöst. Nur diese eine Empfindung beherrschte ihn im Augenblick, nicht der Gedanke an Krieg. – Krieg, das war hier mitten auf dem Atlantik etwas Abstraktes, Unvorstellbares. Was er denken konnte, war nur das eine: *Sie nehmen dir dein Schiff!* Er fühlte sich noch nicht bereit für Entscheidungen und Befehle. Er zog die Tür auf, die zur Plattform hinausführte, und trat an die Brüstung. Die Luft war ruhig, nur der Fahrtwind ging. Er blickte hinunter auf das Spiegelbild des erleuchteten Schiffs im dunklen Wasser, auf die Reihen heller Lichtreflexe, die wie Schnüre von geschliffenen Diamanten funkelten. Er lauschte auf die Musik aus den Gesellschaftsräumen, auf die Stimmen, das Lachen, die hier draußen lauter zu hören waren. Er schloß die Augen. Es war ihm, als sei er selber ein Teil des Schiffs, mit ihm verwachsen: Seine Füße auf der rauhen eisernen Plattform, seine Hände auf der Brüstung, sie nahmen alles auf, was im Schiff geschah, jede Bewegung, jedes Geräusch. Er hatte viele Schiffe kennengelernt, aber mit keinem hatte er sich so verbunden gefühlt wie mit *ihr*, als seien das Schiff und er tatsächlich ein einziger Körper.

Ihm schien nichts wichtiger in diesen Minuten, als sein Verhältnis zu seinem Schiff zu überprüfen, nur auf diesem Weg konnte er mit sich selber ins reine kommen. Wenn er auch keine zwiespältige Natur war, ganz so unkompliziert, wie die meisten glaubten, war Polack nicht. Unter der weichen Schale war er ein rauher, ehrgeiziger Mann. Als er die KAISER WILHELM DER GROSSE und die KAISER WILHELM II. befehligte, war er der Kapitän mit den schnellsten Schiffen auf der Nordatlantikroute. Beide Schiffe hatten das begehrte »Blaue Band« errungen, bis die LUSITANIA und kurz darauf die MAURETANIA, zwei Engländer, neue Schnelligkeitsrekorde aufgestellt hatten. Das war jetzt sieben Jahre her, aber immer noch gab es ihm einen Stich, wenn er in New York das »Blaue Band« am Mast des Engländers sah.

Die CECILIE hatte niemals eine echte Chance gehabt, es zurückzuholen, und deshalb hatte er auch zuerst gezögert, sie zu übernehmen. Er erinnerte sich genau an den Tag, an den Augenblick, als er sie das erstemal sah, im Vorhafen der großen Kaiserschleuse. Es war Liebe auf den ersten Blick gewesen, zwischen ihm und dem Schiff. Die CECILIE war ein schönes Schiff, so harmonisch in den Proportionen, daß sie selbst an der Pier, wo viele Schiffe häßlich und schwerfällig aussahen, anmutig wirkte. Insgeheim hatte er ihr damals sogar zugetraut, daß sie das »Blaue Band« zurückgewinnen könnte. Aber wie eine schöne Frau, die keine Söhne bringt, hatte sie die Hoffnungen nicht erfüllt. Er hatte sich damit abgefunden, und diese gemeinsame Niederlage, mit der er und das Schiff fertig werden mußten, hatte das Band zwischen ihnen noch fester geknüpft. Er konnte nicht mehr zählen, wie oft er mit ihr den Atlantik überquert hatte, weit über hundertmal. Bei keinem Wetter hatte sie ihn im Stich gelassen. Und was er besonders an ihr liebte, und was er in diesem Augenblick ganz intensiv spürte, war ihre weiche Gangart, sehr weiblich, sehr elegant – eine vollkommene Lady. Schiffe hatten eine Seele, daran glaubte er fest, und die Seele seiner CECILIE war voller weiblicher Sanftmut.

Daß dies vielleicht ihre letzte gemeinsame Fahrt sein sollte, war für Charles Polack ein so unvorstellbarer Gedanke, daß ihm die Lösung plötzlich sehr einfach schien: Er brauchte nur die Sonne daran zu hindern aufzugehn, und er konnte mit seinem Schiff ewig durch die Nacht fahren ...

Er kehrte auf die Brücke zurück. Seine Männer warteten, er fühlte ihre Blicke, aber keiner fragte oder drängte ihn.

»Wir vermindern die Geschwindigkeit«, befahl er. »Fünfzehn Knoten, gleicher Kurs.«

Der Maat am Maschinentelegraphen wiederholte den Befehl. Polacks Stimme hatte ganz normal geklungen.

Der Rhythmus der Maschinen änderte sich. Polack ging zu der Tür, durch die der Funker verschwunden war. Bevor er sie öffnete, wandte er sich noch einmal um.

»Holen Sie die Offiziere zusammen, alles, was abkömmlich ist. Dann brauche ich den Oberzahlmeister, den Leitenden Ingenieur und den Proviantmeister.« Er zögerte, fuhr dann aber fort: »Er soll eine Aufstellung aller Vorräte mitbringen ... Keine Spekulationen, meine Herrn, vor allem kein Aufsehen vor den Passagieren. In einer halben Stunde will ich hier alles versammelt sehen ... Bis dahin gleicher Kurs.«

Die Funkerkabine lag am obersten Vorderdeck. Auf dem Weg dorthin vernahm Polack die Klänge des Orchesters, das in der Main Lounge zum Tanz aufspielte. *Bitte Ribbon Rag* ... Es war nicht zu überhören, daß die Steward-Kapelle mit dem neumodischen amerikanischen Rhythmus Mühe hatte. Aber die Tanzfläche war bestimmt so überfüllt, daß von Tanzen sowieso nicht mehr die Rede sein konnte. Ob Temperence C. Butler immer noch darauf wartete, daß er zurückkam, um mit ihr zu tanzen? Einen altmodischen Tanz selbstverständlich. In diesem Punkt war Temperence C. Butler sehr konservativ. War das jetzt nicht eines ihrer Lieblingslieder?

Linger, longer Lucy,
Linger, longer Lo,
How I love to linger, Lucy,
Linger, longer you.

Temperence C. Butler sang ihre Lieblingslieder beim Tanzen immer mit. Vermutlich hatte sich Fred Vandermark ihrer angenommen. Nein, Polack mußte sich keine Gedanken machen wegen der Damen, die er am Kapitänstisch zurückgelassen hatte, solange sein 2. Offizier bei ihnen war.

Bisher hatte Polack nur an sein Schiff gedacht. Jetzt versuchte er, sich vorzustellen, wie die Passagiere reagieren würden. Am liebsten hätte er Kuhn, den Oberzahlmeister, vorgeschickt; die unangenehmen Dinge lud er auf Kuhn ab, doch diesmal ging das wohl nicht. Kuhn konnte lediglich die Auswahl der Passagiere treffen, die man später ins Rauchzimmer bitten würde. Der Rest war Sache des Kapitäns ...

Polack war bei der Kabine des Funkers angelangt. Ein viereckiger Metallkasten, klebte sie an dem Mast, der die Antennen trug, vom übrigen Schiff ganz isoliert. Obwohl die Tür geschlossen war, hörte Polack das Krachen und Ticken des Morsetelegraphen heraus. Zu niedrig waren alle Türen auf dem Schiff für Polack, aber diese hier war auch noch extrem schmal, so daß er nicht nur den Kopf, sondern auch die Schultern einziehen mußte.

Simoni blickte von seinem Drehstuhl auf. Als er sah, daß es der Kapitän war, versuchte er so etwas wie eine militärische Haltung anzunehmen. Er richtete sich auf, seine melancholischen Augen weiteten sich. Für einen Moment wurde er zu einem gut gewachsenen, hübschen Mann, dann wurde sein Rücken wieder krumm, der Kopf sank nach vorne, und er war wieder ein Teil seines Schalttisches: Sein ganzer Körper schien eine Hörmuschel zu bilden, als sei es sein geheimer Ehrgeiz, notfalls auch ohne die Geräte, die ihm zur Verfügung standen, die Wellen aus dem Äther aufzufangen.

Polack hatte sich auf den einzigen Stuhl gesetzt, den es in der Kabine gab, eigentlich nur, damit wieder mehr Platz wurde in dem engen Raum. Simoni blickte zu dem Apparat, der eben wieder zu ticken anfing.

»Weitere Meldungen aus Europa?« fragte Polack.

Simoni beugte sich über den Streifen. »Ein Privat-Kabel.«

»Keine Mobilmachungen? Abbruch der diplomatischen Beziehungen?« Polack sprach die Worte langsam: »Keine Kriegserklärungen? Nichts Offizielles? Von keiner Seite?«

Der Rücken des Funkers wurde noch runder. »Die letzten Kommentare klangen eher beruhigend ...«

Polack war davon nicht überrascht. Aber das war für ihn kein Grund, neue Hoffnung zu schöpfen. Er fand es ganz natürlich, daß man beim Norddeutschen Lloyd über Informationen verfügte, die der Öffentlichkeit vorenthalten wurden. Die Reederei. Darum kreisten seine Gedanken. Nicht Krieg, nicht Armeen, die in diesem Augenblick mobil machten – der Norddeutsche Lloyd. Er stand seit sechsundzwanzig Jahren in seinem Dienst. Ihm gehörte seine Treue. Seinem Schiff und Lloyd. Was gut für Lloyd war, das war gut für Deutschland.

»Von der ›Ryndam‹ gehört?« fragte er. Das holländische Schiff war am gleichen Abend wie die CECILIE von New York nach Europa ausgelaufen.

»Sie liegt etwa zweihundert Seemeilen hinter uns.«

»Und hält weiter Kurs?«

»Nach den letzten Funksprüchen, ja.«

»Wie sieht es im New Yorker Hafen aus? Die ›Vaterland‹ – sollte die nicht heute auslaufen?« Es war der neue 54 000-Tonner von der Konkurrenz aus Hamburg, das größte Schiff der Welt im Moment, das erst seine vierte Reise machte.

Simoni zögerte. Er litt sichtlich darunter, schlechte Nachrichten weitergeben zu müssen. »Die Abreise ist verschoben ... heißt es. Vorerst für vierundzwanzig Stunden. Auch die ›Prinzessin Irene‹ hat Hoboken nicht verlassen.«

»›Kronprinz Wilhelm‹ und der ›Große Kurfürst‹?«

Der Funker schien noch mehr mit seinem Gerätetisch zu verwachsen. »Sind ausgelaufen, aber von der Reederei nach New York zurückgerufen worden. Ich habe keine Bestätigung von den Schiffen. Nur den Rückruf selber.«

Das Bild wurde für Polack klarer. Bisher hatte er nur an sich selber gedacht, jetzt sah er auch die anderen Schiffe auf dem Nordatlantik, die anderen Kapitäne, von denen er die meisten persönlich kannte, und die in dieser Nacht vor einer ähnlichen Entscheidung standen wie er.

»Was ist mit den englischen und französischen Schiffen?« fragte er.

»Die ›Mauretania‹ und die ›Olympic‹ laufen westwärts, Kurs New York. Die ›Olympic‹ muß uns in den Morgenstunden passieren.«

Die OLYMPIC – dachte Polack. Sie hatte eine gewisse Ähnlichkeit mit seiner CECILE, ebenfalls vier Schornsteine. Ihm kam eine vage Idee, aber er schob sie beiseite. »Irgendein Engländer oder Franzose, der sich in den letzten Stunden für unsere Position interessiert hat?«

Simoni blickte überrascht auf. »Die ›Savoia‹. Erst vor einer Stunde. Man bat um Meldung unserer Position.« Entschuldigend fügte er hinzu: »Ein Cousin von mir ... er ist Funker auf der ›Savoia‹.«

Polacks Blick war auf den Boden geheftet. »Keine Kriegsschiffe?«

Der Funker fuhr sich durch das dunkle, gekräuselte Haar. »Die ›Essex‹ ... Englischer Kreuzer. Er funkt wild herum ... benützt einen Code.«

Polack nickte und richtete sich auf, soweit ihm das in der niedrigen Kabine möglich war. »Schön, Simoni«, sagte er. »Sie werden in den nächsten Tagen nicht viel Schlaf bekommen! Bleiben Sie an den Geräten. Vergessen Sie alles andere, achten Sie nur auf eines: *Wer fragt nach unserem Kurs!* Vergessen Sie Europa und New York, aber hören Sie jeden Engländer und Franzosen ab. Und achten Sie darauf, wer sich unserer Position nähert. Wer immer uns auf den Leib rückt – schicken Sie mir sofort eine Meldung darüber.«

Wieder begann der Apparat zu ticken. Der schmale Streifen schob sich aus dem Schlitz und rollte sich zusammen. Simoni nahm das Ende, zog es glatt und beugte sich darüber.

Polack, der hinter ihm stand, zeigte zum erstenmal Ungeduld. »Was gibt es?«

Das Ticken verstummte. Der eigenartige metallische Geruch in der Kabine schien sich zu verstärken. »Was ist?«

Als Simoni sich umwandte, stand ein sonderbares Lächeln auf seinem Gesicht; ein Rest seiner Unruhe, seiner Besorgnis war noch da, jedoch überstrahlt von etwas anderem. »Ein Telegramm für den Zweiten Offizier.«

»Für Vandermark?«

»Ja, Käpt'n.« Das Lächeln verstärkte sich, die Hoffnung, daß die Welt in Ordnung bleiben würde. »Es ist schon das vierte heute, Sir! Und das liegt unter dem Durchschnitt, was sonst nach der Abfahrt von New York hereinkommt. Gleich zwei Damen, die ihn mit Telegrammen bombardieren. Eine aus Philadelphia, eine aus New York. Kein Wunder, daß Sie ihn ›Lucky Fred‹ nennen. Wollen Sie den Text hören?«

»Ein andermal. Außerdem, ich kann's mir denken. Stellen Sie's ihm zu, und dann«, Polacks Miene wurde ernst, »dann, Simoni, schließen Sie Ihre Kabine für jeglichen Privatverkehr ... Nur, damit Sie vorbereitet sind ... Etwa in einer Stunde wird ein gewaltiger Ansturm bei Ihnen einsetzen. Dutzende von Passagieren werden Telegramme aufgeben wollen. Man wird Sie bestürmen, man wird jeden Trick versuchen, Tränen, Bestechungen, Drohungen. Sie können sie zu mir schicken ... Nein, sie sollen sich an den Oberzahlmeister wenden. Also, machen Sie sich auf einiges gefaßt. Hängen Sie ein Schild raus, daß keine Telegramme angenommen werden, und verrammeln Sie die Tür. Haben wir uns verstanden: Nicht ein einziges Telegramm geht mehr raus! Kein Funkspruch, nichts. Von niemandem, Offiziere und Mannschaft eingeschlossen. Absolute Funkstille, und zwar ab sofort. Verstanden! So, als gäbe es die ›Cecilie‹ nicht mehr, als hätte uns der Atlantik verschluckt.«

»Darf ich eine Frage stellen ... Wird es Krieg geben, Käpt'n?« Einen Moment schwieg Polack. Dann sagte er: »Wir haben ihn, Simoni. Wir haben Krieg.«

»Kehren wir um?«

Polack senkte den Kopf. Im Grunde war es das gewesen, was ihn an dem Befehl gestört hatte – eine begonnene

Fahrt nicht zu Ende zu bringen war etwas, das seiner ganzen Natur widersprach. In allen Häfen, die er mit der CECILE anlief, war seine Pünktlichkeit geradezu sprichwörtlich. Zehn Minuten Abweichung für eine Atlantiküberquerung war das Äußerste, was er der CECILE zugebilligt hatte. – Warum also nicht die Fahrt fortsetzen, Plymouth und Cherbourg auslassen und direkt mit voller Kraft nach Bremerhaven laufen? Aber es ging nicht um ihn. Er mußte an die Passagiere denken – und an das Gold, das er an Bord hatte. Die Engländer und die Franzosen würden Jagd auf ihn machen. Eine Goldladung von vierundvierzig Millionen ...

»Ja, wir kehren um.«

»Nach New York?«

Auch diese Entscheidung hatte er inzwischen getroffen. New York kam nicht in Betracht. Auf diesem Kurs würde man ihn am ehesten vermuten und ausmachen. Sicher würde er in wenigen Minuten bei der Offiziersbesprechung erfahren, daß ihr Kohlenvorrat für die Rückkehr nach New York nicht mehr reichte. Newport News dann? Boston? Vermutlich würde es auch dafür zu knapp werden. Es blieb nur die kürzeste Route, die Nordroute. Das bedeutete in dieser Jahreszeit fast mit Sicherheit dichter Nebel, aber das sollte ihm nur recht sein ...

»Nein, nicht New York«, sagte er, »wir laufen die Nordroute und machen uns unsichtbar. Und ... denken Sie daran, ab sofort gibt es die ›Cecilie‹ nicht mehr ...«

Es ging auf Mitternacht. Die Stimmung der Passagiere in der Main Lounge war ausgelassen. Keiner hatte bemerkt, daß die Offiziere sich während der letzten halben Stunde zurückgezogen hatten. Die zwölf Musiker der Kapelle spielten ein Stück, das sich *Alabama Jigger* nannte, aber bei ihnen wurde daraus mehr ein Souza-Marsch als ein Rag. Die Tanzfläche war gedrängt voll, und die Paare schienen entschlossen, die Nacht durchzuhalten, Derwische, die eigentlich keine Kapelle brauchten, sondern ihren Rhythmus selber mit den Füßen trommelten. Für die anderen war das Tanzen nur ein Vorwand, sich eng umschlungen halten zu können. Doch jetzt geschah etwas Seltsames: Die Bewegungen der Tänzer sahen plötzlich so aus, als wäre das Parkett unter ihren Füßen nicht mehr eben. Alles kam außer Tritt, eine tiefe Tangobeugung geriet aus dem Gleichgewicht, das gleichmäßige Gewoge der Paare geriet durcheinander.

Jetzt wechselte auch die Musik. Ein Sänger trat vor. *By the light of the silvery moon* ... Sein Englisch klang sehr berlinerisch.

War die See plötzlich rauher geworden? Das veränderte Geräusch der Schiffsmaschinen legte diese Erklärung nahe; es war nicht mehr der tiefe beständige Rhythmus, der fast wie ein zusätzliches Baßinstrument mitgeklungen hatte, sondern ein hartes ungleichmäßiges Stampfen. Die ersten Paare verließen die Tanzfläche. Sie strebten zur Bar oder an ihre Tische. Einige gingen hinaus an Deck, um Luft zu schöpfen. Sie waren es, die zuerst bemerkten, was geschehen war. Ihre erstaunten Ausrufe pflanzten sich über das Schiff fort. Dann strömten sie von überall her, aus dem Speisesaal, dem »Wiener Café«, aus der Bibliothek, dem Schreibzimmer, dem Rauchsalon, hinaus auf die Decks. Sie schlossen sich den Gruppen an, die schon dort standen und zum Nachthimmel zeigten.

Der Mond, fast ein Vollmond, an dem wolkenlosen Nachthimmel, der vorher auf der Steuerbordseite gestanden war, hatte einen vollen Halbkreis beschrieben und schien nun auf die Backbordseite des Schiffs herab.

Es vergingen Minuten, bis die ersten Passagiere erfaßten, was das bedeutete: Die CECILE hatte ihren Kurs um 180 Grad geändert – und fuhr nicht mehr nach Osten, Europa entgegen, sondern lief mit voller Kraft nach Westen zurück ...

Erster Teil

Erstes Kapitel

Bar Harbor, auf der Mount-Desert-Insel im Staate Maine, ist fast der nördlichste Punkt der Vereinigten Staaten, und seine »Berge« sind die höchsten an der atlantischen Küste. Selbst im Hochsommer gibt es Tage, an denen man an die Nähe der Arktis erinnert wird – aber nicht heute. Der 3. August 1914 war das, was die Einheimischen einen typischen Bar-Harbor-Tag nannten: Sonne, wolkenloser Himmel und eine Luft wie Glas.

Sie hatte Pferd und Wagen am Ende des Waldwegs zurückgelassen und stieg nun die Stufen empor, die in den Küstenfelsen gehauen waren. Sie hatte von hier einen weiten Ausblick auf den Ort und die Bucht. Das Wasser war so hell und durchsichtig, als hätte der Himmel mit der Bucht den Platz getauscht; und die Luft war so klar, daß sie die Entfernungen und Farben veränderte, ja die Dinge selbst. Sie sah jede Welle, die der Wind auf der Wasseroberfläche vor sich hertrieb, sah die Schaumperlen darauf glitzern. An den Segeln der Fischerboote waren die geflickten Stellen erkennbar, an den Yachten die Namen, ebenso die Zeichen auf den Bojen, die den Wasserweg der Dampfer markierten, die Bar Harbor mit der Außenwelt verbanden. Die Felsen von Egg Rock, die den Eingang zu Frenchmans Bay bewachten, sonst eine graue Masse, schimmerten rötlich, und der Leuchtturm strahlte weiß und blau wie ein frisch angemaltes Spielzeug.

Die Bäume auf den Höhenzügen, vor allem die Pappeln, Föhren und Rottannen des Mount Cadillac, standen wie ausgesägt vor dem Himmel. Im Osten, jenseits von Frenchmans Bay, lag die Schoodic-Halbinsel; sonst nur eine ungewisse Linie am Horizont, war sie heute zum Greifen nahe.

Ein vollkommener Sommertag. Sommer und Bar Harbor – das waren zwei Dinge, die für sie untrennbar zusammengehörten. Soweit sie zurückdenken konnte, hatte sie jeden Sommer hier verbracht, und es waren nur gute Erinnerungen, die sie daran bewahrte.

Sie hatte aufgehört, die Stufen zu zählen, sie wußte auch so, daß es zweihunderteinundzwanzig waren, bis sie die Umzäunung von Onkel Sols Besitz erreichte. Es gab einen zweiten, weniger mühsamen Weg, einen Aufzug, der unmittelbar von der Küste an der Klippenwand in die Höhe führte, aber sie mochte diesen klapprigen Käfig nicht, in dem nur zwei Personen Platz fanden und dessen Geräusche sie ängstigten. Praktisch wurde er nur in Betrieb gesetzt, um einmal im Monat die Lebensmittel nach oben zu schaffen. Onkel Sol selber benützte ihn schon lange nicht mehr; seit Jahren hatte er seine Felsenburg nicht mehr verlassen, und er hatte vor, es auch in Zukunft nicht zu tun.

Sie war nun bei der Umzäunung angelangt, und prompt schlug Onkel Sols Wachhund an. Mit wütendem Kläffen verfolgte er innerhalb des Zauns ihren Weg bis zum Tor. Sie zog an dem verrosteten Glockengriff, und irgendwo in der Ferne ertönte ein leises Bimmeln. Sie wartete vor dem hohen Holztor, das jeden Einblick verwehrte, auf die Schritte, auf das Klicken eines Gewehrs, das gespannt wurde, auf die rauhe, unwirsche Stimme – sie hätte etwas vermißt, wenn die Begrüßung anders ausgefallen wäre. Salomon Butler, der Bruder ihrer Großmutter, verabscheute Menschen.

»Was gibt es? Was soll das? Dies ist Privatbesitz!« Da war die rauhe, unwirsche Stimme.

»Ich bin es«, rief sie über das Tor. »Anne.«

»Anne Butler?«

»Was ist – kennst du meine Stimme nicht mehr?«

»Für mich klingen alle Frauenstimmen gleich. Warte ...«

Sie hörte, wie er den Hund zu sich rief. Das Holztor lag versteckt zwischen wild wuchernden Sträuchern, und es dauerte eine Weile, bis er alle Schlösser und Riegel geöffnet hatte.

Der Mann, der dann sichtbar wurde, hielt ein Gewehr in der Beuge des Armes und den Hund an der Leine. Seine nackten Füße steckten in Sandalen; die hellen Hosen waren abgetragen und so kurz, daß sie weit über den Knöcheln endeten; das karierte Flanellhemd war geflickt und stand über der Brust offen. »Na, komm schon herein. Du bist also zurück?« Er hatte breite Schultern, einen flachen Leib, und sein Gesicht war von der Sonne tief gebräunt. Nicht einmal das schneeweiße Haar, das wirr unter seinem Strohhut hervorkam, ließ sein Alter – er war sechsundsiebzig – vermuten.

Anne hatte ihn nie anders als weißhaarig gekannt. Es war ein Erbstück der Familie Butler; so um das vierzigste Lebensjahr ergrauten die dunkelhaarigen Butlers und wurden innerhalb weniger Jahre weiß, und manchmal fragte sich Anne, ob es auch ihr so ergehen würde. Sie hatte zwar das helle Haar ihrer Mutter, aber der dunkle Teint und die dunklen Augen waren Butler-Erbe. Nicht, daß sie das beunruhigte; mit ihren neunzehn Jahren war vierzig ein unvorstellbares Alter ...

Onkel Sol gab dem Hund mehr Leine. »Keine Angst. Er braucht nur wieder deinen Geruch. So ein Jahr ist lang.« Er ließ den Schäferhund los, und das große schwarzbraune Tier umstrich Anne, schnupperte an ihren Schuhen, an ihrem Rock.

»Siehst du! Wir Butlers scheinen einen besonderen Geruch zu haben. Er hat nie einen Butler angefallen.« Seine dunklen Augen blieben wachsam, mißtrauisch. »Ich meine einen richtigen Butler, nicht die Angeheirateten.«

Hatte Anne ihren Onkel jemals lächeln sehen? Er konnte laut lachen – lachen, daß es ihn schüttelte, aber lächeln?

»Wie riechen wir Butlers denn?« fragte sie.

Er zuckte mit den Achseln, während er vorausging. »Jedenfalls anders als gewöhnliche Leute.« Er musterte sie von der Seite. »Was ist mit deinem Haar?«

Sie fuhr unwillkürlich mit der Hand zum Kopf. »Mein Haar?«

»Früher war es länger.«

»Ach so, ja.« Zum Ball der Debütantinnen, dem großen Ereignis für ein junges Mädchen aus einer der ersten Familien Bostons, hatte sich Anne im Winter vorher das lange Haar abschneiden lassen.

Onkel Sol schüttelte den Kopf. »Die Röcke werden immer kürzer, die Haare werden immer kürzer ... Wie nennt sich denn diese neumodische Frisur?«

»Es war mal ein Gibson-Girl. Seit einem halben Jahr lasse ich es schon wieder nachwachsen.«

»Es war noch kürzer?«

»So eine Art Pagenkopf.« Annes Haar wuchs schnell, aber es dauerte einfach seine Zeit, und am Wirbel oberhalb der Schläfe war es immer noch etwas zu kurz und so störrisch, daß sie meist eines der Stirnbänder aus ihrer College-Zeit tragen mußte.

»Grünweiß«, sagte er, »das sind die Farben von Oldfields College, nicht wahr?«

»Daß du so was überhaupt bemerkst ...«

Als habe er bereits zuviel Interesse und Herzlichkeit gezeigt, brummte er etwas Unverständliches und beschleunigte seine Schritte. Das Haus, auf das er zustrebte, lag am Ende des Hochplateaus; aus einer gewissen Entfernung schien es ein Teil der Felswand zu sein, vor der es stand, eigentlich nur durch die funkelnden Fenster vom grauen Stein zu unterscheiden. Es gab noch ein zweites Gebäude vorne am Rand der Klippe, ein nüchterner Würfel, über dessen Dach ein hoher Antennenmast aufragte. Diese komplizierte technische Konstruktion wirkte fremd und unpassend an diesem Ort, wo sonst alles wild und ursprünglich war, und verkörperte genau die moderne Welt, vor der Onkel Sol sich zurückgezogen hatte. Er hatte viel Geld aufwenden müssen, um diese Klippe überhaupt zugänglich und bewohnbar zu machen. Allein die Trinkwasserleitung hatte ein kleines Vermögen verschlungen. Wasser, das vom Mount Kebo, viele Meilen entfernt, in Holzrohren herangeführt und in einem Brunnen vor dem Haus gefaßt wurde. Ein Haufen frisch gespaltenes Holz lag um einen Hackstock, in dem ein Beil steckte. Es roch nach Kiefernharz. Vermutlich hatte sie ihn beim Holzhacken unterbrochen; das war eines seiner Gesundheitsrezepte, jeden Tag eine Stunde Holz zu hacken. Er hatte Dutzende solcher Spezialrezepte für Gesundheit und ein langes Leben; sie wechselten von Monat zu Monat, nur am Holzhacken hielt er schon seit Jahren fest.

Er hing das Gewehr an einen Haken neben der Haustür und wies auf eine grobgezimmerte Gartenbank. »Seit wann bist du in Bar Harbor?«

»Dies ist mein erster Tag.«

»Kommst du direkt von Boston?«

»Von New York. Wir – Edith Connors und ich – haben Großmutter begleitet und sie aufs Schiff gebracht.«

»So – ist es mal wieder soweit. Jedes Jahr nach Europa! Das ist ja schon eine Krankheit!« Er hatte sich neben sie gesetzt, aber jetzt sprang er wieder auf und ergriff das Beil. Er stellte ein Holzstück auf den Hackstock und starrte es an wie einen Verurteilten, den er hinrichten sollte.

»Zum Teufel mit den Weibern!« Er schlug zu ... »Meine liebe Schwester. Sonst ist Temperence eine so vernünftige Person, aber da setzt auch bei ihr der Verstand aus. Europa! Was die Weiber nur daran finden?« Ein zweites Holzstück zersplitterte. »Paris, wie? *Gay Par-ee ... hipp hipp hooray, let's be gay* ... Eine miese Bande, diese Europäer, voran die Franzosen ... Monsieur Seligman lacht sich ins Fäustchen, weil er jetzt seine gefälschten

Rembrandts anbringt, und das Sèvres-Geschirr kommt aus Italien. Aber die Kunst ist ja nur Vorwand ... der eigentliche Grund für unsere amerikanischen Damen, das sind die Frenchies mit ihrem Charme und ihren langen Frackschößen und ihren gewichsten Schnurrbärten. Alle diese falschen Grafen, langmähnigen Künstler, Nichtstuer, Parasiten ... aber sie küssen den Damen die Hand – wenn es dabei bleibt ...«

»Onkel Sol!«

»Qui! Tray bong! Ich bin schon still. Temperence ist meine Lieblingsschwester, aber in diesem Punkt werde ich sie nie verstehn. Wenn sie zurückkommt, hat sie einen französischen Akzent, oder jedenfalls das, was sie dafür hält.«

»Ich mache mir Sorgen um sie«, sagte Anne. »Liest du keine Zeitungen?«

»Wozu?«

»Es gibt Krieg in Europa.«

»Gut, sage ich! Die Deutschen werden es diesen Frenchies schon zeigen.«

»Ich habe Großmutter vor sieben Tagen an Bord gebracht. Seit vier Tagen bin ich jetzt ohne Nachricht von ihr. Es gibt überhaupt keine Nachrichten mehr von dem Schiff. Niemand weiß, wo es sich befindet. Ich bin beunruhigt, versteh mich doch. Ich habe Alec gebeten ... Er ist doch da?« Sie blickte hinüber zu dem Antennenmast über dem grauen Haus am Rand der Klippe.

Bei der Erwähnung des Namens Alec hatte sich das Gesicht des alten Mannes noch mehr verschlossen. Er ließ die Axt sinken.

»Und ich dachte wirklich einen Augenblick, dein Besuch gilt mir ... Ja, er ist da. Worauf wartest du? Geh zu ihm ...«

Anne erhob sich. »Kann ich einen Schluck Wasser haben?«

»Niemand hindert dich.«

Sie schöpfte sich einen Becher aus dem Brunnen und trank es langsam, kostete jeden Schluck betont aus. »Ich kenne kein Wasser, das so gut schmeckt.«

Er murmelte etwas, und sein Gesicht hellte sich auf.

»Wirklich, es ist das beste Wasser weit und breit.« Im Zusammenleben mit ihrer Großmutter hatte Anne gelernt, mit alten Menschen umzugehen. So hart und eigensinnig sie auch sein mochten, schlug man die richtige Saite an, wurden sie weich wie Wachs. Bei Onkel Sol war es besonders einfach. Fiel der Name seines Sohnes Alec, versteinerte er, lobte man sein Wasser, ging ihm das Herz auf.

»Mount-Kebo-Wasser«, sagte er. »Unverdorben. Im ganzen Staate Maine gibt es kein besseres. Weißt du, daß man mir vorgeschlagen hat, es in Flaschen abzufüllen und auf den Markt zu bringen? So sind die Menschen. Müssen aus allem ein Geschäft machen!« Er schob den Strohhut aus der Stirn. »Bar Harbor war einmal ein Paradies, und was ist es jetzt? Ein Rummelplatz. Touristen, stinkende Automobile, knatternde Motorboote. Siehst du noch einen Menschen mit einem Zeichenblock oder einer Botanisiertrommel? Siehst du jemand Muscheln sammeln? Der Mensch kann nicht anders, er muß alles zerstören ...«

Die Klagen, daß es in Bar Harbor nicht mehr so war wie früher, gehörten zu Onkel Sol wie sein Haß gegen die Franzosen und die Spannungen mit seinem Sohn Alec. Anne nahm das hin, ohne weiter darüber nachzudenken. Er war eben ein eigenbrötlerischer alter Mann, der sich von den Menschen und der Welt zurückgezogen hatte und dessen Denken und Fühlen nur noch um ein paar Dinge kreisten. Nur manchmal fragte sie sich, wo der andere Mann geblieben war, der Onkel Sol von früher, der Bankier in New York. Das waren ihre ersten, immer noch lebendigen Erinnerungen an ihn: New York, Wallstreet, die enge Schlucht einer Straße, ein schmales Gebäude, die Bank, ein dämmriges Büro, und darin Onkel Sol, schwarz gekleidet, damals schon weißhaarig; ein Mann, der die Fünfjährige bei der Hand nahm und mit ihr in einen unterirdischen Tresor stieg, um ihr die dort gestapelten Goldbarren zu zeigen! Das Erlebnis hatte sich ihr unauslöschlich eingeprägt. Er hatte ihr einen Barren in die Hände gelegt. Er war groß wie ein Ziegelstein, nur viel, viel schwerer. Und auch seine Worte hatte sie nicht vergessen. ›Sind es nicht die schönsten Ziegelsteine der Welt?‹

Gold und Grund, das war Salomon Butlers Metier gewesen, und auch in Bar Harbor hatte er sich auf diesem Gebiet betätigt. Er hatte Land gehortet, über Jahre hinweg, und dann die Preise in die Höhe getrieben. Anne Archbold, die Standard-Oil-Millionärin, hatte den Besitz in Hulls Cove von ihm gekauft; der Verleger Pulitzer ein Grundstück mit Strand, wo er seinen eigenen Yachthafen anlegte. Nach solchen spektakulären Käufen schnellten die Preise jeweils noch mehr in die Höhe, und den Gewinn machte Sol Butler. Nüchtern betrachtet hatte er alles getan, um aus dem verschlafensten Badeort an der Atlantikküste *die* Sommerhauptstadt des Landes zu machen, in der viele große Familien einen Sommersitz hatten, was Jahr für Jahr immer mehr andere Sommerfrischler anlockte. Aber offensichtlich hatte er das inzwischen vergessen.

»Früher, lange bevor du auf der Welt warst, da konnte es im Sommer vorkommen, daß Elche durch die Bucht schwammen und den Garten deiner Großmutter umwühlten ...«

Anne lachte. Sie war zu jung, um sich vom Pessimismus eines alten Mannes anstecken zu lassen. Wahrscheinlich war auch das eines seiner Gesundheitsrezepte, täglich eine gehörige Menge zu schimpfen. Ihr Blick ging in die Landschaft: Grüne Hügel – das Grün der Mischwälder von Bar Harbor war eine ganze Symphonie –, die Villen in den großen Gärten, der Ort selber mit den vielen Stegen, die ins Wasser ragten, die weite blaue Bucht, und darin Bar Island und die vier »Porcupines Islands«, die wirklich, wie der Name sagte, wie Stachelschweine aussahen mit ihren bewaldeten Rücken.

»Für mich«, sagte sie, in den Anblick versunken, »ist es immer noch ein Paradies.«

Er sah sie an, diesmal nicht abwehrend und kritisch, sondern nur melancholisch. »Dazu muß man so jung sein wie du.« Er nahm das Beil, umfaßte den Griff mit beiden Händen. Er stellte sich breitbeinig hin, um mehr Halt und Kraft zu haben; das karierte Flanellhemd hing ihm aus der Hose.

Während Anne zur Funkstation hinüberging, begleitete sie das helle Geräusch von splitterndem Holz.

Zweites Kapitel

Je näher sie dem Rand der Klippe kam, um so deutlicher hörte sie vom Meer herauf das Anschlagen der Brandung und das Kreischen der Möwen, die in den Spalten der Felsen nisteten. Die Bucht weitete sich hier aus, und an einem Tag wie heute konnte man in der Ferne an der dunkleren Färbung des Wassers die Strömung des Atlantiks erkennen.

Ein Raddampfer zog eben in die Bucht herein, hinter sich eine breite Schaumfurche, die seine beiden Schaufelräder im Wasser aufpflügten. Der Zeit nach mußte es der Dampfer von Rockland sein, wo man Anschluß nach Boston hatte. Bar Harbor besaß keine Eisenbahnlinie; man konnte nur mit dem Wagen oder auf dem Wasser hergelangen. Von Boston war es immer noch eine Reise von zehn Stunden; früher, in ihrer Kindheit, hatte die Fahrt noch weit länger gedauert, aber gerade das hatte Bar Harbor zu etwas Besonderem gemacht, zu einem Versteck am Ende der Welt.

Die Funkstation von Alec Butler bestand nur aus einem einzigen großen Raum; es war alles in einem, Wohnzimmer, Schlafraum und Funkstation. Die breite Fensterfront lag nach Südosten hin, gab den Blick auf den Golf frei.

Dort, an dem Tisch mit den Funkgeräten, saß Alec Butler. Er hatte den Kopfhörer auf, trotzdem mußte er ihr Kommen bemerkt haben, denn er hob die Hand zum Gruß. Er schrieb etwas auf den Block, der vor ihm lag, erst dann nahm er den Kopfhörer ab und drehte sich mit seinem Drehstuhl um.

»Hallo, Anne!«

Sie hatte ihn eigentlich umarmen wollen, aber nun sagte sie ebenso: »Hallo, Alec!«

Herzlicher waren die Begrüßungen unter den Mitgliedern der Familie Butler einfach nicht. Nur ihre Großmutter machte da eine Ausnahme. Temperence C. Butler ging großzügig um mit Umarmungen und Küssen; Onkel Sol nannte das eine »europäische Unsitte«, und von gewissen Bostoner Kreisen wurde ihr Benehmen als exaltiert getadelt, was Temperence C. Butler freilich nicht störte, im Gegenteil, denn ihr Ehrgeiz war es immer gewesen, die steifen puritanischen Bostoner zu schockieren.

Alec, ihr Vetter zweiten Grades, dagegen hielt es mit der »echten« Bostoner Tradition: Man stellte seine Gefühle nicht zur Schau. Man ging damit ebenso vorsichtig um wie mit seinem Vermögen, nach dem Prinzip: Was man ausgibt, kann sich nicht vermehren. Auch äußerlich entsprach er diesem Bild. Alles an ihm war peinlich korrekt: das weiße Hemd, der blaue, doppelreihige Blazer, die Bügelfalten der Hose, die polierten Schuhe. Und obwohl er gerade den Kopfhörer abgenommen hatte, lag sein dunkles Haar glatt an seinem Kopf, der Seitenscheitel wie mit dem Lineal gezogen. Sie kannte ihn nicht anders. Schon mit Sechzehn – er war sechs Jahre älter als sie – war er ihr wie ein fertiger junger Mann vorgekommen; jetzt, mit Fünfundzwanzig, hatte er sich bereits als Anwalt einen Namen gemacht und stand am Beginn einer glänzenden Karriere.

Aber neben dem erfolgreichen jungen Mann gab es noch einen anderen Alec Butler, der unsicher war und gehemmt, und der in diesem Augenblick nicht wußte, wo er seine Hände lassen sollte.

»So setz dich doch«, er machte einen Stuhl für sie frei. »Du bist allein hergekommen?«

»Mit Pferd und Wagen.«

»Und mit Jenkins, hoffe ich.«

»Bitte, keine Erziehungsstunde, Alec. Dies ist Bar Harbor, nicht Boston.«

»Wenn du meinst, daß es einen Unterschied macht.«

»Du wirst genug Gelegenheit haben, den Aufpasser zu spielen ...« Sie beobachtete ihn aufmerksam, aber nichts in seinem glatten Gesicht verriet ihr etwas von seinen Gefühlen. Auch das gehörte zu den Sommern in Bar Harbor, daß Alec immer in der Nähe war. Egal, ob sie im Meer schwamm, ob sie segelte, Tennis spielte, ausritt oder im Kanu-Club tanzte und flirtete – Alec war immer da, unauffällig, im Hintergrund, aber immer zur Stelle, wenn sie ihn brauchte.

»Wie hat Vater dich empfangen?« fragte er.

»Sagen wir – normal unfreundlich ... Hast du mein Telegramm bekommen?«

Er machte eine Geste zu der Fensterfront in die Weite des Meeres hinaus. »Nichts. Keine einzige Meldung seit Tagen. Die ›Cecilie‹ ist wie vom Erdboden verschluckt. Alle suchen sie; dauernd fange ich Funksprüche auf, in denen man sie auffordert, ihre Position bekanntzugeben. Der ganze Äther schwirrt von ihrem Namen, aber sie bleibt stumm.«

Anne ließ den Blick über die Apparate schweifen. Er hatte ihr einmal erklärt, wie alles funktionierte, und jetzt ärgerte sie sich, daß sie damals nicht besser aufgepaßt hatte. Alec, der ihren Lehrmeister spielte, dagegen hatte sie sich immer gewehrt.

»Was in den Zeitungen steht, widerspricht sich«, sagte sie.

»Weil sie selber nichts wissen. Überhaupt, was die Zeitungen schreiben, ist immer mit Vorsicht zu genießen.«

Seit dem 1. August machte die CECILE Schlagzeilen. Das deutsche Schiff war immer schon ein Lieblingsobjekt der amerikanischen Reporter gewesen, seit der Jungfernreise nach New York. Damals, im Jahr 1907, waren fünftausend New Yorker an den North River geeilt, um ihre Ankunft zu sehen; und während der fünf Tage, die sie an der Pier in Hoboken lag, hatten Zehntausende sie besichtigt. Von den Reportern war ihr der Beiname QUEEN OF THE

SEAS verliehen worden, der ihr seither geblieben war. Jetzt hatten sie einen neuen erfunden, THE TREASURE SHIP, das Schatzschiff, wegen der vierzehn Millionen Dollar an Gold und Silber, die sich an Bord befanden. Die Zeitungen stellten die wildesten Vermutungen an: Englische Kreuzer verfolgten sie; die Franzosen hätten sie aufgebracht; die CECILE sei in der Irischen See gesichtet worden, vor der Küste Norwegens; andere wieder wollten wissen, daß sie längst in ihren Heimathafen eingelaufen sei. Die Berichte über das Schiff beherrschten die ersten Seiten der Zeitungen und hatten sogar den europäischen Krieg in den Hintergrund gedrängt, so als sei an diesem Krieg nur das Schicksal der CECILE interessant – und Anne erging es nicht anders: Der Krieg war etwas Fernes, Unvorstellbares, Abstraktes. Das Schiff jedoch war etwas Reales.

»Ich habe ihr täglich Telegramme geschickt«, sagte sie. »Zuerst war es nur wegen des Rennens. Du weißt schon, das Knickerbocker-Race. Eines von Großmutters Pferden ist dort gelaufen. Es war ihr Wunsch, daß ich ihr das Ergebnis telegraphiere.«

»Meadow Beauty?«

»Glaubst du, es ist etwas passiert? Ein Schiff kann nicht einfach verschwinden.«

»Wäre etwas passiert, gäbe es eine Nachricht. Ich habe praktisch die letzten vierundzwanzig Stunden hier verbracht, seit meiner Ankunft. Nein, darüber mach dir keine Gedanken. Irgendwann im Lauf des Tages werden wir bestimmt etwas hören.« Er suchte in den Zetteln, die auf dem Tisch lagen. »Sie sind am 28. Juli ausgelaufen, das heißt, sie sind jetzt bereits sechs Tage auf See – mit dem Kohlenvorrat, den sie an Bord haben, können sie nicht viel länger draußen bleiben.« Alecs Argumente waren wie immer klar und einleuchtend, nicht auf Gefühlen, sondern auf Tatsachen begründet, dennoch genügten sie nicht, um ihre Ängste zu beschwichtigen; es waren Ängste, die tief in ihr verwurzelt waren – die furchtbare Erinnerung an das Schiffsunglück, bei dem sie ihre Eltern verloren hatte: Alpträume von brennenden Schiffen, niemals überwunden, auch wenn das Ganze schon vierzehn Jahre zurücklag und sie damals erst fünf Jahre alt war.

»Fast hätte Großmutter ihre Reise verschoben, wegen des Rennens.« Irgendwie schien Anne diese Tatsache wichtig, sie klammerte sich daran. »Die ersten drei Tage hat Großmutter ihren Trainer mit Telegrammen bombardiert.«

»›Meadow Beauty‹ hat das Rennen gewonnen, nicht wahr? Es ist doch ihr Pferd?«

»Ja ... und sie weiß es nicht!«

»Du hängst sehr an ihr, nicht wahr?«

Sie blickte ihn an. Sie verstand seine Frage nicht. Sie hatte auch nie verstanden, warum zwischen ihm und seinem Vater ein so gespanntes Verhältnis herrschte. Anne war seit ihrem vierten Lebensjahr Waise, sie war ohne Vater und Mutter aufgewachsen, aber die Großmutter hatte ihr alles ersetzt, so daß Anne immer das Gefühl hatte, in einer richtigen Familie zu leben.

»Laß uns nach draußen gehn«, sagte sie unvermittelt. Es war sehr warm in dem Raum, wärmer als im Freien, denn die große Fensterfront verdoppelte die Kraft der Sonne. Trotzdem fröstelte Anne plötzlich.

Das Geschrei der Möwen war wieder da, das stetige Anrollen der Brandung. Gedämpft klang das Horn des Dampfers durch die Bucht; man konnte ihn nicht sehen, wahrscheinlich passierte er gerade Egg Rock. Sie hatten sich auf die Steinbank gesetzt, ein Felsblock, den man zugeschlagen hatte.

»Du bleibst den Sommer über hier?« fragte Alec.

»So war es geplant ... bis zur Rückkehr von Großmutter im Oktober.«

»Und danach? Ich meine ... willst du wirklich auf die Universität?« Er versuchte, der Frage kein Gewicht zu geben, aber es gelang ihm nicht.

»Ich habe mich eingeschrieben.«

»Veterinärmedizin – verrückt!«

»Vor einem Jahr hörte ich es anders.«

»Ehrlich gesagt, hielt ich es für eine Laune.«

»Das ist nicht gerade ein Kompliment ...«

»Die Mädchen, die ich kenne, denken alle nur an drei Dinge: an ihr Debüt, an eine große Reise und ... ans Heiraten. Und je schneller das aufeinanderfolgt, um so besser.«

»Vielleicht kennst du die falschen Mädchen.« Sie lachte unbefangen, aber natürlich hatte er recht. Oldfields hatte strenge Regeln, und die strengsten betrafen Jungen. Jungen waren tabu. Man traf keine Jungen, man schrieb ihnen keine Briefe, und man bekam auch keine. Und doch hatten die Mädchen, mit denen Anne in Oldfields war, nichts anderes im Kopf gehabt als Jungen. Kleider auch noch, aber zuerst kamen die Jungen. Anne hatte es immer vermieden, sich an diesen Gesprächen zu beteiligen. Nicht, weil die dem Thema gleichgültig gegenüberstand, sondern einfach, weil sie ihre Meinung dazu lieber für sich behielt. Sie wäre nicht die Enkelin von Temperence C. Butler gewesen, wenn sie über diesen Punkt nicht sehr eigenwillige Vorstellungen gehabt und die Diskussionen anderer Mädchen nicht ziemlich albern gefunden hätte.

»Ich glaube wirklich, mein lieber Alec, du kennst die falschen Mädchen.«

»Möglich.«

Etwas in Alecs Benehmen irritierte sie; was es genau war, hätte sie nicht sagen können, aber es war nicht mehr so wie früher zwischen ihnen. Alec und sie, das war immer wie Bruder und Schwester gewesen, nur daß sie sich besser verstanden hatten, als das sonst meist der Fall war zwischen älteren Brüdern und jüngeren Schwestern. Was hatte sich daran geändert? Oder richtiger, wer von ihnen hatte sich geändert? War es Alec oder sie? Sie wollte keine Änderung. Sie wollte einen unbeschwerten Bar-Harbor-Sommer wie früher.

»Begleitest du mich heute abend in den Kanu-Club?«

Alec ging nicht darauf ein. »Es hätte sein können, daß du es dir anders überlegst mit dem Studieren. Schließlich ist es nur natürlich, wenn ein Mädchen in deinem Alter ans Heiraten denkt.«

Sie blickte ihn überrascht an, versuchte zu erraten, was sich hinter dieser Bemerkung verbarg; ob es nur eine Feststellung war, oder ob er vielleicht von sich selber sprach.

»Was man so hört aus Boston«, fuhr er fort, »fehlt es dir nicht an Verehrern ... und Anträge hast du bestimmt auch schon bekommen.«

»Du vergißt Großmutter. Das ist ihr Ressort, und da überlegt es sich jeder zweimal.«

»Warum weichst du aus?«

»Ich weiche nicht aus. Sicher, die Mädchen, die mit mir auf dem College waren, haben nichts anderes im Kopf, als schnell heiraten. Aber kannst du dir das vorstellen – ich als Ehefrau?«

Seine Lippen öffneten sich kaum, als er antwortete: »Wenn wir Männer uns vorstellen könnten, wie das ist, wenn ein junges Mädchen sich in eine Ehefrau verwandelt, ich fürchte, dann würden nur noch wenige heiraten.«

Einen Moment war sie verblüfft, dann lachte sie hellauf. »Das klingt sehr nach deinem Vater. Ich sehe schon, eines Tages wirst du auf dieser Felsenburg sitzen, so wie er jetzt, und alle Frauen – er sagt Weiber, nicht wahr? – verfluchen ...«

»Er kam nur zu spät dahinter. Aber lassen wir das Thema.«

»Ich habe nicht davon angefangen ... Wirst du länger bleiben?«

»Vierzehn Tage, drei Wochen ... bis zum Ende der Gerichtsferien. Kann sein, daß ich zwischendurch einmal nach Washington muß. Die Marine interessiert sich für meine Funkstation.«

»Die Marine?«

»Wir sind hier Europa am nächsten, und durch die Höhe der Berge ist es die einzige Stelle, von der man vierundzwanzig Stunden lang mit Europa Kontakt halten kann.«

Unwillkürlich blickte Anne sich um. Alles hier oben war so, wie die Natur selber es erdacht hatte. Selbst die schmalen Pfade schienen so alt wie der Berg.

»Das kannst du deinem Vater nicht antun. Außerdem wird er nicht zustimmen. Er wird seine Burg energisch verteidigen.«

»Man wird ihn nicht lange fragen. Wenn es um nationale Interessen geht ...«

»Das ist nicht dein Ernst.«

»Wieso nicht? Wozu braucht ein alter Mann einen ganzen Berg für sich allein?«

Wieder einmal war sie verblüfft von der Gehässigkeit, die zwischen den beiden herrschte.

»Was ist nur zwischen euch?« Es war das erstemal, daß sie ihm diese Frage so direkt stellte. »Warum haßt du ihn?«

»Tue ich das?«

»Natürlich.«

Er stand auf. »Was hast du da gesagt von heute abend? Wie ich dich kenne, hast du keine Lust, an deinem ersten Abend in Bar Harbor allein zu Hause zu sitzen.«

Sie zögerte, aber sie wußte, es hatte keinen Wert, weiter in ihn zu dringen. Und dann war die Aussicht auf einen vergnügten Abend ihr wichtiger als die Probleme zwischen Alec und seinem Vater.

»Komm zum Abendessen«, sagte sie, »dann sehn wir weiter.«

»Um acht?«

»Punkt neun, sonst stürzt Whites Welt ein.«

Er stand vor ihr. Die Gespanntheit war verschwunden. »Hoffentlich haben sie im Kanu-Club eine bessere Kapelle als voriges Jahr.«

»Damms Orchester spielt seit dem 1. August.«

»Ich denk', du bist erst heute gekommen?«

»Also, weißt du, welches Orchester im Kanu-Club spielt, das weiß ich schon in Boston.«

»Also dann bis heute abend.« Er deutete auf die Funkstation.

»Vielleicht höre ich bis dahin etwas von der ›Cecilie‹ ... Anne?«

»Ja?«

»Ich ... freue mich auf heute abend.« Er wandte sich schnell ab und ging zurück zur Funkstation.

Der Haufen gespaltenen Holzes um den Hackstock hatte sich vergrößert; Onkel Sol stand am Brunnen, mit nacktem Oberkörper. Er mußte sich eben gewaschen haben, denn einzelne Tropfen standen noch auf seiner glatten dunklen Haut.

»Du gehst wieder?« sagte er, als sie näherkam.

Anne nickte.

»Wird man dich nochmals sehen, hier oben?«

»Du legst keinen großen Wert auf Besuch oder?«

Er zog sein Hemd an und stülpte den Strohhut auf den Kopf.

»Betrachte dich als eine Ausnahme.«

»Es scheint, du hast heute deinen freundlichen Tag.«

»Ich mag dich. Du bist ein richtiges Butler-Mädchen.«

»Und wie sind die?«

Er sah sie an, mit diesem ausdruckslosen Gesicht, das ganz beherrscht wurde von den wachsamen Augen, und wieder einmal fiel ihr auf, wie ähnlich sich die beiden waren, Vater und Sohn, die sich beide so haßten, daß sie tagelang kein Wort miteinander sprachen.

»Bei den Butler-Mädchen ist es genau umgekehrt wie bei den anderen Frauen. Die meisten sind schön, wenn sie jung sind. Ihre Schönheit ist nichts anderes als ihre Jugend. Die Butler-Mädchen blühen spät, aber dann blühen sie lang.«

»Danke, Onkel Sol. Ich werde mir Mühe geben.«

»Hast du was von dem verdammten Dampfer erfahren?«

»Nein, nichts.«

»Ich würde mir keine Sorgen machen, nicht um deine Großmutter. Ihr passiert nichts. Vermutlich genießt sie das Ganze als großes Abenteuer ... Komm, ich bring' dich zum Tor.« Er pfiff den Hund heran.

»Das Wichtigste hätte ich fast vergessen«, sagte Anne. »Jenkins hat mir berichtet, daß er gestern Adler gesehen hat. Ein Paar.«

Der alte Mann blieb stehen. Er blickte stirnrunzelnd zu den Bergen im Nordwesten, dann schüttelte er den Kopf. »Seit sieben Jahren gibt es in Bar Harbor keine Adler mehr. – Wo will Jenkins sie gesehen haben?«

»Sie kreisten über Great Hill.«

»Unmöglich. Ich sage dir, früher hatten wir ganze Kolonien von Adlern. Jeden Sommer kamen sie von Alaska herunter. Aber die stinkenden Autos haben sie vertrieben ...«

»Jenkins meinte, sie kämen aus Alaska. Er will ihre weiße Halskrause erkannt haben.«

Der alte Mann sah sie an. Lächelte er? »›Great Hill‹ hast du gesagt? Das wären die ersten nach sieben Jahren. Wenn die Adler zurückkehren ...« Er vollendete den Satz nicht, und auch das Lächeln mochte eine Täuschung gewesen sein.

Drittes Kapitel

Sie fuhr den Waldweg dahin, der schmal war und so selten befahren, daß er an manchen Stellen fast zuwuchs. Der leichte Einspänner funkelte wie neu; während des Winters war das die Hauptbeschäftigung von Jenkins, die Wagen auf Hochglanz zu bringen. Nur das leise Klappern verriet sein wahres Alter. Das Pferd, ein Fuchswallach, war auch schon in den Jahren und lief einen unregelmäßigen Trab; das Geräusch der Hufe war kaum zu hören auf dem weichen Waldboden, nur wo das Felsgestein und Wurzeln an die Oberfläche traten, klang es heller durch die Stille des Waldes.

Immer, wenn die Bäume weniger dicht standen und der Himmel sichtbar wurde, verlangsamte Anne Butler die Fahrt, um nach den Adlern Ausschau zu halten. Im Wald war es wärmer als oben auf Onkel Sols Felsen, wo immer ein Wind ging. Es roch nach reifen Walderdbeeren. Das war typisch für Bar Harbor: Die Natur folgte hier einem anderen Kalender als sonstwo. Die Walderdbeeren waren schon jetzt im Juli reif, Maiglöckchen dagegen blühten oft erst im September. Nur eines blieb immer gleich: Wenn die Wälder voller Blaubeeren waren, hieß das, der Sommer war um und es wurde Zeit zum Gehen.

Bisher war der Weg im Innern des Waldes verlaufen, jetzt führten die Kehren hin und wieder bis an den Rand des Berges, und die leuchtende Weite von Frenchmans Bay wurde sichtbar. Die Segelboote, die tagsüber weit draußen kreuzten, begannen bereits heimzukehren, und das sagte Anne, daß es nach vier Uhr sein mußte. So gegen fünf trat jeden Tag in der Bucht eine Flaute ein; kein Lüftchen regte sich dann mehr, und wenn man noch draußen war, lag man stundenlang fest, in einem Wasser, das glatt und reglos war wie Glas.

Der Weg wurde breiter, andere kreuzten ihn, meist Reitpfade, doch niemand begegnete ihr. Einmal kam ihr ein Automobil entgegen, und sie fuhr an den Wegrand und hielt an. Der Fuchs war zwar gegen »Autos gebrochen«, wie man das in Bar Harbor nannte, aber er ging in diesem Sommer das erstemal im Geschirr ...

Die Pferdehalter von Bar Harbor hatten lange einen erbitterten Kampf gegen das aufkommende Automobil geführt. Kurz vor der Jahrhundertwende, als die ersten Autos in Bar Harbor auftauchten, waren die Feindseligkeiten ausgebrochen. Das friedliche Bar Harbor hatte sich in zwei Parteien gespalten, die Pferde-Partei und die Auto-Partei. Ganze Familien hatten sich zerstritten wegen der »Benzin-Kutschen«, Nachbarn sprachen kein Wort mehr miteinander. Keine Frage, auf welcher Seite die Butlers standen. Temperence C. Butler und Onkel Sol hatten die Pferde-Partei angeführt. Ihr Einfluß und ihr Geld reichten weit. Sie hatten es wahrhaftig fertiggebracht, daß der Staat ein eigenes Gesetz erließ, kraft dessen Automobile auf der Mount-Desert-Insel verboten waren. Fünfzehn Jahre lang, bis Anfang 1913, blieb dieses Gesetz wirksam. Erst dann gelang es der Auto-Partei, eine Abstimmung zu erzwingen. Das Unglaubliche geschah: Bar Harbor, die Hochburg der Pferde-Partei, entschied sich für das Auto.

Seither rollten über die schlechten Straßen Packards, Pierce-Arrows, Mercers und natürlich auch Luxusmodelle, die aus Europa stammten, Mercedes, Darracqs, Bugattis. Die Pferdeställe dagegen leerten sich mehr und mehr.

Der Weg hatte den Wald endgültig verlassen und senkte sich in einem weiten Bogen nach Bar Harbor hinab. Zu beiden Seiten, säumten ihn jetzt Hecken und Mauern, und dahinter, gegen neugierige Blicke abgeschirmt, lagen die Häuser der Reichen. Ihre Bewohner nannten sie mit übertriebener Bescheidenheit Cottages, Hütten, selbst dann, wenn sie florentinischen Palästen oder rheinischen Burgen nachgebaut waren. Es war ähnlich wie mit dem Ort selbst: Offiziell und auf den Karten trug er den Namen *Eden*, und die Einheimischen nannten ihn auch so; die Reichen jedoch, denen dieser Name wohl zu auffällig und einprägsam erschienen war, hatten das bescheidene und nüchterne Bar Harbor eingeführt, und es begann sich immer mehr durchzusetzen. Die Reichen in ihren Cottages lebten ein Leben für sich, zurückgezogen hinter ihren Hecken und Mauern. Man kannte ihre Namen; das Lokalblatt berichtete getreulich, wann sie kamen, wen sie zu Gast hatten, wann sie Bar Harbor wieder verließen; aber man sah von ihnen so wenig wie von ihren Häusern, von denen allenfalls ein Giebel, eine Turmspitze oder eine Reihe imponierender Kamine im Grün sichtbar wurden.

Sie brauchte den Fuchswallach kaum noch zu lenken. Die Rotbuchenhecke, die lange Auffahrt – ein heller Sandweg, der durch Rasenflächen mit großen alten Bäumen führte, die an einem sonnigen Tag wie heute ganze Schatteninseln bildeten –, das alles war bereits Privatbesitz von Temperence C. Butler. Vom Wohnhaus sah man noch nichts, nur eine Ansammlung von Gebäuden im Hintergrund, die gelb gestrichen waren. Anne lenkte den Wagen zu der Remise, groß genug für ein gutes halbes Dutzend Kutschen, einfache Buggys, bequeme Ausflugslandauer, vierspännige Reisekarossen. Im Schatten des Vordachs stand Jenkins. Er trug einen Overall, darüber eine grüne Gärtnerschürze, und auf dem Kopf die gestrickte Seemannsmütze, ohne die sie ihn noch nie gesehen hatte.

Sie brachte den Wagen zum Stehen, und er nahm das Pferd am Zaumzeug.

»Wie ist er gelaufen?«

»Er zieht ständig nach links.«

Jenkins nickte. »Das hat er noch von früher, als er mit ›Karthago‹ im Geschirr ging. Es wird sich bessern, wenn Sie täglich mit ihm ausfahren.«

Ursprünglich war Jenkins nur der Gärtner gewesen, aber seit von den sechzehn Pferden, die einmal im Stall standen, nur noch drei übrig waren, hatte er auch den Posten des Stallmeisters übernommen. Außer Jenkins gab es noch eine Haushälterin und drei Mädchen, die das ganze Jahr über in Bar Harbor blieben. Im Sommer, wenn ihre Großmutter hier war, kamen noch der Butler Benjamin White dazu, seine Frau Betty, die in der Küche regierte, und natürlich Edith Connors, die früher einmal Annes Erzieherin war, aber inzwischen längst zur Familie gezählt wurde.

»Onkel Sol zweifelt, daß es wirklich Adler waren«, sagte Anne.

»Ich wollte es selbst nicht glauben ...« Jenkins hatte begonnen, das Pferd abzuschirren. »Aber ich habe sie heute wieder über Great Hill gesehen. Sie müssen dort einen Horst mit Jungen haben. Sie hatten Fische in den Klauen und flogen heim.«

»Wo glaubst du, daß sie fischen?«

»Nicht in Frenchmans Bay, da sind zu viele Leute und Boote. Irgendwo im Innern. Vielleicht Lake Wood. Ich bringe es schon heraus.«

Anne folgte Jenkins, der das Pferd wegführte. Vor dem Stall, einem langgestreckten Gebäude, stand die Kutsche von Doktor Hanson, dem Tierarzt von Bar Harbor.

»Was sagt denn Doktor Hanson?« fragte Anne. »Ist es was Ernstes?«

»Er ist eben erst gekommen.« Jenkins öffnete das Tor zum Stall. Trotz der leeren Boxen – es waren auf jeder Seite zehn – wirkte der Stall nicht unbenützt, sondern einfach so, als wären die Pferde nur im Freien. Auf den schwarzen Tafeln standen noch die Namen, und daneben hingen die bunten Bänder und Auszeichnungen, die sie auf den Pferdeschauen gewonnen hatten.

Doktor Hanson war dabei, dem braunen Hengst die Vorderbeine mit kaltem Wasser abzuspritzen. Durch die geöffneten Fenster flogen Schwalben ein und aus. Es roch nach Pferden, nach Hafer, nach Doktor Hansons Pfeife, und während Anne das registrierte, fiel ihr ein Satz ein, den die Großmutter häufig sagte, wenn die Rede auf Bar Harbor kam: ›Dort sind meine Wurzeln!‹ – und Anne empfand in diesem Augenblick dasselbe.

»Nichts Schlimmes«, sagte Doktor Hanson. »Zweimal am Tag ein kalter Guß und jeden Abend einen Umschlag, dann hat sich die Sache.«

»Kann man ihn reiten?« fragte Anne.

»In einer Woche etwa.« Er kam auf sie zu. Wie immer trug er Wickelgamaschen und einen abgetragenen Tweedanzug mit Knickerbockerhosen. »Gut sehen Sie aus! Richtig erwachsen.« Er schlug mit der Hand den Rauch seiner Pfeife weg, als störte ihn der bei seiner Musterung. »Miss Connors sagte mir, Sie fangen im Herbst mit dem Studium an?«

»Ich habe es vor.«

»Hoffe nur, Sie suchen sich einen besseren Platz aus, wenn Sie dann mal praktizieren. Bekomme kaum noch Pferde zu sehen, dafür um so mehr Pudel. Scheußliche Tiere. Dabei meist kerngesund. Alles, was Mrs. Hinkle und Mrs. Blodgett zu diskutieren wünschen, sind ästhetische Gesichtspunkte der verschiedenen Haarschnitte ... Es bleibt doch bei der Tierdoctorei?«

Anne nickte stumm. Irgendwie paßte es ihr nicht, daß jeder sie darauf ansprach, mit diesem leicht zweifelnden Unterton, der sich immer einstellte, wenn eine Frau etwas aus der Reihe tanzte. Sie hatte dafür ein feines Ohr, denn ihre Großmutter war ihr Leben lang aus der Reihe getanzt. Das war ihr Lebenselixier, daß man über sie den Kopf schüttelte und tuschelte. ›Solange meine Freunde mich für verrückt halten, ist alles in Ordnung‹, war eine stehende Redewendung von ihr. Der Gedanke machte Anne lächeln und gab ihr ein Gefühl der Überlegenheit.

»Trinken Sie Tee mit uns?« fragte sie den Doktor, als sie aus dem Stall ins Freie traten.

Er nahm die Pfeife aus dem Mund, beugte sich an ihr Ohr und flüsterte. »Ich liebe die Engländer, aber ich verabscheue Tee.«

Sein Atem verriet ihr, welches Getränk er vorzog. Es ging das Gerücht – Maine war ein »trockener« Staat –, daß er im Hinterzimmer seines Laboratoriums Pflaumenschnaps destillierte und einen schwunghaften Handel damit trieb.

Er schob die große Ledertasche unter den Sitz und stieg auf den Wagen.

»Wird Ihre Großmutter noch herkommen, nach dem Europatrip?«

»Ja«, sagte Anne einsilbig, plötzlich wieder angerührt von etwas, das so gar nicht zu diesem Tag paßte.

»›Meadow Beauty‹ gewann das Knickerbocker-Race, wie? Hat einen sechsten Sinn für Pferde, unsere gute Temperence. Wieviel hat sie selber gewettet? Sicher einen dicken Batzen, wie ich sie kenne. Wer hat, dem wird gegeben, ist es nicht so?« Wieder schlug er mit der Hand den Rauch der Pfeife weg und sah sie an. »Sie machen sich doch nicht etwa Sorgen?«

»Etwas schon ... Wenn ein Krieg ...«

»Unsinn!« fiel er ihr ins Wort. »Eine Familientragödie im Hause Habsburg. Ein Sturm im Wasserglas. In ein paar Wochen ist alles vergessen. Haben Sie drüben schon mal gefragt?« Er deutete zum Nachbarsitz, von dem nur ein langer, schiefergedeckter Giebel zu sehen war und ein paar hohe, bizarre Kamine. »Vielleicht weiß man bei den Linzees etwas.«

»Wieso bei den Linzees?«

»Gloria Linzee ist auch auf der ›Cecilie‹. Vor ihrer Abreise gab sie mir ihre drei Tarapos in Pflege.«

»Tarapos?«

»Ja, Tarapos, ihre Nachtpapageien. Sie stammen noch aus dem Privatzoo ihres Mannes. Sehr empfindlich. Dauernd fehlt ihnen etwas, und ich muß sie dann wieder aufpäppeln. Sind Dauergäste bei mir. Immerhin noch interessanter als Pudel. Wie ist es, begleiten Sie mich mal wieder auf einer Visite?« Er nahm die Zügel, drehte das Bremsrad locker und rief dem Pferd etwas zu. Es war ein Scheck, in den Farben Salz und Pfeffer, genau wie der Tweedanzug von Doktor Hanson. Er hatte das Tier schon seit Jahren, aber Anne konnte sich nicht erinnern, daß es früher Scheuklappen trug. Doktor Hanson hatte ihren Blick verstanden.

»Es geht nicht mehr anders«, sagte er. »Aber nachts, gegen die Scheinwerfer, nützen auch die Scheuklappen nichts. Zweimal bin ich schon im Straßengraben gelandet. Und es werden immer mehr Autos. Ich weiß nicht, wo das noch hinführt ...«

Viertes Kapitel

Es lag viele Jahre zurück, aber der Schock, den Temperence C. Butler damit auslöste, war immer noch unvergessen – da hatte sie ihr Haus gelb streichen lassen. Ein gelbes Haus! Sonnenblumengelb. So etwas hatte es nie zuvor in Bar Harbor gegeben, und selbst Leute, die Temperence C. Butler mochten und sie gerne verteidigt hätten, fanden es verrückt, typisch Butler eben.

Es war eines der ältesten Häuser – sie bestand darauf, es *Haus* zu nennen – in der Villenkolonie, und schon beim Bau hatte es reichlich Gesprächsstoff geliefert. Temperence C. Butler hatte keinen Architekten damit beauftragt, sondern einen ehemaligen Schiffsbaumeister, der sich auf Häuser erst umgestellt hatte, als seine Werft in Konkurs gegangen war. Irgendwie sah man es dem Haus an, es hatte tatsächlich etwas von einem Schiff: Das viele Holz, die kleinen Fenster, die langgestreckte Front, die noch betont wurde durch viel freien Raum. Keine Bäume, keine Rondelle, keine Beete, nur weite Rasenflächen, und darin lag das Haus, eine Arche Noah in einem Meer aus Grün.

Seit einem Menschenleben füllte Temperence C. Butler es mit den Dingen, die sie auf ihren Reisen zusammenkaufte. Jahr für Jahr kamen gewaltige Kisten aus Europa: Bilder, Teppiche, Möbel. Und immer wieder fand sich ein Platz, wo gerade der Gobelin aus dem burgundischen Schloß hinpaßte, der Leuchter aus Murano, die Majolika-Figur aus Florenz. Eigentlich hätte das Haus längst überfüllt sein müssen, aber sein Fassungsvermögen schien unbegrenzt. Die Dinge verschwanden darin wie in einem riesigen Schiffsrumpf.

Anne verbrachte seit frühester Kindheit jeden Sommer hier, und im Lauf der Jahre war es ihr Zuhause geworden. Nicht in Boston, in dem etwas düsteren Haus, nur in Bar Harbor hatte sie das Gefühl, wirklich daheim zu sein.

Sie ging langsam auf das Haus zu. Die Seeluft hatte den gelben Anstrich mit der Zeit verändert, und jetzt im Gegenlicht schien das Mauerwerk zwischen dem Holz wie aus Bernstein. Die Haustür öffnete sich, und White, der Butler, trat heraus. Es war Anne ein Rätsel, wie er es immer wieder fertigbrachte, sie genau abzupassen. »Wie machst du das? Stehst du die ganze Zeit hinter der Tür und hältst Ausschau?«

»So ähnlich wird es wohl sein, Miss Anne. Sie wissen, was ich davon halte, wenn Sie allein in diesem alten, klapprigen Buggy herumkutschieren, mit einem Pferd, das sonst nur im Stall steht.«

»Du kannst Großmutter ja davon überzeugen, daß sie mir endlich ein Automobil kaufen soll.«

»Das hätte nur einer gekonnt ...«

»Mein Vater, nicht wahr?« Er antwortete ihr nicht sofort. Sie standen vor der Haustür, neben der sich Pfirsichbäume an Spalieren hochrankten. Die Früchte waren groß, größer als in den Jahren zuvor, und schon rosa angehaucht. Wenn die Sonne weiter so schien, würden sie bald reif sein.

»Er konnte alles von ihr haben«, sagte White in jenem weichen, versonnenen Ton, in den er immer verfiel, wenn er von Annes Vater sprach. »Die verrücktesten Wünsche, und nicht, daß er lange bitten mußte. Ich glaube, er mußte nie um etwas bitten bei ihr.«

»Wie hat er es gemacht?« wollte Anne wissen. »Irgendeinen Trick mußte er doch haben.«

»Nein, er hatte keinen Trick. Das war nicht nötig. Er war einfach ihr Liebling.«

Benjamin White war der einzige, der mit ihr unbefangen über ihren Vater sprach, ja manchmal hatte sie das Gefühl, daß er sich ihr gegenüber in einer Art Vaterrolle sah. Für ihre Großmutter war das Thema immer noch zu schmerzlich, denn von ihren drei Söhnen hatte sie ihren jüngsten am meisten geliebt, und seinen Tod hatte sie immer noch nicht überwunden.

»Ich habe nie erlebt, daß sie ihm was abgeschlagen hat«, fuhr White fort. »Was er auch tat, sie fand es wunderbar. Er war ein wilder Junge, und manchmal stand ganz Bar Harbor Kopf über seine Streiche – dann war sie besonders stolz auf ihn. Er war nun mal ihr Liebling. Er konnte überhaupt nichts falsch machen in ihren Augen. Wenn ich daran denke, wie er mich das erstemal hier ins Haus brachte! Das sind jetzt bald dreißig Jahre, aber für mich ist es wie gestern ...«

Anne kannte die Geschichte, wie ihr Vater White hier ins Haus brachte; White hatte sie ihr wieder und wieder erzählt, aber sie wurde nicht müde, sie zu hören, und so sagte sie auch jetzt: »Erzähl, wie war das damals ...«

»Wir waren beide fünfzehn. Er war Floyd Butler, der in einem weißen Leinenanzug im Kebo-Club Golf spielte. Von dem Platz sagte man damals, jeder Quadratmeter Rasen hätte mehr gekostet als ein echter Perserteppich. Nicht daß ich damals gewußt hätte, was ein Perserteppich überhaupt ist. Ich war sein Caddy; stundenlang marschierte ich neben ihm her, schleppte seinen Golfsack, reichte ihm die Schläger. Meine Familie – es war die Zeit, wo die Werften schlossen und die Arbeiter ihre Stellen verloren –, meine Familie lebte von dem, was ich im Kebo-Club verdiente ... Einmal teilte man Ihrem Vater einen anderen Caddy zu, die Clubleitung machte das ... Danach bestand er darauf, daß seine Mutter mich fest anstellte. Er bekam, was er wollte. Am nächsten Tag hatte ich hier im Haus ein Zimmer ...«

»Und ...«, Anne zögerte, die Frage zu stellen, aber sein offenes Lächeln schien sie zu ermuntern, »und hast du es nie bereut? Ich meine ...«

»Ich weiß, was Sie meinen, Miss Anne. Manchmal habe ich auch gedacht, vielleicht, wenn die Zeiten anders gewesen wären, dann hätte aus mir doch noch ein Schiffsbauer werden können.«

»Deshalb die Schiffsmodelle, die du bastelst?«

»Ja ... aber ein Modell ist etwas anderes als ein richtiges Schiff. Ich glaube nicht, daß meine Schiffe je seetüchtig gewesen wären ...« Sein Lächeln verstärkte sich. »Ich glaube wirklich, ich bin der geborene Butler ... Ich war gern Caddy, ich trage gerne Leuten Dinge hinterher ... Ich habe es nie bereut, nein. Freilich, wenn ich denke ...«

Er war ernst geworden, sein Blick ruhte nachdenklich auf ihr, väterlich besorgt.

»Wenn du *was* denkst?« fragte Anne.

»Nun, irgendwann einmal werden Sie uns verlassen, und dann werde ich mich entscheiden müssen, wo mein Platz in Zukunft sein soll, bei Ihrer Großmutter oder ...«

»Was redest du da! Was ist überhaupt los? Jeder kommt mir heute mit diesen Andeutungen. Alec, Doktor Hanson, und jetzt auch noch du. Ich denke nicht daran, euch zu verlassen.«

»Wirklich nicht?«

»Nein!«

»Es geht oft sehr schnell. Besonders hier in Bar Harbor im Sommer. Ich weiß nicht, woran es liegt, aber ich habe erlebt, daß hier Ehen zustande kamen, die anderswo niemals zustande gekommen wären ... Ich muß mich jetzt um den Tee kümmern.« Er trat unter den Schatten des Vordachs und öffnete die Haustür. »Sie nehmen doch auch Tee?« fragte er.

Anne nickte. »Übrigens, wir werden zum Abendessen eine Person mehr sein.«

»Alec Butler?«

»Ja, ich habe ihn gebeten, pünktlich zu sein.«

»Haben Sie etwas in Erfahrung gebracht?«

»Nein. Und du?«

»Ich habe jemand zu den Linzees hinübergeschickt. Ich dachte, vielleicht weiß man dort etwas, schließlich ist Mrs. Linzee auch auf der ›Cecilie‹. Aber nichts ...«

Sie hatten das Haus betreten, die Halle durchquert und standen in der Bibliothek. Die offenen Schiebetüren gaben den Blick in die anschließenden Räume frei, das Wohnzimmer, das Speisezimmer und den Musiksalon. Man merkte nicht, daß noch vor zwei Tagen hier die Teppiche aufgerollt und die Möbel unter Schonbezügen und Decken verborgen waren. Alles war so, wie Anne es kannte: Die Zeitungen lagen am gewohnten Platz, die Fayenceschale war mit Obst gefüllt, die Blumen in den Vasen verbreiteten ihren Duft, und draußen auf der Veranda standen die weißen Korbsessel und auf dem Tisch wie immer um diese Zeit das Tablett mit dem Teegeschirr.

»Ist Miss Connors schon zurück?« fragte Anne.

White blickte zur Kaminuhr. Er lauschte. »Wenn ich nicht irre, ist da eben eine Kutsche vorgefahren. Ich werde nachsehen ...«

»White!«

»Ja, Miss Anne?«

»Sie braucht nicht unbedingt zu wissen, daß ich allein ausgefahren bin.«

»Ich fürchte, sie hat beobachtet, daß Sie wegfuhren.«

»Dann weiß ich ja, was mich erwartet.«

»Vielleicht unterschätzen Sie Miss Connors. Sie ist, glaube ich, in diesen Dingen viel großzügiger, als es den Anschein hat.« Und bevor Anne ihn fragen konnte, was er damit meinte, schloß er die Tür hinter sich.

Auch sie hörte nun das Geräusch der Kutsche, die vor dem Haus hielt. Die Uhr auf dem Kaminsims zeigte zehn Minuten vor fünf, die berühmten zehn Minuten, die Edith Connors genügten – auf die Sekunde –, um sich frisch zu machen, wenn sie vom Golfplatz nach Hause kam.

Anne trat ans Fenster. Edith Connors war bereits abgestiegen. Der lederne Golfsack mit den Schlägern stand am Boden. Der dunkel gekleidete Mann, der sie hergebracht hatte, hielt ihre Hand und redete auf sie ein. Sie schüttelte den Kopf und lachte. Wie immer trug sie ein graubraun kariertes Tweedkostüm, Schnürstiefel mit Stollen und ein Tuch um den Kopf. Es war ein vertrautes Bild für Anne.

Edith Connors gehörte in ihrem Leben zu den Menschen, über die sie sich eigentlich nie Gedanken gemacht hatte, aber in diesem Augenblick fragte sie sich, was sie eigentlich von ihr wußte, von ihrem persönlichen Leben. Natürlich hatte es immer Männer gegeben, die Edith Connors verehrten, in Boston und auch hier; Doktor Hanson zum Beispiel, oder Reverend Brinnin, der dort draußen immer noch so ausdauernd ihre Hand festhielt. Aber sonst? Die Tage von Edith Connors waren einer wie der andere: Jeden Morgen, Punkt halb acht, trat sie aus dem Haus, um vor dem Frühstück eine halbe Stunde spazierenzugehen; Punkt halb drei nachmittags begann sie ihre Partie Golf, und Punkt zehn Uhr abends zog sie sich auf ihr Zimmer zurück.

Reverend Brinnin trug ihr den Golfsack ins Haus. Anne hörte die Stimmen in der Halle. Offenbar hatte Edith Connors Mühe, ihn loszuwerden, aber schließlich kehrte Brinnin doch zu seiner Kutsche zurück.

Anne verließ ihren Beobachtungsposten am Fenster und setzte sich auf die Veranda. Mit dem letzten Fünf-Uhr-Schlag der Kaminuhr erschien Edith Connors, gefolgt von White, der den Tee brachte.

Ohne das Kopftuch und ohne die Stiefel war alles Sportliche aus der Erscheinung von Edith Connors verschwunden. Ein Fremder hätte nicht vermutet, daß diese Frau jeden Tag zwei Stunden über den Golfplatz marschierte, dazu war ihr Teint viel zu zart, viel zu hell. Auch die Erzieherin sah man ihr nicht an. Anne hatte es oft erlebt, daß man sie für ihre Mutter hielt. Nichts an Edith Connors war auffällig oder laut, und doch hatte sie etwas, das die Aufmerksamkeit auf sie lenkte, fast einen Hauch Boheme, aber vielleicht kam das nur von der Fülle des haselnußbraunen Haars, das immer etwas wild und ungebändigt wirkte.

»Wie ist der neue Platz?« fragte Anne, als White gegangen war.

»Er war immer schon gut, aber mit den zusätzlichen Löchern, die sie angelegt haben, ist er der schönste, den ich kenne. Sie liegen sehr nahe am Wasser, und wenn man nicht aufpaßt, verliert man eine Menge Bälle. Aber eine Aussicht hat man! Die ganze Bucht hat man vor sich. Und an einem Tag wie heute ... Nun, du warst ja auch draußen. Allein, wie ich bemerkt habe. Ich ...«

»War das nicht Reverend Brinnin, der dich heimbrachte?« sagte Anne schnell.

»Ja, er kam zufällig vorbei.«

»Er kommt wohl immer zufällig vorbei? Er oder Doktor Hanson oder Mr. Fabri ... Hab' ich jemand vergessen?«

Edith Connors sah auf, nicht verletzt, nur überrascht. »Daß du auf so etwas achtest, ist mir neu. Außerdem besteht da ein gewisser Unterschied, ob Reverend Brinnin mich heimbringt, der ein alter Freund des Hauses ist, oder ob ein neunzehnjähriges Mädchen allein Ausflüge macht, ohne jede Begleitung.«

»Bist du sicher, daß die Frau von Reverend Brinnin genauso darüber denkt?«

»So angriffslustig heute?« Edith Connors schob Anne die Platte mit den Sandwiches hin, ruhig und freundlich wie immer.

War sie es wirklich, fragte Anne sich. Nichts an ihr wirkte verkrampft oder geziert, alles war harmonisch – und doch war sie eine Frau, die mit fünfundvierzig Jahren noch keinen Mann gefunden hatte. Anne begann zu rechnen. Vor dreizehn Jahren war Edith Connors ins Haus gekommen, eine Frau von zweiunddreißig. Aber was war davor gewesen? Eine Frau, an der das Leben vorbeigegangen war? Nein, sicher nicht. Aber wo hatte sich ihr Leben als Frau abgespielt, und wie?

Sie hätte gerne danach gefragt, statt dessen sagte sie: »Ja, ich bin angriffslustig. Heute reden mir alle ins Gewissen. Man könnte meinen, Bar Harbor sei das gefährlichste Pflaster der Welt, Eden, kurz vor dem Sündenfall. Dabei geht es hier so harmlos zu wie in einer Sonntagsschule.«

»Oh, da erinnere ich mich anders.« Edith Connors lehnte sich in ihrem Sessel zurück. »Du hast dich noch jeden Sommer verliebt. Der junge Cabot, sagt dir das was?«

»Natürlich habe ich mich verliebt! Das gehört einfach dazu. Aber ich könnte dir nicht einmal mehr sagen, wie er ausgesehen hat, dieser ... wie hast du gesagt, hieß er? Cabot ... Du weißt, was Großmutter sagt: Solange mir das Herz nicht weh tut am Ende des Sommers, ist alles in Ordnung. Außerdem wird Alec wieder den Chaperone spielen.«

»Wenn du Alec für einen Chaperone hältst ...« Edith Connors sprach nicht weiter, denn White kam mit heißem Wasser, um den Tee aufzugießen.

Aus der Tiefe des Gartens hörte man das Geräusch einer Heckenschere. Vom Hafen kam der langgezogene Sirenenton der MOSSE, die zu ihrer Fahrt nach Rockland ablegte, der letzten für diesen Tag. Es mußte Ostwind sein, nur dann hörte man die Sirene so laut.

Anne beobachtete Edith Connors, wie sie den Tee in die Tassen füllte, nachdem White gegangen war. Wenn ihre Großmutter das machte, klimperten die vielen Armreifen leise mit, die sie trug, bei Edith Connors geschah es lautlos. Sie trug keine Ringe, keine Ketten, nichts an den Ohren. Sie verzichtete sogar auf die Brosche, die so etwas wie ein Berufsabzeichen aller Erzieherinnen war. Der einzige Schmuck war eine Uhr, die sie versteckt in den Taschen ihrer Kostüme oder Röcke trug, so daß immer nur ein Stück der Kette sichtbar war, wie jetzt am Revers ihres Kostüms. War diese Uhr etwas aus dem anderen Leben von Edith Connors?

»Warum ist Onkel Sol eigentlich auf die Klippe hinaufgezogen?« fragte Anne.

»Er wollte weg von den Menschen, nehme ich an.«

»Ich möchte den Grund wissen. Irgend etwas muß geschehen sein, das ihn so werden ließ, wie er jetzt ist.«

»Das ist wirklich eine reine Familiengeschichte, und ich …«

»Du gehörst längst zur Familie. Also?«

»Bei solchen Geschichten gibt es nur zwei, die wirklich Auskunft geben könnten. Alles andere sind nur Vermutungen, Klatsch …«

»Seine Frau lebt in Frankreich, nicht wahr? Mit einem anderen Mann. Sie hat ihn verlassen, so war es doch?«

»Siehst du, du weißt ohnehin alles. Viel mehr könnte ich dir auch nicht sagen.«

»War es seine Schuld? Was hat er falsch gemacht, daß sie ihm weggelaufen ist?«

»Falsch gemacht … mein Gott, Anne, das ist die Philosophie deiner Großmutter. Unglück heißt für sie, daß man etwas falsch gemacht hat. Glück, daß man alles richtig macht. Wenn es so einfach wäre …«

Anne beugte sich vor. »Vielleicht ist es wirklich so einfach … Warum hast du eigentlich nicht geheiratet?« Die Frage war ihr die ganze Zeit im Kopf herumgegangen, aber als sie ihr jetzt über die Lippen kam, war sie selber überrascht.

Die Serviette, die auf dem Schoß von Edith Connors lag, glitt zu Boden. Sie bückte sich danach, hob sie auf. Sie rückte dabei wie unabsichtlich mit dem Stuhl etwas mehr in den Schatten der Markise. Um so erstaunter war Anne, als Edith Connors ganz unbefangen antwortete.

»Bin ich jetzt an der Reihe? Seit wann interessierst du dich für diese vergangenen Sachen?«

Sie sammelte sich, als hätte sie eine lange Geschichte zu erzählen, aber dann sagte sie nur: »Die Antwort ist sehr einfach. Ich habe mich immer in die falschen Männer verliebt.«

Die Offenheit machte Anne verlegen, aber ihre Neugier ließ sie weiterfragen. »Kann man das?«

»O ja ...«

Anne dachte an Doktor Hanson, an Reverend Brinnin, an die Herrn in Boston, die Edith Connors den Hof machten.

»Du meinst, es waren immer verheiratete Männer?«

»Das auch ...«, sagte Edith Connors.

»Auch der erste?«

»Du bist ganz anders als ich. Du machst es schon richtig.«

»Du meinst, ich bin wie Großmutter, ich werde keine Fehler machen?«

Edith Connors sah Anne mit einem nachdenklichen Lächeln an. »Vielleicht. Aber ich bin nicht so sicher, ob ich dir das wünschen soll ... Bei mir jedenfalls ... Ohne meine Fehler wäre mein Leben ohne Glück gewesen ...« Sie erhob sich und stellte das Teegeschirr auf dem Tablett zusammen. »Ich muß mal nachsehen, was Jenkins da schneidet. Wenn man ihn nicht bremst, übertreibt er gern.«

Auch Anne war aufgestanden. Sie hatte noch viele Fragen auf dem Herzen, aber das Benehmen von Edith Connors sagte ihr, daß sie das Gespräch zu beenden wünschte.

»Alec kommt zum Abendessen«, sagte sie, und etwas wie Schuldbewußtsein stieg in ihr auf, daß sie während der ganzen Zeit nicht an das Schiff gedacht hatte. »Er hat nichts in Erfahrung bringen können über die ›Cecilie‹.«

»Ich glaube nicht, daß Grund zur Sorge besteht.«

Das hatten alle gesagt, aber nur aus dem Mund von Edith Connors klang es überzeugend. Anne mußte an den letzten Abend in New York denken, als sie ihre Großmutter auf die CECILE gebracht hatte. Das Abendessen im *Plaza Hotel*, die Fahrt in die untere Stadt zum North River, durch die dunklen Straßen, und kurz vor Mitternacht das Übersetzen nach Hoboken – und dann das Schiff: Hell erleuchtet lag es dort. Auf den Decks, in den Kabinen, in den Gesellschaftsräumen, überall Lichterglanz; vom Heck bis zum Bug, über die ganze Länge des Schiffs zogen sich glitzernde Lichtketten. Im Dunkel der Nacht glich es einem riesigen funkelnden Juwel, unwirklich, verzaubert.

Doch schon an der Pier war die Ernüchterung eingetreten. Das Gedränge der Zuschauer, die laute Blechmusik, die Stewards und Offiziere, die oben am Fallreep in einem Halbkreis formiert standen, um die Passagiere zu begrüßen – dieser ganze Rummel hatte sie abgestoßen. Und auf dem Schiff selber war es nicht besser gewesen. Die Hitze in den Gängen, die summenden Ventilatoren, die keine Kühlung brachten; und immer wieder die offenen Türen und in den Kabinen fröhliche Menschen mit Gläsern in der Hand, die eine Abschiedsparty feierten.

Die CECILE lief erst eine Stunde nach Mitternacht aus, aber Anne hatte sich sofort verabschiedet, sobald ihre Großmutter auf dem Schiff war. Die Kabine lag auf dem Promenadendeck, trotzdem hatte Anne sich auf dem Rückweg verirrt. Das Schiff war zu einem Labyrinth geworden; immer wieder Türen, Gänge, Treppen, aber nirgends der Ausgang, bis endlich ein Offizier in weißer Uniform vor ihr stand und sich erbot, ihr zu helfen …

»… was ist, Anne? Wo bist du mit deinen Gedanken?«

»Bei dem Schiff. Bei dem Abend in New York, als ich Großmutter an Bord begleitet habe. Es war ganz komisch, ich bekam richtig Platzangst. Die Vorstellung, nicht mehr herunter zu können von so einem Schiff, wenn es erst mal auf See ist …«

»Deine Großmutter hat den Atlantik Hunderte von Malen überquert, und früher waren die Schiffe noch nicht so komfortabel wie heute. Die ›Cecilie‹ ist ein zuverlässiges Schiff, glaub mir, und es wird von einem ausgezeichneten Kapitän geführt, es gibt keinen besseren.«

»Was kann ein Kapitän schon tun …«

Edith Connors legte den Arm um Annes Schulter, eine ruhige Geste, aber von derselben Intensität, wie sie ihr ganzes Wesen ausstrahlte.

»Deine Großmutter jedenfalls schwört auf Charly Polack.«

»Charly Polack? Wer ist das?«

»Da sieht man, wie du deiner Großmutter zuhörst, wenn sie erzählt. Seit vierzehn Jahren fährt sie mit ihm. Wenn sie jünger wäre, könnte man meinen, sie wäre in ihn verliebt.«

Anne lachte. »Großmutter und verliebt! Den Mann, der das fertigbringt, möchte ich kennen. Dieser dumme Spruch, daß die Frauen aus Boston aus demselben Stoff gemacht sind wie die beiden wichtigsten Exportartikel unserer Gegend, Granit und Eis – auf Großmutter trifft das wirklich zu.«

In die Augen von Edith Connors, die goldbraun waren und ernst und so oft abwesend, trat ein eigenartiges Lächeln. »Es gibt Männer, die bringen auch Eis zum Schmelzen, weißt du, und Charly Polack ist so einer … Ich muß jetzt nach Jenkins sehen. Das beunruhigt mich, wie er drauflos schneidet …«

Anne blickte Edith Connors nach, wie sie über die Wiese davonging. Was hatte sie erfahren? Wenn sie recht überlegte, nichts. Und doch hatte sie das Gefühl, daß es einen Augenblick gab, wo Edith Connors nahe daran gewesen war zu sprechen.

Nachdenklich kehrte sie zum Tisch zurück und trank ihren Tee aus. Die Tasse war sehr dünn, fast durchsichtig, und wenn man sie gegen die Sonne hielt, wurde jedes Luftbläschen im Porzellan sichtbar, jede Unebenheit in der Glasur, die Ansatzstelle des Henkels. Warum konnte man Menschen nicht so gegen die Sonne halten?

Was war es nur gewesen, das ihr das Gefühl gab, Edith Connors einen Augenblick durchschaut zu haben. Irgend etwas, das sie gesagt hatte – aber was? Auf dem Weg durch die Bibliothek fiel ihr Blick auf den Bücherstapel, der auf einem Tisch lag; Ferienlektüre, die Edith Connors aus Boston für die Monate in Bar Harbor mitgebracht hatte. Anne nahm eines der Bücher auf. Es trug den Titel »The Jesuit's Ring«. Nach dem Klappentext handelte es sich um eine Geschichte aus der romantischen Vergangenheit Bar Harbors, und typischerweise schien es eine unglückliche Liebesgeschichte zwischen einem Jesuiten und einer verheirateten Frau zu sein.

In der Leihbibliothek, die Dollie Higgins in Bar Harbor führte, gab es ganze Regale von dieser Sorte Bücher. Auch dieses würde dort landen am Ende des Sommers; es war eine Tradition, daß man die Bücher vor der Abreise der Leihbibliothek spendete. Die Bücher, die von Edith Connors kamen, allerdings reservierte Dollie Higgins erst einmal für sich persönlich; da konnte sie sicher sein, daß es Bücher nach ihrem Geschmack waren …

Fünftes Kapitel

»Was ist das jetzt wieder?« Alec ließ Anne los und blieb mitten auf der großen Veranda, die im Kanu-Club als Tanzfläche diente, stehen. Die bunten japanischen Papierlampions gaben weniger Licht als der August-Mond, der voll am Himmel über der Bucht stand.

»Das ist ein Lulu Fado«, sagte Anne.

»Lulu Fado ... was heißt das eigentlich?«

»Vermutlich nichts, aber ist das wichtig? Ich finde das Orchester wirklich sehr gut, viel besser als das vom letzten Jahr ...«

»Muß es sein?«

»Jedes Jahr stellst du diese Frage. Komm schon, sonst ist das Stück vorbei, bevor wir noch anfangen. Es ist nicht viel anders als ein Two-Step, und in dem Gedränge merkt niemand, wenn du einen falschen Schritt machst. Laß dich einfach führen ... Ja, so ... Es geht doch wunderbar ... Großartig. Im Grunde bist du ein Naturtalent ...«

»Das wird es sein.«

»Das war ernst gemeint.«

»Also, wenn ich mir die Tanzlehrgänge ansehe, die sie in den Zeitungen abdrucken, verstehe ich kein Wort.«

Sie lachte. »Das ist auch keine Lektüre für einen seriösen Anwalt.«

»Ich bin nicht so seriös ...«

»Ich werde dich beim Wort nehmen ... irgendwann ...« Sie schloß die Augen, überließ sich dem Wohlgefühl, das sich beim Tanzen immer bei ihr einstellte und das sich allmählich auch auf Alec übertrug, ihn gelöster und sicherer machte, so daß er bald aufhörte, auf seine Füße achtzugeben, und sich genau wie Anne einfach vom Rhythmus der Musik tragen ließ.

Das Club-Haus lag nahe am Wasser; ein schwacher Wind bewegte die Lampions, die Äste der Weiden, die am Ufer standen, und die Boote an den Stegen. Der Kanu-Club war der vornehmste von Bar Harbor, nur Mitgliedern zugänglich, bei einem horrenden Jahresbeitrag, der zu nichts anderem berechtigte, als das Club-Haus und die Anlagen zu benutzen und sich ein golddurchwirktes Abzeichen auf die Brusttasche des Blazers zu nähen.

Früher einmal war der Kanu-Club das gewesen, was sein Name sagte, ein Sport-Club. Die jungen Leute hatten sich hier von Indianern im Kanufahren unterweisen lassen, wobei die jungen Mädchen Kanufahrten zu zweit bevorzugten; und gegen diese Art von Rendezvous hatten auch die strengsten Mütter nichts einzuwenden, weil die Aufgabe, diese schmalen, handgefertigten Boote in Balance zu halten, selbst draufgängerische junge Männer ungefährlich machte. Aber das gehörte längst der Vergangenheit an. Kanufahren war nicht mehr Mode. Eines jedoch hatte sich nicht geändert: Der Club war der ideale Jagdgrund für Mädchen, um sich einen Mann zu angeln. Jeden Sommer begann das große Rätselraten »Wer mit wem?«. Ein Paar, das an einem Abend mehr als viermal miteinander tanzte, machte sich bereits verdächtig, und sah man die beiden am anderen Tag etwa zusammen segeln ...

»Wie wäre es mit einer Pause?« fragte Alec, als die Kapelle das Stück beendet hatte. Anne schüttelte den Kopf. Ein großer junger Mann mit einem dünnen Bärtchen über den Lippen schob sich heran.

»Hallo, Anne. Wieder da?« Er machte eine knappe Verbeugung vor Alec. »Hör mal, du kannst sie nicht den ganzen Abend in Beschlag nehmen. Gib einem alten Freund eine Chance. Vielleicht kann ich mich mal revanchieren ... Na, ich wußte ja, du hast Verständnis.« Die Musik setzte wieder ein, und der junge Mann zögerte keinen Augenblick, sich vor Anne zu verbeugen und den Arm um ihre Taille zu legen.

»Ich habe mich schon die ganze Zeit gefragt, wann kommt endlich Anne Butler ...«

Sie lächelte. Er tanzte gut. Sie versuchte, sich auf seinen Namen zu besinnen, aber vergeblich. Die Lampions schaukelten über ihnen, und manchmal mußte er den Kopf etwas einziehen, um nicht anzustreifen. Er war größer als Alec, schlank und braungebrannt, aber das waren alle jungen Männer, die im Kanu-Club verkehrten. Nicht einmal an ihrer Kleidung konnte man sie unterscheiden. Sie trugen alle dasselbe: weiße Hosen, dunkelblaue Marine-Jacken mit goldenen Knöpfen und dem aufgenähten Club-Abzeichen, ein seidenes Halstuch im offenen weißen Hemd, und bei allen war das Haar etwas strähnig vom Wasser und von der Sonne.

Anne versuchte, sich sein Gesicht ohne das Bärtchen vorzustellen. Cabot? Sie mußte es laut gesagt haben, denn sein Kopf fuhr herum: »Lennard Cabot? Wo ist er? Zur Hölle mit ihm! Schon im letzten Jahr ist er mir dazwischengekommen. Darin ist er groß, überhaupt alle Cabots ...«

Nun, wie immer der junge Mann hieß, er war ein ausgezeichneter Tänzer; alles andere war Anne sowieso gleichgültig. Sie tanzte für ihr Leben gern, selbstvergessen, traumwandlerisch. Der Haken daran war nur, daß ihre Art zu tanzen bei Männern Gefühle weckte, die sie selber nicht teilte. Es gab da ein paar untrügliche Anzeichen, und als ihr Partner sie am Ende des Tanzes fest an sich zog und seine Lippen ihren Nacken berührten – bei langen Haaren konnte das nicht so leicht passieren –, nahm sie sich vor, ihn möglichst rasch loszuwerden. Sie blickte suchend über die Tanzfläche. »Ist dort nicht Lennard?« Sie hob die Hand, als wollte sie winken.

»Cabot?« Der junge Mann ließ ihre Hand los, um sich nach seinem Rivalen umzusehen, und Anne benützte den Augenblick, um zu verschwinden.

Sie fand Alec, wo sie ihn vermutet hatte, an einem der Tische beim Eisstand. Ein großer Glasbecher stand vor ihm. »Ich habe mich auf eine lange Wartezeit eingerichtet. Teddy Savage ist hartnäckig.«

»Das war Teddy! Meinst du, mir wäre sein Name eingefallen.«

»Alter Philadelphia-Adel.«

»Mich zieht nichts nach Philadelphia.«

»Wo ist er?«

»Er sucht Lennard Cabot. Boston-Adel.«

Es gab zwischen ihnen so etwas wie eine Chiffre-Sprache, in die sie immer verfielen, wenn sie sich als Komplizen fühlten.

»Es zieht dich nichts nach Boston?«

»Nicht an den Charles River.« Dort wohnten die Cabots.

»Und wie stehst du zu einem Eis?«

»Zitrone.«

»Ausschließlich Zitrone.«

»Nur eine Tüte zum Mitnehmen.«

»Nicht mehr tanzen?«

»Zuviel Adel.«

Sie gingen mit den Eistüten in der Hand zum Ufer hinunter. Der Weg führte am Wasser entlang. Links standen Fischerhäuser, schmal und hell getüncht. Netze hingen an Stangen, und das Mondlicht fing sich in ihren Glaskugeln. Es herrschte Ebbe; das Watt erstreckte sich weit hinaus in die Bucht, nur in ein paar Fahrtrinnen stand noch Wasser. Der Ostwind trug manchmal den Klang von Stimmen und Lachen von Bar Island herüber. Auch ein paar Feuer brannten dort. Die Insel, zu der man bei Niedrigwasser zu Fuß hinübergehen konnte, war ein beliebtes nächtliches Ausflugsziel für junge Leute; man mußte nur achtgeben, daß man den Zeitpunkt zur Rückkehr nicht verpaßte. »Weißt du noch, wie wir auf Bar Island von der Flut überrascht wurden?« sagte Alec.

Sie nickte stumm, aber in Gedanken schien sie weit weg. Sie stand da und blickte über die Bucht, als suchte sie etwas Bestimmtes. Weiter draußen lagen die Porcupines Islands, vier an der Zahl; jetzt, bei Ebbe, waren sie doppelt so groß, und mit ihren bewaldeten Rücken wirkten sie tatsächlich wie Wasserungeheuer, die vor der Bucht Wache hielten.

Die Geschichte von Bar Harbor war die Geschichte dieser Bucht und der Schiffe, die in den vergangenen Jahrhunderten darin Zuflucht gesucht hatten. Eines dieser Schiffe hatte der Bucht sogar den Namen gegeben, eine französische Fregatte, ein Piratenschiff, d'Ibervilles POLY, die im Jahr 1692 zum erstenmal dieses ideale Versteck aufgesucht hatte. Sie kam in den folgenden Jahren immer wieder, wenn Pierre le Moyne d'Iberville es ratsam fand, für eine Weile von der Bildfläche zu verschwinden; so daß er schließlich zu Bar Harbor gehörte und man die Bucht »The Frenchman's Bay« nannte, die »Bucht des Franzosen«. Mehr als zweihundert Jahre waren seitdem vergangen, aber wenn die Einwohner von Bar Harbor darüber sprachen – die alten Fischer, die Fellhändler, die Holzfäller –, bekam man den Eindruck, jeder hätte den Kapitän d'Iberville persönlich gekannt – und eines Morgens würde sein Schiff wieder draußen in der Bucht liegen.

Der Wind wurde stärker. Er wehte Annes langen Rock auf, so daß sie ihn auf der Haut spürte. Es war, so empfand sie es, ein Wind, der von weither kam, der einen tiefen Atem hatte; er hatte einen langen Weg hinter sich, und er hatte ihn gemacht, nur um sie zu finden. Sie stand ganz still, mit allen Sinnen lauschend, als brächte der Wind ihr eine Botschaft, die sehr wichtig war für sie …

»Es gibt eine Nachtvorstellung im Starmovie, ›The Perils of Pauline‹. Ziemlich rührselig zwar …«

Alecs Stimme brachte sie in die Wirklichkeit zurück.

»Ich habe alle acht Teile in Boston gesehen. Edith Connors ist nicht zu halten, wenn es solche Filme gibt. Sie hat jedesmal ein Taschentuch vollgeweint ...«

»Während die liebe Anne ungerührt blieb.«

»Unglück aus eigenem Verschulden kann mich nicht rühren. Das ist einfach Dummheit.«

»Sprach Doktor Veterinär Anne Butler.«

»Und hatte wie immer recht.«

Wenn sie ironisch war, fand Alec sie immer besonders hübsch. Vielleicht kam das, weil er sich nur dann sicher fühlte, seine wahren Empfindungen für sie nicht zu verraten. Er hatte sich verboten, seine Gefühle für Anne Liebe zu nennen. Er hatte sich gesagt – ein Butler und ein Anwalt dazu –, erst muß ich sicher sein. Er war sich seiner Liebe längst sicher, aber davon zu sprechen, das war wieder etwas anderes. Alles zu seiner Zeit, sagte er sich immer wieder, und kam sich dabei wie ein Spießer vor. Hatte ein Spießer je ein Mädchen errungen? Ein Mädchen wie Anne? Wenn er sich umsah, dann fand er, daß die größten Spießer die schönsten Mädchen bekamen ...

»Wie ist es mit einem Ausflug zum Eagle Lake?« Auch das war eine Chiffre, ein Codewort, eines ihrer ältesten.

»Schon besser. Aber es wird kalt werden.«

»Ich habe Decken dabei.«

»Um Mitternacht bekomme ich schrecklichen Hunger.«

»Sieh dir erst den Picknick-Korb an.«

Sie gingen zurück zum Parkplatz des Kanu-Clubs. Als Alec mit seinem neuen sandfarbenen Coupé am Gelben Haus vorgefahren war, hatte Anne es rassig gefunden, fast etwas luxuriös für Alec, aber jetzt unter den anderen Wagen mit den langen Motorhauben schien es bescheiden, wenn nicht sogar altmodisch: die kurze Schnauze, das tiefe Steuer, und hinter dem Sitz der komische Blechkasten, wo die karierten Plaids lagen und der zugedeckte Picknick-Korb stand.

»Wo ist der Motor?« fragte sie. »Unter den Sitzen?«

»Soll ich das Verdeck schließen?«

»Nein, laß. Ich kann eine Decke nehmen, wenn mir kalt wird.« Alec kurbelte den Motor an und setzte sich dann neben sie auf den Sitz. Um auf den Weg zum Eagle Lake zu kommen, mußten sie durch ganz Bar Harbor. Bis auf die Häuser der Einheimischen und ein paar kleine alte Hotels war die »Stadt« erst in den letzten zwei Jahrzehnten entstanden. Tagsüber bot sie ein buntes, lebendiges Bild, nachts jedoch, wenn die Fremden in den Hotels und Pensionen verschwanden und es still wurde auf den Straßen, kam Anne sich immer wie in einer Goldgräberstadt vor, die, kaum fertiggestellt, wieder verlassen worden war. Selbst die großen Hotels mit ihren imponierenden Fassaden wirkten auf sie dann nur noch wie Bühnendekorationen, bemalte Leinwand, mehr nicht, die ein Windstoß forttragen konnte.

Schaufenster neben Schaufenster, das war die Hauptstraße. Sie bestand vor allem aus Geschäften. In den erleuchteten Schaufenstern lagen Souvenirs, Strandkleidung, Geräte für den Angelsport aus. Da und dort flatterten die bunten Fähnchen einer Eisdiele, und immer wieder hingen an Haustüren die weißen Schilder »Zu vermieten!«, »Zimmer frei!«

Anne hatte den Eindruck, daß es mehr waren als in früheren Jahren. Ob es mit dem Krieg in Europa zusammenhing? Aber alle sagten doch, es sei nur ein kleiner Privatstreit, der hier niemanden etwas anging. Auch das Schiff, mit dem sie gekommen war, hatte nicht so viele Passagiere an Bord gehabt wie sonst um diese Jahreszeit ...

Sie hatten die letzten Häuser hinter sich, und bald schon gab es keine gepflasterte, schnurgerade Straße mehr, sondern nur noch schmale, gewundene Sandwege. Der Mond schien so hell, daß der Lichtkegel der Scheinwerfer fast nicht mehr sichtbar war. Langsam stieg der Weg an, und die Bäume links und rechts des Weges wurden dichter. Sie mußte daran denken, wie sie bisher immer die Räder benützt hatten.

Auch im Jahr vorher hatten sie einen Ausflug zum Eagle Lake gemacht. Alec hatte damals noch kein Auto, und sie hatten die Räder benützt. An den steilen Stellen hatten sie schieben müssen …

Alec neben ihr war auf den Weg konzentriert. »Jetzt muß bald die Abzweigung kommen.« Die Scheinwerfer glitten über den Waldboden. Manchmal raschelte es im Unterholz, und der Schatten eines aufgescheuchten Tieres verschwand im Dunkel. Dann traten die Bäume auseinander, und vor ihnen lag der Eagle Lake. Es war der größte See, und die Fremden hatten ihn leider längst entdeckt: Es gab Badehütten, und im letzten Sommer war sogar eine Imbißstube dort aufgestellt worden.

Alec ließ den Wagen ausrollen, bis dicht vor das einzelne Holzhaus am Ufer, das Privatbesitz der Familie Butler war.

Das Haus hatte ein Schilfdach; am Steg davor lag ein Kanu, blau und orange gestrichen, mit einer hellen Plane abgedeckt.

»White hat sogar das Boot heraufschaffen lassen!« stellte Anne fest.

Alec war neben sie getreten. »Sollen wir auf den See hinausrudern?«

Sie sah ihn an mit einem unbefangenen Lächeln. »Früher sind wir hinausgeschwommen.«

Das betroffene Schweigen, das darauf eintrat, hatte sie bisher nur bei anderen jungen Männern erlebt, nie bei Alec. Was war los mit ihm?

»Ich werde nachsehen, ob Badezeug da ist«, sagte er schließlich, aber seine Stimme klang nicht natürlich. »Liegt der Schlüssel an der alten Stelle?« fragte er im Weggehen.

Anne war noch näher ans Ufer gegangen. Sie kniete sich nieder und tauchte die Hand ins Wasser. »Es ist kälter, als ich dachte«, sagte sie zu ihm, als er zurückkam. »Laß uns lieber ein Feuer machen. Ich bekomme allmählich Hunger.«

Sie suchten die alte Feuerstelle, die sie vor Jahren gemeinsam angelegt hatten. Anne holte Reisig und Holz von dem Stapel unter dem Dach des Holzhauses; Alec breitete eine Decke auf den Boden und packte den Picknick-Korb aus. Er hatte süße Kartoffeln dabei, bereits in Stanniol eingewickelt, eine Lieblingsspeise von Anne.

Sie machten das Feuer an und warteten, bis die Kartoffeln in der glühenden Asche gar wurden. Sie sprachen nicht viel, beobachteten die Glut, lauschten auf die Geräusche des Waldes und des Sees, ein Rascheln im Schilf, ein Windstoß in den Baumkronen, der Schrei eines Nachtraubvogels. Nachts war es hier noch ruhig.

Auch nachdem sie gegessen hatten, blieben sie vor dem Feuer sitzen. Anne hatte eine Decke um die Schultern genommen. Das Gefühl, daß zwischen ihr und Alec irgend etwas anders war als in früheren Jahren, wirkte immer noch nach.

»Großmutter hat eine Andeutung gemacht, daß du ein Haus in Boston kaufen willst«, sagte sie schließlich.

Er schüttelte den Kopf. »Sie ist wirklich ein Phänomen. Einmal möchte ich erleben, daß sie etwas nicht weiß.«

»Also stimmt es?«

»Ja.«

»Wozu ein ganzes Haus für dich?«

»Es ist das Haus, in dem einer unserer Vorfahren gelebt hat, Augustus Butler, *Wales Cottage*.«

»Der mit der Walfangflotte?«

Er sah sie über das flackernde Feuer weg an. »Keine Rede davon. Er hat nicht ein einziges Schiff besessen, geschweige denn eine Walfangflotte ...«

»Aber ...«

»Kein Butler hat je sein Vermögen mit den Händen gemacht, mit harter Arbeit. Augustus Butler hatte nichts als eine gloriose Idee, eine echte Butler-Idee. Du kennst die

Stäbchen in den Korsetts? Sie werden aus Walfischrippen hergestellt. Diese Stäbchen, das war seine Idee: Mit etwas Geld machen, was alle anderen für wertlos halten. Er kaufte Walfischrippen tonnenweise. Ich bin durch Zufall auf das Haus gestoßen. Er hat es sich von seinem ersten Geld gebaut. Mir fiel es auf, weil im Vorgarten eine Laube aus Walrippen steht. Das Ganze ist ziemlich heruntergekommen. Es wohnt schon lange niemand mehr dort, was sich natürlich günstig auf den Preis auswirkte.«

»Augustus Butler besaß nie eine Walfangflotte? Großmutter besitzt sogar ein Bild, auf dem er mit der Mannschaft eines Whalers zu sehen ist.«

»Das war seine zweite gute Idee. Als Hersteller von Korsett-Stäbchen wäre er in Boston nicht gesellschaftsfähig gewesen, also hat er ihnen eine frei erfundene Geschichte nach ihrem Geschmack serviert.«

Jenseits des Eagle Lake, dort, wo die Blockhütten des Sommer-Camps standen, gingen plötzlich Lichter an. Anne rückte näher ans Feuer, während sie sagte: »Wozu brauchst du ein ganzes Haus?«

Alec saß mit angezogenen Beinen dort, die Arme um die Knie geschlungen. »Der Preis war sehr günstig ...«

Sein Ausweichen machte Anne nur neugieriger. »Gibt es eine Frau.?«

»Ja.«

»In Boston?«

»Ja.« Er vermied es, sie dabei anzusehen.

»Älter als du? Reich?«

»Jünger.«

»Ein Mädchen aus Boston ...« Sie versuchte, ihre Überraschung hinter Spott zu verbergen. »Und wie sind sie, die Mädchen aus Boston?«

»Die Mädchen aus Boston sind genauso wie überall.« Er war froh, daß sie dem Gespräch eine ironische Wendung gegeben hatte. »Sie wollen heiraten, und wenn sie verheiratet sind, entdecken sie, daß sie den falschen Mann erwischt haben. Die einen finden es schnell heraus, die anderen später. Es gibt keine Frau in Boston, die den richtigen Mann hat, aber alle tun sie so.«

»Deine Mutter war nicht so.«

»Sie stammte aus New York.« Sein spöttischer Ton bekam eine gewisse Schärfe. »Vielleicht wäre sie meinem Vater nicht davongelaufen, wenn sie in Boston aufgewachsen wäre ...«

Bis zu dieser Stunde hatten sie nie über seine Mutter gesprochen. Das Thema war tabu zwischen ihnen. Aber nun, da es schon einmal zur Sprache gekommen war, fragte sie weiter:

»Sie lebt in Paris?«

»Ja.«

»Hast du sie mal wiedergesehen?«

»Vor zwei Jahren ... Sie ist ganz anders, als ich immer dachte.«

»Hat sie den Mann geheiratet, der ...«, sie stockte, fuhr aber gleich fort, »... der damals der Grund war.«

»Sie hat ihn geheiratet und sich nach einem Jahr von ihm scheiden lassen. Sie hat eine Galerie aufgemacht, wo sie junge, unbekannte Maler ausstellt. Ich habe den Verdacht, daß sie dabei weniger künstlerische Maßstäbe anlegt, sondern daß ihre ›Entdeckungen‹ ihre jeweiligen Liebhaber sind.«

»Ist sie glücklich dabei?«

»Manchmal denke ich, sie ist meinem Vater nur davongelaufen, weil es ihr zu gut ging. Es war ihr langweilig, einfach nur glücklich zu sein ...«

»Du hast keine hohe Meinung von uns Frauen.«

»Ich sehe gewisse Schwierigkeiten. Was immer ein Mann unternimmt, um eine Frau glücklich zu machen – er scheint in jedem Fall das Falsche zu tun.«

Eigentlich hätte das Gespräch Anne ernst stimmen müssen, aber sie fühlte sich fröhlich, fast übermütig. »Ich habe nichts dagegen, wenn du Junggeselle bleibst.«

»Machst du dich über mich lustig?«

»Überhaupt nicht. Ich bin lediglich eine schreckliche Egoistin. Nehmen wir an, du heiratest, dann heißt das, ich werde nicht mehr viel von dir sehen.«

War das nicht der Augenblick, ihr zu sagen, was er wirklich für sie empfand. Es drängte ihn zu sprechen, mehr noch, sie stumm in die Arme zu nehmen.

Vom See her kam ein Geräusch. Es klang wie der starke Flügelschlag eines großen Nachtraubvogels. Dann erkannten sie das Boot, das auf sie zukam. Der Mann saß mit dem Rücken zu ihnen und ruderte mit hastigen Schlägen, die das Wasser aufwühlten.

»Das wird Storm sein«, flüsterte Anne.

Das Boot hatte jetzt das Ufer fast erreicht. Der Mann ließ die Ruder ins Wasser sinken und richtete sich auf.

»Feuer aus!« Seine Stimme hallte laut durch die Stille. »Wollt ihr unbedingt den Wald abbrennen!« Der Kiel seines Kahns lief knirschend auf Grund. »Hört ihr nicht? Löscht das Feuer!«

Der Mann sprang ans Ufer und kam mit großen Schritten auf sie zu. Er trug die Uniform eines Pfadfinders, kurze Hosen, Kniestrümpfe, braunes Hemd mit geknotetem Halstuch, den Hut mit dem Lederband, aber er war gut über Fünfzig.

»Wie kommen Sie dazu ...« Er verstummte. Als er sie erkannte, blieb er stocksteif stehen.

»Hallo, Storm«, sagte Anne. »Wie geht es? Was macht das Camp? Viele Jungen dieses Jahr?«

Er antwortete nicht, sondern starrte nur auf das Feuer; der Ausdruck seines Gesichts war eine Mischung von Faszination und Panik. Aus der Nähe wirkte er in seiner Jungenuniform noch seltsamer.

»Wir löschen das Feuer vorschriftsmäßig, bevor wir gehn«, versicherte Alec.

Der Mann ließ die Augen nicht von der Glut. »Wußte nicht, daß Sie es sind«, sagte er schließlich. »Alle möglichen

Leute treiben sich hier herum und machen Feuer. Wenn der Wald erst einmal brennt, ist es zu spät. Ich wollte nur sichergehn. Diese Leute, die hier überall Picknicks machen, sind eine Pest, und ihr Leichtsinn ist kriminell. Ich sehe den Tag kommen, wo hier alles in Flammen steht ...« Er murmelte einen Gruß und kehrte zu seinem Kahn zurück. Bald darauf hörten sie den Schlag der Ruder, bedächtiger diesmal.

»Ich bin nicht sicher, daß er wirklich zurückrudert«, sagte Anne, »solange wir noch hier sind.«

Alec zog die Decke fester um die Schultern. »Wir können von Glück sagen, daß er nicht das ganze Camp aus den Betten geholt hat.«

Richard Storm leitete am Ostufer des Eagle Lake ein Sommer-Camp für Jungen zwischen zehn und fünfzehn Jahren. Die Blockhütten waren spartanisch einfach, Holzpritschen, Wolldecken, waschen im Freien. Auf dem Programm stand Schwimmen, Rudern, Reiten und Wandern, aber für Storm war das alles nur lästiges Beiwerk. In Wirklichkeit ging es ihm darum, die Jungen als seine private Feuerwehr auszubilden. Tag für Tag schwärmte er mit seiner Brigade durch die Wälder um Bar Harbor, um all die weggeworfenen Flaschen einzusammeln; es war seine Theorie, daß dies die häufigste Ursache für Waldbrände war: Ein Glasscherben, der im Sonnenlicht zum Brennglas wurde und das dürre Gras in Flammen setzte.

Anne lauschte auf die Ruderschläge, die allmählich leiser wurden. Ich hätte ihn nach den Adlern fragen können, dachte sie. Möglich, daß er sie ebenso wie Jenkins bemerkt hatte, vielleicht sogar wußte, wo sich der Horst befand ... Und dann mußte sie an Onkel Sol denken, der auf seiner Klippe saß. Es schien, als zöge Bar Harbor Sonderlinge an, und als Alec fragte: ›Wohin jetzt?«, antwortete sie prompt: »Zur *Baronin.*« – Sie war die sonderlichste Gestalt von allen.

»Ist es nicht schon sehr spät?«

Sie schüttelte den Kopf. »Letztes Jahr haben wir bis Sonnenaufgang ausgehalten.«

»Viel fehlt nicht mehr bis dahin.«

»Um so besser. Von der Blockhütte der *Baronin* haben wir den schönsten Blick über die Bucht.«

Das Feuer war niedergebrannt bis auf etwas Glut. Sie zogen die glühende Asche auseinander und schütteten Erde darüber. Anne war sicher, daß Storm sich mit seinem Kahn irgendwo am Ufer unter den Zweigen einer Weide verborgen hielt und, sobald sie gegangen waren, zurückkommen würde, um zu kontrollieren, ob sie das Feuer richtig gelöscht hatten. Sie sammelten ihre Sachen zusammen und brachten sie zum Auto.

Sie mußten langsamer fahren als vorher; der Mond stand bereits zu tief, um ihnen noch Licht zu geben. Bei Tag war Anne den Weg oft gefahren, aber jetzt wirkte alles fremd. Dicht in ihre Decke gehüllt, saß sie neben Alec und hatte das Gefühl, daß sie sich rettungslos verirrt hatten. Aber als der Wagen plötzlich anhielt und sie an dem Stamm einer Rottanne die Markierung erkannte, war sie fast enttäuscht, als sei sie um etwas betrogen worden. Es gab diesen Augenblick jedesmal, wenn sie ihre erste Bar-Harbor-Nacht zusammen mit Alec verbrachte: Eine Erwartung, die nicht erfüllt wurde, das Gefühl, umsonst auf etwas Wunderbares gehofft zu haben.

Im Wald war es dunkel gewesen. Als sie dann nach ein paar Minuten oben auf dem Plateau aus den Bäumen traten, sahen sie, daß der Himmel sich im Osten bereits grau färbte. Vor ihnen dehnte sich die Bucht in ihrer ganzen Breite. Die Aussicht von diesem Platz war so überwältigend, daß es für jeden Sommergast ein Muß war, den langen und beschwerlichen Weg hier herauf zu machen. Ebenfalls ein Muß war es, nicht wegzugehen, ohne bei der Baronin ein Souvenir gekauft zu haben.

Ihre Blockhütte stand etwas abseits. Ein einzelnes Fenster war erhellt, und Anne glaubte den Schatten einer Gestalt im Innern zu erkennen. Viel mehr als diesen einen Raum hatte die Blockhütte bestimmt nicht. Sie war aus runden Holzstämmen gezimmert. Davor stand ein Fahnenmast, und tagsüber wehte dort eine Flagge, das blaue Banner mit der goldenen Fleurs de lis. Und tagsüber waren auch die Außenwände der Blockhütte mit all den Souvenirs behangen, die man hier kaufen konnte: In erster Linie waren es Dinge, die von Indianern hergestellt wurden, Körbchen, Ponchos, Schneeschuhe, Ketten und Armreifen; daneben gab es aber auch bemalte Muscheln, und den Leuchtturm von Egg Rock, der auf Birkenrinde gemalt war. Alle diese Dinge bekam man auch unten im Ort, sogar billiger, aber dafür wurde man hier von einer französischen Adeligen bedient.

Ihren richtigen Namen schien niemand zu kennen. Sie hieß einfach die *Baronin* oder die *Baronin vom Mount Cadillac*, weil ihre Hütte am Fuß dieses Berges lag. Trotz der langen Zeit, die sie schon hier lebte, hatte sie nie richtig Englisch gelernt. Man erzählte sich widersprüchliche Geschichten über sie, aber alle liefen darauf hinaus, daß sie einem französischen Adelsgeschlecht entstammte, dem früher einmal die ganze Mount-Desert-Insel gehört hatte. Ludwig XIV. selber hatte sie ihren Vorfahren geschenkt, so hieß es, und sie sei nach Amerika gekommen – eine Ururenkelin der damaligen Besitzer –, um ihre Ansprüche geltend zu machen. Die meisten hielten sie für eine harmlose Irre. Die Kinder aber liebten sie, weil sie einen kleinen Teich hatte, in dem Goldfische schwammen, die, wie sie versicherte, über dreihundert Jahre alt waren und aus einem Aquarium des Sonnenkönigs stammten. Tatsache war, das hatte Alec ihr bestätigt, daß die Baronin früher einmal lange Prozesse um den Besitz der Insel geführt hatte und daß sie darüber verarmt war ...

Anne machte Alec auf das erleuchtete Fenster in der Blockhütte aufmerksam. »Da wartet anscheinend noch jemand auf den Sonnenaufgang«, sagte sie leise.

»Ich wußte gar nicht, wie unheilbar romantisch du bist.«

»Unheilbar ist der richtige Ausdruck. Komm, laß uns bis vor an den Abhang gehen.«

Der Boden war zum Teil nackter Fels. Am Rand des Plateaus, wo es etwa zwanzig Meter steil in die Tiefe ging, stand ein Holzgeländer. Es war ganz still hier oben, auch die Vögel regten sich noch nicht. Die wenigen Lichter von Bar Harbor, eben noch schwach sichtbar, erloschen in dem Grau der Atmosphäre, das immer intensiver wurde. Auch das Wasser in der Bucht war grau, die Oberfläche bewegt. Die Flut hatte bereits eingesetzt; die Porcupines Islands wurden von Minute zu Minute kleiner und schienen immer weiter vom Land abzurücken.

Beim Aufstieg hatten sie die Kühle nicht empfunden, aber jetzt bereute Alec, daß er für Anne keine Decke mitgenommen hatte. »Ist es nicht besser, wir gehn«, sagte er.

»Nein, warte.«

»Bis die Sonne kommt, vergeht noch eine halbe Stunde. Du wirst dich erkälten.«

»Bitte ...«

Durch die Stille kam ein Geräusch. Die Tür der Blockhütte hatte sich geöffnet, und heraus trat eine graue Gestalt. Ihre Schritte waren lautlos, nur der Saum ihres wallenden Gewands schleifte leise über den Boden. Das Gewand war grau, und das Haar der Frau war grau und aufgelöst; sie trug lange Spitzenhandschuhe, und an ihrem linken Arm hing ein schwarzer Fächer.

Sie glitt mehr, als sie ging. Ihre Augen waren geradeaus gerichtet, weit offen und doch traumwandlerisch blind. Sie ging bis an den Rand des Plateaus, blickte über die Bucht, mehr eine Erscheinung als ein Mensch aus Fleisch und Blut. Plötzlich stieß sie einen Schrei aus. Es war der überraschte Aufschrei eines Menschen, der etwas sieht, das er nicht glauben kann. Sie hob die Hand, und mit dem Fächer wies sie hinaus in die Bucht.

Es war eine so beschwörende Geste, daß Anne und Alec in dieselbe Richtung blickten. Und jetzt konnte auch Anne einen Aufschrei nicht unterdrücken: »Schau doch, Alec! Das Schiff!«

Weit draußen, in der südlichen Einfahrt der Bucht, glitt ein mächtiges Schiff über das Wasser. Der Himmel war grau, das Wasser war grau, und das Schiff war schwarz und klar gezeichnet, der lange Rumpf, die Decks, die vier schwarzen Schlote, die dunklen Qualm ausstießen. Nirgends ein Licht, das ganze Schiff dunkel. Ohne den Rauch über den Schloten hätte man glauben können, der Ozeanriese, der da in die Bucht einfuhr, sei unbemannt.

»Das kann nicht sein«, murmelte Anne, »das gibt es einfach nicht.« Sie blickte fragend zu der grauen Gestalt, und als hätte diese ihre Worte verstanden, wandte sie den Kopf. Sie lächelte, nickte und begann zu sprechen, schnell und überstürzt.

Anne verstand kein Wort. »Was sagt sie?« fragte sie Alec.

»Ich bin nicht sicher, ob ich richtig gehört habe. Sie scheint zu glauben, es sei ein französisches Schiff. Le Roi ... Sie redet vom König ... ich weiß auch nicht.«

Anne wandte den Blick wieder der Bucht zu. »Frenchmans Bay«, sagte sie leise vor sich hin.

»Es ist unmöglich ein Franzose«, hörte sie Alec neben sich. »Es ist überhaupt unmöglich. Ein Schiff dieser Größe. Es ist mir schleierhaft, wie die es überhaupt schafften, an Egg Rock vorbeizukommen. Nicht einmal die ›Mosse‹ würde es nachts wagen.«

Anne kam plötzlich ein Gedanke, ein verrückter Gedanke, wie ihr schien, und doch sprach sie ihn aus:

»Und wenn es das deutsche Schiff ist?«

»Die ›Cecilie‹? Niemals! Die ›Cecilie‹ hat vier gelbe Schornsteine, diese hier sind schwarz. Ich sehe auch keinen Namen, und vor allem nirgends eine Flagge ... Dem Aussehen nach könnte es allenfalls die ›Olympic‹ sein, aber die ist gestern abend in New York eingelaufen.«

Anne blickte hinaus zu dem Schiff ohne Namen, ohne Flagge, das immer weiter in die Bucht glitt, auf die Reede von Bar Harbor zu. Sie konnte immer noch nicht glauben, was sie sah. Vielleicht war alles nur ein Wachtraum. Sie wußte nichts von dem Lächeln, das auf ihrem Gesicht lag, ein Lächeln, das alles für möglich hielt.

Zweiter Teil

Sechstes Kapitel

Es roch in der Kabine nach Seifenschaum und Rasierwasser. Die Müdigkeit steckte ihm wie Blei in den Gliedern, drückte ihn tief in seinen Sessel. Er hatte versucht zu schlafen in den letzten Stunden, nachdem das Schiff vor Anker gegangen war; aber er hatte nur mit offenen Augen dagelegen, bis ihn Pommerenke endlich erlöste, weil es Zeit war zum Rasieren. Jetzt konnte er es nicht mehr erwarten, daß der »Tiger« ihm den Umhang wieder abnahm. Er zerrte das Tuch ungeduldig vom Hals und trat an das Fenster des Navigationsraums.

Das dicke Glas schien nur flimmernde Helligkeit zu sein. Es war einer jener Sommermorgen, an denen die Welt nur aus Licht zu bestehen scheint, ein einziges Meer von Helligkeit, und darin in scharfen Umrissen und dennoch körperlos wie eine Fata Morgana die Dinge. Die Illusion war vollkommen: Die Bucht mit den vielen Booten, war das nicht der North River? Das Panorama der Berge, glich es nicht der Skyline von Manhattan? Und die wimmelnde Ansammlung von Neugierigen am Ufer, sah die Pier von Hoboken nicht genauso aus, wenn ein Schiff hereinkam? Eine Halluzination – nach drei Tagen und zehn Stunden ohne Schlaf war das nicht weiter verwunderlich.

Hinter ihm räusperte sich Pommerenke. »Gestatten Sie ...« Er knöpfte ihm einen neuen Kragen ein. Dann öffnete er den Schrank, nahm eine weiße Uniformjacke heraus und hielt sie dem Kapitän hin.

Polack blickte an sich hinunter und bemerkte erst jetzt, daß er weiße Hosen trug. Er konnte sich nicht erinnern, wann er sie gegen die dunklen ausgewechselt hatte. »Warum Weiß, Pommerenke?«

»Sommer, Käpt'n.« Schatten der Müdigkeit lagen unter seinen Augen, aber schlimmer war der Ausdruck von

Ratlosigkeit, der auf seinem Gesicht lag. Er besaß eine große Fertigkeit, die Knöpfe der Jacke zu schließen, selbst wenn der Stoff steif gestärkt war, aber diesmal kam er nicht damit zurecht; die glatten goldenen Knöpfe widersetzten sich ihm, und er fing im falschen Knopfloch an, so daß er noch einmal von vorne beginnen mußte.

»Was ist los mit dir?« sagte Polack.

»Sie haben abgenommen, Käpt'n.«

»Alles hat sein Gutes.« Seine Worte kamen ihm sinnlos vor, noch mehr der Versuch zu scherzen. Er legte für einen Moment den Arm um Pommerenkes Schulter. »Mach dir keine Sorgen. Zu Hause wissen sie jetzt schon, daß wir in Sicherheit sind. Sobald wir innerhalb der Dreimeilenzone waren, haben wir der Reederei einen Funkspruch durchgegeben ... Irgendein pensionierter Kapitän wird in dieser Stunde in Bremerhaven die Häuser abklappern und den Angehörigen die Nachricht überbringen ...«

Weder die Worte beruhigten Pommerenke noch die Hand des Kapitäns auf seiner Schulter; diese ungewohnte vertraute Geste brachte ihm nur noch deutlicher zu Bewußtsein, in welcher Lage sie sich befanden. Er machte sich davon frei, indem er zur Seite trat und dann steif, und um Distanz bemüht, sagte: »Haben Sie Befehle, Käpt'n?«

»Schlafen, Pommerenke. Schlafen.«

Pommerenke senkte den Kopf. »Ich meine Befehle, Käpt'n. Was geschieht jetzt?«

Polack verstand nur zu gut, was er meinte. Seit Jahrzehnten lief ihr Leben nach einem festen Rhythmus ab. Das Beladen des Schiffs, die Ankunft der Passagiere, das Auslaufen, die Überfahrt, die Ankunft im Heimathafen, das Debarkement der Passagiere, das Säubern des Schiffs ... Und von neuem der Kohlentender längsseits des Schiffs, das Beladen mit Vorräten, die Ankunft der Passagiere, das Auslaufen ...

Während der vergangenen Tage und Nächte hatte Polack sich nur auf eines konzentriert: das Schiff in Sicherheit zu bringen; er hatte nur an den nächsten Augenblick gedacht, an nichts sonst. Das Summen des Ventilators an Deck störte ihn plötzlich. Er schaltete ihn ab. Pommerenke wartete noch immer.

»Ich meine es ernst. Sieh zu, daß du ein paar Stunden schlafen kannst. Das ist im Moment das wichtigste. Wenn ich die Gesetze richtig im Kopf habe, müssen wir entweder in vierundzwanzig Stunden wieder auf See sein, oder wir sitzen hier für die Dauer des Kriegs fest ... Also brauche ich eine ausgeruhte Mannschaft.«

Auf der Brücke wurden Stimmen laut. Dann klopfte es. Pommerenke öffnete, und der Oberzahlmeister trat ein. Auch er hatte seine weiße Sommeruniform angelegt. Der Stoff war brettsteif gestärkt, die Bügelfalten der Hosen standen auf den polierten schwarzen Schuhen.

»Was gibt es, Kuhn?«

Die Hand des Oberzahlmeisters fuhr an den Schnurrbart, eine Bewegung, die zu dem Mann gehörte wie der Schnurrbart selbst. Die Enden standen nach oben, genau wie bei Kaiser Wilhelm II., was Kuhn bei der Mannschaft seinen Spitznamen eingetragen hatte: Wilhelm III. Auch er war in den letzten drei Nächten nicht ins Bett gekommen, und so hatte er seine Bartbinde nicht anlegen können; für Kuhn war das keine Nebensächlichkeit. Wenn sein Schnurrbart nicht in Ordnung war, dann war auch er nicht in Ordnung.

»Ich brauche Sie an Deck, Käpt'n.«

»Wozu? Wann gehen die Passagiere von Bord?«

»Die Erste Klasse ist bereits dabei, nachdem die Erlaubnis eingetroffen ist. Ich habe Ihre Kabine wieder frei. Die Herrn von der Bank hatten es besonders eilig.«

Pommerenke atmete hörbar auf. Ihm hatte es nicht gepaßt, daß Kapitän Polack seine Räume abgetreten hatte. »Wenn Sie mich hier nicht mehr brauchen, kümmere ich mich darum, daß Ihre Kabine wieder in Ordnung kommt.«

Polack schien es nicht so eilig zu haben. »Ich kann es dir nicht verbieten.«

»Er sollte lieber schlafen«, sagte er zu Kuhn, als Pommerenke gegangen war. »Ich möchte, daß alle Leute, die nichts mit der Ausschiffung zu tun haben, Schlaf nachholen. Sie sind alle zum Umfallen müde ... Behelfen Sie sich, soweit es geht, mit Stewards.«

Wilhelm Kuhn sah den Kapitän an. Er suchte nach Zeichen der Erschöpfung, aber er fand sie jetzt so wenig wie sonst nach einer durchzechten Nacht. Bis auf die Jacke, die nicht ganz so straff saß, wirkte Polack frisch und energiegeladen. Es bestand eine alte Rivalität zwischen ihnen, gewachsen in den fünfzehn Jahren, die sie beide auf denselben Schiffen fuhren. Wilhelm Kuhn war stolz darauf, der Oberzahlmeister von Charly Polack zu sein, aber es war nicht immer einfach, neben einem Mann wie ihm das eigene Selbstbewußtsein zu bewahren. Im Grunde wartete er seit fünfzehn Jahren darauf, Polack einmal in schlechter Verfassung zu erleben.

»Wieviel gehen mit dem ersten Schub?« fragte Polack.

»Zufällig lag ein Fährschiff im Hafen. Es kann etwa dreihundertfünfzig Passagiere aufnehmen, die Hälfte der Ersten Klasse. Ein zweites Schiff ist angefordert, und wenn es wie versprochen eintrifft, sollte es am Abend auch mit dem Rest der Ersten Klasse klappen.«

»Und Zweite und Dritte?«

»Da sehe ich vorläufig schwarz. Keine Aussicht vor morgen oder übermorgen.«

»Sie können nicht bleiben. Sie müssen heute noch von Bord.«

»Ich sehe nicht, wie. Dies ist ein verdammt abgelegener Ort.«

»Das ist Ihre Sache, Kuhn.«

Die beiden Männer hatten den Navigationsraum verlassen und waren auf die Brücke getreten. Es war niemand dort, nur der Rudergänger. Nachdem die Anker der CECILE

Grund gefaßt hatten, war jeder entbehrliche Mann von Polack in die Koje geschickt worden.

»Wie bringen Sie die Passagiere von Bord?« fragte Polack. Die CECILE ankerte mehr als zweihundert Meter vom Ufer entfernt. Näher erlaubte es das flache Wasser nicht.

»Wir setzen sie in die Rettungsboote und lassen sie zu Wasser«, sagte Kuhn. »Es ist noch das kleinste Übel und geht am schnellsten.«

»Wie nehmen es die Passagiere auf?«

»Ich hatte es mir schlimmer vorgestellt, nach den letzten drei Tagen.« Kuhn war von Natur ein Pessimist; er witterte immer und überall Unheil, und seine Haupttätigkeit an Bord bestand seiner Überzeugung nach darin, ›das Schlimmste zu verhindern‹. »Trotzdem wäre es gut, wenn Sie sich an Bord sehen ließen. Es gibt da einige Beschwerden ...«

Polack winkte ab. »O nein, das ist Ihr Tag, mein lieber Kuhn!«

Der Oberzahlmeister erwiderte nichts. Was hätte er sagen sollen? Dies war in der Tat sein Tag, und in New York wäre Polack in diesem Augenblick längst von Bord gewesen. Der Tag vor dem Auslaufen eines Schiffs, und der Tag nach der Ankunft, das waren die Tage des Oberzahlmeisters. Für Polack war es selbstverständlich, daß alles klappte, dazu hatte er ja schließlich seinen *lieben Kuhn* – an diesen Tagen war der Oberzahlmeister allergisch gegen diese Bezeichnung. »Ich bekomme eine Menge Reklamationen wegen des ausgefallenen Kapitäns-Dinners.«

»Wenn's sonst nichts ist ...«

»Sie mögen es für unwichtig halten, aber das ist nicht alles. Sie werden eine Menge Klagen bekommen. Ich meine nicht Beschwerden, sondern Klagen, Prozesse. Dieser Kreisler mußte sein ausverkauftes Konzert in London ausfallen lassen. Er wird auf Schadenersatz klagen.«

»Der Geiger?«

»Ja. Und Mr. Mears aus Chicago droht mit einer Klage auf entgangenen Gewinn, zwanzigtausend Dollar, weil Sie ihn daran gehindert haben, Telegramme aufzugeben.«

»Bitte, Kuhn! Das geht die Juristen beim Lloyd an, nicht uns.«

»Sie wollen wissen, ob ihnen der Fahrpreis ersetzt wird.«

»Die Juristen ...«

»Die Juristen, um Gottes willen. Sie müssen sich bei den Leuten sehen lassen. Sie müssen mit ihnen reden. Schließlich sind es unsere Passagiere.«

Er gab dem letzten Wort eine eigenartige Betonung. *Passagiere*, dieses Wort umfaßte für den Oberzahlmeister der CECILE ein ganzes Glaubensbekenntnis. Die Passagiere zufriedenzustellen, ihnen jeden Wunsch von den Augen abzulesen, das war sein Credo und Lebensinhalt. Vor jeder Fahrt saß er stundenlang über den Passagierlisten, vor allem natürlich über denen der I. Klasse, wie ein Gläubiger über der Heiligen Schrift. Mit nadelfein gespitztem Bleistift machte er sich Anmerkungen. Nach einer alten Faustregel dauerte es fünfzehn Jahre, um aus einem 1. Offizier einen Kapitän zu machen; bei einem Oberzahlmeister ging es nicht schneller. Nur, das Wissen, das einen guten Zahlmeister ausmachte, stand nirgends geschrieben, das mußte man sich selber aneignen. Das hatte Kuhn getan. Die meisten Passagiere der I. Klasse kannte er persönlich. In seinem Büro standen der »Gotha« und daneben die jeweils letzte Ausgabe des »Who's who«, aber er mußte selten etwas nachschlagen; sein Gehirn war ein wandelndes Lexikon von Namen, Charaktereigenschaften, Vorlieben, Abneigungen, Marotten. Sein Wissen umfaßte auch Dinge, die ihn eigentlich nichts angingen. Er kannte seine Passagiere besser, als sie ahnten, und wenn neue, ihm unbekannte Namen dazukamen, zog er sorgfältig Erkundigungen ein, diskret wie ein Privatdetektiv, gründlich wie ein Wissenschaftler. Sein Hauptinteresse galt den Reichen. Mit ihnen verdiente die Reederei zwar nicht das große Geld – das wurde im Zwischendeck, in der III. Klasse, gemacht –, aber die Reichen waren es, denen ein Schiff seinen Ruf verdankte. Sie machten es berühmt, gaben ihm Glanz, genauso wie es in ihrer Macht stand, es zu ruinieren.

Und so wiederholte Kuhn fast flehend: »Es sind unsere Passagiere. Wir können es uns nicht leisten, sie zu verärgern. Wenn sie das nächste Mal ausbleiben ...«

»Wachen Sie auf, Kuhn!« sagte Polack gereizter als notwendig, wie er selber fand. »Die ›Cecilie‹ wird so schnell keine Passagiere mehr sehen. Nicht in der nächsten Zeit. Wenn wir hier auslaufen, dann wird niemand an Bord sein außer der Mannschaft.«

Kuhn erwiderte nichts; er forschte in Polacks Miene, schien darauf zu warten, daß der Kapitän seine Worte abschwächte. Gefolgt von Polack trat er hinaus und blickte über das Schanzkleid hinunter auf das Sonnendeck, wo sich die Passagiere um die Rettungsboote drängten. Ein paar trugen über der Kleidung immer noch die Schwimmwesten, die man ausgegeben hatte, aber die meisten waren in sommerlicher Sonnendeck-Gala, wie Kuhn mit Befriedigung registrierte. Auch die Stewards, die ihnen beim Einsteigen in die Boote halfen und Handgepäck oder Hunde nachreichten, hatten frische Uniformen angelegt, schneeweiß und steif wie seine eigene. Fast sah es aus, als handelte es sich um ein neues Gesellschaftsspiel, das dort unten geübt wurde.

Einige Passagiere hatten Polack entdeckt. Rufe wurden laut. »Charly ... Charly!« Meist waren es Frauenstimmen, und eine rief jetzt, eine dunklere: »Bravo, Charly ... Bravo!«

»Was ich Ihnen sagte! Man will Sie sehen!« Die Miene des Oberzahlmeisters hatte sich aufgehellt, und eifrig fuhr er fort, seinem eingewurzelten Pessimismus zum Trotz: »Es scheint, unsere Passagiere fangen an, das Ganze als amüsantes Abenteuer zu betrachten. Wer weiß, vielleicht schlägt es uns noch zum Guten aus. Die Zeitungen werden die Geschichte bestimmt ausschlachten, sozusagen kostenlose Reklame für die ›Cecilie‹ ...«

Polack winkte ab. »Ich möchte keine Reporter an Bord haben. Überhaupt, niemand wird an Bord gelassen. Mir genügen schon die Behörden. Ich wiederhole, Kuhn, wir müssen hier in vierundzwanzig Stunden wieder raus, und ich brauche bis dahin eine ausgeruhte Mannschaft.«

»Wir haben kein Stück Kohle mehr.«

»Ein Tender ist unterwegs von New York. Er wird bei Dunkelheit eintreffen. Bis dahin müssen die Passagiere von Bord sein.«

»Und das Gold?«

Polack zog einen Funkspruch aus der Tasche. »Ein Zollkutter ist im Anmarsch, die ...«, er blickte auf den Papierstreifen, »die ›Androscoggin‹. Er wird die Gold- und Silberladung übernehmen. Sie müssen ganz schön geschwitzt haben, so prompt haben sie reagiert ... Also, alles klar, Kuhn?«

Der Oberzahlmeister nickte. Irgendwie hoffte er immer noch, daß Polack es sich anders überlegte und aufs Sonnendeck zu den Passagieren ging. Aber schließlich sah er ein, daß nichts zu machen war.

»Alles klar, Käpt'n.«

Polack sah ihm nach, bis er im Niedergang verschwunden war. Vom Sonnendeck klangen immer noch die Stimmen herauf. Kuhn hatte recht, die Passagiere schienen Geschmack zu finden an dem Abenteuer. Das war nicht immer so gewesen in den letzten Tagen und Nächten.

Er hatte den Augenblick der ersten, schweigenden Verblüffung nicht vergessen, als er einigen ausgewählten Passagieren im Rauchsalon die Mitteilung vom bevorstehenden Kriegsausbruch gemacht hatte, und dem Befehl der Reederei, mit der CECILE umzukehren, um einen neutralen

Hafen anzulaufen. »Bitte, bewahren Sie Ruhe!« Das waren seine letzten Worte in jener Nacht gewesen, nachdem er ihnen die notwendigen Maßnahmen erklärt hatte. Natürlich hatte es Proteste gegeben, aber schließlich war ihnen gar nichts anderes übriggeblieben, als sich dareinzuschicken – und das Leben an Bord war fast normal weitergelaufen, jedenfalls für sie.

Erinnerungsfetzen an die vergangenen Tage und Nächte überfluteten ihn: Die Stewards, die alle Fenster und Bullaugen mit Leinwand abdeckten, so daß kein Licht mehr nach außen dringen konnte; die Männer, die sich angeseilt über die Reling hinuntergelassen hatten, bei voller Fahrt, um den Namen des Schiffs schwarz zu übermalen; die anderen, die an den Schornsteinen hingen und das Gelb überstrichen. Nicht daß er geglaubt hatte, die CECILE durch diese kleinen Tricks das Aussehen der OLYMPIC geben zu können. Manche hatten sich irreführen lassen, aber keineswegs alle. Die LA SAVOIE hatte ihre Position an verschiedene französische und englische Kriegsschiffe weitergegeben, und ein englischer Kreuzer, die ESSEX, war ihnen immer auf den Fersen geblieben. Seine einzige Chance war die Schnelligkeit und der dichte Nebel, den er auf der nördlichen Route angetroffen hatte. Die Passagiere allerdings hatten das anders gesehen. Der Nebel gab ihnen nicht das Gefühl der Sicherheit wie ihm. Die halsbrecherische Geschwindigkeit, mit der sie durch den Nebel fuhren, hatte sie in Angst versetzt, und einmal wäre es fast zu einer Panik gekommen. Sie schickten eine Abordnung zu ihm, die von ihm forderte, die Geschwindigkeit zu vermindern. Er hatte es abgelehnt, und er hatte ihnen nicht einmal offen den Grund sagen können für das Risiko, das er einging – daß sie Verfolger hatten ...

Und doch, wenn er jetzt zurückdachte, erschienen ihm alle Entscheidungen, die er während der Flucht – nichts anderes war es gewesen – hatte treffen müssen, einfach gegenüber dem, was nun vor ihm lag. Er hätte glücklich und stolz sein müssen, daß es ihm gelungen war, die CECILE in Sicherheit zu bringen. Warum war er es nicht? Er hatte keinen Namen für das Gefühl, das in ihm aufstieg; es glich fast einem Schmerz. Er stand dort und blickte über die Bucht. Er sah sie nicht zum erstenmal, aber darum ging es jetzt nicht. Es mußte ein seltsamer Anblick sein für die Leute von Bar Harbor, der Ozeanriese in ihrer Bucht. Jeder, der ein Boot besaß, war auf dem Wasser; es wimmelte von Seglern, Motoryachten, Trampelbooten. Eine ganze Flottille umkreiste die CECILE, und es wurden immer noch mehr, sogar Kanus waren darunter, die im Wellengang der anderen gefährlich auf und ab hüpften.

Auch das Ufer war dicht gesäumt von Menschen; Kopf an Kopf standen sie dort und winkten mit Tüchern herüber zum Schiff. Er konnte sich über den Empfang nicht beklagen, dennoch blieb das dunkle Gefühl, das sich seiner bemächtigt hatte, eine tiefe, namenlose Trauer.

Siebentes Kapitel

So ist das im Leben. Eigentlich sollte ich jetzt schon in Venedig sein, in meinem Hotel mit Blick auf Santa Maria della Salute – und wo bin ich gelandet? Vor der eigenen Haustür.« Ihr Gesicht lag im Schatten des lachsroten Huts. Der breite Rand wellte sich beim leichtesten Windhauch, so fein war das Panama-Geflecht.

Fred Vandermark, der 2. Offizier, war darauf gefaßt, daß der Hut im nächsten Augenblick von ihrem Kopf fliegen würde. »Traurig?« fragte er, »wegen Santa Maria della Salute?«

Ein Blick aus dem Schatten des Huts traf ihn. »Wieso? In Venedig säße ich jetzt allein da, mit einem Haufen Amerikaner, was so gut wie allein ist. Die amerikanische Kolonie in Venedig … du kennst sie nicht!«

»Gibt es in Venedig nur Amerikaner? Ich kann mir nicht vorstellen, daß es dir langweilig geworden wäre.«

»Du glaubst doch nicht, ich gehöre zu den Frauen, die nach Venedig fahren müssen, wenn sie etwas erleben wollen, oder nach Rom oder Paris oder sonstwohin. Das habe ich immer dem Zufall überlassen.« Der Hut überhauchte ihr Gesicht rosa, machte sie jünger, als sie war; ihre Augen veränderte er nicht, sie waren grün, smaragdgrün. Sie legte die Hand auf seinen Arm, und die lachsrot lackierten Fingernägel hoben sich leuchtend vom Weiß seiner Uniform ab.

»Ich hoffe doch, daß ich viel von dir sehe in der nächsten Zeit …«

Der Steward, der ein paar Schritte entfernt voller Ungeduld wartete, kam jetzt näher, entschlossen, sich nicht ein zweites Mal vertrösten zu lassen.

»Bitte, Mrs. Linzee! Das Boot ist voll, wir warten nur noch auf Sie. Wenn Sie mir bitte folgen wollen.«

»Sofort, Meinert, nur einen Augenblick.«

Sie ließ ihre Hand auf Fred Vandermarks Arm; mit der anderen zeigte sie zum Land. »Dort drüben in den Hügeln. Es ist schwer zu erkennen von hier. Das schloßartige Gebäude mit den vielen hohen Schornsteinen. Jeder in Bar Harbor kann dir den Weg zeigen ... Ich hoffe, du kommst bald.«

Sie gab dem Steward mit einer Geste zu verstehen, daß es wirklich nur noch einen Augenblick dauern würde. »Komisch, alle haben es eilig, an Land zu kommen, nur ich nicht. Aber besser, ich gehe jetzt, sonst sage ich dir noch Dinge, die ich noch keinem Mann vor dir gesagt habe.« Sie lachte leise, als mache sie sich über sich selber lustig. »Es muß die Abschiedsstimmung sein. Also, bis bald.«

»Ich weiß nicht, was geschieht«, sagte er, »und wie lange wir hier bleiben. Niemand weiß das im Augenblick. Aber du wirst von mir hören. Adieu.«

»Auf Wiedersehn.« Sie sagte es auf deutsch. Wieder einmal nahm der Wind einen Anlauf, ihren Hut mitzunehmen, wieder erfolglos. Sie ging mit dem Steward weg. Die weiten Ärmel ihres lachsroten Chiffonkleids flatterten im Wind.

Die Stewards und Schiffsjungen, alle geschniegelt und gebügelt, hatten einen Halbkreis gebildet, genauso wie sonst am Fallreep, wenn die Passagiere von Bord gingen. Unter ihren Mützen und Käppis blinzelten sie in die Sonne; oder waren sie bereits im Stehen eingeschlafen? Kuhn stand vor ihnen; er wartete, bis Gloria Linzee ihren Platz in dem Rettungsboot eingenommen hatte, und hakte dann ihren Namen auf seiner Liste ab. Ein Kommando ertönte. Langsam wurde das schneeweiße Boot hochgezogen, schwang über die Bordwand hinaus. Das halb kokette, halb ängstliche Lachen einer alten Dame klang auf.

Vandermark behielt den roten Hut im Auge, das rote Kleid, bis beides verschwunden war. Er horchte auf das

Geräusch der Seile in den Flaschenzugrollen, bis er schließlich das Aufklatschen vernahm, mit dem das Boot auf dem Wasser aufsetzte.

»Vandermark! Fertig mit Ihrem Minnedienst?« Der Oberzahlmeister winkte ihn heran, während die Stewards und Schiffsjungen beim nächsten Rettungsboot Aufstellung nahmen.

»Ich brauche Ihre Hilfe«, sagte Kuhn. »Schaffen Sie mir diese Mrs. Butler herbei. Sie hält mir den ganzen Betrieb auf. Das fällt doch in Ihr Ressort.« Er musterte den 2. Offizier der CECILE mit einem süßsauren Lächeln. Er konnte verstehen, daß er Glück bei Frauen hatte; daß sie auf seine etwas rauhe, männliche Schönheit flogen. Ja, er war sich klar, daß ein Schiff solche Offiziere brauchte, die sich in den Salons ebenso sicher bewegten wie auf der Brücke. Was er jedoch nicht verstand, das war die offensichtliche Bevorzugung, die Vandermark bei Polack genoß.

»Nun, was ist? Werden Sie mir Mrs. Butler herbeischaffen?«

»Ich wollte etwas Schlaf nachholen. Befehl vom Käpt'n.«

»Sie haben sicher eine Menge Schlaf nachzuholen, mehr als wir alle, wie?«

»Also gut, ich hole Mrs. Butler. Wo ist sie?«

»Sie finden die Dame im Rauchsalon. Sie treibt ihre Wettschulden ein; es scheint, daß sie diesmal besonders viele Herrn drangekriegt hat.«

Bevor er das Sonnendeck verließ, blickte Vandermark zu dem Rettungsboot, das eben zu Wasser gelassen worden war; es befand sich auf halbem Weg zu den Hafenanlagen. Die vielen Boote behinderten es, so daß es nur langsam vorankam. Der Hut und das Kleid von Gloria Linzee leuchteten rot herüber. Lachsrot war ihre Lieblingsfarbe und tauchte in irgendeiner Form meist in ihrer Kleidung auf. Als sie in New York an Bord kam, war es die Bluse gewesen, die sie zu einem weißen Kostüm trug. An dieses Lachsrot würde er sich immer erinnern, aber er war sich nicht sicher, ob er sie je wiedersehen würde. Er wußte nicht einmal, ob er sich das überhaupt wünschte. Liebschaften an Bord waren in Ordnung, aber immer, wenn er sie an Land fortsetzte, gab es Ärger. *Du wirst von mir hören*. Wie oft hatte er das schon zu einer Frau gesagt am Ende einer Überfahrt und das genaue Gegenteil gemeint. Noch etwas anderes beschäftigte ihn, während er nach Bar Harbor hinüberblickte:

Wie, um alles in der Welt, war Polack ausgerechnet auf diesen Ort verfallen, der von allen möglichen am wenigsten in Frage kam? Er dachte an die letzten Stunden der Nacht auf der Brücke; alle dort hatten Blut geschwitzt, als sie in die Bay of Fundy und dann in Frenchmans Bay eingelaufen waren, nur Polack nicht. Mehr als einmal hatte der Kiel der CECILE ein unter dem Wasser liegendes Riff gestreift, und das Geräusch, ein leichtes Schaben, war bis zu ihnen hinauf gedrungen ... Polack hatte sein Ziel bis zum letzten Augenblick nicht bekanntgegeben. Natürlich hatte unter den Passagieren ein großes Rätselraten eingesetzt. Es war heftig gewettet worden. Favorit dabei war Portland gewesen, und dahinter, der zweite heiße Tip, kam Newport News. Auf Bar Harbor jedoch hatte anscheinend nur Temperence C. Butler gesetzt.

›Wie war sie nur darauf verfallen?‹ überlegte Vandermark, während er sich auf den Weg machte.

Unter Deck, in den Gängen, stand die Hitze. Draußen hatte er es trotz der strahlenden Sonne frisch gefunden. Aber vielleicht kam das nur von der Übermüdung. Er bemerkte, daß die Ventilatoren ausgeschaltet waren. Die Korridore längs der Kabinen waren verstopft mit Wäschesäcken und Geschirrwagen. Handwerker mit Leitern und Werkzeugkästen waren unterwegs. In der Main Lounge brummten Staubsauger. Zwei Männer knieten am Boden und scheuerten mit Stahlwolle das alte Wachs vom Parkett weg. Der Barkeeper brütete an der Theke über seiner Abrechnung. Einige der Musiker saßen verloren in der riesigen Halle herum. Eigentlich war das alles wie auch sonst am Ende einer Überfahrt, oder doch nur fast so wie sonst: Ein Fest, das sich bis in den Morgen hingezogen hatte, war vorbei. Die Gäste waren gegangen, und zwischen den Kulissen tauchten die grauen Gestalten auf, die alles wieder in Ordnung brachten. Sonst haftete ihrer Geschäftigkeit etwas Fieberhaftes an; je eher sie fertig waren, desto eher konnten sie das Schiff verlassen. Aber heute geschah alles langsamer, zögernder. Irgendwie erinnerten ihn die Gestalten an lebensgroße Puppen, Automatenpuppen, deren Federn im nächsten Moment abgelaufen sein mußten und die dann in der Bewegung erstarren würden. Nie zuvor war ihm die Main Lounge so riesig vorgekommen. Es schien ihm unvorstellbar, daß die Tanzfläche manchmal nicht ausreichte ... Er war darauf vorbereitet, auch im Rauchsalon eine melancholische Szenerie vorzufinden, aber schon an der Tür scholl ihm der Lärm aufgeregter Stimmen entgegen. Der Raum, der trotz seiner Glaskuppel immer etwas düster wirkte, war voller Männer. An dem großen Spieltisch residierte Temperence C. Butler. Ihr Kopf mit dem schneeweißen Haar und den dunklen Augen wurde hell von einer tiefhängenden Lampe beleuchtet.

Vandermark hatte Mühe, sich Gehör zu verschaffen. »Meine Damen, meine Herrn, bitte, begeben Sie sich an Deck. Sie werden ausgeschifft. Hören Sie, bitte ...«

Temperence C. Butler, vor sich auf dem Rand des Spieltischs einen Notizblock, in der Rechten einen silbernen Stift, winkte ihn zu sich. Armreifen klirrten leise, die dreireihige Perlenkette geriet in Bewegung. Sie trug immer einfach geschnittene Kleider, und immer waren sie einfarbig, quasi nur der Hintergrund für ihren vielen Schmuck, für Ketten, Armreifen, Ringe. Bei jeder Bewegung klirrte etwas leise an ihr.

»Vertreiben Sie mir meine Schuldner nicht«, sagte sie zu Vandermark. Sie hatte eine weiche, dunkle Stimme, die so gar nichts von ihrer Willenskraft ahnen ließ. »Wenn sie erst mal von Bord sind, sehe ich mein Geld nie mehr. Helfen Sie mir lieber, dann geht es schneller.«

Er blickte über den Tisch; auf dem grünen Filz stapelten sich Geldscheine und Münzen. »Sieht so aus, als hätten Sie die Bank von Monte Carlo gesprengt.«

Sie sah ihn an. Ihre dunklen Augen funkelten. »Habe ich fast mal, in meinen guten Jahren! Aber das ist lange her.«

»So lange kann es nicht her sein«, sagte Vandermark, und er meinte, was er sagte.

»Es ist schrecklich lange her, mein Sohn, schrecklich lange. Aber Sie sind wie immer sehr nett zu mir. Also, helfen Sie mir. Dieser de Peyster ist der nächste. Schuldet mir fünfundvierzig Dollar.«

»Knöpfen Sie ihm das Geld ab!«

Er kannte sie seit vielen Jahren. Sie war mit Polack von der GEORGE WASHINGTON auf die CECILE gewechselt, auf der Vandermark schon von der Jungfernfahrt an diente. Beiden war ein legendärer Ruf vorausgegangen: Polack, weil er einmal die KAISER WILHELM DER GROSSE trotz Verlust des Ruders über den Atlantik brachte; Temperence C. Butler, weil sie den Rekord von mehr als einem halben Jahrhundert Treue zu Lloyd hielt – ihre erste Überfahrt hatte sie im Alter von sieben Jahren gemacht, zusammen mit ihren Eltern. Sie bewohnte immer die *Imperial Suite* der CECILE – zu einem Sonderpreis –, und im Speisesaal war ihr Platz rechts neben Polack am Kapitäns-Tisch. Weitere Privilegien waren der Zutritt in die I.-Klasse-Pantry, was Uhlig, der Chefkoch, sonst keinem Passagier gestattete, sowie ein sehr weitgehendes Mitspracherecht beim Musikprogramm der Kapelle. Die Stewards fürchteten sie wegen ihrer ausgefallenen Wünsche und liebten sie wegen ihrer hohen Trinkgelder, wenn sie auch die Unsitte hatte, ihren Stewards bei Antritt der Reise nur eine Hälfte einer auseinandergeschnittenen Hundert-Dollar-Note auszuhändigen, und erst am letzten Tag die dazu passende zweite Hälfte nachlieferte – allerdings nur, wenn sie mit dem Service zufrieden war.

»Geben Sie nur mir das Geld. Das Zählen besorge ich selber. Hier, nehmen Sie die Tasche. Stopfen Sie alles hinein, was da auf dem Tisch liegt ... Slater!« rief sie über den Tisch, »bei Ihnen macht es sechzig Dollar. Tut mir leid, Harry, aber Boston, damit hattest du nie eine Chance.«

Vandermark beobachtete, wie sie die Scheine zählte, mit Daumen und Zeigefinger, geübt wie ein Kassier.

»Danke, Henry.« Sie konsultierte ihr Notizbuch. »Mister Ketterling ... Mister Ketterling ... dreißig Dollar ...« Sie war ganz konzentriert, obwohl sie dazwischen immer noch Zeit fand, sich von den Herrn, die bezahlt hatten, zu verabschieden. Ihr flächiges, fast bäuerliches Gesicht strahlte Wohlbehagen aus, aber die dunklen Augen blieben wachsam.

»Wir haben es bald, mein Sohn.«

In der Tat begann sich der Rauchsalon zu leeren, und schließlich waren alle gegangen. Sie blieb noch einen Augenblick auf ihrem Platz, dann erhob sie sich und setzte sich den wagenradgroßen Hut mit den weißen Federn auf und steckte ihn mit Nadeln fest.

»Haben Sie das Geld?«

Vandermark nahm die einfache Ledertasche vom Billardtisch; sie war schwer. Er hatte die einzelnen Beträge nicht mitgezählt, aber es mußte eine erhebliche Summe zusammengekommen sein, bestimmt weit über tausend Dollar, die sie mit ihren Wetten gewonnen hatte.

»Wie wußten Sie es?« fragte er.

»Wie wußte ich was?«

»Bar Harbor.«

»Oh«, ihre Stimme klang noch weicher als sonst. »Ich wußte nichts.«

Aus den Bemerkungen der Männer hatte er es anders herausgehört; lag die Vermutung nicht nahe, daß sie von Polack einen Tip erhalten hatte?

»Wenn Sie verloren hätten ... ich meine nur, dann hätten Sie eine hübsch große Summe ausbezahlen müssen.«

»*Wenn*, dieses Wort zählt bei mir nicht. Ich habe gewonnen. Ich war mir meiner Sache sicher. Wissen Sie, ich kenne Charly, ich kenne ihn sehr viel länger, als Sie ihn kennen. Ich weiß, was in seinem Kopf vorgeht, und ich dachte mir ...« Sie holte noch einmal ihr Notizbuch aus der Handtasche, kontrollierte ihre Wettliste nach und hielt plötzlich inne. »Dieser Yarnall! Hat nicht gezahlt! Hundert Dollar! Haben Sie ihn gesehn?«

»Er ist bereits von Bord, vorhin, mit dem Rettungsboot.«

»Das ist typisch Yarnall. Vor Geld stinken und seine Wettschulden nicht bezahlen. Nun, ich werde ihn mir das nächste Mal vorknöpfen.« Sie schloß das Buch und steckte es zusammen mit dem Stift in die Handtasche. Ihre Perlenkette – die drei Stränge reichten ihr bis zur Taille – klirrte leise. Die Federn auf ihrem Hut wippten. Vandermark nahm die Tasche mit dem Geld in die Linke und reichte ihr den rechten Arm. Sie zögerte, lächelte ihn an und küßte ihn auf beide Wangen. »Sie sind ein großer Schatz, Fred. Sie haben eine außergewöhnliche Gabe. Sie bringen es fertig, daß eine alte Dame wie ich sich daran erinnert, daß sie einmal jung war.«

»Ich hätte Sie gern gekannt, als Sie jung waren«, sagte er.

»Wirklich?« Sie raffte mit einem raschen Griff ihr langes Kleid, so daß für einen Moment ihre Füße und Knöchel sichtbar wurden. Sie hatte für ihren Körperbau außergewöhnlich zierliche Füße und Knöchel. »Zu meiner Zeit war ich das fröhlichste und verrückteste junge Mädchen in ganz Boston«, sagte sie, »und ich hatte die kleinsten Füße von allen. Natürlich war ich nie eine Schönheit wie Gloria Linzee ... trotzdem, es war nicht nur mein Geld, was den Männern an mir gefiel ... Ist Gloria schon von Bord?«

»Ja.«

Sie hatte seinen Arm genommen, und sie machten sich auf den Weg nach oben. »Gloria hat Sie zu sich eingeladen, nehme ich an?«

»Ja.«

»Macht nichts.« Sie lachte hellauf, so daß der Barkeeper in der Lounge aufblickte. »Zwei reiche Witwen, eine alte und eine junge, was kann einem jungen Mann Besseres zustoßen?«

»Drei reiche Witwen.«

»O ja, Sie würden auch mit dreien fertig.«

Er hatte ein absurdes Gefühl der Unwirklichkeit, während er mit ihr am Arm durch das leere Schiff ging. Irgendwo gab es einen Krieg, fielen die ersten Menschen, und er machte einer dreiundsechzigjährigen reichen Amerikanerin den Hof. Schon in den vergangenen Tagen und Nächten hatte er manchmal dieses Gefühl gehabt: Beim Dienst auf der Brücke; am Klavier, wenn er mit Temperence C. Butler vierhändige Stücke spielte, und in den dienstfreien Stunden, die er mit Gloria Linzee in ihrer Kabine A 121 verbrachte. Aber da war immer noch das unbekannte Ziel gewesen, dem die CECILIE zustrebte, und das Meer ... Das Meer war vertrauter sicherer Boden für ihn, nicht jedoch das Land.

»Es wird Ihnen gefallen in Bar Harbor«, hörte er die Frau an seiner Seite sagen. »Ich hoffe doch, ich sehe Sie oft bei mir. Ich werde noch heute den Flügel stimmen lassen.« Sie begann den Refrain eines alten Schlagers vor sich hinzusingen:

»Don't drink any more,
Don't drink any more,
Please Papa don't drink any more,
Oh listen to the prayer of poor mother and me,
Dear Papa don't drink any more.

Wir werden es vierhändig spielen und dazu singen, ja? Und dann, meine Betty White ist eine ausgezeichnete Köchin. Fragen Sie Polack. Sie müssen beide kommen, sagen Sie ihm das.«

Vandermark kämpfte mit seiner Müdigkeit. »Ich weiß nicht, wie lange wir bleiben.«

»Was soll das heißen? Sie werden diesen dummen Krieg hier in aller Ruhe abwarten. Sie glauben doch nicht ... Charly wird nicht so unvernünftig sein. Wieso hätte er diesen Ort sonst wählen sollen?«

Sie waren auf das Sonnendeck hinausgetreten. Das grelle Licht blendete ihn, und ein Frösteln überlief ihn.

»Sehn Sie sich um!« sagte sie. »Sieht es hier nach Krieg aus? Bar Harbor ist ein Paradies. Vielleicht etwas langweilig, es liegt noch im Dornröschenschlaf, aber jetzt mit dem Schiff wird es schon aufwachen. Das Schiff wird alles ändern. Also, sagen Sie Polack, mein Haus steht ihm offen, und Ihnen auch.« Sie lächelte. »Sie werden sich vor Einladungen nicht retten können! Wirklich, Sie sollten froh sein, daß Sie hier sind. Bar Harbor ist ein Paradies. Kein Sommer wird einem zweimal geschenkt im Leben ...«

»Hier ist das Boot ...«

»Das habe ich mir nicht träumen lassen, daß ich die gute ›Cecilie‹ einmal im Rettungsboot verlassen würde ... Geben Sie mir die Tasche. Ich komme schon zurecht. Also, mein Sohn, ich hoffe, es ist ein kurzer Abschied ... Oh, hallo, Mister Kuhn! Tut mir leid, daß ich Sie warten ließ. Sie haben mein Gepäck?«

Vandermark blieb zurück und beobachtete, wie sie mit dem Oberzahlmeister wegen des Gepäcks verhandelte; sie schien nicht damit einverstanden, daß es erst später an Land gebracht werden sollte, und bei allem Respekt vor Temperence C. Butler konnte Kuhn in diesem Augenblick eine gewisse Ungeduld nicht unterdrücken. Schließlich einigten sie sich doch, und Temperence C. Butler ging daran, den Stewards die zweite Hälfte der Hundert-Dollar-Noten auszuhändigen, die sie in der Handtasche bereit hielt …

»So ein Theater … Nun, bald hat es ja ein Ende.«

Noch bevor er die Stimme hörte, hatte Vandermark gewußt, daß der 1. Offizier der CECILIE in der Nähe war. Kessler verbreitete überall, wo er auftauchte, den Geruch von Mottenkugeln. Vielleicht war es auch ein besonders aufdringliches Rasierwasser, das er benützte. Dabei fragte man sich immer, ob er sich überhaupt rasieren mußte, denn sein rundes Musterknabengesicht mit den wasserblauen Augen schien ohne Bart, ohne Augenbrauen und Wimpern auszukommen, selbst sein Haar war nur ein heller feiner Flaum.

»Wie wär's mit einem Schluck?« sagte Vandermark. »Ich hab' noch eine Flasche in meiner Kabine, ausgezeichnet als Schlaftrunk.«

»Wenn Sie Zeit zum Schlafen haben …«

»Ich bin am Umfallen.«

»Bitte, ich kann Sie nicht hindern.« In Kesslers Stimme war jener gereizte Ton, an den Vandermark sich längst gewöhnt hatte. Dienstlich und privat, er schien Kessler immer zu reizen, vielleicht einfach, weil sie beide so grundverschieden waren. Hinzu kam, daß die Mannschaft auf seiten Vandermarks stand und das Kessler auch deutlich spüren ließ, kein Wunder bei Kesslers Gabe, sich unbeliebt zu machen, vor allem bei den niederen Chargen. Und noch eines: Kessler war so alt wie Vandermark, zweiunddreißig, für einen 1. Offizier also ungewöhnlich jung. Selbst Polack war erst mit siebenunddreißig zum Ersten avanciert. Eigentlich hätte der Mannschaft Kesslers Karriere imponieren müssen, aber da er mit der Tochter eines Lloyd-Direktors verheiratet war, war er als Protektionskind der Reederei abgestempelt. Man tat ihm wahrscheinlich Unrecht damit, denn Polack hätte bestimmt Wege gefunden, ihn loszuwerden, wenn Kessler nicht die Befähigung für einen Ersten mitgebracht hätte.

»Also, was ist? Kommen Sie mit auf einen Schluck? Wir haben alle gleich wenig Schlaf gehabt, und wir gehn uns alle auf die Nerven ...«

»Diese Passagiere gehen mir auf die Nerven! Man könnte meinen, das Ganze sei ein Spaß, speziell zu ihrem Vergnügen ausgedacht und in Szene gesetzt. Weiß Gott, ich könnte einen Schluck vertragen.«

Vandermark war froh, daß es ihm gelungen war, die Stimmung Kesslers etwas zu entschärfen. Sie verließen den Teil des Sonnendecks, wo die Ausschiffung weiterging, und kamen jetzt an einem der vier mächtigen Schornsteine vorbei.

»Also, auf in meine Kabine! Es ist bester Champagner ...«

Kessler war unvermittelt stehen geblieben. Er blickte empor zu dem Schornstein mit dem schwarzen Anstrich. »Es wird Zeit, daß sie wieder ihre richtige Farbe bekommen«, sagte er vorwurfsvoll. Er wandte sich Vandermark zu. »Haben Sie gehört!« Es klang so, als wäre Vandermark schuld an dem schwarzen Anstrich der Schornsteine, und in diesem Ton fuhr Kessler auch fort: »Wenn Sie die richtige Dienstauffassung hätten, dann nähmen Sie sich jetzt ein paar Leute und sorgten dafür, daß die Lloyd-Farben wieder an die Schornsteine kommen ... Dieses unwürdige Versteckspiel hat lange genug gedauert.«

»Mein Gott, Kessler, Sie haben Sorgen!« Er spürte die Hitze, die immer noch von den Schornsteinen ausstrahlte. »Lassen Sie die Dinger erst mal kalt werden.« Vandermark hatte das Kommando über die Crew gehabt, das mitten in der Nacht die Schornsteine umgestrichen hatte; die glühende Hitze der Verkleidung, der Rauch; zwei der Männer hatten nach der Arbeit mit Rauchvergiftung und Verbrennungen ins Lazarett gemußt, und sie lagen immer noch dort. »Ich würde nicht einen finden, der sich für die Arbeit freiwillig meldet. Die Leute sind mit ihren Kräften am Ende.«

»Seit wann muß ich über meine Befehle diskutieren ...«

»Mit mir nicht! Wie war der Befehl?«

Kesslers helle Haut lief rot an. »Ihren Spott können Sie sich sparen. Treiben Sie es nicht auf die Spitze.«

»Mensch, Kessler, sind Sie ein sturer Bock! Soviel ich weiß, ist es nicht mal sicher, ob wir wieder auslaufen.«

»Nicht sicher! Ja, glauben Sie, wir bleiben hier liegen!« Er deutete hinauf zum Mast, an dem die Lloyd-Flagge wehte. »Im Krieg sind wir Marine-Reserve, Vandermark, falls ich Sie daran erinnern muß, Kaiserliche Marine, und unter dieser Flagge werden wir auslaufen ...«

»Ich hau' mich jetzt aufs Ohr«, sagte Vandermark. »Wecken Sie mich, wenn es soweit ist, daß wir zur Marine-Reserve gehören.« Er vermied sonst Provokationen dieser Art, aber diesmal konnte er nicht anders, vielleicht aus Erschöpfung, vielleicht, weil Kessler ihm heute mehr als sonst auf die Nerven ging.

»Vandermark! Lassen Sie die Schornsteine umstreichen! Dies ist ein Befehl!«

Vandermark ging weiter, müde und deprimiert, und wieder stieg das Gefühl der Unwirklichkeit in ihm auf. Er stolperte fast über die eigenen Füße. Am Niedergang trat er beiseite, als ein Trupp Männer aus dem Dunkel der Treppe auftauchte und nach oben drängte.

Es mußten die Heizer der letzten Schicht sein, denn ihre Gesichter waren rußverschmiert, die Augen rotgerändert, und ihre dreckigen Leibchen klebten verschwitzt an ihnen. Sie kamen selten an Deck. Die *black gang* der CECILIE, weit über zweihundert Mann stark, tat ihre rückenbrechende Arbeit tief unter Deck, vor allen Augen verborgen. Die Art, wie sie an ihm vorbeischlurften, wie sie die Köpfe reckten und tief durchatmeten, ließ erkennen, wie ausgehungert sie waren nach Licht und Luft. Ihre Arbeit vor den glühenden Kesseln, die unersättlich Kohle verschlangen, war nie leicht, aber am Ende einer Überfahrt war sie am schwersten, weil dann die

Kohle aus den entferntesten Bunkern herangeschleppt werden mußte.

»Vandermark! Was haben die Heizer an Deck zu suchen! Nehmen Sie sich ein paar von den Leuten ...«

Seine Lethargie fiel von ihm ab. Mit ein paar Schritten war er wieder zurück bei Kessler und packte ihn am Arm. »Mann Gottes, Kessler, sind Sie lebensmüde! Hacken Sie meinetwegen auf mir herum, aber lassen Sie die Männer in Ruhe.«

Er brauchte nicht weiterzusprechen. Der Trupp Heizer marschierte auf die beiden Offiziere zu. »Ist was?« fragte einer. »Was dagegen, daß wir uns ein bißchen die Gegend ansehn?«

Kessler machte einen Schritt vorwärts, und einen Moment hielt Vandermark den Atem an. Heizer waren die härtesten Burschen auf einem Schiff, ein zusammengewürfelter Haufen verschiedenster Nationalität. Er hatte es erlebt, daß sie wegen einer Kleinigkeit explodierten und mit Messern und Schaufeln aufeinander losgingen. Und er wußte, daß es nicht ratsam war, ihren Stolz zu verletzen. So hart sie waren, so stolz waren sie auf ihre Arbeit dort unten; eine Schicht versuchte, die andere zu übertreffen, vor allem, wenn es wie auf dieser Fahrt auf Schnelligkeit ankam.

Der Trupp stand noch immer vor ihnen, fünfzehn, zwanzig Mann, dunkle Gesichter, und darin der helle Fleck der Augen, die durchdringend auf Kessler gerichtet waren. »Ist was?« wiederholte ihr Anführer, und seine Stimme mit dem östlichen Akzent klang eher schläfrig als drohend. »Soll 'ne hübsche Gegend sein ...«

»Machen Sie keinen Fehler, Kessler«, flüsterte Vandermark. Wieder lief Kesslers helle Haut rot an, aber dann drehte er sich um und ging davon. Der Geruch nach Mottenkugeln blieb zurück, aber dann verlor auch er sich. Vandermark trat an die Reling, umfaßte mit beiden Händen das Geländer, hielt sich daran fest, bis das Zittern in seinen Knien aufhörte.

Schlaf, dachte er. Ich brauche nichts als etwas Schlaf. Einen Schluck und Schlaf. Die verdunkelte Kabine, und schlafen, schlafen. Aber da war noch eine andere Müdigkeit in ihm, gegen die Schlafen nicht helfen würde.

Neben ihm hatten die Heizer an der Reling Aufstellung genommen. Er hörte ihre erstaunten Ausrufe, in allen möglichen Sprachen; schmutzige Hände mit eingerissenen Nägeln deuteten hinüber nach Bar Harbor. Auch er blickte noch einmal über die Bucht mit den unzähligen Booten, hinüber zur Strandpromenade, auf der es von Menschen wimmelte, zu dem Ort, den bewaldeten Bergen unter einem strahlend blauen Himmel ...

Kein Sommer wird einem zweimal geschenkt. – Seltsam, daß dieser Satz sich ihm eingeprägt hatte. Was ging es ihn an, daß Kessler verrückt spielte. Was ging ihn dieser Krieg an, der alles in Frage stellte, was sein Leben bisher ausgemacht hatte.

Er entdeckte einen lachsroten Fleck unter den Menschen am Landesteg. Es war das letzte, an das er dachte, als er wenig später in seiner Kabine in einen tiefen, traumlosen Schlaf fiel – und das erste, als er wieder erwachte.

Achtes Kapitel

Das Geschrei der Möwen drang durch das offene Bullauge in die Kapitänskabine. Sie waren immer sofort da, wenn ein Schiff in den Hafen einlief, und zwar auf der Seite, wo die Küchen lagen, wegen der Abfälle, die dort über Bord geworfen wurden. In New York hatte Polack beobachtet, daß sie dem Schiff bereits von Sandy Hook an das Geleit gaben. Aber hier war es anders gewesen. Die Möwen von Bar Harbor waren nicht an Schiffe von der Größe der CECILIE gewöhnt; sie hatten erst eine gewisse Scheu überwinden müssen, und es hatte eine Weile gedauert, bis ein paar besonders mutige Vögel sich nahe herangetraut hatten. Inzwischen allerdings waren es viele geworden, mehr als in New York. Alle Möwen von Frenchmans Bay schienen um das Schiff versammelt, und doch klang es nicht wie dort nach einer erbitterten Schlacht um die Abfälle, sondern nach einem fröhlichen Freß-Fest.

Im Raum nebenan beschäftigte Pommerenke sich damit, Polacks Wäsche und Kleider einzuräumen.

»Was glaubst du, schmeckt ihnen am besten? Die Kaviarbrötchen oder der Holsteiner Schinken?«

»Wie bitte?« Pommerenke erschien in der offenen Tür.

»Schon gut, laß dich nicht drausbringen.« Trotzdem war sein Bedürfnis zu sprechen so groß, daß er sagte: »McCagg – was sagt dir der Name?«

»Boston«, antwortete Pommerenke ohne Zögern. »1886. Wir kamen aus Manila mit Zucker an Bord.«

»Mein Gedächtnis wird auch nicht besser, Pommerenke.«

»Wieso kommen Sie auf McCagg?«

»Er wird in ein paar Minuten hier sein. McCagg ist der Kommandant des Zollkutters. Schau aus dem Fenster, dann siehst du sein Boot. Man soll ihn sofort zu mir bringen.«

Pommerenke, ein Paar Schuhe in den Händen, blickte aus dem offenen Bullauge. »Er trank gern einen guten Tropfen.«

»Also, worauf wartest du«, sagte Polack. »Laß eine Magnum kalt stellen. Den besten Jahrgang.«

Pommerenke nickte stumm. Er stellte die Schuhe weg und verschwand. Es war ihm anzumerken, daß Polacks Benehmen ihn irritierte. Polack selber wunderte sich, woher seine gute Laune kam. Er war nicht sicher, ob sie vorhalten würde. Vermutlich lag es daran, daß er wieder in der vertrauten Umgebung war. Solche Dinge hatten Einfluß auf ihn.

In einer ganz frühen Beurteilung hatte es einmal von ihm geheißen: *Zu gefühlsbetont.* Das war als Kritik gemeint gewesen, und er hatte diese Kritik seitdem oft an sich selber geübt. Weniger Gefühle hätten vieles einfacher gemacht in seinem Leben. Mit Frauen und mit Schiffen. Jedesmal, wenn der Lloyd ihm ein neues Schiff anvertraut hatte, war das eine große Umstellung für ihn gewesen. Auch bei der CECILIE. Auf den ersten Fahrten hatte er ein Gefühl der Unsicherheit nicht überwinden können; er hatte sich dem Schiff nicht gewachsen gefühlt – mit vernünftigen Gründen allein ließ sich so etwas nicht erklären – und nun war es längst so, daß er nichts so fürchtete, als sich eines Tages auch wieder von ihr trennen zu müssen. Ähnlich erging es ihm mit seiner Kabine. Erst jetzt, wo er wieder hier war, fühlte er, wie sehr er in den letzten Tagen die vertraute Umgebung vermißt hatte: das gedämpfte Licht, das durch die dunkle Mahagonitäfelung entstand, die Ledersessel, die grüne Leselampe auf dem Schreibtisch, der blaue Chinateppich, der sein persönlicher Besitz war. Die CECILIE war für ihn mehr als nur ein Schiff, das er befehligte, sie war sein wahres Zuhause ...

Das Klappern eines Servierwagens kam draußen auf dem Gang auf seine Kabine zu. Polack öffnete dem Steward die Tür; sein Blick ging zu dem silbernen Eiskübel, der beschlagen war von der Kälte und aus dem der Hals einer Magnum ragte.

Das war allen Fährleuten auf dem North River ein vertrauter Anblick, der Kapitän der CECILIE, der im Bug einer Barkasse stand, die ihn von Hoboken nach Manhattan übersetzte, und der unter dem Arm eine Champagnerflasche trug, eine Magnum, wie es sich für einen Mann seiner Größe gehörte. Champagner-Charly nannten sie ihn, und als Polack jetzt daran dachte, verstärkte sich das zufriedene Lächeln auf seinem Gesicht.

Behutsam zog er die Flasche aus dem gestoßenen Eis, nur so weit, um das Etikett zu prüfen. Dann griff er nach den zwei Sektkelchen und hielt sie gegen das Licht.

Der Steward stand neben ihm, die Serviette in Bereitschaft, um eine matte Stelle oder einen Wasserfleck, den Polack entdecken würde, wegzupolieren, aber die Gläser waren makellos sauber. Auch darin empfand Polack wie ein Hausherr. Es gab viele Kapitäne, die niemals die Küche ihres Schiffs betraten, oder die Wäscherei. Wenn Polack am Essen etwas auszusetzen hatte oder eine schlecht gebügelte Serviette an seinem Platz vorfand, dann schickte er nicht einen seiner Offiziere, sondern ging selber zu den Leuten und reklamierte, meist recht energisch, mit Blitz und Donner.

»In Ordnung«, sagte Polack. »Ich bediene mich selbst. Sollten wir Nachschub brauchen, rühre ich mich.«

Es klopfte, und Pommerenke meldete den Kommandanten des Zollkutters, ehe er sich dann mit dem Steward zurückzog:

»Kapitän McCagg, von der ›Androscoggin‹.«

Polack hatte einen Mann mit einem fuchsroten Spitzbart in Erinnerung, aber der jetzt hereinkam, war schneeweiß. Eine andere Erinnerung hatte ihn nicht getrogen: McCagg hatte die schmalsten Schultern und die kleinsten Füße, die Polack je an einem Mann gesehen hatte. Mit kurzen, schnellen Schritten kam er auf Polack zu. Die beiden ungleichen Männer, der hünenhafte Deutsche und der zerbrechliche Amerikaner, reichten sich die Hand.

»Willkommen an Bord der ›Cecilie‹«, sagte Polack.

»Ich habe mir immer gewünscht, Sie mal wiederzusehn«, antwortete McCagg. »Tut mir leid, daß der Anlaß so ... offiziell ist.«

Polack nahm ihm selber die Mütze und die weißen Handschuhe ab. »Wir müssen es nicht so offiziell machen. Soviel ich weiß, gibt es keine Vorschriften, die es verbieten, erst einmal einen Schluck zu trinken. Kommen Sie, nehmen Sie Platz.«

Die beiden Kapitäne sahen sich an. Ein Schweigen entstand, wie immer, wenn zwei Menschen sich nach vielen Jahren plötzlich wieder gegenüberstehen, und die Erinnerung, die sie voneinander haben, mit der Wirklichkeit in Einklang zu bringen versuchen. Sekunden verstrichen so, dann erst öffnete Polack mit geübter Hand die Champagnerflasche und füllte die Gläser. Sie tranken sich zu, ohne anzustoßen.

»Ein guter Jahrgang«, sagte McCagg.

»1889, fast passend. Drei Jahre zuvor waren Sie Kapitän der ›Salem‹.«

»Ein gewisser McCagg war Kapitän der ›Salem‹.« Er tat so, als sei von einem Fremden die Rede.

»Wir kamen aus Manila mit unserer alten Viermast-Bark, der ›Prudentia‹.« Polack füllte die Gläser auf. »Und dann sahen wir die ›Salem‹ im Hafen. Eines Tages so ein Schiff zu führen, das war damals mein Traum! Achtundzwanzig Jahre ist das her ... Sie waren doch der Kapitän der ›Salem‹?«

McCagg blickte auf sein Glas. »Sie hatte achttausend Tonnen, jetzt befehle ich dreihundert.«

Polack überlegte, wie alt McCagg sein könnte. Dreiundsechzig, vierundsechzig, zehn Jahre älter als er.

»Ein schönes Schiff. Und ein schnelles Schiff, die ›Salem‹.«

McCagg lächelte, was ihn noch zarter aussehen ließ.

»Die ›Salem‹ war einer der letzten Trümpfe von uns Amerikanern auf dem Nordatlantik, aber zu spät. Unsere Passagierschiffe konnten schon längst nicht mehr mithalten mit den Briten und mit euch Deutschen. In Wahrheit hatten wir damals schon nichts mehr zu bestellen auf dem Nordatlantik. Inzwischen hat sich jeder daran gewöhnt, aber damals tat es unserm Stolz noch weh.« Polack stellte sein Glas auf den Tisch und lehnte sich zurück, plötzlich ernst. »Vielleicht wird es bald wieder anders. Wenn dieser Krieg in Europa andauert ...«

»Vielleicht«, antwortete McCagg, »aber mich werden sie deswegen nicht wieder aktivieren. Und ich weiß nicht einmal, ob ich überhaupt noch einmal hinaus möchte auf den Nordatlantik. Es ist nicht mehr das wie früher. Als ich anfing, da war noch Abenteuer dabei, Romantik, und da hatten die Leute noch Zeit. Jetzt ist er zu einer Rennstrecke geworden. Über eine Million Passagiere im letzten Jahr! Nur noch Geschäft, nur noch Reklame. Eine Reederei versucht die andere zu übertrumpfen mit noch schnelleren Schiffen, mit noch mehr Luxus an Bord, mit noch ausgefalleneren Speisekarten.«

Polack zog den Servierwagen zu sich heran. Er verstand McCagg nur zu gut; es waren Gedanken, die auch ihn manchmal streiften, besonders in den letzten Tagen. Aber jetzt wollte er nichts davon wissen. »Es waren schöne Zeiten damals«, sagte er, »gute Zeiten für Kapitäne.«

McCagg hatte kleine Vogelaugen. Er blickte sich damit in der Kabine um. »Ihr Deutschen und Briten habt zuviel Architekten, zuviel Firlefanz und zu viele Köche in die Seefahrt gebracht. Früher war ein Schiff eben ein Schiff. Jetzt sind es Opernhäuser, schwimmende Paläste.

Die Architekten und die Köche regieren, nicht der Kapitän.«

Polack lachte. »Manchmal sieht es fast so aus. Die Eier kommen in Butter gebettet an Bord, und zehn Leute sind nur damit beschäftigt, sie jeden Tag einmal umzudrehn. Mit dem Obst ist es das gleiche Theater. Wenn die Pfirsiche einmal nicht die richtige Temperatur haben, geht für meinen Chefkoch die Welt unter; und wenn der Zug aus Baltimore, der die Austern bringt, nicht rechtzeitig in New York eintrifft, verlangt er von mir, daß ich später auslaufe! Ja, manchmal träume ich schon davon; ein Alptraum: Wir befinden uns mitten auf dem Atlantik, und der Ingenieur meldet mir, wir haben keine Kohlen mehr. Ich steige hinunter und finde die ganzen Bunker gefüllt mit Gänseleber-Pastete.«

Auch McCagg lachte, ein tonloses ersticktes Lachen, gegen das er sich wehrte wie gegen einen Hustenreiz. »Warum haben Sie es nicht versucht, mit Pâte de foie gras zu feuern?«

»Vielleicht keine schlechte Idee. So könnte die gute alte ›Cecilie‹ vielleicht doch noch das Blaue Band holen.«

Unversehens waren sie in einem Gespräch über Schiffe und Kapitäne, die sie beide kannten. Die Flasche leerte sich, aber die zwei Männer wurden nicht lauter, nicht lustiger, es war eher, daß sich eine wehmütige Stimmung zwischen ihnen ausbreitete. Schließlich hob Polack die Flasche gegen das Licht. »Noch eine?«

McCagg schüttelte den Kopf. Er zog seine verrutschte schwarze Krawatte gerade. »Wir müssen wohl anfangen.« In der Stille der Kabine hörte man das Geschrei der Möwen. McCagg zögerte, räusperte sich und fuhr dann fort: »Ich werde Ihre Bar schließen müssen. Maine ist ein trockener Staat.«

»Gesetz ist Gesetz.« Polack schien sich für McCagg zu entschuldigen. »Schließen Sie die Bar. Wir sind zwar immer reichlich sortiert, aber bei dieser Reise ist nicht viel übriggeblieben. Der Durst der Passagiere war größer als sonst.«

McCagg sah auf. »Das war ein ganz schönes Wettrennen.« Er wies auf den Stapel Zeitungen auf dem runden Lesetisch neben Polacks Ledersessel. »Man hat mit allem gerechnet, nur nicht mit Bar Harbor. Darauf kam keiner.«

Die Zeitungen waren am Morgen an Bord gekommen. Ein Boot, vollgepackt mit den Ausgaben der letzten Tage. Der Mann mußte alles aufgekauft haben, was in Bar Harbor aufzutreiben war, und er hatte sich nicht verrechnet: Die Passagiere, die seit einer Woche keine Zeitung mehr gesehen hatten, hatten sich darum gerissen und jeden Preis bezahlt.

»Sie sind so was wie ein Held.«

»Ich hatte bisher keine Zeit, sie zu lesen.« Es stimmte nicht ganz, die Zeit hätte Polack gehabt, aber irgend etwas hatte ihn abgehalten, die Zeitungen anzurühren, so, als könnte er damit einen Aufschub erreichen.

»Wie kamen Sie auf Bar Harbor?«

»Ich hatte gar keine andere Wahl. Es war die kürzeste Route. Und dann, ich fürchtete, die Engländer und Franzosen würden versuchen, mich vor den anderen Häfen abzufangen. Sie mußten nur vor New York, Boston oder Portland Posten beziehen und auf mich warten.«

»Ich kann Ihnen sagen, daß sie genau das getan haben. Auf jeden Fall, den Amerikanern gefällt die Geschichte. Wir mögen das, wenn ein Mann den Mut hat, auf eigene Faust zu handeln.«

»Ohne das Gold an Bord hätte wahrscheinlich kein Hahn nach uns gekräht.«

McCagg lachte sein tonloses ersticktes Lachen. »Banker sind wichtige Leute bei uns.«

»Werden Sie das Gold heute noch übernehmen?«

»Nicht ich. Das wurde geändert. Die ›Androscoggin‹ hat keine Tresore, die groß genug sind. Ein Torpedoboot der Marine ist von Newport News unterwegs und wird die Ladung übernehmen ... Ja, heute noch, spätestens in zwei, drei Stunden.«

»Und die ›Androscoggin‹?«

»Ich bleibe Ihnen erhalten.« Er stockte, suchte nach Worten.

»Sie wollen sagen als Wachhund?«

»So ähnlich. Dreihundert Tonnen gegen zwanzigtausend.«

Es verstrichen Sekunden, bevor Polack sagte: »Eigentlich dachte ich nicht an einen langen Aufenthalt.«

Die Hitze stand im Raum. McCagg blickte zu dem abgestellten Ventilator. »Nach meiner Berechnung können Sie nicht mehr viel Kohle an Bord haben, oder Pâte de foie gras.«

»Ein Tender ist auf dem Anmarsch. Wir bunkern heute nacht.« McCagg schien sich in seinem Ledersessel plötzlich unbehaglich zu fühlen. Er rutschte an den Rand, die Hände auf den Knien. »Trotzdem geht man davon aus, daß die ›Cecilie‹ zunächst einmal hier bleibt. Ich werde Ihnen die genauen Bestimmungen rüberschicken, zum privaten Studium. Ihre Kollegen ... Ich weiß von keinem deutschen Schiff, das wieder ausgelaufen ist.«

»Wie viele sind es?«

»Ich kenne die genaue Zahl nicht, aber ich schätze so an die dreißig dürften es schon sein. Haben Sie nicht früher mal die ›George Washington‹ geführt? Sie lag gestern abend friedlich in Boston.« Wieder rutschte er auf seinem Sessel. »Sie werden mir meine Aufgabe nicht unnötig schwer machen?«

»Die Entscheidung liegt in New York, bei der Reederei.«

McCagg nickte. »Reedereien sind immer realistisch. Sie werden ein Schiff wie die ›Cecilie‹ nicht aufs Spiel setzen. Also, ich will es hinter mich bringen. Die Vorschriften über das Verhalten in neutralen Häfen besagen: Sie dürfen Ihre Funkstation an Bord von jetzt an nur noch zum Empfang benützen, selber aber keine Nachrichten mehr aussenden. Ihr Wort genügt mir. Bei Zuwiderhandeln müßte ich Ihnen die Antennen abmontieren. In Bar Harbor gibt es zwei Telegraphen-Stationen, die stehen zu Ihrer Verfügung im Verkehr mit New York.«

»Wir können also an Land? Auch die Mannschaft?«

»Was haben Sie gedacht? Sie können sich frei bewegen.«

Er bekräftigte seine Worte mit einer Geste, die etwas zu groß geriet für den zartgebauten Mann. »Sieht aus wie ein unfreiwilliger Urlaub! Immerhin, Sie hätten sich kaum einen schöneren Platz aussuchen können. Wenn Sie es von der Seite betrachten ...«

»Ich will es versuchen.« Polacks Augen waren auf McCagg gerichtet, und doch schien er ihn nicht zu sehen. »Immerhin befindet sich mein Land im Kriegszustand.«

Diesmal erhob sich McCagg. Er machte ein paar Schritte, blieb am Rand des blauen Teppichs stehen. »Sie wollen nicht Krieg spielen auf eigene Faust?«

»Bisher ist die ›Cecilie‹ ein Passagierschiff.«

»Man hat so Dinge gehört in den letzten Tagen, von deutschen Passagierschiffen, die Geschütze an Bord haben, damit sie im Fall eines Kriegs als Hilfskreuzer eingesetzt werden können.«

»Davon weiß ich nichts.« Natürlich hatte auch Polack davon gehört, an ihn selber jedoch war die Frage nie herangetragen worden.

»Ich meine, Sie denken nicht ernsthaft daran, Bar Harbor auf Biegen oder Brechen zu verlassen?«

»Einen anderen Weg gäbe es wohl nicht.«

»Mit meinen dreihundert Tonnen könnte ich nicht viel ausrichten. Natürlich müßte ich versuchen, Sie am Auslaufen zu hindern. Und vergessen Sie eines nicht, draußen, jenseits der Drei-Meilen-Zone, wartet man auf Sie. Auch ohne das Gold ist die ›Cecilie‹ eine schöne Prise.«

»Britische Kreuzer?«

»Die ›Essex‹ zum Beispiel. Wir sind an ihr vorbeigelaufen. Daß Sie ihnen entkommen sind, hat die Engländer nicht friedlicher gestimmt.«

Auch Polack erhob sich jetzt. »Ich werde mit New York sprechen. Wahrscheinlich haben Sie recht, was die Einstellung der Reederei betrifft. Sie verliert nicht gern ihre Schiffe.« Er war vor das Bullauge getreten und blickte nach draußen. »Ein Sommer in Bar Harbor – warum nicht ...«

Er hatte es leise, mehr zu sich selber gesagt, aber McCagg nickte erleichtert. Als Polack sich umwandte, deutete er auf die leere Magnum.

»Wirklich schade, daß die Passagiere alle Vorräte aufgebraucht haben.«

»Bis auf Reste.« Polacks Miene entspannte sich. »Ich meine kleine private Reserven des Kapitäns.«

McCagg unterdrückte ein Lächeln. »Ich werde die Vorschriften studieren. Ich könnte mir denken, private Reserven fallen nicht unter das Gesetz. Und selbst wenn, scheint es mir ausgeschlossen, daß sie auf einem Schiff dieser Größe aufzufinden wären. Auch der beste Zollinspektor ist da machtlos ...«

Neuntes Kapitel

Das weiße Rettungsboot lag an der Pier des Bar-Harbor-Yachtclubs, und jetzt am Abend war der Wasserstand so hoch, daß man das ganze Ufer überblicken konnte, die Grünanlagen, die Hütten und Stege der Bootsverleiher auf der einen Seite der Straße und die Hotels auf der anderen.

An einem dieser Hotels hing das typische Schild der WESTERN UNION TELEGRAPH COMPANY mit den kleinen Lämpchen rund um den Schriftzug, die Tag und Nacht brannten. Es war bestimmt eine Stunde vergangen, seit Polack sich in das Büro der *Western Union* begeben hatte, um mit New York zu sprechen. Vielleicht war es auch schon länger her, Vandermark wußte es nicht. Er fühlte sich zugleich müde und überwach. Der Schlaf hatte ihn kaum erfrischt; seine Glieder waren zerschlagen, und sein Kopf ein Luftballon, der sich von seinem Körper lösen wollte. Er hatte es als willkommene Gelegenheit empfunden, mit Polack nach Bar Harbor überzusetzen, aber dann war er nicht mit ausgestiegen, sondern im Boot geblieben, zusammen mit den acht Männern, die auf den Ruderbänken saßen. Er hätte nicht sagen können, warum er sich plötzlich scheute, an Land zu gehen, auch nur einen Fuß auf die Holzpier zu setzen, auf die Steinstufen der Kaimauer, als sei damit etwas Endgültiges verbunden, etwas, dessen Folgen er nicht übersehen konnte.

Die Pier des Yachtclubs lag näher beim Schiff als die Dampfschiff-Station, wo man die Passagiere der I. Klasse abgesetzt hatte, die letzten erst am späten Nachmittag. Ein Raddampfer hatte sie weggebracht, und er war gerade ausgelaufen, als Polack mit dem Boot von der CECILIE ablegte, so daß die Rudermänner den Wellengang zu spüren bekamen und viel zu tun hatten.

Jetzt war das Wasser wieder ruhig. Die Pier lag verlassen da. Einzelne Neugierige standen am Ufer und beobachteten mit Ferngläsern das große fremde Schiff, das in der Bucht vor Anker lag; bis zu dem Rettungsboot wagte sich niemand heran, als wären auch die Leute von Bar Harbor sich nicht schlüssig, was die Anwesenheit dieses Ozeanriesen für den Ort bedeutete. Vielleicht brachte er ihnen Glück, vielleicht auch Unglück, wer konnte das wissen …

Auch Vandermarks Blick ging immer wieder zur CECILIE; sie wirkte gewaltig und seltsam fremd, ganz anders als an der Pier von Hoboken oder Bremerhaven. Die sinkende Sonne stand genau hinter ihr, und davor wuchs das Schiff empor, ein Gigant, der die ganze Bucht und den ganzen Himmel für sich allein zu brauchen schien. Er hatte sie lange nicht mehr so bewußt betrachtet, und er empfand wieder den Stolz wie damals bei der Jungfernfahrt, wo sie in jedem Hafen festlich empfangen und gefeiert wurden.

Der Kohlentender lag längsseits, die Kohlenluken standen auf, und das dumpfe Geräusch, mit dem die Kohle in die Schächte hinunterrutschte, war bis zum Ufer zu hören. Es war amerikanische Kohle, Fettkohle, so weich und lose, daß beim Verladen schwarze Rußwolken aufstiegen; wehe, wenn man vergaß, die Bullaugen in seiner Kabine fest zu verschließen, der fettige schwarze Staub sickerte überall durch. Immerhin, die Kohle war eingetroffen. Hieß das, sie würden Bar Harbor verlassen, sobald auch die Passagiere der II. und III. Klasse ausgeschifft waren?

Wo blieb Polack? Was hatte er über eine Stunde mit dem New Yorker Büro zu sprechen? Vandermark beugte sich über den Rand des Boots und schöpfte eine Handvoll Wasser. Es war überraschend kalt. Hatte er deshalb keinen einzigen Schwimmer gesehen? August, Hochsommer, und niemand, der badete. Es ließ ihn daran denken, wie hoch im Norden sie waren und wie kurz der Sommer hier sein mußte.

»Der Käpt'n!« Einer der Männer stieß ihn an. Die Gestalt Polacks tauchte vorne an der Pier auf. In der weißen Sommeruniform wirkte er nicht so riesig wie in Blau. Die Kapitänsmütze auf seinem Kopf war wie immer etwas zu klein. Er kam zögernd näher, in Gedanken versunken, erst auf dem letzten Drittel wurden seine Schritte schneller, energischer. Er setzte sich auf die mittlere Bank, und seine Miene sagte den Männern, daß es nicht ratsam war, ihn mit Fragen zu belästigen. Auf seinen Knien stand eine schwarze Aktenmappe, und er hielt sie mit seinen großen Händen fest, die noch größer wirkten durch die weißen Stoffhandschuhe; er schien seine Mützen immer eine Nummer zu klein und die Handschuhe immer eine Nummer zu groß zu wählen.

»Bißchen fix, Hennig«, sagte er zu dem Bootsmannmaat, der das Tau löste; das war alles. Aufrecht, mit steifem Kreuz saß er da und blickte voraus zum Schiff. Das Boot legte ab; die Männer hatten Schwierigkeiten, den Ruder-Rhythmus zu finden. Das Boot hüpfte und bockte, aber schließlich kamen die Schläge gleichmäßig, und das Boot gewann an Fahrt. Die CECILIE rückte näher. Die Aufbauten und Schornsteine – immer noch schwarz – warfen lange Schatten. Das Schiff lag mit Steuerbord zum Ufer. Der Tender und die Männer an den Luken waren in Staubwolken gehüllt. Oben an der Reling hatte sich ein Teil der Mannschaft versammelt in Erwartung des Kapitäns und der Neuigkeiten, die er mitbringen würde.

In Polacks reglose Gestalt kam Leben. »Wir gehen Backbord an Deck«, sagte er, und er setzte hinzu: »Schade um die schöne weiße Uniform.«

Vandermark fragte sich, ob es wirklich die Uniform war oder nicht vielmehr die wartenden Männer dort an der Reling. Daß Polack vor etwas auswich, war ungewöhnlich, aber dies war ein ungewöhnlicher Tag.

Sie hätten sich die Mühe sparen können, um das Schiff herumzufahren, denn auch Backbord standen Gruppen zusammen, warteten, diskutierten und verstummten erst, als Polack auftauchte. Es war ihnen ins Gesicht geschrieben, daß sie eine Erklärung von ihm erhofften, aber Polack schritt an ihnen vorbei, als sähe er sie nicht, mit steifem Kreuz, den Blick geradeaus.

Es wurde jetzt schnell Nacht; sonst brannten um diese Zeit auf dem Schiff bereits die Lichter, aber heute blieb alles dunkel. Nur die Positionslampen hatte man angezündet, ein paar Scheinwerfer an den Aufbauten und am Oberdeck die Beleuchtung der Ausgänge, kleine Lämpchen, die in die Verkleidung eingelassen waren und nur einen matten Schein gaben.

Eine abendliche Brise kam auf, brachte den Geruch des Meeres mit, rauhte das Wasser auf, so daß es in kleinen Wellen gegen den Rumpf klatschte – und dann plötzlich war da ein Ton in der Luft, eine Trompete. Leise zuerst, zögernd, noch keine Melodie, nur Töne, die von weither zu kommen schienen, so als trüge der Wind sie vom Meer herein.

Polack war abrupt stehengeblieben. Er lauschte eine Weile. Die Klänge, klarer jetzt, kamen vom Bug des Schiffs. Polack schüttelte den Kopf. »Wissen Sie, was er bläst?« fragte er Vandermark. »Ich meine, ich kenne die Melodie, und doch ...«

»Wer ist es?« fragte Vandermark.

Polack sah auf, verständnislos.

»Wer spielt da?« wiederholte Vandermark seine Frage.

»Richtig! Sie haben ihn noch nie gehört. Das ist Pommerenke. Er war einmal der beste Hochsee-Trompeter, den es gab ... Sie haben das nicht mehr erlebt, wie? Heute werden die Passagiere mit dem Gong zum Essen gerufen, früher hatte jedes Schiff seinen Trompeter, der die Gäste zur table d'hôte rief. Pommerenke war der beste, ein richtiger Künstler. Wenn er sein Solo blies, wurde es mäuschenstill im Speisesaal ...«

Polack winkte den Maat heran, der das Ruderboot geführt hatte. Er gab ihm die schwarze Aktentasche. »Bringen Sie das dem Oberzahlmeister. Es sind Telegramme für Mannschaftsmitglieder, die via *Western Union* eingetroffen sind. Er soll sofort für die Verteilung sorgen. Und Hennig ...«, er zögerte einen Moment, »Kuhn soll die dienstfreie Mannschaft in der Lounge zusammenrufen ... in einer Stunde.«

Der Ton der Trompete schwoll an. Es war eine eigenartige Melodie, getragen, fast schwermütig. Polack stand mit gesenktem Kopf und lauschte. Der Maat hatte sich entfernt. Polack zog die Handschuhe aus und stopfte sie achtlos in die Taschen seiner Uniformjacke.

»Wenn Sie wollen, kommen Sie mit«, sagte er zu Vandermark. Es klang fast grob.

Polack war unzufrieden mit sich. Schon das Gespräch mit McCagg am Morgen hatte ihn deprimiert. Ein alter Kapitän, der einmal eines der schönsten Schiffe befehligt hatte und nun auf einem Zollkutter Dienst tat! Die Gespräche mit dem New Yorker Büro von Lloyd und mit der Deutschen Botschaft in Washington hatten nicht dazu beigetragen, seine Stimmung zu heben; allein die Warterei auf die Verbindungen hatte ihn verrückt gemacht; da besaß man eine Funkanlage und durfte sie nicht benützen, sondern stand sich im Büro der *Western Union* die Beine in den Bauch. Und dann erst die Gespräche selbst – es schnürte ihm die Kehle zu, wenn er daran dachte. Er wollte nicht daran denken, nicht jetzt, sonst hätte er die Mannschaft auch jetzt gleich zusammenrufen lassen können. Warum diese Stunde Aufschub? Was war in einer Stunde anders? Und warum schickte er Vandermark nicht weg? Er hatte den dringenden Wunsch, allein zu sein, und gleichzeitig beruhigte es ihn, den Schritt des 2. Offiziers neben sich zu hören.

Komisch, dieser Vandermark. Er gehörte zu dem Typ Offizier auf Passagierschiffen, mit denen Polack früher nie zurechtgekommen war. Warum mit ihm? Er hatte sich diese Frage oft gestellt, und er hatte nur eine Antwort gefunden, eine unbefriedigende und irritierende: Vandermark war so, wie er, Charly Polack, gern gewesen wäre. Vandermark war alles, was er nicht war.

»Warum, zum Teufel, sind Sie eigentlich zur See gegangen, Vandermark? Nun, reden Sie schon, was war es? Das Meer?«

»Ich weiß nicht. Darüber habe ich nie nachgedacht ...«

»Wie sehr hängen Sie daran? Was meinen Sie, könnten Sie es noch aufgeben?«

»Aufgeben? Heißt das, New York hat entschieden ...«

»Ich spreche nicht von New York. Ich spreche von Ihnen. Oder, um ehrlich zu sein, von mir. Es gab einen Augenblick, ich war damals in Ihrem Alter, da stand ich vor der Frage, die See aufzugeben oder nicht. Nachträglich habe ich mir oft gewünscht, ich hätte es gekonnt: Einfach alles aufgeben, von heute auf morgen.«

»Für eine Frau?«

»Naheliegend, was? Ja, zum Teufel, für eine Frau!«

»Es kommt auf die Frau an.«

»Sie meinen – die große Liebe?«

»So etwa.«

»Und wenn es die große Liebe ist und Sie können es dennoch nicht tun? Sie kommen nicht los von dem anderen, von dem ersten großen Traum Ihres Lebens. Sie bringen es einfach nicht fertig, und dann ist es zu spät ...« Er verstummte und beschleunigte seine Schritte.

Er war zu weit gegangen, hatte sich hinreißen lassen. Er hatte eine Seite von sich sehen lassen, die niemand kannte! Er war Charly Polack, Papa Polack, Champagner-Charly, der Optimismus verbreitende deutsche Hüne! Es war eine Rolle, die er längst nicht mehr spielte, er *war* es, und er würde es bald wieder sein, in einer Stunde spätestens, wenn er vor die Mannschaft hintrat. ›Du erinnerst mich an den Mond, er läßt nur seine helle Seite sehn.‹ Hatte das wirklich einmal eine Frau zu ihm gesagt? Es war hier gewesen, in Bar Harbor, auf der Veranda des Kanu-Clubs. Sie hatten miteinander getanzt, bunte Lampions hingen in den Weiden. Es war lange her, es war in einem anderen Leben gewesen – bis heute ... New York ... Natürlich ging es auch darum, natürlich ging es vor allem um die Zukunft des Schiffs. Die Zukunft bedrängte ihn, aber damit hatte er gerechnet; womit er nicht gerechnet hatte, war, daß auch die Vergangenheit ihn bedrängen konnte, daß sie ihn einholte. Sie war da, und sie war mehr als nur eine Erinnerung. Sie gehörte zu seinem Leben, zu *diesem* Leben, zu der dunklen Seite des Mondes, von der niemand wußte ...

Der hohe, lang gehaltene Ton der Trompete wurde immer leiser und verklang schließlich. Stille trat ein. Irgendwo im Dunkel begann jemand zu klatschen, hörte aber sofort wieder auf, als er merkte, daß keiner sonst applaudierte. Da und dort im Halbdunkel wurden Gestalten sichtbar; sie standen in Nischen der Verkleidung, saßen in Deckstühlen. Als sie den Kapitän bemerkten, wollten sie aufstehen, aber Polack bedeutete ihnen mit einer Geste, sitzen zu bleiben.

Pommerenke stand am Bug des Schiffs, ein mittelgroßer Mann in einem schwarzen Anzug. Über ihm hing die Signalleine vom Vordermast herab. Das Licht einer Positionslampe fing sich auf dem Metall seines Instruments. Er ließ die Trompete sinken, als er die beiden Männer auf sich zukommen sah, und als er sie jetzt erkannte, lächelte er verlegen.

»Ich bin aus der Übung. Man merkt es, nicht wahr?« Der rote Kreis, den das Mundstück auf seinen Lippen hinterlassen hatte, verzog sich wieder zu einem Lächeln, und für einen Moment hatte er etwas von einem Clown an sich.

»Was hast du geblasen?« fragte Polack.

Pommerenke blickte auf seine Trompete. Es war ein altes Instrument, leicht und kürzer als die neuen Trompeten.

»Haben Sie es nicht erkannt?«

»*Roastbeef of Old England?*« fragte Polack. »War es das?«

Pommerenke senkte den Kopf. »Etwas unpassend, wie?«

»Wieso«, sagte Polack. »*Roastbeef of Old England* hat mir immer gefallen. Niemand hat es schöner geblasen als du. Es klang nur anders heute.«

Pommerenke fuhr mit dem Ärmel über das Instrument. »Es wird schon wieder werden.« Sein Blick ging an Polack vorbei, hinüber zum Land. Jetzt, bei Nacht, mit den vielen Lichtern, schien Bar Harbor größer als am Tag, ganz so, als hätte der Ort die Fähigkeit, sich in der Nacht auszudehnen.

»Ich hab' etwas für dich.« Polack suchte in seinen Taschen und zog dann ein Formular der *Western Union* heraus. »Ein Kabel für dich. Ich habe es aus den andern rausgefischt.«

Pommerenke zögerte, es zu nehmen. »Haben Sie auch eins bekommen?«

Polack lachte. Es schien sein altes optimistisches Lachen. »Der Kapitän immer zuletzt. Was ist, willst du es nicht lesen?«

Pommerenke ließ das Kabel zusammengefaltet und schob es in die Brusttasche. Er hatte erst vor einem halben Jahr geheiratet, ein junges Ding von dreiundzwanzig Jahren. Niemand auf dem Schiff wußte davon, nur Polack, der auch Trauzeuge gewesen war.

»*Roastbeef of Old England*«, sagte Polack in die Stille hinein.

»Wir werden das wieder einführen, Pommerenke! Zu den Mahlzeiten wird per Trompetensignal gerufen! Und – ich möchte es in Zukunft nicht mehr so traurig hören!

Verstanden. Fröhlich muß es klingen, so fröhlich wie in alten Zeiten!«

Pommerenke fuhr ein zweites Mal mit dem Ärmel über die Trompete. Dann sagte er förmlich: »Wo wünschen Sie das Essen einzunehmen, Käpt'n?«

»Es wird mir komisch vorkommen, der Kapitäns-Tisch ohne Damen«, sagte Polack. »Trotzdem, ich bleibe im großen Speisesaal. Und das kannst du den Stewards sagen, keine Nachlässigkeiten, alles wie immer, das gute Porzellan, das Silber, die Damastdecken! Wir müssen dafür sorgen, daß die Stewards in Trab bleiben. Stewards, die nichts zu tun haben, sind eine Pest.«

»Käpt'n!«

»Ja?«

Pommerenke schien nach Worten zu suchen. Man erwartete etwas Bedeutungsvolles, eine Bitte, ein Geständnis, etwas, das zu seinem traurigen Gesicht paßte, doch dann sagte er, während er Polack fest ansah: »Würden Sie, bitte, nicht immer die Handschuhe so in die Taschen stopfen, Käpt'n, es beult sie aus.«

Polack nickte. Dann holte er wirklich die weißen Handschuhe hervor, strich die Tasche glatt. »Wir werden uns beide bessern, einverstanden, Pommerenke. Ich stelle das mit den Handschuhen ab, und du siehst zu, daß *Roastbeef of Old England* fröhlich klingt.«

Polack und Vandermark machten sich auf den Rückweg. Wieder kamen sie an den schweigenden Gruppen vorbei. Es waren noch mehr geworden, und die ersten mochten schon auf dem Weg zur Main Lounge sein.

»Wir werden also nicht wieder auslaufen?« fragte Vandermark.

»Wer sagt das?« Polacks erzwungene gute Laune, die er Pommerenke gegenüber gezeigt hatte, war wie weggeblasen.

»Es klang so, als Sie mit Pommerenke sprachen. Das gute Porzellan und Silber im Speisesaal, die Stewards, die in Trab gehalten werden müssen. Wir bleiben hier?«

»Sie werden es ja nachher in der Lounge hören. Ich möchte nicht alles zweimal sagen.« Aber im nächsten Moment sprach er doch weiter. »Vandermark, was denken Sie, hat New York gesagt?«

»Daß Sie einen Orden bekommen.«

»Ja, so was ähnliches war es. Sie sind aus dem Häuschen, die Herrn von der Reederei. So euphorisch habe ich diese trockenen Burschen noch nie erlebt. Jetzt hören Sie gut zu, Vandermark: Unsere ›Cecilie‹ ist ausgebucht! Ja! Die Leute haben ihnen die Bude eingerannt. Tausende von Blindbuchungen für irgendeine Fahrt in der Zukunft. Und sie haben das Büro voller Blumen, die für mich abgegeben wurden. Sie kämen sich vor wie eine Filiale von Wadley & Smythe, haben sie gesagt ...«

»Aber wir bleiben vorläufig hier liegen?«

»Das habe ich sie auch gefragt. Bleiben wir in Bar Harbor? Wie lange? Woher bekommen wir die Verpflegung? Werden die Offiziere und die Mannschaft weiter bezahlt? Es ist mir nicht gelungen, darauf klare Antworten zu bekommen. Ein Wasserfall von Lobhudeleien, das war alles, was ich zu hören bekam. Das Ganze sei einfach großartig, unbezahlbar! Die beste Reklame, die es je für den Lloyd gab, die beste Presse, die der Lloyd je hatte. Die ›Cecilie‹ sei damit das deutsche Schiff geworden, das jeder Amerikaner kennt, unsterblich sozusagen ...«

»Gönnen Sie ihr doch den Ruhm. Die ›Cecilie‹ hat es wahrlich verdient.«

»Sie hat mehr verdient, als für ein paar Tage Schlagzeilen in der Zeitung zu machen und dann vergessen zu werden. Reklametricks! Das hat sie nie nötig gehabt!«

Der Wind hatte sich gedreht, und die Strömung wurde stärker, so daß man spürte, wie die Ankertaue sich spannten, um das Schiff auf der Stelle zu halten.

»Ich weiß nicht, wie *sie* es vertragen wird, hier still zu liegen«, sagte Polack. »Ich weiß es nicht.«

»Sie glauben, daß es ein langer Aufenthalt wird?«

»Ich habe hinterher mit Washington gesprochen, mit unserem Marine-Attaché ... Ja, ich fürchte, es wird ein längerer Aufenthalt.« Polack war an der Reling stehengeblieben. Er hielt noch immer seine weißen Handschuhe, schien nicht zu wissen, wohin damit; er knüllte sie zusammen und bildete eine Faust darum.

»Wir haben eine Einladung von Mrs. Butler«, sagte Vandermark. »Sie und ich, zu einem Abendessen in ihrem Haus in Bar Harbor. Sie sagte etwas von einer guten Köchin ... Sie wüßten schon Bescheid ... Sie waren schon einmal hier?«

Polack wandte den Kopf und sah Vandermark an. »Was hat Mrs. Butler noch gesagt?«

»Nichts.«

»Dann lassen wir es dabei. Es gibt Dinge, über die ich nicht spreche. Ich habe es immer so gehalten, und ich werde mich darin auch auf meine alten Tage nicht ändern.«

Die beiden Männer standen nebeneinander und blickten hinüber zu den Lichtern von Bar Harbor. Bald würden sie wieder in ihre Rollen zurückkehren, Kapitän und 2. Offizier, aber für diesen Augenblick auf dem nächtlichen Deck waren die Rangunterschiede aufgehoben; sie waren einfach zwei Männer, die sich ohne viele Worte verstanden.

»Ich bin gespannt, wie Sie sich entscheiden«, sagte Polack. »Ich meine, was stärker sein wird, das Schiff oder das Land?«

Vandermark hatte wirklich in diesem Augenblick an ein lachsrotes Kleid gedacht und an einen lachsroten Hut, dessen breiter Rand sich im Wind wellte. »Können Sie Gedanken lesen?«

»Manchmal.« Polack streckte die Hand aus, die Faust, in der er zusammengeknüllt die Handschuhe hielt, und deutete zum Land hinüber. »Es ist ein Platz wie geschaffen für Sie.«

»Es klingt fast so, als hätte ich Sie gebeten abzuheuern.«

»Vielleicht werden Sie es eines Tages tun.«

»Ich habe bis jetzt nicht daran gedacht. Im Gegenteil. Ich habe immer nur Glück auf Schiffen.«

»Auf Schiffen, die fahren«, sagte Polack leise, mehr zu sich selber. »Und wenn wir hier wirklich festliegen? Ich meine, nicht eine Woche. Ich meine, Monate, Jahre.«

»Jahre ...«, sagte Vandermark ungläubig.

»Wissen Sie, was das heißt, Monate, Jahre auf einem Schiff, das festliegt? Unsere vierundzwanzig Offiziere, die Ärzte, die Zahlmeister; die sechzig Maschinisten, zweihundertdreißig Heizer, zweihundertdreißig Stewards, dreiunddreißig Köche, Bäcker, Metzger, dreißig Abwäscher, sechzig Signalgäste, Bootsmannsmaate, Segelmacher, Matrosen, Lampenputzer und ... wie viele Friseure?«

»Neun Friseure.«

»Wissen Sie, was das heißt, eine Schiffsbesatzung von über sechshundertfünfzig Mann, und plötzlich gibt es keine Passagiere mehr. Zuerst scheint es ein Gottesgeschenk. Sie werden es genießen die ersten Tage, die erste Woche, auch die zweite ... und dann wird sie das leere Schiff zu ängstigen beginnen. Auch mich wird es ängstigen.«

»Ich nehme an, Sie werden die Leute beschäftigen.«

»Natürlich werde ich das. Ich werde sie auf Trab halten, aber die Passagiere werden trotzdem fehlen.«

»Sie haben immer noch die gute Küche von Mrs. Butler und eine ganze Reihe anderer Damen. Mrs. Butler meinte, Sie würden sich nicht retten können vor Einladungen.«

»Keine Sorgen um mich«, sagte Polack. »Meine Entscheidung ist schon lange gefallen. Mein Schiff und ich, wir gehören zusammen. Erst wenn ich die ›Cecilie‹ verlöre, dann …« Er verstummte und deutete nach vorne, wo die Positionslichter eines Schiffs aufleuchteten, tief unter ihnen, wie es schien.

»Sehen Sie den Zollkutter? Der Kapitän führte früher die ›Salem‹. Jetzt sitzt er auf dreihundert Tonnen rostigem Eisen. Vielleicht geht es mir auch mal so – und vielleicht werde ich noch ganz zufrieden dabei sein. Ich hatte, wie Sie, nur Glück auf Schiffen. Aber wissen Sie, was? Manchmal denke ich, es war nur, weil ich zum andern keinen Mut aufbrachte. Das Meer ist eine große Sache – aber das Land ist eine größere.«

In der Stille setzte plötzlich wieder die Trompete ein. Es war dieselbe Melodie wie zuvor. Sie klang auch jetzt schwermütig.

Dritter Teil

Zehntes Kapitel

Es war, wie Temperence C. Butler vorausgesagt hatte – das deutsche Schiff veränderte das Leben in Bar Harbor. Nicht, daß die Bewohner ihr Glück sofort erkannt hätten, dafür kam es viel zu unerwartet. Der Sommer des Jahres 1914 hatte sich nicht gerade verheißungsvoll angelassen. Hotels und Pensionen standen halb leer. Und es war naheliegend, daß man fürchtete, diese Deutschen, die in Europa jedermann den Krieg erklärt hatten und in Belgien einmarschiert waren, könnten noch die letzten Gäste vertreiben.

Schon das Jahr zuvor war enttäuschend verlaufen, und dieses drohte noch schlechter zu werden. Man stand vor einem Rätsel.

Das Wetter hätte nicht schöner sein können. Das Vergnügungsprogramm zur Unterhaltung der Gäste war nie reichhaltiger gewesen. In dieser ersten Augustwoche allein hatte man folgende Veranstaltungen organisiert: Konfetti-Nacht mit der Bangor-Band; Rollschuh-Schaulaufen im Casino; Feuerwehrball mit dem Wescott-Orchester; Tennis-Turnier für Damen unter Teilnahme von Mrs. John Jacob Astor, der vorjährigen Meisterin; schließlich, wovon man sich besonders viel versprochen hatte, der Boxkampf zwischen Jack Twin Sullivan und Fred Mackay, dem Kanadischen Meister im Schwergewicht, wobei dem Sieger ein Kampf in New York gegen Gunboat Smith winkte. Trotzdem – die erhoffte Invasion von Sommergästen war bisher ausgeblieben. Die Kutschen und Träger, die sich bei der Ankunft der Dampfer einfanden, fuhren oft leer weg oder mußten zusehen, wie die wenigen Passagiere, die von Bord gingen, von Privatautos abgeholt wurden.

Das änderte sich buchstäblich über Nacht, seit am 4. August, irgendwann zwischen Mitternacht und Sonnenaufgang, die CECILIE in Frenchmans Bay eingelaufen war und vor Bar Harbor ihre Anker ausgeworfen hatte. Den Anfang machten die Passagiere des deutschen Schiffs selbst, die hier von Bord gingen. Sie blieben zwar nicht in Bar Harbor – bis auf einige wenige –, aber bis zur Abfahrt ihrer Dampfer füllten sie die Restaurants, die Hotelhallen; in den Souvenirläden klingelten die Kassen, denn jeder wollte irgendein Andenken an diesen Tag und an diesen Ort mitnehmen. Und dann kamen die Journalisten!

Die ersten trafen bereits am Abend des 4. August in Bar Harbor ein. Sie kamen nicht nur aus Bangor und aus Boston. Die New Yorker Blätter schickten ihre Reporter, die Agenturen ihre Korrespondenten; aus allen Windrichtungen Amerikas eilten sie herbei – und mußten erleben, daß man sie nicht an Bord ließ, daß dieser deutsche Kapitän Polack für niemanden zu sprechen war. Es blieb ihnen nichts anderes übrig, als sich an die Passagiere zu halten, die in den folgenden Tagen ausgeschifft wurden. Trotz dieser Hindernisse gingen bald die ersten Berichte hinaus. Sam Higgins von der WESTERN UNION TELEGRAPH COMPANY hatte bis zum Abend des 5. August zehntausend Worte durchgegeben, mehr als sonst während eines ganzen Sommers!

Der Kapitän der CECILIE gab auch in den folgenden Tagen kein Interview. An dem Schiff hing ein *No Admittance-Schild*. Aber das schien die Phantasie der Journalisten eher anzustacheln. Die Schilderungen über die Flucht des Schiffs wurden immer sensationeller; der Nebel, durch den es sich den Weg hatte suchen müssen, immer dichter, die Verfolger immer mehr. Die Geschichte von dem Baby, das an Bord zur Welt gekommen war und das Kapitän Polack auf den Namen Cecilie getauft hatte – und die zufällig stimmte –, rührte ganz Amerika. Der Bericht, daß eine Gruppe I.-Klasse-Passagiere dem deutschen Kapitän fünf Millionen Dollar für sein Schiff geboten hätte, damit er nicht umkehren sollte und sie doch noch rechtzeitig zur

Eröffnung der Birkhuhnjagd in Schottland eintreffen würden, ging durch alle Blätter; nur so viel stimmte daran, daß ein paar reiche Amerikaner in Whiskylaune diese Idee diskutiert hatten, aber niemals im Ernst gewagt hatten, sie Kapitän Polack zu unterbreiten.

Egal, ob die Geschichten wahr oder erfunden waren, man las sie wie ein Wirklichkeit gewordenes Märchen. Natürlich war das Schiff die Hauptperson, aber genauso wichtig war Frenchmans Bay, die romantische Bucht, war Mount Desert Island – *America's little Norway* tauften es die Journalisten –, war Bar Harbor selbst, ein Ort, von dem bisher nur wenige gehört hatten. Bar Harbor, Eden, das unentdeckte Paradies – der Ort war plötzlich in aller Munde. Über Nacht setzte ein Strom von Sommergästen ein.

Jahrelang hatte Bar Harbor von so einer Saison geträumt, jetzt war man dem Ansturm kaum gewachsen. Innerhalb einer Woche gab es kein freies Zimmer mehr. Die Ferngläser waren ausverkauft. Die Bootsverleiher mußten Wartelisten einführen. Willard Adams, der einzige Photograph am Ort, wußte nicht mehr, wo ihm der Kopf stand. Jedermann wollte sich mit dem Schiff im Hintergrund photographieren lassen, und weil das unnötig kompliziert und zeitraubend war, ließ Adams sich einen Prospekt von der CECILIE malen, hing ihn in seinem Atelier an die Wand und stellte seine Kunden davor.

Das alles war eine aufregende und verwirrende Erfahrung für die Einwohner von Bar Harbor. Insgeheim wurden sie das Gefühl nicht los, daß ihr Glück unverdient war, oder aber, daß es so überraschend, wie es gekommen war, wieder verschwinden könnte. Fast ängstlich hielten sie jeden Morgen Ausschau nach dem Schiff. Lag es noch da?

Denn von den Rettern der Saison, von diesen Deutschen, sah Bar Harbor zunächst wenig. Natürlich konnte man sie durch Ferngläser an Bord ihres Schiffs beobachten. Und jeden Morgen wurde ein Rettungsboot zu Wasser gelassen und kam an die Pier des Yachtclubs, um Trinkwasser zu fassen. Ein- oder zweimal ließ sich der Kapitän übersetzen, ging ins Büro der *Western Union* und kehrte nach seinen Geschäften umgehend wieder auf das Schiff zurück.

Der einzige Kontakt zwischen Land und Schiff blieb das Rettungsboot. Die Männer, die es ruderten, waren nicht sehr gesprächig; nicht einmal, als ein Fischer den Einfall hatte, ihnen die guten Fischplätze in der Bucht zu verraten, tauten sie auf. Um so erfreuter registrierte man, daß sie den Rat befolgten; die zwei Rettungsboote, die zum Fischen hinausfuhren, waren Tagesgespräch. Die einen sahen darin einen großen Schritt zur freundschaftlichen Annäherung, die anderen deuteten es ängstlich als Proviantmangel, der das Schiff unter Umständen veranlassen könnte, die Anker wieder zu lichten. Von da an fanden die Männer, die am Morgen das Trinkwasser holten, Gaben an der Pier des Yachtclubs vor: Frisches Gemüse, Hühner, Eier, Brot, Butter. Daß die Dinge schweigend angenommen wurden, betrachtete man als gutes Zeichen. Die Spannung wuchs. Man wollte sie an Land haben! Man wollte sie endlich aus der Nähe sehen; vielleicht gab es junge Mädchen, die auch andere Gedanken hegten ...

Endlich, nach fast einer Woche, geschah es: Ein paar Stewards bummelten die Main Street hinunter, warfen Briefe ein, aßen im Stehen ein Eis, kauften Postkarten, ließen sich photographieren. Sie blieben nicht lange. Aber es kamen andere. Und als an einem Abend, was allein schon ungewöhnlich war, denn bisher war abends nie ein Boot gekommen – als eines Abends wirklich ein Rettungsboot an der Pier festmachte und vier Offiziere in Weiß an Land stiegen, da wußte jeder in Bar Harbor, nun war das Eis gebrochen ...

Elftes Kapitel

Vielleicht waren es nur die ausgewaschenen Stufen in der Kaimauer, daß Fred Vandermark den Augenblick als etwas Besonderes empfand: Im Schein der Uferlaternen glänzten sie dunkel; aber je höher er kam, um so heller wurden sie, und schließlich trat er hinaus auf die weißen Steinquader des Kais.

Festes Land unter den Füßen! Das war einmal ein großer Augenblick gewesen, früher; aber mit den Jahren, die er zur See fuhr, fünfzehn waren es, hatte sich das verloren. Jetzt war es wieder da, das Klopfen in der Brust, in der Kehle. Das Abenteuer, an unbekannten Orten anzukommen, hatte sich in der Routine der Atlantik-Überquerungen erschöpft. Bremerhaven – New York, New York – Bremerhaven. Es war fast ein Beamtenleben geworden, in genau vorgezeichneten Bahnen, nach einem unverrückbaren Zeitplan. Wenn die weiblichen Passagiere nicht gewesen wären ...

Nie zuvor war ihm das mit solcher Deutlichkeit bewußt geworden wie in den letzten Tagen. Er fühlte sich müde, alt, und selbst die Briefe mit dem lachsroten Seidenfutter, die von der Trinkwasser-Crew mitgebracht wurden, hatten daran nichts ändern können. Als heute morgen die Einladung zu ihrem Gartenfest eintraf und Polack trotz der herzlichen Worte, mit denen Gloria Linzee ihn zu sich bat – ›jeder hier möchte Ihnen persönlich die Hand schütteln‹ –, abwinkte, hätte auch Vandermark sich am liebsten entschuldigt. Aber die anderen hatten protestiert, und ihre aufgekratzte Stimmung, als sie jetzt an Land gingen, sagte ihm, wie sehr sie sich auf diesen Abend freuten.

Fischer, der Bordarzt, breitete die Arme aus, und er sprach wohl für alle, als er ausrief: »Kinder, das fühlt sich gut an! Was für ein mildes Lüftchen!« Er schien den Ort, der vor ihnen lag, umarmen zu wollen.

»Er hat's mit der Natur, unser Doktor«, sagte einer der Offiziere. »Ich denke an das erste Schlückchen. Sie wird uns doch nicht trocken halten.« Vor dem Übersetzen hatten sie die letzte Flasche Champagner aus dem Besitz Vandermarks geleert.

»Wo bekommen wir einen Wagen?« wollte Kessler wissen, aber dann sahen sie die viertürige Limousine, die in der Nähe parkte. Ein Chauffeur kam auf sie zu. Seine Uniform hatte dieselbe Farbe wie der Wagen, ein helles Beige. Er legte die Hand an die Mütze.

»Mrs. Linzees Gäste? Bitte, meine Herrn!«

Er öffnete die vier Türen der Limousine; das Verdeck war zurückgeschlagen, und man sah die schwere Seide, mit der es gefüttert war, beige mit braunen Streifen. Die Sitze waren mit weißem Leder überzogen.

»Unser Lucky Fred«, sagte Fischer. »Sieht nach einem Haupttreffer aus.« Er wandte sich an den Chauffeur. »Ein Sechszylinder Stevens-Duryea, right?«

»Right, Sir.« Die Hand des Chauffeurs blieb an der Mütze. »Bin stolz, Sie an Bord zu haben, sozusagen. Arnold Googins. Alle Googins sind mal zur See gefahren. Gibt nur keine Schiffe mehr, hier.«

»Kein schlechtes Schiff, was Sie da haben«, sagte Fischer.

»Wird nur auf Bestellung gebaut. Sie werden seine sechs Zylinder kaum hören. Darf ich bitten einzusteigen; drei hinten, einer vorn.«

Vandermark ging um den Wagen herum und setzte sich auf den Vordersitz. Fischer und Kessler diskutierten über den Preis, den der Wagen gekostet haben mochte; sie sprachen deutsch. Auch Kessler wirkte entspannt, erwartungsvoll. Seit jenem Zwischenfall am ersten Tag hatte er sich bemüht, sein Verhältnis zur Mannschaft zu verbessern, auch zu Vandermark. Er war so weit gegangen, eine

Art Entschuldigung vorzubringen, Müdigkeit, überreizte Nerven, Sorgen um das Schiff. Bar Harbor und der Sommer schienen auch für ihn Europa und den Krieg dort in weite Ferne gerückt zu haben ...

Googins blieb auch redselig, während er fuhr. Ununterbrochen machte er sie auf etwas aufmerksam: auf ein Hotel mit Dancing, auf ein Restaurant, in dem sie, bei Berufung auf ihn, von seinem Bruder Wein serviert bekommen würden, in Limonadegläsern; auf den besten Schneider, der auch ein Googins war und ihnen einen Sonderpreis machen würde. Er fuhr langsam, ganz so, als wollte er den Passanten, die auf der Straße stehenblieben, wenn der auffallende Wagen auftauchte, Gelegenheit geben, diese Deutschen eingehend zu betrachten.

Die Limousine lief tatsächlich sehr leise, und das Scheinwerferpaar hatte Kraft genug, die Straße zu erhellen. Sie waren bald aus dem Ort draußen; die schmalbrüstigen Backsteinhäuser links und rechts hörten auf, die Straße wurde kurvenreicher und stieg allmählich an. In den Hügeln, auf die sie zufuhren, lagen als Lichtflecken die einzelnen Villen.

»Mrs. Linzees Party wird Ihnen gefallen.« Googins deutete nach vorne. »Sie sind berühmt ... Sie waren es jedenfalls, solange ihr Mann lebte. Das letzte Gartenfest hatten wir vor drei Jahren. Ein Neptunfest! Der ganze Garten war so dekoriert, daß man glaubte, auf dem Meeresgrund zu sein. Und die Kostüme der Gäste, Wassermänner, Delphine, Seepferdchen und ...«, er lachte, »eine Menge Wassernixen. Aber keine Sorge!« Er zwinkerte Vandermark stellvertretend für alle zu. »Unsere Damen werden sich alle Mühe geben. In jedem Cottage wird man eine Party für Sie geben, Gentlemen. Unsere Damen hier, da ist jede eifersüchtig auf die andere. Wenn Mrs. Linzee ein Fest für Sie gibt, dann ist Mrs. Rufus Kings Fest nicht weit. Und wenn Sie bei Rufus King waren, so läßt es Mrs. Biddle keine Ruhe; und was Mrs. Biddle macht, das muß Mrs. Gurnee sofort nachmachen ... eine Menge Damen. Der Sommer wird nicht ausreichen für alle.«

Vor ihnen auf dem schmalen Weg tauchte ein Pferdegespann auf, aber Googins beschleunigte das Tempo sogar noch etwas. Das Pferd scheute, stieg hoch, der Kutscher fluchte, und Googins fluchte zurück. Danach nahm er wieder Gas weg und ging mit dem Wagen voller Feingefühl in eine langgezogene Kehre. Die bewaldeten Hügel rückten näher; ihre schwarze Silhouette hob sich scharf vom Nachthimmel ab. Googins deutete auf einen Lichtschein. »Das ist *Far Niente*, Mrs. Linzees Cottage.«

Was dort für Augenblicke zwischen den Bäumen sichtbar wurde, erinnerte Vandermark an die Schlösser, wie sie in Frankreich an der Loire stehen: Rundtürme, Zinnen, Erker, Schornsteine. Hell angestrahlt schwebte es im Dunkel, silbern und unwirklich, und versank wieder, wie es aufgetaucht war.

»Lucky Fred«, sagte Fischer im Fond und klopfte Vandermark auf die Schulter. »Er hat mal wieder die beste Hand.« Fischer war ein leidenschaftlicher Poker-Spieler, auch wenn er ohne Glück spielte. Er behauptete von sich, er sei nur deshalb Schiffsarzt geworden, weil dieser Beruf ihm unbegrenzte Möglichkeiten zum Pokern bot, wenn er erst einmal am Tag des Auslaufens all die Daumen verbunden hatte, die unvorsichtige Passagiere sich beim Öffnen und Schließen der Bullaugen verletzt hatten; zum Glück fielen »Bullaugen-Daumen« meist nur in den ersten vierundzwanzig Stunden an.

Vandermark wandte sich an den Chauffeur. »Und das Haus von Mrs. Butler, Temperence C. Butler, liegt das nicht auch irgendwo hier?«

Googins nickte und deutete in die Dunkelheit. »Wir kommen daran vorbei, aber sehen können Sie nichts. Alle ein bißchen verrückt, diese Butlers; und ein Gartenfest hat es dort nie gegeben.« Er lachte. »Sie hat was zu verbergen.«

»Geld«, sagte Fischer trocken.

»Natürlich, auch Geld«, erwiderte Googins, »aber Geld ist hier nichts Besonderes, das hat man einfach, wenn man hier ein Cottage hat. Mrs. Butler versteckt was anderes, etwas, an das sie keinen ranläßt, ganz im Gegensatz zu den anderen Damen mit heiratsfähigen Mädchen im Haus – eine hübsche Enkelin, Anne Butler ... Hier ist es.« Googins fuhr sehr langsam, fast im Schritt, dabei war nichts zu sehen, außer Bäumen.

»Können Sie einen Moment anhalten?« fragte Vandermark.

»Natürlich. Aber deswegen sieht man nicht mehr. Das ist die Einfahrt, die Laternen brennen nie. Das Haus steht weit hinten, ganz verborgen.« Er hatte den Wagen angehalten.

»Ist es weit zum Haus?« fragte Vandermark.

»Was soll das?« schaltete sich Kessler ein. Er beugte sich vor.

»Was haben Sie vor? Sie können uns nicht im Stich lassen. Das können Sie nicht machen. Sie sind die Hauptperson, oder?«

»Ich sage nur schnell ›Guten Tag‹, das ist alles. Ich komme in ein paar Minuten nach. Nur ein kurzer Höflichkeitsbesuch, wenn ich schon in der Nähe bin. Mrs. Butler wird erfahren, daß ich auf dem Fest von Mrs. Linzee war, und das kann ich ihr nicht antun.«

»Lassen Sie ihn«, mischte sich Fischer ein. »Sie kennen ihn doch. Er muß immer auf zwei Hochzeiten tanzen.«

Vandermark öffnete den Schlag und stieg aus. Googins war nicht gerade begeistert, daß er einen der Gäste unterwegs verlor, aber dann sagte er nur:

»Damit Sie nachher keinen Umweg machen müssen, es gibt eine Abkürzung, ein Türchen, das die Gärten verbindet. Fragen Sie Benjamin White danach, er ist der Butler. Und sehn Sie zu, daß die alte Dame es nicht hört, sie sieht's nicht gerne, daß da zarte Bande zwischen dem

Hauspersonal bestehn ...« Der Motor des Wagens war im Leerlauf wirklich kaum hörbar. Nur das Steuerrad vibrierte leicht unter Googins' Händen. Er legte den Gang ein und fuhr an; das Geräusch der Räder war lauter als das des Motors.

Ohne die Bemerkung des Chauffeurs hätte Vandermark die Laternen beiderseits der Einfahrt wahrscheinlich gar nicht bemerkt; der dichte Efeubewuchs ließ sie fast wie Bäume aussehen. Er ging langsam, bis sich seine Augen an die Dunkelheit gewöhnt hatten. Durch die dünnen Sohlen der Lackschuhe spürte er den spitzen Kies auf dem Weg. Er kannte Temperence C. Butlers kategorische Ablehnung der *Gasoline Buggies*, und in dieser von hohen Pappeln gesäumten Allee konnte man sich wirklich nichts anderes vorstellen als Kutsche und Pferd.

Er ließ sich Zeit. Auch als nach einer Biegung das Haus sichtbar wurde, beschleunigte er seine Schritte nicht. Die langgestreckte Fassade hatte eine eigenartige Farbe. War das wirklich Gelb? Eine weite Rasenfläche umgab das Haus. Das Gras stand hoch und bewegte sich im Wind. Mit dem Wind kam ein unbestimmbarer Duft.

Zwei Laternen beleuchteten den Haupteingang. In der Mitte der dunklen Holztür saß eine Sonnenscheibe aus Bronze. Er zögerte zu läuten, als könnte der schrille Ton einer Klingel das Haus erschrecken. Ein Lichtschein zuckte über den Himmel, so flüchtig, daß er nur den Widerschein wahrnahm, der die Nacht für den Bruchteil einer Sekunde aufleuchten ließ. Ein Nordlicht – immer wieder stellte er fest, daß er sich an den Gedanken, in Bar Harbor zu sein, erst gewöhnen mußte. Der Duft hatte sich verstärkt, schwer und süß. War das der Grund, warum er hier stand und zögerte? Ein Sommer, der weit zurücklag ... Derselbe Duft ... Was war es nur? Erst als er aufschaute und am Haus die Spaliere entdeckte, das Blattwerk und dazwischen die Pfirsiche, erinnerte er sich:

Der letzte Sommer zu Hause. Fünfzehn Jahre lag das zurück. Er war damals knapp siebzehn gewesen. Sein Koffer stand vor dem Haus auf dem Kiesweg. Es war sein erster eigener Koffer. Er trug den blauen Anzug, das Hemd mit steifem Kragen. In seiner Brieftasche steckte eine Fahrkarte nach Hamburg; eine Schiffskarte III. Klasse, einfache Hinfahrt, nach New York; ein Scheck über fünfhundert amerikanische Dollar.

Sein letzter Sommer in Güstrow. Sein letzter Tag im Elternhaus, dem Gutshof. Die Mutter mit verweinten Augen. Der Vater mit versteinertem Gesicht, der in seinem Arbeitszimmer auf und ab ging. Die Mitteilung vom Gymnasium, daß er die Schule verlassen müsse, lag noch auf dem Schreibtisch seines Vaters. Blaue Tinte, die einen Stich ins Violette hatte – *untragbar, unehrenhaft* ... Eine Frauengeschichte. Ausgerechnet die Frau seines Deutschlehrers ... Güstrow, eine Kleinstadt, aber ehrenhaft. Ein ehrenhafter Vater und ein unehrenhafter Sohn, dafür gab es 1899 nur eine Lösung: Amerika. Dorthin schob man ungeratene Söhne ab, hoffnungslose Fälle. Er war ein hoffnungsloser Fall gewesen.

Der Koffer vor dem Haus. Der Wagen, der ihn zum Bahnhof bringen sollte. Der Vater, der kein Abschiedswort über die Lippen brachte, die Mutter mit dem weißen Taschentuch in der Hand, das zerknüllt und verweint war. Und er selber, der nur den Duft der reifen Pfirsiche vom Spalier neben der Veranda roch. Freiheit!

Er war damals nicht bis New York gekommen. Hatte die fünfhundert Dollar in Hamburg ausgegeben. Die Schiffskarte versetzt, zum halben Preis. Er war zur See gegangen und nie mehr nach Hause zurückgekehrt, solange der Vater lebte.

Später, Jahre später, hatte die Mutter das Gut verkauft und war nach Bremerhaven gezogen, in seine Nähe. Der geliebte Sohn! Ihrem Mann hatte sie nie verziehen, ihrem Sohn immer.

Die Liebe der Mutter war ihm immer sicher gewesen, so wie das Glück bei den Frauen – beides unverdient, wie er fand. Überhaupt: Hatten die Männer, die es wirklich verdient hätten, jemals Glück bei Frauen gehabt?

Seine Mutter war jetzt stolz auf ihn, den 2. Offizier auf der CECILIE. Sie schnitt die Meldungen aus der Zeitung, die unter der Rubrik *Aus dem Hafen* standen und in denen sein Name auftauchte. Sie füllte Alben mit Bildern. Und sie erwartete ihn jedesmal am Kaiser-Kai: Das große weiße Taschentuch, das war sie; immer noch feucht, aber jetzt von Freudentränen …

Zwölftes Kapitel

Er atmete den Duft der Pfirsiche, und wie damals vor vielen Jahren überkam ihn ein Gefühl der Verheißung: Daß die ganze Welt ihm offenstand, daß alles noch vor ihm lag …

Im Haus begann jemand Klavier zu spielen; es war nicht einer der alten Schlager, die Temperence C. Butler liebte, sondern etwas mit Läufen und Trillern. Jemand übte, unterbrach sich, wiederholte dieselbe Stelle. Vandermark glaubte, das Stück zu erkennen, eine Czerny-Etüde aus der *Schule der Geläufigkeit*.

Er folgte der Musik, ging um das Haus herum. Steintreppchen führten auf eine Terrasse. Durch hohe Flügeltüren fiel Licht; manche standen offen, und der Wind spielte mit weißen Vorhängen. In einem der Räume sah er einen schwarzen Flügel stehn. Ein Mädchen saß daran; sie hatte auffallend helles Haar. Neben ihr am Boden lagen Sandalen.

Er ging weiter, langsam, Schritt für Schritt; seine Aufmerksamkeit konzentrierte sich ganz auf das Mädchen am Flügel, so daß er die Frau, die in einer überlaubten Ecke der Terrasse saß, erst bemerkte, als er fast an den Tisch stieß, der neben ihr stand. Der Mund der Frau öffnete sich, aber kein Laut kam über ihre Lippen. Nur das Buch, in dem sie gelesen hatte, glitt ihr aus den Händen und fiel zu Boden.

Bist du es? Hatte sie wirklich diese Worte geflüstert? Vandermark war sich nicht sicher. Sie saß reglos dort, starrte ihn an wie eine Erscheinung. In ihrer Reaktion war mehr als nur Erschrecken.

»Es tut mir leid …« Er deutete eine Verbeugung an. »Vandermark, Zweiter Offizier auf der ›Cecilie‹.« Er hob das Buch vom Boden auf und legte es auf den Tisch. »Ich hörte das Klavierspiel …«

»Nicht der Rede wert.« Ihre Stimme war tonlos. Sie rückte das Windlicht so, daß mehr Licht auf ihn fiel. Allmählich schien sie ihre Fassung zurückzugewinnen. »Es sind die Bücher«, sagte sie. »Ich lese immer so aufregende Bücher. Nichts für schwache Nerven. Ich sollte es sein lassen ...« Sie hatte das Buch zur Hand genommen, legte es jetzt wieder zurück auf den Tisch. »Und Sie sind also der Zweite Offizier von der ›Cecilie‹? Mrs. Butler hat uns viel erzählt von Ihnen. Wir haben Sie bereits erwartet, die ganzen Tage schon, Sie und Ihren Kapitän ... Sind Sie allein?«

»Ja, Kapitän Polack ...«

»Anne!« Sie unterbrach ihn, indem sie sich erhob und den Namen rief. »Sie wollen sicher zu Mrs. Butler, nicht wahr? Ich bin Edith Connors.«

»Die Golfspielerin?«

»Oh, Mrs. Butler hat ausgeplaudert. Ich hoffe, nicht zuviel?«

Es klang wie leichte Konversation, aber Vandermark täuschte sie damit nicht. Der versteckte Platz auf der Terrasse, das schlichte Kleid, so, als sei es ihr Ehrgeiz, sich unsichtbar zu machen. Er mochte diesen Typ Frau, die in sich Gekehrten, Schweigsamen, die in der Liebe so wenig versprachen und so viel hielten.

»Mehr war anscheinend nicht zu erzählen«, sagte er.

Zum erstenmal lächelte sie. »Das kommt mir entgegen.«

»Ich glaub' es Ihnen.«

»Anne ... kommst du?«

»Warten Sie!« Er wäre gern noch mit ihr allein geblieben, aber das Spiel hatte aufgehört, und das junge Mädchen erschien in der Tür. Sie trug ein ärmelloses Kleid. Sie hielt ihre Sandalen an den Riemen in der Hand.

»Ja, was ist?«

»Besuch für deine Großmutter. Ein Offizier von der ›Cecilie‹. Vandermark ... du weißt schon, der, von dem sie uns vorgeschwärmt hat.«

Anne kam näher, unbefangen, neugierig. Als Edith Connors ihren Namen gerufen hatte, war ihm die Bemerkung von Googins eingefallen, von der Enkelin, die Mrs. Butler *versteckte*, und irgendwie hatte er ein vornehmes, aber nicht allzu hübsches Mädchen erwartet, eine reiche Erbin eben. Um so überraschter war er, vor allem, als er in ihr das Mädchen wiedererkannte von jenem Abend des Auslaufens der CECILIE aus New York.

»Anne Butler«, sagte sie.

»Fred Vandermark.«

Erkannte sie ihn nicht wieder? Der Blick, mit dem sie ihn ansah, gab darauf keine Antwort.

»Kommen Sie, ich bringe Sie zu Großmutter. Sie sind allein? Ohne Kapitän ...« Sie suchte nach dem Namen und fuhr dann fort: »Großmutter erwartet Sie schon. Wir alle haben Sie erwartet, nicht wahr, Edith? Großmutter ist nicht auszustehn, seit sie angekommen ist. Sie läßt es an uns aus, daß ihre Europareise ins Wasser gefallen ist.«

Sie ging voran über die Terrasse ins Haus. Im Musiksalon deutete Vandermark auf den Flügel. »Waren Sie das?«

»Ja ... Czerny. Jedes Jahr in den Ferien nehme ich einen Anlauf. Es ist schrecklich, eine Großmutter zu haben, die in allem perfekt ist.« Sie hatte die Sandalen auf den Boden gestellt und schlüpfte hinein. Dann sah sie ihn an, mit diesem unbefangenen, neugierigen Blick, aber daneben war noch etwas anderes. »Ich bin froh, daß Sie nichts gesagt haben vor Edith wegen New York.«

Er nickte stumm. Er hatte sich also nicht geirrt. Sie war das Mädchen vom Schiff. Und doch war sie jetzt eine andere. In jener Nacht war sie voller Angst gewesen, der Panik nahe, nun war sie gelassen, selbstsicher. Vielleicht war es die andere Umgebung, das Haus, die weiten Räume mit den gedämpften Lampen, den glänzenden Parkettböden. Auch im Haus duftete es nach den Pfirsichen ...

»Es ist nur wegen Edith«, sagte sie. »Edith ist ... wie soll ich sagen ...«

»Es hätte mich gekränkt, wenn Sie sich nicht mehr an mich erinnert hätten.«

»Oh! Sie sind einer von denen.«

»Einer von welchen?«

»Einer von den Männern, die sich gleich gekränkt fühlen, wenn man sie beim zweitenmal nicht wiedererkennt.«

»Ja, so ist es, ich bin so einer.«

Sie lachte. »Es kann nicht stimmen! Solche Männer geben es nicht zu. Die beiden Dinge gehen nicht zusammen.«

»Es scheint, daß Sie über Männer ebensogut Bescheid wissen wie Ihre Großmutter.«

»Ich versuche von ihr zu lernen.«

»Sie ist sicher eine gute Lehrmeisterin.«

»Sie? Eine schlechte. Viel zu ungeduldig, vor allem, wenn sie schlecht gelaunt ist. Und sie ist in einer schrecklichen Laune zurückgekommen. Sie traktiert uns alle! Wissen Sie, sonst ist sie damit beschäftigt, alle die Dinge, die sie in Europa zusammengekauft hat, auszupacken und im Haus unterzubringen. Diesmal fehlt ihr das, und so wird hier seit acht Tagen das Unterste zuoberst gekehrt. Heute hat sie einen Riesenkarton mit alten Spitzen gefunden, den sie vor Jahren an der Riviera kaufte, es muß ein ganzer Laden gewesen sein ... Und sie ist der Meinung, nur sie kann die Spitzen richtig waschen und spannen ... Aber, kommen Sie, Sie werden selber sehn. Wundern Sie sich nicht, wenn Sie auch was abbekommen von der schlechten Laune.«

Sie führte ihn durch eine Halle in den Teil des Hauses, wo sich die Wirtschaftsräume befanden, die Küche, die Vorratskammern, Dienstbotenzimmer. Am Ende des Ganges schimmerte Licht durch eine Milchglasscheibe. »Sie ist im Bügelzimmer«, sagte Anne über die Schulter zu

Vandermark, bevor sie die Tür öffnete. Temperence C. Butler auf der CECILIE, das war eine byzantinische Kaiserin, aber die Frau, die er jetzt erblickte, in einem verwaschenen Hauskleid, über einen Spannrahmen gebeugt, glich eher einer indianischen Squaw.

»Du bekommst Besuch«, sagte Anne.

»Ich habe keine Zeit für Besuch. Stör mich jetzt nicht. Das ist eine heikle Arbeit, aber wenn ich es nicht selber mache, ist nachher alles kaputt.«

»Großmutter!«

Endlich blickte Temperence C. Butler von ihrem Rahmen auf. »Fred Vandermark!« Sie stieß den Fußschemel weg, stand auf, legte den runden Spannrahmen auf den Bügeltisch und kam auf ihn zu, die Arme ausgebreitet. »Willkommen!« Sie deutete an sich hinunter, nicht verlegen, sondern kokett. »Ich bin die geborene Hausfrau, Nähen, Bügeln, Kochen ... Zu meiner Zeit hat ein junges Mädchen das noch von Grund auf gelernt ... Ihr habt euch schon bekannt gemacht? Anne, meine Enkelin ... Übrigens, deine Klimperei, nicht gerade berühmt. Du solltest ihn bitten«, sie tippte mit dem Zeigefinger gegen Vandermarks Brust, »dir ein paar Stunden zu geben. Er hat die Geduld dazu. Er ist der einzige Mann, der genug Geduld aufbringt, mit mir vierhändig zu spielen. Aber jetzt lauf und sage White Bescheid, daß wir Gäste haben ...«

»Ich kann nicht lange bleiben«, sagte Vandermark schnell.

»So? Das habe ich ja kommen sehen! So viele Verpflichtungen, daß für unsereins keine Zeit bleibt.«

»Dies ist das erstemal, daß ich überhaupt an Land bin.«

»Und Charly? Ist Charly nicht mit Ihnen gekommen?« Und als Vandermark nicht gleich antwortete: »Was ist mit Charly?«

»Ich weiß nicht ...« Die Antwort war wirklich nicht einfach. Sollte er ihr erzählen, daß Polack auf seinem Schiff bei derselben Arbeit war wie sie hier, beim Großreinemachen. Daß er die Mannschaft seit einer Woche antrieb, alles auf Hochglanz zu bringen, und daß er immer wieder noch etwas entdeckte, das perfekter sein konnte. Oder sollte er ihr sagen, daß er sich stundenlang zusammen mit McCagg in seine Kabine einschloß und zwei Stewards damit beschäftigt waren, den Champagner, den sie tranken, in der richtigen Temperatur zu servieren.

»Wir sehn nicht viel von ihm«, sagte er schließlich. »Auch von Bord geht er nur, wenn er mit New York sprechen muß. Heute abend hatte er wie ich eine Einladung zum Gartenfest von Gloria Linzee, aber er hat abgesagt.«

»Gloria Linzees Party! Sie hat es also doch geschafft, mir den Rang abzulaufen. Gehn Sie allein hin?«

»Wir sind zu viert. Die anderen sind vorausgegangen.«

»Hat sie Ihnen einen Wagen geschickt?«

»Ja.«

»Welchen?«

»Einen Sechszylinder, beige.« Er blickte zu Anne. Sie stand am Bügeltisch, schien das Muster einer Spitzendecke zu studieren. »Den Stevens-Duryea«, sagte Temperence C. Butler. »Immerhin, das zeigt, wieviel Sie ihr wert sind. Aber sagen Sie Charly, ich werde meine schönste Kutsche zur Pier schicken. Ich erwarte ihn übermorgen zum Abendessen. Und keine Ausrede. Die Kutsche mit Jenkins wird um 18 Uhr am Pier des Yachtclubs bereitstehen. So, und jetzt entlasse ich Sie. Ich hoffe, das Gartenfest gefällt Ihnen. Nicht mein Geschmack, die Gartenfeste von Gloria Linzee, aber was kann man schon verlangen, schließlich war sie vor zehn Jahren noch … Nein, ich will heute nicht bissig sein. Ich habe heute meinen milden Tag. Sie werden sich bestimmt amüsieren. Und Sie werden all die Leute kennenlernen, die man in Bar Harbor kennen muß … Anne bringt Sie hinaus …« Sie stellte sich auf die Zehenspitzen und gab Vandermark den traditionellen Kuß auf beide Wangen; doch diesmal wurden es vier, links, rechts und nochmals links, rechts.

»Zwei – ist sozusagen normal«, bemerkte sie, »aber viermal, das ist ein echter Liebesbeweis. Weil Sie zuerst zu mir gekommen sind ... Anne!«

Sie ging wieder voran, schweigsam und, wie ihm schien, nachdenklich. Sie hatte vorher ein grünweißes Stirnband getragen, das ihr helles Haar festhielt, aber sie mußte es irgendwann abgenommen haben. Als sie auf die Terrasse traten, bemerkte er, daß sie keine Sandalen mehr trug und barfuß war.

»Es soll eine Abkürzung geben«, sagte Vandermark.

»Hat Googins Ihnen das gesagt? Haben Sie es so eilig?«

»So eilig auch wieder nicht.«

»Die Abkürzung kann ich Ihnen auch zeigen. Großmutter und Mrs. Linzee sind zwar ein bißchen über Kreuz, aber das Personal der beiden Häuser versteht sich dafür um so besser.« Sie lächelte. »Wir sind immer bestens informiert, was drüben geschieht.«

Der Tisch in der Ecke der Terrasse war verlassen. Edith Connors war verschwunden, und mit ihr das Windlicht und die Bücher. »Wer ist sie eigentlich?« fragte er.

»Edith Connors?«

»Ja.«

»Haben Sie Feuer gefangen? Es würde mich nicht wundern, die meisten fangen bei ihr Feuer. Sind Sie verheiratet?«

»Nein, wieso?«

»Dann haben Sie bei ihr keine Chance. Sie verliebt sich nur in verheiratete Männer. Sie mag es kompliziert. Aber sagen Sie ...« Sie blieb stehen und wandte sich um. »Wie stellen Sie das nur an? Ich kann es immer noch nicht fassen. Sie kommen herein, und Großmutter ist wie ausgewechselt. Den ganzen Tag war sie ungenießbar – und plötzlich strahlt sie. Wie machen Sie das? Ich möchte das auch können.«

»Ich weiß nicht, ob es zwischen zwei Frauen ebenso funktioniert wie zwischen Mann und Frau. Außerdem, das gehört sozusagen zu unserem Beruf, der Umgang mit Damen.«

»So ist das! Deshalb reist sie so gern.«

»Deshalb reist die halbe Damenwelt, wußten Sie das nicht? Seereisen sind ein altbewährtes Mittel gegen Liebeskummer; nach der Theorie, Seekrankheit heilt Liebeskrankheit. Sie sind nie mit Ihrer Großmutter gereist? Warum nicht?«

Sie lachte hellauf. »Vermutlich, weil ich nie Liebeskummer hatte.«

»Wirklich? Schade.«

»Ist es notwendig?«

»Es macht unseren Beruf leichter.«

»Das leuchtet mir ein.«

Er wurde nicht schlau aus ihr. Sie reagierte so anders, als man es von einem Mädchen ihres Alters erwarten konnte. Und dann natürlich: Er hatte um junge Mädchen immer einen Bogen gemacht. Mit den Frauen, mit denen er sich einließ, lief alles nach bestimmten Spielregeln ab, so daß er sich manchmal wie ein Schauspieler vorkam, der jahrelang ein und dasselbe Stück en suite spielte, immer dieselben Stichworte, dieselben Szenen, dieselben Schauplätze. Was wechselte, waren die Partnerinnen. Sie hatten die weite Rasenfläche überquert und befanden sich jetzt auf einem schmalen Kiesweg. Machte es ihren Füßen nichts aus? Sie ging jedenfalls, als sei sie daran gewöhnt. Sie kamen an einigen Wirtschaftsgebäuden vorbei; da und dort brannte eine Laterne. Im Schatten niedriger Obstbäume tauchte eine Pferdekoppel auf. Die Tiere kamen an das Gatter und trabten bis zum Ende der Wiese neben Anne her. Vandermark beobachtete, wie Anne einem der Pferde die Hand auf den Hals legte. »Morgen ist es soweit«, hörte er sie sagen, »morgen können wir ausreiten.«

Das Gelände fiel jetzt leicht ab, auf eine Taxushecke zu, die so hoch, so dicht und so ebenmäßig geschnitten war, daß Vandermark sie zuerst für eine Mauer hielt. Auch den Durchlaß, in dem ganz zugewachsen das Gartentürchen verborgen war, bemerkte er erst, als Anne stehenblieb.

»Wir sind da«, sagte sie und glitt ins Dunkel der Hecke. Das Klicken einer Klinke, dann war sie verschwunden. »Kommen Sie ...«, hörte er ihre Stimme. Sie hielt das Türchen für ihn auf und deutete in den Park, der vor ihnen lag.

Vandermark hatte sich nicht gerade den Garten eines Einfamilienhauses vorgestellt, aber auch nicht einen Park dieser Weitläufigkeit. Einzelne Partien waren in Licht getaucht, Wege, ein Teich, ein Pavillon, ohne daß man allerdings die Lichtquellen sah, die in den Bäumen und Sträuchern verborgen sein mußten. In diesen Inseln des Lichts bewegten sich Menschen; die Gäste standen in Gruppen zusammen, Diener eilten dazwischen hin und her. Das Ganze hatte etwas von einer Revue, vor allem durch das hellerleuchtete schloßartige Gebäude im Hintergrund, das wie eine bizarre Bühnendekoration wirkte.

Er kannte die Geschichten von reichen Amerikanern, die ganze Paläste in Europa aufkauften, Stein für Stein abtragen und numerieren ließen, über den Atlantik schafften und wieder aufbauten.

»Wo stammt es her?« fragte er. »Aus Europa?«

»Mister Linzee hat das immer behauptet, aber in Wirklichkeit hat es ein Architekt aus Chicago entworfen und gebaut. Wissen Sie, was Großmutter immer sagt: Es ist nicht Louis Quatorze, sondern Chicago Quatorze.«

Über ihnen flog ein Vogel auf. Vandermark vernahm nur den Flügelschlag und sah nicht mehr als einen dunklen Schatten, aber Anne sagte: »Eine Strix Nebulosa. Das ist ihre Zeit.«

»Eine was?«

»Ein Bartkauz. Sie gehören zu den Waldeulen. Ziemlich groß, werden bis zu siebzig Zentimeter.«

»Ist das eine Spezialität von Ihnen?«

»Tiere ... ja. Ein bißchen. Im Augenblick spüre ich zwei Adlern nach.«

»Würden Sie mich dazu einmal mitnehmen?«

»Sie?«

»Ja, mich.«

»Sagen Sie, ist Gloria Linzee wirklich hinter Ihnen her?«

»Jetzt reden Sie wie Ihre Großmutter.«

»Ist sie?«

»Vielleicht ist es genau umgekehrt. Vielleicht bin ich hinter ihr her.«

»Aber sie ist doch älter als Sie. Weit über dreißig ...«

In New York, auf dem Schiff, bei ihrer ersten kurzen Begegnung, war sie es gewesen, die unsicher war – hier war er es, der sich auf fremdem Terrain fühlte. »Was ist jetzt, nehmen Sie mich mit?«

»Sie möchten wirklich mitkommen?«

Gloria Linzee, das war eine Welt, die er kannte, aber Anne ... Trotzdem, oder vielleicht gerade deshalb, sagte er: »Ja.«

»Es ist beschwerlich. Wir müssen zu Fuß durch den Wald. Ich weiß nicht, wie Ihre weiße Uniform, die Sie da tragen, nachher aussehen wird.«

»Nehmen Sie mich mit, ja oder nein?« beharrte er.

»Sie sind sehr leicht zu verführen, wie?« Sie lachte, und mit diesem Lachen lief sie davon, verschwand in der Dunkelheit, nur ihr helles Haar war für einen Augenblick noch zu sehen.

Er betrat den Park. Der Rasen unter seinen Füßen war kurz geschnitten und weich wie ein Teppich. Musik klang ihm entgegen, die Stimmen der Menschen. Einmal blieb er stehen und blickte zurück; vielleicht war es nur sein Wunsch, aber er bildete sich ein, irgendwo im Dunkel, verborgen von der Hecke, stand Anne und folgte ihm mit den Augen.

Dreizehntes Kapitel

Es geht vor die Hunde, euer Europa«, sagte der Mann mit einer Stimme, als verkünde er eine gute Nachricht. »Es ist am Ende, so gut wie eine Leiche. Dieser Krieg ist der letzte Sargnagel. Hier muß man sein, hier in Amerika. Ihr Jungs habt wirklich Glück gehabt. Euer Kapitän, warum ist er nicht gekommen? Ich hätte ihm gern die Hand geschüttelt, tüchtiger Bursche. Bei uns in Amerika hat man was übrig für tüchtige Burschen wie euch ... Nennen Sie mich doch Cyrus, einfach Cyrus. Nur nicht diese europäischen Förmlichkeiten.«

Vandermark kannte keinen der Männer, die um ihn herumstanden, seine Hand schüttelten, ihm auf die Schulter klopften, ihm gratulierten und dann an die nächste Gruppe weiterreichten. Er wußte nicht, wieviel Leuten er sich schon vorgestellt hatte, und wie er ihre Vornamen in seinem Gedächtnis unterbringen sollte. Gloria Linzee, die Gastgeberin, hatte er bisher noch nicht zu Gesicht bekommen, nur Männer.

»Sie sind Fred? Ich bin Gus. Prächtig gemacht! Ich habe immer allen gesagt, stoßt die europäischen Anleihen ab. Kennen Sie den neuesten Kaiser-Witz? Also der Kaiser geht mit seinem Hund spazieren ...«

Es war eine andere Gruppe, ein anderer Mann, aber für Vandermark waren es dieselben Stimmen, dieselben Gesichter. Sie trugen fast alle Schwarz, und sie schienen alle der gleichen Rasse anzugehören, ja, der gleichen Familie. Sie tranken alle viel, sie brauchten dazu nur den Arm auszustrecken, und schon war ein Diener da, der ihr Glas nachfüllte.

Er sah Kesslers etwas säuerliches Gesicht neben sich, vermutlich wegen des Witzes über den Kaiser, und er zog ihn mit zu einer anderen Gruppe.

»… spart mir einen Haufen Geld, dieser Krieg in Europa. Spart uns allen einen Haufen Geld, wie? Wenn ich daran denke, wieviel Dollars meine Frau in den letzten Jahren in Europa gelassen hat.«

»Solang es nur Geld ist. Meine Frau hatte sich einen Grafen für unsere Tochter in den Kopf gesetzt. Einen russischen Grafen, dabei weiß man doch, was es mit den russischen Grafen auf sich hat, die man in Paris findet. Zu Hause hatten sie ein paar Schafe, und in Paris spielen sie jetzt die Adligen … Oh, hallo, ihr seid von der ›Cecilie‹? Großartig, daß ihr den Engländern ein Schnippchen geschlagen habt. Kann sie nicht ausstehn, die Engländer, verdammt hochnäsiges Volk. Sie sind Fred, nicht wahr? Und wie gefällt es Ihnen hier bei uns? Wenn Sie mal einen Job suchen, Leonard Kellog, New York, das genügt. Ein Mann wie Sie hat hier jede Chance.«

Ein anderer unterbrach ihn lachend. Er zeigte auf die Frau in einem Kimono aus roter Seide, die auf sie zukam. »Vermute, Fred weiß verdammt genau, wo seine Chancen liegen, stimmt's?«

»Entschuldigen Sie mich.« Er ging ihr entgegen und überließ Kessler der Gruppe. Hoffentlich erzählten sie nicht zu viele Kaiser-Witze. Aber Kessler schien über den Punkt hinaus, wo er ärgerlich reagierte, denn Vandermark hörte sein Lachen hinter sich. Fischer, der Bordarzt, und der andere Zweite Offizier waren ebenfalls von Männern umringt und bekamen wahrscheinlich dieselben Kommentare und Ratschläge zu hören.

Er war froh, Gloria zu sehn. Sie bewegte sich langsam in dem schmalgeschnittenen Kimono, dessen rote Seide mit goldenen Drachen bestickt war. Sie blieben voreinander stehen, und er zog sie an sich, ganz nahe, so daß er die Wärme ihres Körpers durch die Seide spürte. Ihre Lippen hatten dasselbe Rot wie das Kleid.

»Nun, hast du alle kennengelernt?« fragte sie.

»So ziemlich alle. Nur werde ich mich später an niemanden mehr erinnern.«

»Waren sie nicht nett?«

»Drei haben mir einen Job angeboten, zuletzt ein gewisser Leonard Kellog.«

»Wenn Leonard so was sagt, dann meint er es auch.«

»Fein, und was tut er?«

»Leonard? Ich weiß nicht, was *er* tut, aber seine Firma beliefert Reedereien mit Milch und Butter. So ziemlich die Hälfte aller Schiffe, die von New York auslaufen, auch Lloyd, glaube ich. Er besitzt an die vierzigtausend Kühe, Jerseys, Holsteiner und Shelburns, und er war ein Freund meines Mannes.«

»Dann würde ich ja fast in der Branche bleiben.«

»Du weißt, in welcher Branche mein Mann war?«

»Er besaß Werften oder? In Baltimore.«

»Die Werften existieren noch, und sie gehören mir. Ich meine, die Aktien gehören mir. Manchmal ist mir unheimlich dabei, etwas zu besitzen, von dem ich wenig oder nichts verstehe.«

Er fragte sich, ob sie erwartete, daß er darauf einging. Es lag nahe, aber er sagte: »Wie ist das, gibt es eigentlich keine Frauen auf deinem Gartenfest?«

Sie deutete nach rechts zu einem künstlichen See, an dem ein japanisches Teehaus stand. »Ich trenne sie am Anfang immer. Die Männer wollen unter sich sein, und die Frauen auch. Die meisten sind verheiratet und haben sich nichts mehr zu sagen.«

»So fatalistisch?«

»Auf Partys immer.«

»Warum gibst du sie dann?«

»Mein Mann war ein großer Party-Freund, vielleicht deshalb. Ich weiß nicht ... Doch: Diesen Abend heute habe ich eigentlich nur deinetwegen veranstaltet, um dich hier zu haben. Komm, laß uns weitergehn.« Sie führte ihn, beide Hände um seinen Arm, und plötzlich befanden sie sich in einem Teil des Gartens, der wie eine fremde Welt wirkte; ein japanischer Ziergarten mit künstlich angelegten Wasserläufen, geschwungenen Brücken aus Bambus, exotischen Pflanzen und dazwischen, vom Grün halb versteckt, seltsame Steinfiguren, Tiere, dickleibige Buddhas. In einem Teich blühten Seerosen. Wieder hatte er das Gefühl, sich mitten im Bühnenbild einer Revue zu befinden.

»Ich habe sie eingeladen«, sagte Gloria. Sie ging auf eine kleine Pagode zu und setzte sich auf die Bank unter dem Vordach.

»Wen hast du eingeladen?« fragte er, obwohl er es im gleichen Augenblick wußte.

»Temperence C. Butler und ihre Enkelin Anne. Hast du Anne gesehen?«

»Ja.«

»Was hältst du von ihr?«

»Sie ist sehr jung.«

»Vorhin, als die anderen mit Googins kamen und du nicht dabei warst ... Es ist absurd, aber ich bin eifersüchtig! Früher, bevor ich dich kannte, wußte ich nicht, was das ist, Eifersucht. Jetzt bin ich eifersüchtig auf alle Frauen, die es vor mir gegeben hat, und alle, die es neben mir gibt.«

Er nahm ihre Hand. »Aber ich kann sie deswegen nicht alle ausrotten.«

»Danke!« sagte sie. »Danke, daß du mein Problem richtig siehst. Schon das hilft. Diese letzten acht Tage waren endlos. Ich hab' dich schrecklich vermißt. Ich sollte es dir nicht sagen, ich weiß, aber warum eigentlich nicht. Solange man nicht liebt, ist es sehr einfach, klug zu sein.«

»Werden deine Gäste dich nicht vermissen?«

»Du magst es nicht, wenn ich so was sage?«

»Doch, du sagst mir sehr nette Dinge, aber ich bin vielleicht schon eingebildet genug ...« Er war in einer eigenartigen Stimmung; es hing mit den Erinnerungen zusammen, die der Duft der Pfirsiche in ihm geweckt hatte. Er war kein Mann, der mit dem Blick nach rückwärts lebte, aber heute abend war die Vergangenheit stärker als die Gegenwart.

»Natürlich werden mich die Gäste vermissen«, hörte er Gloria neben sich. »Aber dieses Ratespiel gehört zu meinen Partys. Wer wird es diesmal sein? Ein dummes Spiel, und langweilig. Aber was soll ich tun? Sieh dir dieses Haus an. Diesen Garten. Es ist alles übertrieben und unsinnig. Diese Ziersträucher, diese Seerosen, im Gewächshaus hergezüchtet, und wenn nur ein Abend mit Nebel kommt, ist alles kaputt. Es verschlingt Unsummen Geld. Und wenn ich es auch habe, ich kann einfach nicht vergessen, daß es einmal anders war. Du kennst meine Geschichte?«

»Was ich so gehört habe – ein Ziegfeld-Girl, das die Frau eines der reichsten Männer von Baltimore wurde, John Linzee.«

Sie wandte ihm das Gesicht zu. »So ungefähr war es, nur nicht ganz so märchenhaft. Ich war am Schluß in New York am Broadway bei Flo Ziegfeld, aber die Plätze, wo ich die Jahre vorher aufgetreten bin ... du lieber Gott, das war nicht berühmt. Ich war eine von den unzähligen Revue-Tänzerinnen im letzten Glied, die von einer großen Karriere träumen und die alles tun, buchstäblich alles, um es zu schaffen. Ich habe bekommen, was ich wollte. Ich war arm und wollte reich sein. Ich habe es geschafft, im letzten Moment. Ich war sechsundzwanzig, als ich John Linzee vor zehn Jahren heiratete. Sechsundzwanzig, Fred. Das ist ein Alter, in dem ein Revue-Girl langsam in Panik gerät. John war nicht der erste reiche Mann, der mich heiraten wollte – aber siehst du, es ging mir nicht nur um das Geld. Es sollte auch noch der richtige Mann sein. Das ist die andere Seite meiner Geschichte. John hatte ein paar furchtbare Eigenschaften. Dieses Schloß hier war eine davon, aber wir waren glücklich miteinander. Sein Tod war ein großer Schock für mich. Verstehst du ...« Sie schwieg eine Weile. Aus der Ferne hörte man die Stimmen der Gäste. Sie klangen laut und animiert. »Was ist mit dir heute?« fragte sie schließlich.

»Ich glaube, es hängt mit dem Schiff zusammen. Dieser Schwebezustand, nicht zu wissen, was werden wird.« Es war nur ein Teil der Wahrheit, für den anderen Teil fand er nicht die richtigen Worte.

»Ist eine Entscheidung gefallen?«

»Ja und nein. Die ›Cecilie‹ bleibt vorläufig in Bar Harbor, aber niemand scheint sagen zu können, was dieses *vorläufig* bedeutet. Auch Polack nicht. Ich glaube, er rechnet damit, daß dieser Krieg in Europa sich länger hinzieht.«

»Könntest du den Dienst quittieren?«

»Und dann? Einen Job bei Leonard Kellog annehmen?«

»Es gäbe andere Möglichkeiten.«

Er wagte nicht zu fragen, welche. Oder vielmehr, er wollte nicht fragen, weil er die Antwort fürchtete. Warum eigentlich? Würde er je wieder eine solche Chance bekommen? Noch vor zwei Wochen hätte er das Ganze mit einem Achselzucken abgetan. Er hatte immer in den Tag hineingelebt, ohne Sorgen um die Zukunft. Das Heute war ihm immer wichtiger gewesen als das Morgen. Aber jetzt dachte er, die Zeit läuft aus. Es war für ihn ein fremder und ungewohnter Gedanke, und doch war er da, verfolgte ihn ... Was hatte Gloria eben gesagt? *Ich habe es geschafft, im letzten Moment.*

Er mußte plötzlich an den Morgen vor der Abfahrt in New York denken: Das Zimmer im *Hotel Netherlands*, das er seit vielen Jahren ständig dort unterhielt; nicht von seinem Gehalt als 2. Offizier, sondern von dem, was ihm seine Mutter zusteckte. Die Frau, die mit ihm die Nacht verbracht hatte, die sich von ihm löste und im Bad verschwand. Ihre leisen Geräusche beim Anziehen, während er sich schlafend stellte, bis die Tür sich hinter ihr schloß.

Der Blick vom Fenster auf die Straße hinunter, das Taxi, in das sie einstieg. Und später: das goldene Zigarettenetui, das sie auf dem Tisch für ihn zurückgelassen hatte. Die Gravur. Das war der Augenblick, an den er sich am deutlichsten erinnerte: Er am Rand des zerwühlten Betts, der melancholischen Vorstellung hingegeben, wie groß die Sammlung von Zigarettenetuis am Ende seines Lebens wohl sein würde! *Für Fred von ...* Das würde alles sein, was blieb, eine Vitrine voller Zigarettenetuis und Manschettenknöpfe.

War die Geschichte mit Gloria Linzee etwas anderes? Würde sie anders enden? Er war am Fallreep gestanden, als sie in New York an Bord ging. Eine schöne reiche Frau, die allein reiste. Alle seine Affären in den letzten Jahren hatten so begonnen. Die Überfahrt, die Rückfahrt, das Hotelzimmer im *Netherlands* mit der blauen Tapete ...

»Weißt du, was ich entdecke?« sagte er. »Ich entdecke, daß ich alt werde.«

»In meiner Gegenwart?«

»Wenn ich allein bin.«

»Ich entdecke es jeden Morgen vor dem Spiegel. Wenn man allein ist, entdeckt man dauernd schreckliche Sachen ...« Sie schwieg eine Weile und fragte dann übergangslos: »Ist das ein Grundsatz der Reederei?«

»Was meinst du, was für ein Grundsatz?«

»Daß Schiffsoffiziere unverheiratet sein sollen.«

»Im Gegenteil. Es ist ihnen viel lieber, man ist verheiratet. Außerdem machen in Bremerhaven alle Mütter von heiratsfähigen Töchtern Jagd auf die Schiffsoffiziere, die noch zu haben sind. Für sie ist der wichtigste Teil der Zeitung die Seite mit den Besatzungslisten der auslaufenden Schiffe. Das ist ihr Orakel, da wird angekreuzt, da werden Erkundigungen eingezogen und dann die Netze ausgelegt. Jede Einladung in Bremerhaven ist eine Art Treibjagd.«

»Aber dich haben sie nicht eingefangen.«

»Da paßt schon meine Mutter auf. Sie wacht eifersüchtig über mich ... zu Hause.«

»Du bist der einzige Sohn, nicht wahr? Und sie hat dich immer sehr verwöhnt.«

»Merkt man das?«

»Nicht nur das. Man merkt einfach, daß du daran gewöhnt bist, geliebt zu werden. Wir Frauen sind da eigenartig. Als Mädchen wollen wir genauso lange Zöpfe haben wie unsere Freundin – und später wollen wir den Mann, den eine andere liebt. Aber am unwiderstehlichsten ziehen uns Männer an, die ein bewegtes Leben führen, wie man so sagt. Eigentlich sollte uns das abschrecken. Aber wir bilden uns ein, daß er nur deshalb so viele hat, weil er die Richtige bisher nicht finden konnte. Und daß wir genau die sind, die er immer schon gesucht hat. Mein Vater war ein bißchen wie du, und meine Mutter mußte ihn unbedingt haben. Er hat sich nie geändert, aber sie hat sich einfach blind gestellt.«

»Was war dein Vater?«

Sie erhob sich. Auf der großen Terrasse hinter dem Haus waren Diener dabei, das kalte Büfett aufzubauen. Angezogen von diesem Anblick tauchten aus der Weite des Parks die Männer auf, und auch die Frauen strebten jetzt dem Haus zu.

»Wenn du so willst, hatte er mit Schiffen zu tun. Nick Frohman – sagt dir der Name etwas?«

»Nein.«

»Charly Polack müßte sich noch erinnern, oder euer Oberzahlmeister. Nick Frohman war eine bekannte Figur auf den Passagierschiffen im Nordatlantik. Wenn der Oberzahlmeister seinen Namen auf der Passagierliste entdeckte, wurde sogleich ein Schild im Rauchsalon aufgehängt: *Spieler an Bord* ... Ja, das war er, ein berufsmäßiger Kartenspieler. Sein liebstes Arbeitsgebiet waren Schiffe, da fand er seine Opfer am leichtesten. Er hat nichts von der Welt gesehen, obwohl er sein Leben lang auf Reisen war, nur seine Kabine und seine Karten. Er fuhr ununterbrochen zwischen Amerika und Europa hin und her. Die Kapitäne wußten alle Bescheid, aber nie hat ein Passagier ihn angezeigt. Er spielte ohne Tricks, und oft kostete ihm die Passage mehr – er fuhr immer Erster Klasse –, als er einnahm. Er war ein Spieler. Für uns hatte er nie Geld. Eines Tages packte meine Mutter ihre Sachen und verließ ihn. Sie verstand nicht, daß ich bei ihm blieb.«

»Was ist aus ihm geworden?«

»Er starb, als ich zweiundzwanzig war. Seine letzten Jahre waren ziemlich deprimierend. Er hatte Gicht; seine Hände waren so gut wie gelähmt. Er wollte es nicht wahrhaben, er glaubte, es würde wieder gut werden. Ich sehe ihn noch vor mir in dem Zimmer in New York, wie er dasaß mit dem Päckchen Karten in der Hand. Das Mietshaus lag in einer Nebenstraße der Zehnten Straße am North River, wie der Hudson auf der Höhe von Manhattan genannt wird, und drüben in Hoboken konnte man den ganzen Tag die großen Passagierschiffe sehn. Er hoffte immer noch, daß er eines Tages wieder an Bord gehen und spielen könne. Als er begriff, daß es mit seinen Händen nie mehr besser würde, starb er ...«

»Du bist sehr an ihm gehangen.«

»Ja. Er war ein Mensch, in dessen Nähe man einfach glücklich war, ich weiß nicht, warum ... Komm, laß uns jetzt zu den anderen gehn. Ich muß dich meinen Damen vorstellen. Sie sterben schon vor Neugier.«

»Muß das sein – jetzt?«

»In einer Stunde bricht hier alles auf. Sie haben damit genug getrunken, genug gehört, genug gesehn. Sie wollen ohnehin nur wissen, bleibt *er* am Schluß zurück. Du bleibst doch? Ich habe dir ein Zimmer herrichten lassen. Du kannst kommen und gehn, wann du willst.«

»Macht das keine Umstände?«

»Das Personal ist glücklich, wenn es was zu tun gibt. Immer nur das große leere Haus. Seit dem Tod meines Mannes habe ich ... warte ... Im ersten Jahr bin ich gar nicht hergekommen. Im zweiten waren es zehn Tage. Im letzten Jahr war ich drei Wochen hier. Und die ganze übrige Zeit nicht. Es wird Zeit, das Haus aus seinem Dornröschenschlaf zu wecken.«

Warum zögerte er? War es der alte Freiheitsdrang, oder wollte er sich nur beweisen, daß er nicht so leicht zu verführen war?

»Manchmal möchte ich wissen, was du denkst«, sagte sie.

»Jetzt eben habe ich über uns nachgedacht.«

»Und was willst du herausfinden?«

»Ich würde gern die Zukunft kennen.«

»Laß dich überraschen. Jetzt haben wir erst einmal einen ganzen Sommer vor uns.«

Vierzehntes Kapitel

Das Ende des Marsches ging im prasselnden Applaus der Menge unter, ein Begeisterungsausbruch, den man in Bar Harbor bei den sonntäglichen Standkonzerten bisher nicht erlebt hatte. Sogar Bravo-Rufe wurden laut, und die Forderung *Weiterspielen!* Die Zuhörer, die das Konzert von ihren Automobilen aus verfolgten, unterstützten die Zurufe durch lautes Hupen.

Anne Butler hatte Mühe, ihr scheuendes Pferd zu zügeln, und die leichte, zweirädrige »Victoria« zum Stehen zu bringen. »Ruhig«, sagte sie, »ruhig«, und hielt die Zügel straff, bis das nervös tänzelnde Pferd zur Ruhe kam. Noch nie hatte sie eine solche Menschenansammlung auf dem Village Green gesehen, dem alten Dorfplatz von Bar Harbor. Der von Kugelakazien umgebene Platz war trotz seines Namens – Village Green – nur im Frühling grün, wenn das frisch angesäte Gras aufging; jetzt, Ende August, war der Rasen braun von der langen Trockenheit, und an vielen Stellen kam die helle sandige Erde zum Vorschein. Der Wochenmarkt, die Vorstellungen durchziehender Zirkuswagen, Boxveranstaltungen – all das spielte sich auf dem Village Green ab, und während der Saison jeden Sonntag vormittag die Standkonzerte. Die Kapelle der Polizei und der Feuerwehr wechselten sich dabei ab, je nachdem, wer genug Musiker zusammenbringen konnte. Am letzten Sonntag hatte zum erstenmal die Steward-Kapelle der CECILIE das Programm bestritten, eine Blaskapelle von dreißig Mann – der Erfolg war überwältigend gewesen.

»Weitermachen! Weitermachen!« Der Chor der Menschenmenge, verstärkt durch rhythmisches Händeklatschen und Autohupen, schien den Wunsch nach einer Zugabe endlich durchgesetzt zu haben. Von ihrem Sitz aus sah Anne Butler, wie der Schellenbaum über den Köpfen der Menge auftauchte, seine vielen Glöckchen funkelten in der Sonne, erfüllten die Luft mit einem hellen Klingen. Die Menge wurde still, der Kreis schloß sich noch enger um das Podium, auf dem die dreißig Mann in blauweißer Uniform ihre Blasinstrumente aufnahmen. Als dann die dreißig Instrumente gleichzeitig einsetzten, herrschte zuerst atemlose Stille. Doch dann erkannten die Zuhörer die Melodie – *America* – und brachen mitten im Stück erneut in Beifall aus. Einige begannen mitzusingen: *America, America, God shed ...* »Großartige Burschen!« Der Mann, der das zu Anne sagte, hatte die Trense ihres Pferds ergriffen, das abermals zu scheuen drohte.

»Danke, Higgins.« Daß er ein Higgins war, erkannte sie, aber es gab zu viele Higgins in Bar Harbor, und sie sahen einander alle so ähnlich, daß Anne sie nie auseinanderhalten konnte.

»Nicht zu fassen, wie? Wenn wir spielen, stehen sie da wie Stockfische, unsere lieben Mitbürger. Schon viel, wenn sie ein bißchen klatschen. Und jetzt wie ausgewechselt.«

»Sie sind Sam Higgins?«

»Nein! Sam, der ist bei der *Western Union* ... Wirklich einmalig, diese Burschen. Und ein Repertoire haben die! Sie werden uns den Ersten Preis auf der Eden Fair wegschnappen. Aber gut sind sie, verdammt gut.« Er bemerkte den Stapel zusammengebundener Bücher, den Anne neben sich auf dem Sitz hatte, und er sagte: »Sie sind auf dem Weg zu Dollie?«

»Ja, wenn ich hier durchkomme.«

»Nehmen Sie lieber den Weg über die Schulstraße. Das hier ist noch lange nicht zu Ende. Bin gespannt, was Sie zu Dollie sagen. Dollie hat's erwischt. Können Sie sich das vorstellen, Dollie und verliebt?«

War er Dollies Bruder? Anne fragte lieber nicht. Sie lenkte die »Victoria« weg von Village Green. Es gab einfach zu viele Higgins in Bar Harbor; zu viele Higgins und zu viele Googins. Sie saßen überall, bei der Post, bei der Schiffahrtslinie, bei der Feuerwehr, der Polizei, der Wasserversorgung, im Kirchenvorstand. Die weiblichen Higgins und Googins standen den männlichen an Aktivität nicht nach. Eine Higgins war Standesbeamtin, eine andere Hebamme, eine Klavierlehrerin, eine hatte eine Handarbeitsschule, und Dollie Higgins verwaltete die Bibliothek am Ort.

Aus der Ferne war immer noch die Blaskapelle zu hören. Es war ein warmer, für Bar Harbor heißer Tag. An den Häusern waren die Sonnenblenden vorgelegt. Die Flügeltüren der Baptistenkirche standen offen; der Gottesdienst war vor einer Stunde zu Ende gegangen. Auch im Schulhaus und dem großen Hof, der dazugehörte, herrschte sonntägliche Ruhe; dahinter, an einer Nebenstraße, befand sich die Leihbibliothek, ein weißes schmales Holzhaus mit grünen Läden.

Anne stellte Pferd und Wagen im Schatten eines großen Ahornbaumes ab und machte sich mit den Büchern auf den Weg. Das Klappern einer Heckenschere war das einzige Geräusch in der stillen Straße. Es gab viele solche Holzhäuser in Bar Harbor, viele solche schmalen Vorgärten mit einer Buchsbaumhecke, nur Dollie Higgins hatte Buchs, der in Form von Tieren geschnitten war. Das erforderte andauernde Pflege, und auch jetzt war ein Mann damit beschäftigt, sie zu stutzen – natürlich ein Higgins. Im Hausgang war es kühl und still. Der Schirmständer, der sonst nicht ausreichte für die vielen Sonnenschirme der Damen, war heute, am Sonntag, leer. Nur an der Garderobe hing als einzelnes Stück eine Schirmmütze mit den goldenen Lloyd-Insignien. Anne stutzte, und die Bemerkung von vorher fiel ihr ein, daß Dollie Higgins verliebt war. Sie hatte das nicht ernst genommen, denn wenn es so etwas wie das Urbild der sitzengebliebenen Jungfer gab, war es Dollie, trotz ihres lustigen Namens. Anne betrat den Leseraum; gewöhnlich saß Dollie Higgins an dem großen Ausgabetisch, aber jetzt war ihr Platz leer. Zwischen ihrem zehnten und zwölften Lebensjahr hatte es für Anne nichts Schöneres gegeben als diesen Leseraum mit den grüngestrichenen Wänden und den Zuglampen aus grünem Glas; vor allem bei nebligem Wetter, wenn schon am Tag die Lampen brannten. Es hatte in ihr den Wunsch geweckt, später selber einmal Bibliothekarin zu werden; aber Dollie Higgins, blaß, kurzsichtig und immer in demselben schwarzen Kleid mit Ärmelschonern aus Nessel, hatte sie ernüchtert.

»Dollie!« Sie legte ihre Bücher ab. Aus dem Nebenraum, wo in großen Regalen die Masse der Bestände aufbewahrt wurde, hörte sie die Stimme von Dollie Higgins, hoch, etwas atemlos wie immer, aber dies Lachen? Wann hatte sie Dollie je so lachen hören, ein Lachen voller Übermut. Ein Mann stimmte in das Lachen ein. Ein Mann, der mit Dollie Higgins lachte, das hieß wirklich, die Welt auf den Kopf stellen.

»Wir werden die Lücken schon auffüllen, keine Sorge, die erste Sendung muß gleich eintreffen.« Der Mann sprach fließend englisch wie alle Offiziere der CECILIE, wenn auch sein Akzent stärker war als der von Vandermark.

»Wenn Sie wüßten, wie klein mein Etat für Neuanschaffungen ist.« Das war Dollie. »Geradezu lächerlich klein, und jedes Jahr wird mir eine Erhöhung abgelehnt.«

»Wir füllen die Lücken«, versicherte der Mann wieder, »und zwar mit ladenneuen Büchern. Und wenn Sie gestatten, werde ich Ihnen beim Katalogisieren helfen.«

»Wirklich?«

Anne Butler hielt es für an der Zeit, sich bemerkbar zu machen. Auf Dollies Pult stand eine kleine Glocke, und Anne legte jetzt ihren Finger auf den Knopf, so daß sie laut und eindringlich anschlug. Ein Moment der Stille trat ein, dann erschien Dollie Higgins in der Tür; hinter ihr wurde die Gestalt eines Mannes in weißer Uniform sichtbar.

»Anne Butler! Am Sonntag? Ist Miss Connors schon wieder am Ende?« Dollie Higgins trug auch heute ein schwarzes hochgeschlossenes Kleid, aber sie hielt sich anders als sonst, so, als habe sie entdeckt, daß sie unter dem Kleid einen Körper hatte.

»Übrigens ... darf ich vorstellen. Das ist Mister Kuhn, Wilhelm Kuhn, Purser auf der ›Cecilie‹.«

Der Oberzahlmeister schien einen Moment verlegen; er strich mit dem Zeigefinger die Enden seines Schnurrbarts hoch. »Die Enkelin von Temperence Butler?« sagte er. »Ich freue mich. Sie haben uns nie die Ehre gegeben, aber Ihre Großmutter ...« Er blickte Dollie Higgins an, als wollte er fragen, ob er es recht machte.

Dollie Higgins legte ihre Hand kurz auf seinen Arm.

»Stell dir vor, Anne, er stiftet uns Bücher, ladenneue Bücher aus der Bordbibliothek der ›Cecilie‹. Sie haben noch das Etikett von *Brentanos* in New York, wo man sie immer für die Passagiere vor der Fahrt einkauft. Wir haben uns zufällig, rein zufällig, in *Hamor's Shell Shop* kennengelernt. Mister Kuhn sammelt auch Muscheln. Muscheln sind sein Hobby. Und wir kamen darauf zu sprechen, daß jeder hier plötzlich von mir Bücher über Deutschland verlangt. Und das einzige, was ich habe, ist eine Beschreibung einer Rheinreise und ein dünnes Bändchen über Bayreuth.«

»Und Grimms Märchen«, sagte Anne.

»O ja, natürlich, Grimms Märchen, der Band, der sich unter deinen Händen fast aufgelöst hat. Aber Mister Kuhn wird das alles ändern ...«

»Vielleicht störe ich«, sagte der Oberzahlmeister.

»Aber nein! Sie müssen bleiben, bis die Bücher eintreffen. Ich mache gleich Kaffee, ich will nur Anne Butler ihre neuen Bücher geben.«

Dollie Higgins ließ es sich sonst nicht nehmen, jedes einzelne Buch, das man zurückbrachte, zu kontrollieren, ob es nicht unterstrichene Stellen aufwies, aber heute verzichtete sie darauf. »Hier, das sind die Bücher für Miss Connors.« Sie beugte sich über den Tisch und sagte flüsternd. »Ein Gottesgeschenk ist dieser Mister Kuhn. Er versteht sogar etwas vom Katalogisieren! Ich dachte immer, was man so über die Ordnungsliebe der Deutschen sagt, sei übertrieben, aber es ist wirklich so. Er hat sofort meine Methode begriffen, und er machte sogar Vorschläge zur Verbesserung ... Schönen Gruß an Miss Connors, und bitte«, sie lachte, »wenn Sie am Sonntag in Zukunft die Schließungszeiten beachten ...«

Der Mann draußen auf der Leiter ließ diesmal seine Heckenschere sinken; er nahm die Pfeife aus dem Mund und sah Anne an. »Nun, Miss Butler, haben Sie's gesehn? Nicht zu glauben, was, wenn man's nicht mit eigenen Augen gesehn hat. Nun hat sie's doch noch erwischt, unsere gute Dollie, auf ihre alten Tage. Ein Schiff mit sechshundert Männern, na ja; aber daß auch einer für sie dabei war, das hätt' ich trotzdem nicht gedacht.«

»Sie sind Daniel Higgins, nicht wahr?«

»Nein. Daniel, der vermietet in Roberts Street Reitpferde. Ich bin Ezra Higgins, der Friedhofsgärtner.«

Er saß rittlings auf seiner Leiter, drehte jetzt den Kopf und blickte zur Straße, wo sich ein offenes Automobil näherte. Ein Zivilist steuerte, im Fond saßen zwei Matrosen der CECILIE. Der Wagen hielt vor der Bibliothek, und die zwei Matrosen begannen, Stapel von Büchern ins Haus zu tragen. Ezra Higgins zwinkerte Anne zu und sagte: »Sie breitet sich aus, die deutsche Krankheit, unter den Damen von Bar Harbor.«

Ezra Higgins nahm mit seiner Heckenschere den nächsten Buchsbaum in Angriff, und Anne bestieg ihre Kutsche.

Die Bemerkung von Ezra Higgins stimmte. Einen anderen Gesprächsstoff als die Deutschen – sie waren jetzt die dritte Woche da – gab es in Bar Harbor nicht mehr. Jeden Morgen, wenn Jenkins mit der Zeitung von Bar Harbor zurückkam, wußte er Neues zu berichten:

Leota Hebard, »Erster Salon für Damenmoden«, beschäftigte einen Steward als Verkäufer; in der Bäckerei Dyer gab es deutsche Brezeln, denn die Witwe, die das Geschäft führte, hatte einem Bäcker der CECILIE das Regiment in der Backstube übertragen und, wie Eingeweihte wissen wollten, nicht nur in der Backstube. Dollivers auf der Main Street hatte seinen Herrensalon vergrößert und setzte Inserate in die Zeitung: »Bartmoden nach deutschem Schnitt«. Und nach Whites Informationen gehörte es bei vielen Familien bereits zum guten Ton, einen »eigenen Deutschen« zu haben, den man zum Essen ins Haus lud, mit dem man Ausflüge machte. Mrs. Fabbri hatte für zweimal in der Woche alle Sitze des *Starmovie* für Besatzungsmitglieder der CECILIE aufgekauft, und im Auftrag von Mrs. Palmer wurde jedem Mann an der Kasse wahlweise eine Zigarre oder eine Tafel Schokolade ausgehändigt, was natürlich im *Bar Harbor Record* eine entsprechende Würdigung fand.

Das Standkonzert auf dem Village Green war zu Ende. Anne Butler merkte es daran, daß die Straßen sich füllten und sie mit ihrer »Victoria« nur noch langsam vorwärtskam. Viele der Zuhörer begleiteten die Kapelle zurück zur Pier des Yachtclubs. Die Männer spielten nicht mehr, nur ein Trommler schlug den Takt zum Marschieren. Anne folgte dem Zug bis zum *Rockaway-Hotel*, das der Pier gegenüberlag. Von ihrem Sitz aus konnte sie über die Menge hinweg zusehn, wie die Männer in das Rettungsboot stiegen und sich gegenseitig die Instrumente zureichten; die Trompeten, die Hörner und Posaunen verschwanden, nur die große Tuba blieb sichtbar und funkelte in der Sonne, ein goldener Schornstein über dem weißen Boot.

Der kleine Platz vor der Pier hatte nie einen Namen gehabt, aber seit er der Hauptstützpunkt der Deutschen war, hatte sich das geändert: »Love Lane« nannten die Einheimischen ihn jetzt mit einem vielsagenden Unterton, und er verdiente diesen romantischen Namen; wann immer ein Boot von der CECILIE ablegte, tauchten bald darauf junge Mädchen an der Pier auf, trippelten unter ihren Sonnenschirmen den Kai auf und ab und warteten auf »ihren Deutschen«; und abends, wenn die Matrosen aufs Schiff zurück mußten, war hier großes Abschiednehmen.

Das Boot mit der Steward-Kapelle hatte abgelegt; noch einmal brachte die Menge am Ufer eine Ovation aus, viele Hände winkten dem Boot nach. Draußen in der Bucht tauchte die ROCKLAND auf; sie mußte die CECILIE umfahren, um zu ihrem Anlegeplatz zu kommen. Eine Weile verschwand sie hinter dem Ozeanriesen, ihr Horn klang laut durch die Bucht, als sie dem Ufer zusteuerte. Sie lag tief im Wasser, und auf den Decks drängten sich die Passagiere.

»Hallo!«

Anne hatte die vier Offiziere auf der Terrasse des *Rockaway* längst entdeckt, und auch die Stimme war ihr bekannt, aber sie stellte sich taub und blind. Er hatte sich erhoben, war an die hölzerne Ballustrade getreten und blickte zu ihr her.

»Hallo! Haben Sie es immer so eilig? Keine Zeit für ein Eis?«

Ihr Gefühl sagte ihr: Fahr zu! Eine vernünftige Begründung für ihr Benehmen gab es nicht, und noch weniger für die Eifersucht, die sie empfand, und den Zorn. Das Schlimmste war, daß sie fürchtete, er müßte ihr vom Gesicht ablesen können, wie ihr zumute war – und das wollte sie um nichts in der Welt. So hielt sie den Wagen an und gab sich Mühe, die Überraschung möglichst echt zu spielen. »Oh, Mister Vandermark!«

Er kam die breite Treppe herunter. Das gebräunte Gesicht mit den blauen Augen darin, das dunkelblonde Haar, das in den drei Wochen länger und welliger geworden war – wenn sie allein war, versuchte sie sich immer einzureden, daß es einfach die weiße Uniform war und der Reiz der Neuheit, was seine Wirkung ausmachte, aber wenn er dann vor ihr stand, so wie jetzt, brachen ihre Abwehrmaßnahmen in sich zusammen, und ein Gefühl ergriff von ihr Besitz, das so neu und so fremd für sie war, daß es sie erschreckte.

»So förmlich?« Er war an ihren Wagen getreten, sah zu ihr auf.

»Ihre Großmutter versichert mir immer, daß ich zur Familie gehöre.«

»Für Großmutter trifft das sicher zu.«

»Auf Sie nicht?«

»Sie haben mir wenig Gelegenheit dazu gegeben ...« Sie bereute die Worte sofort. Wäre sie nur weitergefahren! Seit drei Wochen wartete sie darauf, daß er ihr mehr Aufmerksamkeit schenkte, seit drei Wochen spielte sie die Gleichgültige, richtete es immer so ein, daß sie nicht da war, wenn er nachmittags ins Gelbe Haus kam, um mit der Großmutter vierhändig Klavier zu spielen – und jetzt verriet sie sich so.

»Lesen Sie das alles?«

»Wie? Oh, die Bücher ... nein, die sind für Edith Connors.«

»Wie ist es mit einem Eis? Kommen Sie!« Er streckte ihr die Hand hin, und obwohl sie eigentlich nicht wollte, stieg sie aus. »Wieso gerade Eis?« fragte sie, um einen Rest Widerstand aufrechtzuerhalten.

»Ich weiß nicht. Ich habe es mir nicht weiter überlegt. Sie sehn einfach so aus, als würden Sie gern Eis essen.«

Wenn man sie mit Vandermark auf der Terrasse des *Rockaway* sitzen sah, würde das bald Stadtgespräch sein; schon jetzt fühlte sie die neugierigen Blicke. Die Geschichte würde noch heute die Runde machen, das war hier so. Warum nicht? Vielleicht drang es auch zu Gloria Linzee. Vielleicht machte sie sich nichts daraus, vielleicht aber doch. Die Methode, im Hintergrund zu bleiben und zu warten, die sie bisher angewandt hatte, erschien Anne plötzlich falsch. Das hatte ihr nichts gebracht. Wenn sie im Kanu-Club einem anderen Mädchen den Verehrer ausspannen wollte, war sie anders vorgegangen. Der Trick war ganz einfach. Wer weiß, vielleicht funktionierte er auch jetzt.

»Ich sollte eifersüchtig sein«, sagte sie und sah ihn dabei an.

»Auf wen?«

Sie lächelte wissend. »Wenn zwei Häuser nebeneinanderliegen, ist es unvermeidlich, daß man genau Bescheid weiß über alles ...« Es war ihr gelungen, unbefangen, ja scherzend zu sprechen, aber als sie jetzt die Zügel festband, spürte sie in den Händen ein Zittern. Sie wußte tatsächlich genau Bescheid, wie oft er bei Gloria Linzee war. Sie wußte von den Abenden, die er in ihrem Haus verbrachte, von den Nächten. Wenn das Personal darüber tuschelte oder die Großmutter eine Bemerkung machte, spielte sie die Gleichgültige. Sie brauchte keine Informationen aus zweiter Hand. Ihr Zimmer lag zum Park der Linzees hinaus, und sie konnte mit eigenen Augen Abend für Abend die beiden Gestalten sehen, wenn sie ihren Spaziergang machten. Weiß und Rot zwischen grünen Sträuchern, es tauchte auf und verschwand ... Jeden Abend, wenn sie in dem dunklen Zimmer am Fenstersims auf ihrem Beobachtungsposten saß, schwor sich Anne, daß es das letzte Mal war, und doch saß sie am nächsten Abend wieder dort, wartete und hoffte, daß Googins mit dem Wagen vorfuhr, um Vandermark nach Bar Harbor zurückzubringen. Aber der Wagen fuhr nicht vor, nicht, solange sie wach war.

Sie hatten auf der Terrasse Platz genommen. Vandermark hatte sie den anderen Offizieren vorgestellt, aber sie waren nicht geblieben, sondern hatten sich einer nach dem anderen unter irgendeinem Vorwand verabschiedet.

»Ist das immer so?« fragte sie.

»Natürlich! Wir haben eine Geheimsprache, ein Zeichen, das bedeutet: Überlaßt mir das Feld allein! Es ist das wichtigste Seemanns-Signal!«

»Oh, so ist das! Dann hat Ihr Oberzahlmeister sicher auch signalisiert: Laßt mich allein mit Dollie Higgins.«

»Wer ist Dollie Higgins?«

»Sie verwaltet die Bibliothek von Bar Harbor. Ich komme gerade von dort.« Sie erzählte ihm, was sie in der Bibliothek beobachtet hatte, und fragte schließlich:

»Ist er verheiratet?«

Vandermark nickte. Der Ober erschien und stellte das Zitroneneis vor Anne, das sie bestellt hatte.

»Arme Dollie«, sagte sie. »Ich hoffe nur, er sagt es ihr nicht, oder erst am Ende des Sommers.«

Vandermark lächelte. »Tut es am Ende des Sommers nicht so weh?«

»Sie nehmen mich nicht ernst. Sie behandeln mich wie eine jüngere Schwester.«

»Ich weiß nicht. Ich hatte nie eine jüngere Schwester.«

»Und junge Mädchen haben Sie auch nie interessiert.«

»Nicht sonderlich.«

»Was ist so schrecklich an jungen Mädchen?«

Das Lächeln verschwand von seinem Gesicht, nur in den Augen blieb etwas davon.

Anne deutete auf den Eisbecher. »Essen junge Mädchen zuviel Zitroneneis?«

»Auf jeden Fall kann nur ein junges Mädchen einen Becher von der Größe in solcher Windeseile verzehren.«

»Was hätte ich bestellen müssen, um auf Sie erwachsen zu wirken?«

»Ich habe nicht gesagt, daß Sie nicht erwachsen sind.«

Sie fühlte seinen Blick. Bei anderen Männern haßte sie diese stummen Musterungen. Seltsamerweise war es bei ihm nicht so. Trotzdem sagte sie schnippisch: »Prüfung bestanden?«

Er antwortete ihr nicht. Nach Annes Erfahrung war es ein gutes Zeichen, wenn ein Mann nicht wußte, was er antworten sollte. Vandermarks Schweigen allerdings irritierte sie. Bis zu diesem Sommer hatte sie geglaubt, über Männer genug zu wissen, um ihnen immer überlegen zu sein. Nach der Theorie ihrer Großmutter gab es keine Probleme, solange man überlegen war.

»Haben Sie die Adler gefunden?« fragte er.

Sie blickte auf. »Sie erinnern sich also doch noch daran, daß Sie mich versetzt haben an jenem Morgen.«

»Das klingt jetzt sehr erwachsen«, sagte er, »und sehr fraulich, die Dinge einfach auf den Kopf zu stellen. Mehr konnte ich mich nicht aufdrängen. Sie haben mich nicht aufgefordert mitzukommen.«

»Wollen Sie heute mitkommen?«

»Heute?«

Es klang nicht begeistert. Sie sah ihm an, daß er an seine Verabredungen dachte, mit ihrer Großmutter, mit Gloria Linzee.

»Ja, heute«, sagte sie.

»Jetzt sofort?«

»Nein, sagen wir um fünf.« Sie wählte diese Zeit, weil sie damit seine Pläne für den Tag mit Sicherheit durcheinanderbrachte. Sie sah sein Zögern, und ihr Herz klopfte plötzlich so laut, daß sie meinte, er müßte es hören.

»Gut«, sagte er, »um fünf. Ich hole Sie ab.«

Hatte er wirklich ja gesagt? Und meinte er es auch, oder dachte er gar nicht daran, die Verabredung einzuhalten? Damals vor drei Wochen hatte sie den ganzen Vormittag auf ihn gewartet, ein zweites Mal sollte ihr das nicht passieren, jedenfalls nicht im Gelben Haus vor Zeugen.

»Nein«, sagte sie, »ich schlage vor, wir treffen uns bei der *Baronin*. Sie haben schon von der *Baronin* gehört?«

»Die Französin?«

»Ja. Sie hat eine Blockhütte am Fuß des Mount Cadillac. Jeder kann Ihnen den Weg zeigen. Treffen wir uns dort um fünf?«

»Abgemacht. Wie wär es mit einem zweiten Zitroneneis?«

Sie schüttelte den Kopf. »Sie haben wirklich keine Erfahrung mit jungen Mädchen.« Ihr Herz klopfte noch immer, aber nicht mehr ängstlich, sondern voller Erwartung. Sie war zufrieden mit sich, und sie begann, es zu genießen, mit ihm auf der Terrasse des *Rockaway-Hotels* zu sitzen und sich von den Leuten, die vorbeikamen, anstarren zu lassen. Die ROCKLAND hatte inzwischen angelegt. Wagen um Wagen kam von der Dampferstation, beladen mit neuen Sommergästen und Bergen von Koffern. Zwischen den Fahrzeugen tauchte jetzt ein Mann in dunklem Anzug auf, der seine Reisetasche selber trug und mit schnellen Schritten auf das *Rockaway-Hotel* zustrebte. Alec Butler!

Ein dunkler Anzug war im Sommer eine Seltenheit in Bar Harbor. Alle Männer, selbst die älteren, trugen helle Kleidung, zumindest helle Hosen, und alle hatten sie helle Strohhüte auf dem Kopf, aber Alec trug nicht nur einen dunklen Tuchanzug, sondern auch einen dunklen Filzhut, und seine Reisetasche war schwarz. Anne hatte ihn sofort erkannt, aber er wäre vermutlich an ihr vorbeigelaufen, wenn sie ihn nicht angerufen hätte. Er stutzte und kam dann zögernd näher.

»Bist du etwa mit der ›Rockland‹ gekommen?«

Er nickte stumm und deutete dann einen Gruß in Richtung Vandermarks an. »Guten Tag.« Er hatte Vandermark im Gelben Haus kennengelernt, beim ersten Abendessen, das Temperence C. Butler für Polack und Vandermark gegeben hatte.

»Kommen Sie, setzen Sie sich zu uns«, sagte Vandermark.

»Ich …«, er blickte auf seine Tasche. »Ich will erst mal sehn, ob das mit meinem Zimmer in Ordnung geht.«

»Dein Zimmer?« fragte Anne. »Willst du sagen, du hast ein Zimmer im Hotel bestellt? Was ist überhaupt los? Warum kommst du zurück? Du hast doch gesagt, du hättest soviel zu tun in Boston. Und warum willst du im Hotel wohnen?«

»Weil ich nur einen oder höchstens zwei Tage bleibe. Eine Sache, die sich ganz plötzlich ergab, eine Prozeßvertretung.« Die letzten Worte richtete er nicht an Anne, sondern an Vandermark.

»Sie sehn mich an, als wollten Sie gegen mich prozessieren«, Vandermark erhob sich. »Für mich wird es ohnehin Zeit.« Er deutete zur Pier. »Ich muß das nächste Boot erreichen.«

Er winkte dem Kellner und zahlte. Anne saß in ihrem Stuhl, und es entging ihr kein Blick, der Vandermark galt. Komisch, auf der Terrasse waren noch mehr gutaussehende Männer, aber keiner zog die Aufmerksamkeit so auf sich. Was war es nur?

Er reichte ihr die Hand. »Es war nett, Sie zu sehen. Auf bald.« Sie hielt seine Hand einen Moment länger als notwendig, sah ihn lächelnd an. Jetzt, da er aus ihrer Verabredung ein Geheimnis gemacht hatte, war sie ganz sicher, daß er kommen würde. Irgendwie reizte es sie, das Spiel vor Alec noch weiterzutreiben. »Ich hoffe, wir sehn uns wirklich bald«, sagte sie. »Sie müssen mir dann mehr erzählen über die Zeichensprache der Seeleute.«

»Wir werden einen Kurs machen in Zeichensprache«, gab er zurück.

»Für Anfänger?«

»Ich glaube, wir können gleich den für Fortgeschrittene nehmen.«

Sie blickte ihm nach, wie er die Straße überquerte und zur Pier ging, wo eben eines der Rettungsboote der CECILIE anlegte. Es gab noch andere weiße Uniformen auf der Uferpromenade, aber sie sah nur die eine.

»So geht er manchmal doch noch zurück auf sein Schiff!« hörte sie Alec sagen.

Anne lachte. »Du hast ihn wirklich angesehn, als wäre er ein Angeklagter und du der Staatsanwalt.«

»Hat er sich inzwischen noch nicht für dauernd bei euch einquartiert?«

»Bei uns? Großmutter hätte es ihm bestimmt angeboten, aber er hat bereits woanders einen festen Schlafplatz.« Sie fühlte sich sehr überlegen, Alec gegenüber, und vor allem jener Anne Butler gegenüber, die während der vergangenen drei Wochen Abend für Abend am Fenster ihres Zimmers gestanden und zwei Gestalten im benachbarten Park beobachtet hatte. Diese Anne Butler würde es nie mehr geben ...

»Was sollte der Unsinn mit der Zeichensprache der Seeleute?«

»Du bist nicht etwa eifersüchtig?«

»Kann ich etwas bestellen für dich?«

»Danke. Ich hatte einen großen Becher Zitroneneis. Außerdem muß ich auch bald gehn.«

»Du läßt dir von ihm Eis bezahlen?«

»Verdient ein Zweiter Offizier so wenig? Ich glaube, du bist wirklich eifersüchtig!«

»Ich habe lediglich eine Frage gestellt. Welche Folgerungen du daraus ziehst, bleibt dir selber überlassen.«

»Können Anwälte nie direkt antworten?« Sie stellte unwillkürlich einen Vergleich an zwischen den beiden Männern, Alec, dem Anwalt, der düster und steif neben ihr saß, und Vandermark, dem Schiffsoffizier, für den alles leicht schien, der alles leicht nahm.

»Hast du Feuer gefangen?« Alecs Blick ging an ihr vorbei zur Pier, wo das Rettungsboot der CECILIE lag.

»Das ist auf jeden Fall eine sehr direkte Frage.«

»Und die Antwort?«

»Vielleicht.« Sie hatte mit Alec immer über ihre Verehrer gesprochen, über ihre ernsten und weniger ernsten

Flirts, und es hatte ihr nie etwas ausgemacht, wenn Alec mit seiner scharfen Zunge die jungen Männer beurteilt hatte. Diesmal jedoch war es anders.

»Wenn ich dir einen Rat geben darf«, sagte Alec nach einem Schweigen, »dann laß die Finger von ihm.«

»Und warum?«

»Er ist ... Ich glaube, er gefällt zu vielen Frauen.«

»Und? Ah, ich verstehe. Ein Mann, der so gut aussieht, kann keinen guten Charakter haben!«

»Das habe ich nicht gesagt.«

»Aber du hast es gemeint. Die alte puritanische Lehre, nach der es schon Sünde ist, wenn ein Mädchen ein hübsches Gesicht hat. Nur in einer reizlosen Hülle kann ein braver, ehrsamer Mensch stecken. Wie Dollie Higgins. ›Eine ehrliche Haut‹, sagen die Leute und meinen eine alte ungeliebte Jungfer. Aber sogar Dollie hat sich verliebt, und du solltest sehn, wie gut es ihr bekommt.«

Alec saß da, den Kopf etwas eingezogen, die Miene verschlossen, und blickte hinaus in die Bucht zu dem Schiff. »Auch einer von denen?«

»Natürlich.«

»Sie werden eine richtige Plage.«

Anne lachte. »Die *deutsche Krankheit* nennt Ezra Higgins es, aber die Krankheit, die sie verbreiten, ist alles andere als unangenehm. Willst du wirklich im *Rockaway* ein Zimmer nehmen?«

»Für die kurze Zeit ist es sehr praktisch.«

»Sieht man dich? Heute zum Abendessen? Großmutter wäre beleidigt, wenn du hier bist und dich nicht sehen läßt.«

»Um neun, wie üblich?«

»Ja, Punkt neun.« Sie stand auf.

Vandermark hatte das Ende der Pier erreicht und stieg in das Boot. Er wandte sich nicht um, er blickte nicht zurück, und Anne zweifelte plötzlich, ob er kommen würde ...

Fünfzehntes Kapitel

Weiter kann ich Sie nicht bringen.« Der Fahrer deutete über die Lichtung. »Sie müssen dort hinauf, wenn Sie zur Baronin wollen. Immer der Markierung nach, dann können Sie es nicht verfehlen.« Er blickte auf den Geldschein, den Vandermark ihm hinhielt, schüttelte den Kopf. »Viel zu viel! Dieser Sommer, das sind sowieso die sieben fetten Jahre auf einmal. Für unsere Branche hat es noch keinen solchen Sommer gegeben. Aber Ihnen hat man die Gehälter gekürzt, wie ich höre.«

»So, erzählt man sich das schon. Bis jetzt ist es noch nicht soweit. Also nehmen Sie.«

»Die Hälfte, das ist reichlich.« Der Mann wechselte den Schein. »Viel Vergnügen! Ein verrücktes Weib, die Baronin, aber es gibt keine schönere Aussicht über die Bucht.« Er legte die Hand an seine Schirmmütze. »War mir eine Ehre, Sie zu fahren. Ist noch etwas?« Der Fahrer hatte die Hände schon am Steuer.

»Wie spät ist es jetzt?« fragte Vandermark.

»Kurz nach vier.«

»Danke.«

Der Fahrer zögerte, den Motor anzulassen. Ahnte er, daß Vandermark am liebsten wieder eingestiegen und zurück nach Bar Harbor gefahren wäre? Dann wendete er seinen Wagen, und Vandermark folgte den Markierungen an den Bäumen.

Er kam zu seinen Rendezvous nie zu spät, aber daß er gleich eine Stunde zu früh kam – verrückt! Was sollte das Ganze überhaupt? Ein neunzehnjähriges Mädchen! Er hatte Zeit gehabt, über Anne Butler nachzudenken, reichlich Zeit. Sonst brauchte er nicht lange zu überlegen, um eine Frau einzuordnen. Aber sie? Was war sie? Sie war sehr jung, sehr unerfahren. Sie kannte die Liebe noch nicht. War es das, was ihn reizte? Der Erste zu sein? Bisher hatte gerade dieser Gedanke ihn junge Mädchen meiden lassen, die Verantwortung, die damit verbunden war. Und jetzt war er hier, eine Stunde zu früh, weil er es auf dem Schiff plötzlich nicht mehr ausgehalten hatte. Sollte er nicht doch lieber umkehren? Noch war nichts geschehen, noch konnte er zurück, ohne ihr weh zu tun … Es war ein Gedanke, der ihm bei anderen Frauen nie gekommen war, aber dieses Mädchen weckte vieles in ihm, das neu für ihn war.

Er war schnell gegangen und außer Atem, als er das Plateau am Fuße des Mount Cadillac erreichte. Nach dem Weg durch den Wald blendete ihn das helle Licht. Draußen in der Bucht lag das Schiff, unwirklich, ein Traumbild, dem man nicht trauen konnte. Vielleicht träumte er alles: daß er hier war, um sich mit einem neunzehnjährigen Mädchen zu treffen, daß er sich in einem fremden Land befand, daß sein Schiff in einer fremden Bucht ankerte, viele tausend Meilen von der Heimat entfernt …

»Monsieur l'officier!«

Er wandte sich um und stand einer Frauengestalt gegenüber, die ebenfalls einem Traum entstiegen schien. Sie trug ein Kleid, wie er es noch nie an einer lebenden Frau gesehen hatte, mit geschnürter Taille und einem weiten Reifrock; es war aus pfauenblauer Seide, die in allen Farben changierte, so daß man nicht gleich bemerkte, wie zerschlissen der Stoff war. Über sich hielt sie einen gelben Sonnenschirm; die langen Seidenfransen am Rand bewegten sich im Wind. Sie überschüttete ihn mit einem Schwall von Worten in einem eigenartigen Französisch. Er verstand nur so viel, daß sie ihn für einen Franzosen hielt und die CECILIE für ein französisches Schiff. Er hatte genug von der Baronin gehört, um sich die Dinge zusammenzureimen, aber ihre Erscheinung war ganz anders, als er nach den Schilderungen erwartet hatte. Ihr graues Haar war weiß gepudert, und ihr Gesicht rosa geschminkt, aber da und dort gab es Stellen, die sie übersehen hatte, so daß sie fast einem alten Gemälde glich, dessen Farbe abblätterte.

»Ich habe lange auf Sie gewartet«, fuhr sie fort. »Der König hat mich lange warten lassen.«

Von der Blockhütte kamen Kinderstimmen. Es war eine ganze Schar. Sie standen vor dem Fenster, in dem die Souvenirs ausgestellt waren.

»Was hat der König befohlen?« Die Stimme der Frau sank zu einem Flüstern herab. »Werden Sie meinen Schutz übernehmen? Meine Forderungen unterstützen?« Ihre grauen Augen waren auf ihn geheftet, ließen ihn nicht mehr los. Plötzlich ging ein Aufstrahlen über ihr Gesicht. »Natürlich! Sie wollen die Dokumente sehn, die Beweise. Kommen Sie, Monsieur. Ich habe alles vorbereitet.«

»Ich ...«, begann er und verstummte unter ihrem Blick.

»Folgen Sie mir!« Sie nahm den Sonnenschirm in die andere Hand und ging voraus. Der Reifrock schleifte über die Erde.

Als die Kinder sie erblickten, kamen sie gelaufen, umringten sie. Das Plateau hallte von ihren hellen Stimmen wider. Die Baronin beugte sich zu ihnen, sagte leise etwas und deutete zu dem kleinen Teich bei ein paar Büschen. Die Kinder rannten jubelnd davon, und die Frau ging weiter; an der Tür der Blockhütte blieb sie einen Moment stehen, wartete auf Vandermark. »Kommen Sie, Monsieur l'officier, kommen Sie!«

Er folgte ihr ins Innere, in einen dämmrigen Raum. Sie wies ihn zu einem Schreibsekretär, auf dem gebündelte Papiere lagen, Pergamentrollen. An der Wand neben dem Sekretär hing eine alte Fahne aus blauer Seide, die französische Lilie in Silber aufgestickt.

Vandermark fühlte sich mit sanfter Gewalt in einen Stuhl gedrückt. Die Baronin blieb neben ihm stehen, legte ihm die Papiere vor.

»Überzeugen Sie sich selbst.«

Das Papier raschelte, oder war es ihr Reifrock? Es waren alte Urkunden aus steifem Pergament, an den Rändern nachgedunkelt. Andere, jüngeren Datums, schienen Prozeßakten zu sein; dann wieder legte sie ihm Rechnungen vor, Anwaltshonorare, Gebühren. Er konnte sich nicht konzentrieren, wirklich zu lesen, nur einzelne Worte prägten sich ihm ein, Jahreszahlen. Das eindringliche Flüstern blieb neben ihm, meist unverständlich bis auf einzelne Worte, Satzfetzen: Der König ... sein Wunsch ... diese Insel ... Feinde ... ich werde ausharren ...« Und immer neue Papiere, die sie vor ihm ausbreitete.

Er wußte nicht, wie lange er schon hier saß. Er hatte kein Zeitgefühl mehr. Er war verloren in einen Traum, unfähig, sich daraus zu lösen.

Eine Hand berührte seine Schulter. Eine Stimme sprach leise an seinem Ohr: »Überbringen Sie das dem König! Dann wird er wissen, daß ich lebe, daß ich auf ihn warte ...« Sie nahm seine rechte Hand, steckte einen goldenen Ring an den kleinen Finger. Auf ihrem Gesicht war ein geheimnisvolles Lächeln. »Seien Sie vorsichtig! Zeigen Sie den Ring nur dem König, nur ihm.«

Sie ließ seine Hand los, wandte sich ab und ging zur Tür. Licht fiel in die Dämmerung. Die Baronin schritt aus der Tür, eine dunkle Silhouette in der Sonne.

Vandermark fühlte sich taumelig, als er schließlich ins Freie trat. Himmel und Bucht waren eine blaue grenzenlose Weite. Irgendwo waren die Kinderstimmen, und dann rief jemand seinen Namen. Im Schatten eines Baumes stand ein Mädchen in einem weißen Kleid, auch sie eine Traumgestalt. Er blickte auf seine Hand und war fast erstaunt, daß der Ring wirklich an seinem kleinen Finger saß. Es war ein schmuckloser Goldreif, dünn vom vielen Tragen, und die ursprüngliche Gravierung kaum noch kenntlich. Es konnten Lilien sein oder ein Schriftzug. Er verbarg die Hand hinter dem Rücken, als er auf das Mädchen zuging ...

Er wurde allmählich müde, aber das Mädchen vor ihm ging mit leichtem schnellem Schritt, immer im selben Tempo. Hin und wieder blieb es stehen und deutete nach oben, und in dem Stück Himmel, das die Wipfel der Bäume freigaben, war der große kreisende Vogel zu sehen.

Wie lange waren sie schon unterwegs? Eine Stunde? Drei? Es war ihm nicht gelungen, sein Zeitgefühl zurückzugewinnen. Anfangs hatten die Bäume noch Markierungen getragen, und sie waren anderen Ausflüglern begegnet, aber das war lange her.

Der Weg wurde immer schmaler und unbequemer; sie mußten über Felsbrocken steigen und über gestürzte Bäume, und manchmal verschwand der Weg ganz unter Moos und Farn und Beerengesträuch.

Anne blieb stehen und blickte zu ihm zurück. »Pause?« Ihr Gesicht war leicht gerötet, aber das schien weniger die Anstrengung zu sein als ihre Freude, daß sie den Horst der Adler entdeckt hatten.

Er nickte und sah sich nach einem geeigneten Platz um. Der Boden war felsig, aber ein Erdhügel war mit dichtem Moos überzogen; die kleinen rosa Blüten leuchteten im Sonnenlicht, das durch die Stämme der Bäume fiel.

Sie setzten sich. Neben ihnen im Unterholz regte sich etwas, ein Wild, das sie aufgestört hatten. Dann wurde es wieder still.

»Das ist ja eine richtige Wildnis«, sagte er. »Ich würde mich hier heillos verlaufen.«

»Es ist nicht so schlimm, nicht an einem Tag wie heute. Man braucht sich nur an der Bucht zu orientieren.« Sie rückte noch näher an den Baumstamm, lehnte den Kopf daran. »Bei Nebel ist es freilich etwas anderes. Da kann man sich wirklich verirren hier.« Sie spielte mit einem

Grashalm. »Es wird gerne als Ausrede benutzt von Liebespaaren. Es ist fast sprichwörtlich in Bar Harbor. Bleibt ein Mädchen zu lange aus, heißt es nur: Vom Nebel überrascht worden?«

»Sind wir nicht schon zu lange aus?«

Sie lächelte ihn an, und wieder einmal fragte er sich, ob sie wirklich so naiv war, wie es schien. Im Grunde war die Situation doch ziemlich ungewöhnlich: Ein junges Mädchen allein mit einem Mann, der ein Fremder für sie war, hier im Wald. War es ihr nicht bewußt, oder gefiel ihr dieses Spiel mit dem Feuer? Aber warum hatte sie dann keinen jener Augenblicke genützt, die es auf ihrem Weg durch den Wald gegeben hatte? Ob ihr nur der Mut dazu gefehlt hatte? Ob sie darauf wartete, daß er die Initiative ergriff?

»Ihre Großmutter läßt Ihnen viel Freiheit«, sagte er.

»Sie weiß, sie kann mir vertrauen. Edith Connors denkt etwas anders in diesen Dingen, aber Großmutter ... Sie hat sich auch nicht anbinden lassen als junges Mädchen. Der Freiheitsdrang liegt in der Familie.«

»Weiß sie von unserem ... Ausflug?«

»Ich hab' es ihr nicht ausdrücklich gesagt, aber sie weiß immer alles. Wenn sie es nicht gewollt hätte, dann hätte sie mir das ganz offen gesagt. Mit ihr ist das sehr einfach. Man weiß immer, woran man ist. Das ist auch sehr praktisch, wenn ich einen jungen Mann mit ins Gelbe Haus bringe. Ich kann ihr am Gesicht ablesen, ob er ihr gefällt oder nicht.«

»Und Sie unterwerfen sich dem Urteil Ihrer Großmutter?«

»Sie hat immer recht. Und dann ... bei ihr genügt wirklich ein Stirnrunzeln, und ein junger Mann begreift, daß er keine Chance hat. Das macht für mich vieles sehr einfach. Ich bin ihn dann ohne viel Worte und große Szenen los.« Sie legte den Kopf zurück und schloß die Augen. Sie saß ganz reglos. Ihre Brust hob und senkte sich beim Atmen.

Vandermark beobachtete sie, und wieder stellte er sich die Frage: Wer von den beiden war die wahre Anne? Das junge Mädchen, an dessen Schläfen sich das helle Haar kräuselte und das nichts im Kopf hatte als Adler und Pferde, oder die Frau, die mit einem Fremden einen Ausflug in den Wald machte und die neben ihm mit geschlossenen Augen und halbgeöffneten Lippen vor sich hinträumte. Was für Gedanken gingen ihr durch den Kopf? Welche Wünsche bewegten sie. Es schien ihm unmöglich, daß es die Gedanken und Wünsche eines Kindes waren ... Ihre Hand lag dicht neben der seinen. Sie hatte den Ärmel des weißen Kleides bis zu den Ellbogen zurückgerollt. Ihre Haut war glatt und hatte im Dämmerlicht einen warmen Goldton. Wartete sie darauf, daß er ihre Hand nahm? Oder würde er sie damit erschrecken? Was für Fragen bei einem Mann wie ihm! Er kannte den richtigen Augenblick; das war eines der Geheimnisse seiner Erfolge bei Frauen, der richtige Augenblick. Und jetzt ...

Sie öffnete die Augen, wandte den Kopf, blickte ihn an mit einem Lächeln, das er nicht zu deuten wußte. »Einen Penny für Ihre Gedanken«, sagte sie.

»Ein Vermögen für Ihre.«

»Meine?« Sie machte eine kleine Pause. »Ich habe an Sie gedacht. Daß Sie ein glücklicher Mann sind. Ich meine, jemand, der Glück hat und anderen Glück bringt. Drei Wochen lang suche ich jetzt die Adler, und heute, wo Sie mit mir gehn, finde ich den Horst ... Das waren meine Gedanken ... daß Sie mir Glück gebracht haben.«

Er empfand eine ähnliche Ernüchterung wie vorher, als sie davon sprach, wie sie ihre Verehrer der Großmutter zur Beurteilung vorführte. Der Realitätssinn der Frauen war etwas, über das er immer wieder stolperte, und so war er einen Moment nahe daran, zu sagen, daß es Zeit wurde, nach Bar Harbor zurückzukehren. Nach dem tiefen Stand der Sonne zu urteilen, mußte es bereits nach sechs Uhr sein. Um halb neun würde Googins mit dem

Wagen an der Pier auf ihn warten, aber vorher mußte er noch aufs Schiff, um sich umzuziehn. Wenn er nicht zu spät kommen wollte, wurde es Zeit zum Aufbruch.

»Immer noch einen Penny für Ihre Gedanken«, sagte sie.

»Das ist nicht so einfach.«

»Ich dachte, bei Ihnen ist alles einfach. Nennt man Sie an Bord nicht Lucky Fred? Und Glück, das ist doch, wenn alles ganz einfach ist, ich meine ...«

»Sie meinen, wenn man immer bekommt, was man will.«

»So ungefähr. Sie haben doch immer bekommen, was Sie wollten.«

»Ich weiß nicht, vielleicht ist es genau umgekehrt.«

»Das verstehe ich nicht.«

»Vielleicht wollte ich gar nichts. Ich nehme das Leben einfach, wie es kommt.« Er verschränkte die Hände, und dabei fiel sein Blick auf den Ring der Baronin. Er hatte nie einen Ring getragen. Einmal hatte er es versucht, als seine Mutter ihm zum dreißigsten Geburtstag einen Siegelring schenkte, aber er hatte sich nicht daran gewöhnen können. Doch dieser schmucklose alte Goldreif störte ihn nicht, im Gegenteil, er hatte das Gefühl, als trüge er ihn schon lange, ein Talisman, der ihm Glück bringen würde.

Aus einem Baum flatterte ein Eichelhäher auf und stieß seinen Warnschrei aus; im Unterholz regte sich Wild. Dann zerriß der schrille Ton einer Trillerpfeife die Stille. Eine zweite antwortete, eine dritte; die Signale kamen näher, kreisten sie ein.

Anne war aufgesprungen. Ihre Haltung, ihre Miene, alles an ihr drückte Schreck und Abwehr aus. Für Vandermark war es so neu, sie ängstlich zu sehen, daß er mit einem Schritt bei ihr war und den Arm beschützend um sie legte.

Zwischen den Bäumen tauchten Jungen in Pfadfinder-Tracht auf. Ein Mann führte sie an. Auch er trug eine

Pfadfinder-Tracht, über der Schulter hatte er eine Jagdflinte. Sein Blick war auf Anne gerichtet, drohend, fast strafend. Jetzt blieb er stehen. Vandermark hielt Anne fest im Arm, aber es war kein Körper aus Fleisch und Blut, den er hielt, sondern eine Gestalt aus Stein, erstarrt, vollkommen leblos. Wieder ertönte das Signal einer Trillerpfeife. Die Jungen scharten sich um den Mann mit der Flinte, machten kehrt und verschwanden im Wald, so plötzlich und spukhaft, wie sie aufgetaucht waren. Noch ein letztes, schon leiseres Signal, dann trat wieder Stille ein.

Die Spannung in Anne ließ nach, unmerklich zuerst; langsam kehrte in diesen Körper aus Stein das Leben zurück, Wärme, Atem. Vandermark lauschte mit allen Sinnen auf diese Verwandlung: Ein junges Mädchen, ein Wesen, das sich selber noch ein Geheimnis war. Leise sagte er zu ihr: »Keine Angst.«

Sie sah zu ihm auf. Sekundenlang hielten ihre Augen ihn fest. »Ich habe keine Angst«, sie sprach mit einer anderen Stimme als sonst. »Der Mann ist völlig harmlos.« Sie löste sich von ihm, und auch ihre Bewegungen waren fremd. »Jedesmal, wenn ich in den Wald komme, macht er diesen Zirkus.« Sie stand abgewandt, so daß er ihr Gesicht nicht sehen konnte.

»Wer ist es?«

»Er hat ein Sommercamp für Jungen und streift mit ihnen durch den Wald. Er hat einen Tick, bildet sich ein, daß er den Wald vor den Ausflüglern schützen muß. Er haßt es, wenn sie hier Picknick machen und Feuer anzünden. Er fürchtet, daß einmal der ganze Wald brennen wird.« Sie hatte schnell gesprochen, fast überstürzt. Auch die Geste, mit der sie jetzt die aufgekrempelten Ärmel ihres weißen Kleids zum Handgelenk hinunterschob und zuknöpfte, war hastig.

»Seit die ›Cecilie‹ in Bar Harbor vor Anker liegt, ist Storm endgültig übergeschnappt«, fuhr sie fort. »Jetzt muß er auch noch deutsche Spione jagen!« Sie wandte sich zu Vandermark um, lächelte. Sie war fast wieder die Anne, die er kannte, aber nur fast. »Er glaubt, daß die ›Cecilie‹ nur deshalb hier vor Anker gegangen ist, um Spione an Land zu setzen. Jedesmal, wenn er mich im Wald trifft, warnt er mich. Der ganze Wald sei voller deutscher Spione. Sie würden Zeichnungen anfertigen, Karten von den Wegen, vom Wasser-Reservoir ...« Sie lachte. »Der Wald hier scheint Verrückte anzuziehn. Die Baronin in ihrer Blockhütte, Storm in seinem Camp ... Aber der Verrückteste von allen ist doch mein Onkel Sol auf seiner Klippe. Soll ich Ihnen das verrückteste Mitglied der Familie Butler vorführen?«

»Er lebt hier?«

»Ja. Er ist der Bruder meiner Großmutter, aber er ist schon seit Jahren nicht mehr in Bar Harbor gewesen oder im Gelben Haus. Er hat sich verschanzt in seiner Felsenburg. Sie müssen ihn kennenlernen, damit Sie gewarnt sind, wie verrückt wir Butlers sein können.«

»Ihre Großmutter ist ein gutes Beispiel.«

»Man sagt mir immer, ich hätte viel Ähnlichkeit mit ihr, was den Charakter betrifft. Aber Onkel Sol, gegen ihn sind wir schrecklich normal. Kommen Sie! Dann werden Sie schon sehn.«

»Wie weit ist es dorthin?«

»Bitte!« Sie stand vor ihm, mit glühenden Wangen. Sie war wirklich noch ein Kind. Sie kannte sich selber noch nicht. Nur ihr Verstand war erwachsen, ihr Herz und ihre Sinne schliefen noch. Sie sehnte sich danach, geweckt zu werden, und gleichzeitig hatte sie Angst davor.

»Bitte!« sagte sie ein zweites Mal.

Vandermark dachte an Gloria Linzee. Wenn er jetzt nicht nach Bar Harbor zurückkehrte, würde sie diesen Abend vergeblich auf ihn warten.

Er nickte. »Gut, zeigen Sie mir Onkel Sol.«

Wie vorher übernahm sie auch jetzt die Führung. Die Stille des Waldes, die Dämmerung, die immer dichter wurde, ihr weißes Kleid, das darin hell leuchtete. Sie ging mit leichten schnellen Schritten. Hin und wieder blieb sie stehen, orientierte sich, lächelte ihm zu und ging dann weiter.

Ein verrückter Tag, dachte er. Eine Baronin schenkte ihm einen alten Ring, und er trug ihn wie einen zauberkräftigen Talisman. Ein Mann und ein Dutzend Jungen jagten deutsche Spione. Ein junges Mädchen brachte ihn dazu, sein Glück aufs Spiel zu setzen ... Dann dachte er nichts mehr. Er folgte nur noch einem weißen Kleid ...

Sechzehntes Kapitel

Es war die Stunde, in der überall im Park die Wassersprüher in Betrieb gesetzt wurden. Durch das offene Fenster ihres Schlafzimmers hörte Gloria Linzee den Schritt des Gärtners und bald darauf das leise Trommeln der Tropfen auf die Blätter der Rhododendrensträucher, die unmittelbar unter ihrem Fenster wuchsen.

Sie lag auf ihrem Bett, in ein großes Frotteetuch gehüllt. Die Viertelstunde Ruhe nach dem abendlichen Bad war ein Teil ihres Schönheitsprogramms, so wie die fünf Minuten Gymnastik am Morgen und vieles andere, was zu ihrem Kampf gegen das Altern gehörte. Kampf war vielleicht nicht der richtige Ausdruck. Was sie tat, um jung zu bleiben, glich eher der strengen Disziplin, mit der sie früher als Tänzerin ihr tägliches Training absolviert hatte.

Die Schritte des Gärtners entfernten sich, das leise Rauschen des Wassersprühers blieb. In ihrem ersten Sommer in Bar Harbor hatte sie am Morgen bei diesem Geräusch vor ihrem Fenster immer geglaubt, es regne. Wenn ihr dann klar wurde, daß es nur der »Linzee-Regen« war, überkam sie ein Gefühl der Sicherheit, wie sie es nie zuvor gekannt hatte. Der Park war groß, der August trocken und heiß, und Wasser war teuer in Bar Harbor. Das Vermögen ihres Mannes, die Werften in Baltimore, sein Grundbesitz, das waren Dimensionen, in denen sie damals noch nicht denken konnte – aber dieser »Linzee-Regen« vor ihrem Fenster, diese Sprache hatte sie verstanden: Du bist nicht mehr arm! Du wirst nie mehr arm sein!

Sie erhob sich und ging zum Fenster. Am Nachmittag waren ein paar Wolken aufgezogen, aber sie hatten sich wieder aufgelöst; man sah, daß auch morgen wieder ein wolkenloser heißer Tag bevorstand. Es war der wärmste und trockenste August, den sie je in Bar Harbor erlebt hatte. Nicht einmal nachts kühlte es ab. Irgendwie zehrte dieses Wetter an ihren Nerven; vor allem die warmen Nächte, in denen sie kaum Schlaf fand. Sie hörte einen Wagen. Wahrscheinlich Googins, der nach Bar Harbor fuhr, um Vandermark abzuholen. Oder war es Mel Shubert? Er hätte längst eintreffen müssen nach seinem Telegramm. Vielleicht war er schon im Haus, und man hatte ihn ihr nicht gemeldet.

Sie schloß das Fenster und ging ins Bad. Sie nahm das Tuch von ihrem Körper und trat nackt vor den großen Spiegel. In den Jahren als Revue-Girl hatte sie gelernt, sich genauso streng zu beurteilen wie die Choreographen, die Kostümbildner und vor allem Flo Ziegfeld selbst. Es entging ihm nichts. Er sah jedes zusätzliche Pfund, jeden abgebrochenen Fingernagel. Er saß in den Proben, ein eleganter Dandy, den alles zu langweilen schien, aber jedes Mädchen auf der Bühne zitterte, wenn seine melancholischen Augen scharf wurden, sein schmaler Mund noch schmaler und wenn er die manikürte Hand hob und auf eines der Mädchen deutete: »Sorry, aber ich denke, Nora sollte nicht mehr in der Show sein!«

Wie würde er heute über sie urteilen? Sie wog kein Gramm mehr als damals; trotzdem hatte ihr Körper sich verändert. Sie war nun einmal sechsunddreißig. Sie gehörte gerade noch auf die junge Seite des Lebens. Mit Vierzig begann die andere Hälfte des Wegs, egal, wie schön eine Frau war. Jetzt spielten die vier Jahre, die sie älter war als Vandermark, keine Rolle, aber in zehn Jahren?

Es gibt keine Garantien, dachte sie, nicht auf diesem Gebiet. Der Gedanke erschreckte sie nicht. Er mahnte sie nur zur Vorsicht. Deshalb hatte sie Mel Shubert hergebeten. Er gehörte zu ihrem früheren Leben, er kannte sie wie sonst kaum ein Mensch.

Sie lauschte auf die Geräusche im Haus. Ein Fenster, das geöffnet wurde, ein Kaminrost, den jemand rüttelte, oder war es ein Tisch, der gerückt wurde? Sie fühlte sich in diesem Haus immer wie eine Fremde. Sie wußte nicht einmal, wie viele Räume es insgesamt hatte. Es war wie in einem Hotel, dieselbe anonyme Geschäftigkeit auf den Korridoren, in den Stockwerken über und unter ihr. Vom ersten Tag an hatte sie es so empfunden. Ein Hotel, in dem es nur zwei Gäste gab, John und Gloria Linzee.

Sie zog einen Hausmantel an und ging in den Ankleideraum. Auch hier waren die Geräusche; jemand, der das Zimmer herrichtete, in dem Vandermark schlief. Es gab keine direkte Verbindung zwischen seinem Schlafzimmer und ihrem. Brice, der Butler, war vor einer Woche mit dem Vorschlag herausgerückt, ob man den Gast nicht umquartieren sollte, in die ehemaligen Räume ihres Mannes. Sie mußte lächeln, als sie daran dachte, was für ein Gesicht er gemacht hatte, als sie ablehnte, ungläubig, verwirrt, betreten. Sicher war es unnatürlich und überflüssig, dieses Versteckspiel im eigenen Haus. Aber sie wußte, was sie tat. Man gewann einen Mann nicht, indem man es ihm zu leicht machte oder ihn zu fest an sich band, vor allem nicht einen Mann wie ihn.

Sie hatte den Wandschrank geöffnet. Meist traf sie ihre Wahl sehr schnell, aber heute brauchte sie lange, bis sie sich für das Kleid aus rotem Chiffon mit weißen Tupfen entschied ...

Auf dem Korridor dunkelte es bereits; eigentlich war es auf den Gängen nie hell, dafür sorgte schon die dunkle Holzvertäfelung, die dunklen Bilder und die dunklen Läufer. Die Buntglasfenster im Treppenhaus glühten im Licht der sinkenden Sonne. Überall waren Bedienstete unterwegs, nur wenige davon kannte sie dem Namen nach. In der Halle zündete ein Diener gerade den elektrischen Kandelaber an, im Speisesaal wurde für das Abendessen gedeckt; der Gärtner trug ein Blumenarrangement für den Eßtisch durch die Halle, und aus der Schwingtür im Hintergrund tauchte Brice auf.

Samuel Brice hätte wirklich der Geschäftsführer eines Luxushotels sein können in seinen schwarzgrau gestreiften Hosen und dem Cut. Er verbeugte sich. »Drei Gedecke, ist das richtig?«

Sie nickte.

»Wird Mister Shubert länger bleiben?«

»Ich kann es nicht sagen.«

»Ich habe ihm das Turmzimmer gegeben.«

»Er ist schon da? Warum sagt man mir ...« Sie sprach den Satz nicht zu Ende. Es war sinnlos, das wußte sie, in diesem Haus würde immer nur das geschehen, was der Butler für richtig hielt.

»Mister Shubert wollte sich nur umziehn und erfrischen. Er muß gleich herunterkommen. Die Drinks werden in der Bibliothek serviert.«

Wieder lag ihr ein Protest auf der Zunge. Die Bibliothek war einer der Räume des Hauses, mit denen sie sich nie hatte anfreunden können, riesig, düster, pompös. Aber John Linzee hatte die Drinks in der Bibliothek genommen, und dabei blieb es.

Sie war wie erlöst, als sie Schritte auf der großen Treppe hörte. Mel Shubert trug einen seiner Samtanzüge, die er in allen Brauntönen besaß. Ein Monokel hing an einer Seidenschnur, und in der linken Hand hatte er die unvermeidliche Zigarette in der Spitze. Sein Auftreten erinnerte Gloria immer daran, daß er der Sohn eines russischen Zauberkünstlers war und schon als Kind auf der Bühne stand. Vielleicht ging es ihr nur so, weil sie davon wußte und alte Photographien kannte. Das Monokel, die Zigarettenspitze, für sie waren das Überbleibsel aus der Zeit, da sein Vater ihn auf offener Bühne verschwinden ließ.

»Mel!«

»Goldie!«

Das war ihr Name auf der Bühne gewesen, Goldie Frohman, und sie fühlte sich immer sehr jung und ein bißchen gerührt, wenn er sie so nannte. Sie umarmten sich. »Lieb von dir, daß du dir Zeit genommen hast.«

»Wann immer Goldie ruft, dann ist Mel zur Stelle.« Seine Stimme paßte genau zu seinen braunen Augen und seinen Samtanzügen, und obwohl er sein ganzes Leben in Amerika verbracht hatte, kultivierte er den slawischen Akzent seines Vaters sorgsam weiter. Er war nicht groß, sehr schlank, und niemand sah ihm seine sechzig Jahre an.

»War die Fahrt gut?«

»Ich habe nicht viel gesehn. Ich brüte gerade über den Illustrationen zu einer Ausgabe der Nibelungen. Dann sind da noch zwei Stücke, die ich ausstatten muß, und Flo drängt mich bereits mit den Entwürfen für die *Follies* des Jahres fünfzehn. Ich habe mir wieder mal zuviel aufgeladen und lebe nur noch mit dem Skizzenblock vor der Nase. Ich kann einfach nicht nein sagen, das ist schlimm.« Er hatte ihren Arm genommen. »Aber wer kann schon nein sagen, wenn plötzlich der Goldregen einsetzt, auf den man dreißig Jahre lang gewartet hat.«

»Wie lange kannst du bleiben?«

»Ich muß übermorgen in Boston sein. Sie wollen die *Louise* von Charpentier im Herbst neu bringen. Die Besprechung ist schon eine Ewigkeit angesetzt und immer wieder verschoben worden. Danke übrigens, daß du mir die Yacht geschickt hast.« Er blickte sich suchend um. »Wo ist er?«

»Er wird zum Abendessen auftauchen. In einer halben Stunde etwa.«

»Dein Anruf hat mich neugierig gemacht. Ich habe immer damit gerechnet, daß es eines Tages geschehen würde. Eigentlich dachte ich, es würde schneller gehn.«

»Ich dachte, es würde langsamer gehn.«

Die Bibliothek war ein langgestreckter, überhoher Raum. Die Decke war mit Fresken bemalt, und die Regale vollgestopft mit Luxusausgaben französischer Klassiker, die so neu und unberührt waren wie am ersten Tag.

Nur ein Teil der Bücher sah benützt aus, und das waren die Broschüren und Abhandlungen über Rinderaufzucht. Rinder waren das Hobby von John Linzee gewesen. Wahrscheinlich besaß er alles, was jemals darüber geschrieben worden war. Auch trafen immer noch unaufgefordert Büchersendungen ein, und Kunsthändler aus aller Welt boten ihr nach wie vor Gemälde an, wie ihr Mann sie gesammelt hatte: Kälber, Kühe, Stiere. Das Haus hing voll davon. Wie man in anderen Familien die Kinder malen läßt, so hatte ihr Mann seine Zuchtstiere »porträtieren« lassen. Über dem Kamin der Bibliothek hing das große Gemälde eines Shelburn-Stiers. Der Name stand eingraviert auf einer Goldplakette am unteren Rand des Rahmens: Caligula. Gloria konnte das Bild nicht ansehn, ohne daran zu denken, wie oft sie zugehört hatte, wenn ihr Mann seinen Gästen den Stammbaum des Stiers erklärt hatte. Und dort stand das Telephon, an dem er jeden Abend mit dem Schweizer der Farm telephoniert hatte, Gespräche, die sich manchmal über eine Stunde hinzogen.

Sie hatten sich vor dem Kamin niedergelassen. Das Feuer brannte. In ihrem Rücken war das Auf und Ab der Diener. Ein Servierwagen wurde hereingeschoben, die Gläser gefüllt.

»Wie läuft die Show?« Sie hatte die Premiere der *Follies* von 1914 am 1. Juli in New York besucht. Sie kam zu allen Ziegfeld-Premieren. Es war noch immer ein Teil ihres Lebens.

»Wir sind jeden Abend ausverkauft.«

Sie lächelte, weil er *wir* gesagt hatte, aber auch sie empfand es so. Wie immer machte Mels Gegenwart sie ruhig. Seine ganze Art, seine Bewegungen, sein Schweigen, hatte eine wohltuende Wirkung auf sie. Und dann seine Hände. Wenn sie ihn beobachtete, wie er die Zigarettenspitze hielt, wie er mit dem Monokel spielte, mußte sie immer an ihren Vater denken. Bei ihm waren es die Karten gewesen, die seine Hände brauchten für ihre Unruhe. *Wir* – ja, sie hatten sehr viel Gemeinsames. Sie kamen beide von ganz unten, und sie hatten beide den Willen gehabt, nicht unten zu bleiben. Als sie Mel Shubert kennenlernte – vor achtzehn Jahren –, war er ein Maler, dessen Bilder niemand kaufte und der im besten Fall Dekorationen für Kaufhäuser anfertigen durfte. Praktisch über Nacht war er entdeckt worden und heute rissen sich die Theater um seine Bühnenbilder. Die Freundschaft zwischen ihnen hatte damit begonnen, daß er ihre große Illusion zerstörte, eine Ballerina zu werden. ›Dafür reicht es einfach nicht, Goldie. Und außerdem bist zu zehn Zentimeter zu groß.‹ So war es immer zwischen ihnen geblieben, er hatte ihr die Wahrheit gesagt, in jeder Situation. Und sie hatte John Linzee erst geheiratet, nachdem Mel Shubert erklärt hatte: ›Ja, das ist der Richtige.‹ Er selber war Junggeselle. Seit er berühmt war, kursierten Gerüchte, daß er Männer den Frauen vorzog, aber sein Fall war einfacher und komplizierter zugleich, er brauchte weder Frauen noch Männer.

Endlich hatten die Diener sie allein gelassen. Gloria Linzee lehnte sich befreit in ihrem Sessel zurück. »Manchmal möchte ich sie alle zum Haus hinausjagen, diese Diener, Mädchen, Chauffeure. Jedes Jahr sind es wieder neue Gesichter. Von den meisten kenne ich nicht einmal den Namen. Ich zahle sie nur. Zwanzig Leute, über zweitausend Dollar Gehälter jeden Monat.«

»Du kannst es dir leisten oder?«

»Das ist es nicht. Dieser unsinnige Aufwand geht mir einfach gegen den Strich. Ich bin drei Wochen im Jahr hier, wenn es hoch kommt. Am liebsten würde ich das Haus verkaufen.«

Er steckte eine neue Zigarette in die Spitze, aber er zündete sie nicht an. »Wolltest du mit mir über das Haus sprechen?«

»In gewisser Hinsicht hat es mit ihm zu tun. Solange es ihn nicht gab, schien alles in Ordnung, das Haus hier, das andere in Baltimore, mein Wanderleben von Hotel zu Hotel, meine Reisen, die Partys, der Trubel. Ich war es längst müde, aber was sollte ich tun. Aber jetzt ... wie soll ich sagen, jetzt wünsche ich mir ein ganz normales Haus, für zwei Menschen, die darin leben. Die letzten Jahre waren sehr angenehm. Es war wie ein ununterbrochenes Fest. Aber ich hatte ganz vergessen, wie das ist, mit jemand zusammen zu sein, den man liebt.«

»So schlimm?«

»Hoffnungslos.«

Er hob abwehrend die Hände. »Du lädst mir eine schöne Verantwortung auf.«

»Du bist der einzige ...«

»Er hat kein Geld, vermute ich.«

»Ich weiß nicht, was ein Schiffsoffizier verdient ... Nein, er hat kein Geld. Und ich kann mit ihm nicht darüber sprechen.«

»Ich bin kein Anwalt, aber wenn du zu Lynam gehst, wird er dir einen Ehevertrag aufsetzen, der dich hundertprozentig absichert.«

»Genau das möchte ich nicht. Es kann sein, daß mein Geld eine Rolle spielt für ihn, aber das ist mir egal, verstehst du! John Linzees Geld hat eine Rolle für mich gespielt, aber er ist das Risiko eingegangen. Und dann, Geld allein würde ihn nicht reizen. Geld allein, das hätte er bestimmt schon öfter haben können.«

»Wie alt ist er?«

»Zweiunddreißig.«

»Zweiunddreißig«, wiederholte Mel Shubert, und aus seinem Mund wurde es ein ganz neues schillerndes Wort. »Dann sollte es nicht das Geld sein, auf jeden Fall nicht in erster Linie.« Er beugte sich vor. »Aber dazu muß ich ihn sehen. Weiß er, daß ich ihn begutachten soll?«

»Er ist daran gewöhnt, daß ich Gäste habe, trotzdem könnte er es durchschauen. Ich hätte es vermutlich durchschaut, und er ist mir sehr ähnlich ... Konntest du wegen der Einbürgerung etwas erfahren?«

»Ich habe mit Lynam darüber gesprochen, ohne Namen zu nennen, wie vereinbart. Daran würde es nicht scheitern. Tatsache ist, daß bereits einige derartige Gesuche laufen. Und man erwartet noch mehr bei den vielen deutschen Schiffen, die jetzt in Amerika festliegen. In New York hat man drei Stewards nach Ellis Island gebracht, bis die Formalitäten geklärt sind, und man rechnet damit, daß ihr Gesuch positiv entschieden wird. Die Stimmung in Washington ist eindeutig prodeutsch.« Vielleicht dachte er daran, daß er selber aus Rußland stammte, denn er fügte hinzu: »Noch ist sie es ...«

»Du meinst also, er hätte da keine Schwierigkeiten?«

»Wenn dein Name fällt, wenn man dein Vermögen in Betracht zieht, die Bürgen, die du beschaffen kannst; es wird alles reibungslos gehen. Sogar das Lager auf Ellis Island wird ihm wahrscheinlich erspart bleiben. Aber will er denn?«

»Manchmal denke ich ja, manchmal wieder bin ich gar nicht sicher. Es ist wie mit seinem Schiff. Bisweilen denke ich, es bedeutet ihm nichts, und er würde ohne Wimpernzucken das Meer und seine Karriere als Schiffsoffizier an den Nagel hängen. Dann wieder denke ich, das Schiff bedeutet ihm mehr als alles andere, und er würde es nie einer Frau zuliebe aufgeben.«

»Warum dann die Eile? Der Krieg wird nicht so schnell zu Ende gehn, und sie werden das Schiff nicht auslaufen lassen.«

Sie seufzte, als machte sie sich über sich selber lustig. »Das habe ich mir alles auch schon gesagt. Wenn er da ist, an meiner Seite, ist alles gut. Aber eine Nacht, die er auf dem Schiff verbringt, und ich habe am Morgen Angst, das Fenster aufzumachen, weil ich denke, das Schiff könnte nicht mehr in der Bucht liegen ... Ja, Brice, was ist?«

Der Butler hatte die Bibliothek betreten. Er kam zögernd näher. »Es sollte um neun Uhr serviert werden.«

»Ist es schon neun?«

»Punkt neun.«

»Ist Googins zurück?«

»Noch nicht.«

»Nun, ich denke, dann warten wir noch ...«

»Jetzt weißt du, wie es steht«, sagte sie, als sie wieder allein waren. »Ich habe die schlechteste Hand meines Lebens, und dennoch möchte ich das Spiel gewinnen.«

»Dein Vater hat viele Spiele mit einer schlechten Hand gewonnen.«

»Aber er kennt mein Blatt! Er weiß, wie schlecht es ist. Ich habe kein Versteckspiel mit ihm gemacht. Er weiß genau, wie es um mich steht, daß ein Wort von ihm genügt. Drei Wochen, die Zeit auf dem Schiff mitgerechnet, vier, kennen wir uns ... es liegt wirklich nur an ihm, aber er weicht mir in dieser Frage immer aus. Er zeigt mir sein Blatt nicht.« Sie lachte. »Ja, Mel, da hast du sie, die kluge, kühle, vernünftige Gloria Linzee.«

Er blickte ins Feuer, ein nachdenkliches, fast schwermütiges Lächeln auf dem Gesicht »Im richtigen Moment bist du immer vernünftig, und im richtigen unvernünftig. Aber du machst mich wirklich neugierig auf ihn. Übrigens, ganz New York zerbricht sich bereits den Kopf. Und das ist dir klar – für einige Herrn wird das ein harter Schlag sein. Aber vor allem, wie wird es dein Direktor aufnehmen? Würdest du auch das riskieren, daß du einen Mann wie Marcus Keisor verlierst? Würdest du so unvernünftig sein?«

»So unvernünftig am Ende vielleicht nicht. Ich hatte ihn hergebeten. Ich hab' nicht sofort die Katze aus dem Sack gelassen. Er kam für einen Tag und blieb drei. Und warum? Weil er sich mit ihm blendend verstand, und Marcus ist sonst grundsätzlich allergisch gegen Männer, die sich für mich interessieren. Fred ist ein Mann – ich weiß nicht, wie ich es sagen soll ... Brice zum Beispiel, Brice ist mit fliegenden Fahnen zu ihm übergegangen. Der Grund ist lächerlich: die Servietten bei Tisch. Keiner unserer Gäste macht sich die Mühe, die Serviette nach dem Essen in den Ring zurückzustecken. Es ist ja auch sinnlos, denn sie werden ohnehin jedesmal gewaschen. Fred steckt seine Serviette jedesmal zurück, und Brice *liebt* ihn dafür; ein wahrer Gentleman tut das eben.«

»Das würde Marcus Keisor kaum imponieren.«

»Stimmt. Ich war darauf gefaßt, daß es schiefgeht. Marcus mit seiner direkten, harten Art, nichts im Kopf als Stahl und Zahlen, und Fred. Es waren damals noch andere Gäste im Haus, damit alles ganz zwanglos war, du verstehst, aber schon nach dem ersten Abend war es zwischen den beiden so, als würden sie sich seit Jahren kennen. Und nach drei Tagen stand für Keisor fest, daß Fred ›den Laden schmeißt‹, wie Marcus sich ausdrückte. Und es ist ihm ernst. Jedesmal, wenn er mich anruft, ist sein letzter Satz: ›Wann kann ich mit dem Burschen in Baltimore rechnen?‹ Marcus hatte offenbar immer nur vor einem Angst: Daß ich einen Mann heirate, der keine Beziehung zu Schiffen hat.«

»Damit wäre auch das finanzielle Problem gelöst.«

»Das habe ich mir auch gedacht. Und wenn Marcus auf jemand setzt! Aber Fred hat nicht angebissen ...«

Draußen fuhr ein Auto vor. Dann wurden Stimmen in der Halle laut, die von Brice, dem Butler, und eine andere. Mel Shubert sah Gloria fragend an, aber sie schüttelte den Kopf. Es klopfte an der Tür, und Brice trat ein. »Es war Googins«, sagte er, »allein, ohne Mister Vandermark. Was ist jetzt, können wir servieren?«

»Er ist nicht mitgekommen?«

Brice wich ihrem Blick aus. »Nein.«

»Kein Anruf?«

»Nein, Mrs. Linzee. Mister Vandermark ... Auf dem Schiff scheint er nicht zu sein. Barnes Higgins hat ihn um vier Uhr zur Baronin gefahren, und seither ist Mister Vandermark noch nicht zurückgekehrt. Ich möchte vorschlagen, wenn Sie gestatten, daß Sie mit dem Essen beginnen. Foster ist schon verzweifelt ...«

»Wer ist Foster?«

»Der neue Koch, Mrs. Linzee. Das Käsesoufflé fällt ihm zusammen.«

Einen Moment herrschte Schweigen. Dann stellte Gloria Linzee ihr Glas hin und stand auf. Ihre Ohrringe, lange Gehänge aus Korallen und Perlen, schaukelten, als sie sich zu Shubert wandte. »So ist das, Mel, wir sind dem Diktat des Kochs unterworfen, oder er läuft uns davon. Gute Köche sind in Bar Harbor Mangelware, nicht wahr, Brice? Mrs. Briddle hat schon versucht, ihn abzuwerben. Und Käsesoufflé ist nun mal sein ganzer Stolz. Es wäre nicht ratsam, ihn gerade da zu kränken ...«

Sie nahm Mel Shuberts Arm; während sie mit ihm die Bibliothek verließ und in den Speisesaal ging, fragte sie sich, ob Brice mehr wußte. War Vandermark vielleicht drüben im Gelben Haus? Wenn es so war, dann würde Brice es in kürzester Zeit wissen, wenn nicht schon jetzt. Warum mußte er sie gerade heute versetzen? Was hielt ihn ab? Wer hielt ihn ab? Nichts von ihren Gedanken war ihr äußerlich anzumerken. Das war immer ihre Stärke gewesen, auch beim Theater. Es gab Mädchen, die besser gebaut waren als sie, die besser tanzten, besser sangen, aber sie war es, die nie durchdrehte, die kritische Situationen rettete, auf die immer Verlaß war. Selbstbeherrschung, dieses Wort hatte sie immer groß geschrieben in ihrem Leben.

Dem Stil des Hauses entsprechend war auch der Speisesaal überdimensional groß und für viele Gäste berechnet; immerhin, der Aufmarsch der Bediensteten, das ständige Hin und Her, das umständliche Zeremoniell des Servierens, das Wechseln der Teller, der Bestecke, der Weingläser konnte einem fast vergessen lassen, daß sie nur zu zweit am Tisch saßen. Gloria aß und trank, und sie unterhielt sich mit Mel Shubert. »Ich habe gehört, Flo Ziegfeld soll um zehn Jahre jünger aussehn, seit er Billie Burke geheiratet hat. Stimmt das?«

Bald waren sie mitten im neuesten New Yorker Klatsch. Man mußte ihr Glas schneller als sonst nachfüllen; sie lachte auch häufiger, aber es bedurfte schon großer Aufmerksamkeit, um die Blicke zu bemerken, mit denen sie hin und wieder zu dem Platz sah, der leer geblieben war.

Siebzehntes Kapitel

Zu den unumstößlichen Grundsätzen von Temperence C. Butler gehörte es, niemals mit dem Essen auf jemand zu warten, und so hatte man im Gelben Haus pünktlich um neun Uhr die Vorspeise serviert. Daß Anne bei einem Abendessen fehlte, war ungewöhnlich. Trotzdem verlor Temperence C. Butler kein Wort darüber. Und die Bemerkungen, die Edith Connors und Alec über den leeren Platz zu machen versuchten, schnitt sie mit einem Blick ab.

Essen war im Leben von Temperence C. Butler etwas Wichtiges, und sie konnte es sich leisten. Sie hatte einen Magen, der alle Exzesse mitmachte, und sie hatte obendrein das Glück, nicht zuzunehmen. Natürlich war sie keine Sylphide, sondern »schön durchwachsen«, wie sie es selber nannte, aber soviel sie auch sündigte, sie behielt ihr konstantes Gewicht.

Wie die meisten Feinschmecker liebte sie es, beim Essen kulinarische Gespräche zu führen, und nichts inspirierte sie dabei mehr als der Fasttag, den Edith Connors einmal in der Woche einhielt. Heute war es wieder einmal soweit, und während Edith Connors an ihrem Apfel herumkaute und manchmal einen Schluck Milch trank, erging Temperence C. Butler sich in ausführlichen Kommentaren zu den Speisen, die auf den Tisch kamen. Sie begann mit den Tricks bei der Bereitung von Hummersuppe – die Mörser, in denen die Schalen zerstampft wurden, mußten heiß sein! – und verweilte dann lange bei der Kunst, ein Rebhuhn richtig zu füllen, die nur ganz wenige Köche beherrschten; einer davon war der Chef de Cuisine im Palace in Montreux und sie war persönlich zu ihm vorgedrungen, um des Rezepts habhaft zu werden.

Sie legte ein sauber abgenagtes Beinchen mit einem genußvollen Seufzer weg und tauchte die Fingerspitzen in die Schale mit warmem Wasser. Sie sah kopfschüttelnd zu Edith Connors hin. »Sich die ersten Rebhühner im Jahr entgehen zu lassen ist eine Todsünde. Wann wirst du es lernen, Edith! Eine Frau über Vierzig sollte sich an die Vergnügungen halten, die ihr gemäß sind, und gutes Essen gehört nun einmal dazu wie Bridge, Golf oder die Religion.« Sie trocknete die Hand an der Serviette und richtete den Blick auf Alec. »Und was stocherst du da in deinem Essen herum? So was bekommst du in ganz Boston nicht. Es hat Jahre gedauert, bis ich Betty White so weit hatte, daß sie die Füllung richtig machte.« Sie betrachtete die restlichen Stücke Rebhuhn voller Liebe und Bedauern. »Du solltest dich ihrer erbarmen. Ich würde ja weitermachen ...« Sie legte die Hand auf den Magen. »Aber wohin dann mit der Nachspeise ... Pfirsich Oriental!« Sie wandte sich zu dem Mädchen um, das wie aufs Stichwort mit einem Tablett zur Tür hereinkam.

Die Nachspeise wurde aufgetragen. Entsteinte Pfirsiche in geklärtem Zucker und Wein gedünstet – ›ein paar Butterflocken geben den Schmelz!‹ – und auf einer Creme aus Schlagsahne und gemahlenen Nüssen angerichtet. Temperence C. Butler hatte bereits einen Sättigungsgrad erreicht, daß ihre Gedanken nicht mehr ausschließlich ums Essen kreisten.

»Erinnere mich daran, Alec, daß ich ein juristisches Problem mit dir besprechen muß. Du wirst doch kein Honorar verlangen.«

»Zahlen könntest du es.«

»Das denkt jeder! Es ist wieder einmal Harvey, und wie immer bei ihm geht es um Geld. Immer wollen meine Söhne Geld von mir. Ich komme mir vor wie dieser Artist, der Name fällt mir nicht ein, der auf der Bühne in der Luft schwebt und behauptet, er werde von drei Magneten in der Schwebe gehalten. Ich werde von meinen Söhnen in der Schwebe gehalten.«

»Was ist mit Harvey?«

»Er findet, daß ich zuviel Geld ausgebe. Ich sollte es zusammenhalten. Ich verschleudere es. Er befürchtet, es bleibt nicht genug übrig für ihn. Alle haben sie Angst, auch die andern zwei. Irgendwie müssen sie Wind davon bekommen haben, daß ich Anne zu ihrem achtzehnten Geburtstag einen Teil meines Vermögens überschreiben ließ ... Jetzt ist Feuer am Dach. Harvey droht damit, meine Verfügung anzufechten. Kann er das?«

»Es kommt darauf an, wieviel du Anne überschrieben hast. Schließlich ist sie nicht dein einziges Enkelkind, und ihr Vater war nicht dein einziger Sohn.«

»Wir sprechen später darüber. Was ist, schmecken dir die Pfirsiche nicht? Ich erinnere mich, früher konntest du davon nicht genug bekommen.«

Alec saß mit gesenktem Blick da; die Nachspeise vor ihm war so gut wie unberührt. Ohne die Bemerkung seiner Tante hätte er aus Höflichkeit vielleicht noch weitergegessen, aber jetzt legte er den Löffel weg. Er knüllte die Serviette zusammen und rückte mit dem Stuhl vom Tisch ab; es war ihm anzusehn, was für eine Überwindung es ihn kostete sitzenzubleiben. Als die Standuhr halb elf Uhr schlug, holte er seine Taschenuhr heraus, zog sie auf und sagte dann mit einem Blick auf Annes leeren Platz: »Ich verstehe dich nicht! Seit wann duldest du so etwas?«

Temperence C. Butler spielte die Erstaunte. »Wie bitte? Ich verstehe nicht ...« Sie winkte White zu sich heran, die beiden steckten die Köpfe zusammen, redeten leise, dann kehrte White wieder an seinen Platz neben der Tür zurück. Temperence C. Butler faltete ihre Serviette zusammen und schob sie in den Silberring. Sie erhob sich und sagte mit einem Lächeln. »Ihr erlaubt doch ... Meinen Kaffee in den Musiksalon ... Es stört euch doch nicht, wenn ich ein bißchen spiele?« Sie machte einen Schritt und deutete dann auf Alecs Platz.

»Was ist? Rollst du deine Serviette nicht zusammen?« Sie blickte zu Edith Connors. »Wir haben Gäste, die tun es, nicht wahr, Edith? Gute Manieren schaden keinem Mann.«

Alec Butler bekam einen roten Kopf, und obwohl Edith Connors ihn mit einer warnenden Geste zurückhalten wollte, sagte er: »Ich kann mir vorstellen, welcher Gast das ist. Er ist ja häufig genug hier!«

Temperence C. Butler schien seinen Ausbruch zu genießen. »Was ist mit ihm, Edith?« sagte sie. »Weißt du, was in ihn gefahren ist? Mißgönnt er mir meine kleinen Freuden? Daß ich endlich jemand gefunden habe, der mit mir Klavier spielt? Wie oft habe ich dich gebeten, Alec. Ich bitte dich auch jetzt. Was ist? Etwas Leichtes, ein nettes kleines Lied: *I'll cling to you, just like the ivy* ... Sogar passend, findest du nicht?«

»Anne ist also mit ihm zusammen?«

»Es besteht eine große Wahrscheinlichkeit.«

»Und du duldest das?«

»Ich? Es ging mir viel zu langsam mit den beiden.«

»Wie bitte!«

Sie lachte. »Er gefällt mir, Alec. Das darf ich doch zugeben oder? Ich habe Fred Vandermark gern in meiner Nähe. Ich würde es sehr bedauern, wenn er eines Tages ausbliebe, weil eine gewisse Nachbarin ... Leider bin ich nicht mehr in einem Alter, wo ich selber etwas tun könnte, das zu verhindern. Ihr entschuldigt mich jetzt.«

Alec wollte ihr nach, aber Edith Connors hielt ihn am Arm fest.

»Mein Gott«, sagte sie, als Temperence C. Butler im Musiksalon verschwunden war, »du kennst sie doch lange genug. Ein kritisches Wort gegen Anne, und sie geht zum Angriff über. Und diesen Vandermark hat sie ins Herz geschlossen. Und ich muß dir sagen, wir profitieren alle davon, so friedlich und ausgeglichen habe ich sie schon lange nicht mehr erlebt.«

Wie zur Bestätigung klangen aus dem Musiksalon die ersten Takte einer Melodie herüber und Temperence C. Butlers Stimme:

»I'll cling to you,
Just like the ivy ...«

»Wenn sie glaubt, nur ihre Söhne sind hinter ihrem Geld her!«

»Aber, Alec! So einfach ist es nun auch wieder nicht.« Sie verstummte; eines der Mädchen kam herein, um abzutragen. Edith Connors öffnete die Flügeltür und trat auf die Terrasse hinaus. Es war ein milder Abend, immer noch warm, und der Duft der Pfirsiche erfüllte den Garten. Auf dem Tisch lagen ein paar Bücher. Sie setzte sich, zog das Windlicht etwas näher und wollte ihr Buch aufschlagen.

»Bitte, Edith«, sagte Alec Butler. »Die Wahrheit! Wie ernst ist es mit den beiden?«

»Bei ihm? Das kann ich nicht sagen. Er ist häufig hier, aber er kommt nur, um mit deiner Tante vierhändig zu spielen. Und Anne ... man könnte eher den Eindruck haben, daß sie ihm aus dem Weg geht.«

»Das sagt nichts. Im Gegenteil ... Aber du bist doch ihre Vertraute.«

»Das war einmal.« Edith Connors zögerte, dann sagte sie: »Weißt du, Anne hat eines Tages entdeckt, daß ich eine alte Jungfer bin. Und seitdem ... Nun, sie denkt eben, daß ich von diesen Dingen nichts verstehe oder daß ich immer alles falsch gemacht habe. Vielleicht hat sie sogar recht. Auf jeden Fall, mich hat sie nicht eingeweiht. Und irgendwie ist es mir sogar lieber.«

»Und was hältst du von diesem Vandermark? Deine ganz persönliche Meinung.«

»Darauf kommt es nun wirklich nicht an. Dies ist das Haus von Temperence C. Butler.«

»Ich verstehe das nicht. Sonst war ihr keiner gut genug, und jetzt plötzlich ... Abgesehen von allem andern, er ist doch ein Habenichts.«

»Du vergißt, ihr zweiter Ehemann war auch ein Habenichts. Sie mag das, wenn ein Mann von ihr abhängig ist. Sie hält den goldenen Reifen hoch, und der Mann muß durchspringen. Sie liebt diese Dompteurnummer.«

»Und du meinst, Vandermark wird springen?«

»Nicht unbedingt. Außerdem hängt das auch von Anne ab.«

Alec senkte den Kopf und schwieg eine Weile. Er war froh, daß er mit Edith sprechen konnte, aber leichter wurde ihm nicht dabei. Anne. Wo war sie in diesem Augenblick? Nachmittags hatte sie das Gelbe Haus verlassen. Jetzt war es gleich elf Uhr nachts. Sie war mit der »Victoria« weggefahren. Quälende Bilder stiegen vor ihm auf. Vandermark war nicht der Mann, der mit einer Frau nur den Mond betrachtete.

»Du gibst mir Rätsel auf«, hörte er die Stimme von Edith Connors. »Ich wußte nicht, daß du für Anne so empfindest. Weiß sie davon? Hast du je mit ihr darüber gesprochen?«

»Warum hätte ich wohl wie ein Verrückter gearbeitet? Warum die Kanzlei aufgebaut? Warum habe ich jetzt auch noch ein Haus gekauft?«

Über das Gesicht von Edith Connors huschte ein Lächeln. »Entschuldige. Aber wenn du glaubst, das hätte sie verstehen müssen ... Das sind Argumente für zukünftige Schwiegereltern, aber nicht für ein junges Mädchen wie Anne. Sie hat es nicht eilig mit dem Heiraten. Ich weiß nicht, wie sie sich ihr Leben vorstellt; wahrscheinlich weiß sie es selber nicht. Daß sie studieren will, nehme ich nicht so ernst. Ich glaube, das ist mehr, um ihrer Großmutter einen Riegel vorzuschieben in ihren Herrschaftsgelüsten. Anne läßt sich nicht gängeln von ihr, und Temperence ist klug genug, ihr den eigenen Willen zu lassen. Die beiden sind sich darin sehr ähnlich. Temperence hat immer nach ihrem Kopf gelebt. Sie hat weder für ihre Ehemänner noch für ihre Kinder auf ihr eigenes Leben verzichtet. Zuerst kam immer sie selber. Und Anne ist genauso. Das ist es auch, was mich beruhigt. Sie ist nicht der Typ, der sich so leicht einem Gefühl unterwirft und alles andere darüber vergißt. Denk nur an ihre Flirts im Kanu-Club. Sie findet es herrlich, einen jungen Mann verliebt zu machen, aber sie selber fängt nicht Feuer.«

»Ihre Flirts im Kanu-Club! Mein Gott, das kannst du doch nicht mit Vandermark vergleichen. Diesen Jungen war Anne natürlich überlegen. Aber Vandermark, das ist etwas anderes.«

Hatte Edith Connors stumm genickt? Alec wäre es lieber gewesen, sie hätte widersprochen. Er rückte mit seinem Stuhl näher zu ihr, forschte in ihrem Gesicht. Er hatte sich bisher nie die Frage gestellt, was sich hinter diesen ruhigen Zügen verbarg. Edith Connors gehörte zur Familie; sie war so etwas wie der gute Geist im Haus seiner Tante. Aber ihr eigenes Leben, wo hatte das stattgefunden? Ihre Bemerkung von vorher ging ihm durch den Sinn, daß Anne in ihr eine alte Jungfer sah, die nichts von »diesen Dingen« verstand. Sein Gefühl sagte ihm genau das Gegenteil.

»Du mußt mir helfen«, sagte er. »Du weißt, was auf dem Spiel steht. Es kann ihr ganzes Leben entscheiden, was jetzt geschieht. Du vergleichst sie immer mit ihrer Großmutter, aber sie hat nicht den harten Kern. Sie ist eine Träumerin, sie ist verletzlich. Wenn der falsche Mann ... Ich möchte nicht mit ansehn, wie dieser Vandermark sie unglücklich macht.«

»Ich verstehe dich; aber weißt du, das bleibt keiner Frau erspart.«

Alec starrte in den Garten hinaus. Alles war ruhig. Im Gärtnerhaus, wo Jenkins wohnte, brannte Licht. In der Koppel sah man die Schatten von zwei Pferden. Das dritte fehlte. Alec lauschte, weil er einen Wagen zu hören glaubte, aber er hatte sich geirrt. Aus dem Musiksalon kam immer noch Musik. Jetzt war es ein anderes Lied.

»Was soll ich tun?« fragte er Edith Connors. »Gib mir einen Rat. Ich kann nicht einfach zusehn.«

»Du kannst nichts tun. Niemand kann etwas tun. Es wird plötzlich zu Ende sein. Vielleicht schneller, als du denkst. Du wirst sie nicht verlieren. Dieser eine Sommer, mehr wird es nicht sein. Und was ist ein Sommer gegen ein ganzes Leben.«

»Ich verstehe dich nicht.« Ihre Worte hatten ihn verletzt.

»Manche Dinge wiederholen sich.«

Er hatte sie kaum verstanden, so leise war ihre Stimme. Den Kopf über ihr Buch geneigt, saß sie da, und plötzlich stieg eine Erinnerung in ihm auf. Es war viele Jahre her. Er war damals vierzehn und lag mit Diphtherie hier im Haus. Edith Connors hatte ihn gepflegt. Tag und Nacht war sie bei ihm gewesen während der Krise. Jedesmal, wenn er aus dem Fieber auftauchte, hatte er sie gesehen: ihre Gestalt im Schein einer abgedunkelten Lampe, ihre leise, beruhigende Stimme, ihre Hand, die sich auf seine Stirn legte. Während der Genesung hatte er immer wieder plötzliche Fieberanfälle vorgetäuscht, nur um weiter von ihr umsorgt zu werden.

»Weißt du eigentlich«, sagte er, »daß du die erste Frau warst, in die ich verliebt war?«

Sie wandte den Kopf und sah ihn lange an. Dann sagte sie: »Es kommt ein bißchen spät, dein Geständnis.« Sie hob die Schultern. »Das scheint mein Schicksal zu sein, Geständnisse, die zu spät kommen.« Das Buch war zugeschlagen, und sie blätterte, um die Seite zu finden, wo sie aufgehört hatte.

Alec erhob sich. »Es hat wohl keinen Sinn, daß ich auf Anne noch länger warte. Ich werde ihr ein paar Zeilen schreiben. Oder besser, du sagst ihr, daß ich Bar Harbor morgen mit dem Drei-Uhr-Dampfer verlasse. Wenn sie mich noch sehen will, sie kann mich im *Rockaway-Hotel* erreichen oder im Büro von Marshai Harmon.«

Edith Connors legte ein Lesezeichen in ihr Buch, bevor sie aufblickte. »Was hast du mit dem Marshai zu tun?«

»Ich habe eine Verabredung mit ihm, in meiner Eigenschaft als Anwalt. Wir werden uns gemeinsam zur ›Cecilie‹ begeben.« Als sie nichts sagte, fuhr er fort: »Das wird ihnen mächtig in die Glieder fahren – eine Klage auf eine Million Dollar!«

»Wovon redest du?«

»Lies morgen die Zeitungen aus Boston.«

»Was soll das?« Sie legte das Buch auf den Tisch. »Entweder du läßt solche Andeutungen oder du sagst, was los ist.«

»Habe ich es nicht gesagt?« Es schien ihm gutzutun, seine innere Spannung abreagieren zu können. »Die Banken, deren Gold die ›Cecilie‹ befördern sollte, haben Klage gegen die Reederei erhoben. Eine Million, vierzigtausend und vierhundertsiebenundsechzig Dollar wollen sie von Lloyd.«

»Aber mit welcher Begründung?«

»Nichterfüllung des Vertrags über die Beförderung der Fracht.«

»Aber sie haben ihr Gold wieder bekommen.«

»Sie wollten es nicht wiederhaben. Sie wollten es ausleihen. Daran verdienen Banken. In diesem Fall haben sie eine runde Million an Zinsen verloren. Das Gericht teilt diese Meinung. Am 31. August war Deutschland noch nicht offiziell im Krieg, und die Umkehr eines Schiffs in Friedenszeiten verstößt gegen den Vertrag über die Beförderung des Goldes, der zwischen Bank und Reederei geschlossen wurde.«

»Das sind Spitzfindigkeiten.«

»Anwälte leben von Spitzfindigkeiten. Das Gericht jedenfalls hat angeordnet, daß Harmon in seiner Eigenschaft als Marshai von Maine das Schiff vorsorglich beschlagnahmt, bis über die Klage entschieden ist.«

»Die Sache scheint dir Spaß zu machen.«

»Das will ich nicht bestreiten.«

»Du vertrittst die Banken?«

»Ich? O nein, so weit bin ich noch nicht, das sind New Yorker Anwälte. Ich habe mich mit einer Klage angehängt, mit hübschen dreihunderttausend Dollar. Ich vertrete einen Belgier, einen Passagier der ›Cecilie‹, auch er klagt wegen Nichtbeförderung. Wäre er rechtzeitig nach Hause gekommen, hätte er seinen Besitz retten können, bevor die Deutschen in Belgien einmarschierten. Der Klage wurde stattgegeben.«

Edith Connors blickte auf ihre verschränkten Hände.

»Wie kann man Charly Polack das antun? Er hat alles darangesetzt, um ...«

»Es betrifft nicht ihn. Die Klage richtet sich gegen Lloyd.«

»Natürlich trifft es ihn.« Sie griff nach der Stola, die über der Lehne des Korbsessels hing, und legte sie um die Schultern. »Und wie geht das jetzt weiter?«

»Du meinst den juristischen Ablauf?«

»Ja.«

»Die Reederei hat das Recht, gegen die Klage Einspruch zu erheben. Die Frist dafür ist der 1. September. Dann kommt es zur Verhandlung. Aber so ein Prozeß ist nie mit einer Verhandlung abgetan. Das kann bis zum Obersten Gerichtshof gehen und sich über Jahre hinziehn. Bis zur endgültigen Entscheidung bleibt das Schiff sichergestellt, das heißt, es darf die Gewässer der Vereinigten Staaten nicht verlassen, Krieg oder nicht Krieg. Harmon wird morgen dem Kapitän das Dokument aushändigen, und sie werden zusätzlich ein Boot der US-Küstenwache herbeordern, aber sonst hat es keine Folgen, weder für Polack noch für die Mannschaft.«

»Krieg oder nicht Krieg, sagst du?«

»Ja.«

Sie sah ihn an. »Es ist dir klar, wenn das Schiff hierbleibt, dann bleibt auch er hier ... Trotzdem, es wird schon gut werden, Alec. Du weißt, du kannst auf mich zählen, als Verbündete.«

Er stand am Tisch. Im Schein des Windlichts wirkte sein Gesicht blaß, seine Züge angespannt. Als im Haus jetzt wieder Musik aufklang, preßten seine Lippen sich aufeinander.

»Warum gehst du nicht zu ihr und leistest ihr etwas Gesellschaft.« Edith Connors legte die Hand auf seinen Arm. »Sei ein bißchen nett zu ihr. Man kann nie genug Verbündete haben, und sie ist das Zünglein an der Waage. Vergiß nicht, sie hält viel von Heiraten in der Familie. Ihr erster Mann war ein weitläufiger Cousin. Und sie betont bei jeder Gelegenheit, wie froh sie ist, daß ihre Kinder den Namen Butler tragen. Sie hat es so weit getrieben, daß sie ihren Namen sogar behielt, als sie ein zweites Mal heiratete. Das ist dein Trumpf, Alec, daß du ein Butler bist.«

»Sie wird es durchschauen.«

»Natürlich. Dennoch wird sie geschmeichelt sein. Ich kenne einen jungen Mann in Beacon Hill, dem eine alte alleinstehende Dame ihr gesamtes Vermögen vererbte – nur weil er mit ihr dreimal in der Woche eine Stunde vierhändig Klavier spielte ...«

Achtzehntes Kapitel

Das letzte Boot im Pendelverkehr zwischen Bar Harbor und der CECILIE – von der Mannschaft Lumpensammler genannt – legte kurz vor zwölf Uhr nachts vom Steg des Yachtclubs ab.

Es war eine Anordnung von Polack, daß um Mitternacht alle zurück an Bord zu sein hatten. Die Offiziere waren angehalten, Übertretungen mit Lohnentzug und Ausgehsperre zu ahnden. Es gab hin und wieder Nachzügler, die gemietete Boote benützten; dann und wann blieb auch ein Mann die ganze Nacht weg, aber das waren Ausnahmen. Die meisten zog es von ganz allein auf das Schiff zurück, schon lange vor dem Zapfenstreich, und manchmal war das letzte Boot ganz leer. Auch an diesem Abend standen vorläufig nur zwei Männer an der Pier.

Um Mitternacht schlief in Bar Harbor bereits alles; die Straßen lagen verlassen, die Lichtreklamen der Geschäfte waren ausgeschaltet, und die Segelboote an den Piers und die Bojen wiegten sich schläfrig in der Dünung. Das einzige lautere Geräusch kam von den Lagerhallen, wo der Tagesfang an Fischen in Fässer mit Eis gepackt wurde, damit der Morgendampfer sie mitnehmen konnte.

Das Schiff draußen in der Bucht beherrschte Frenchmans Bay noch mehr als am Tag. Aber es war nicht der Ozeanriese mit dem langen schwarzen Rumpf, den vielen Decks und Aufbauten, sondern ein Gebilde aus Licht, das im Dunkel schwebte.

»Ich hab' es nie so angesehn, früher«, sagte Vandermark, »nicht mit solchen Augen.«

Anne wandte den Blick nicht von dem Schiff, während sie sagte: »Es ist fast zu schön. Man wartet dauernd darauf, daß es sich in Luft auflöst.«

Sie saßen nebeneinander auf den steinernen Stufen, die zur Pier hinunterführten, um auf das letzte Boot zu warten. Wagen und Pferd standen am Kai.

»Ich würde dir das Schiff gerne zeigen«, sagte er. »Natürlich ist es nicht die gleiche ›Cecilie‹ wie in New York. Ohne Passagiere fehlt ihr etwas, trotzdem würde ich dich gerne herumführen.«

»Es ist sehr spät geworden.«

Er sah sie an. »Was hast du gegen Schiffe?«

»Sie machen mir Angst. Meine Eltern sind auf einem Schiff umgekommen.«

»Entschuldige, davon wußte ich nichts.«

»Wie solltest du. Großmutter spricht nie darüber, und ich auch nicht. Mein Vater war ihr Lieblingssohn. Ich war damals erst fünf ...«

»Du mußt dich nicht zwingen, darüber zu sprechen.«

»Warum nicht? Wenn ich schon angefangen habe ... Es sollte meine erste Seereise sein. Meine Eltern wollten mich mit nach Europa nehmen.«

Ein paar Matrosen kamen den Kai entlang, Mädchen am Arm. Sie grüßten Vandermark, gingen weiter; ihre Schritte verklangen, ihre Gestalten wurden zu Schatten.

Vandermark wartete, bis Anne von selber weitersprach.

»Das Schiff hieß ›Kaiser Wilhelm der Große‹«, sagte sie schließlich. »Es war im Jahr 1900, im Juni. Ich war das erstemal in New York, und es war schrecklich heiß. An den Piers von Lloyd in Hoboken lagen verschiedene Schiffe und wurden beladen. Ich erinnere mich an die Namen ›Saale‹ und ›Main‹, kann das stimmen?«

»Ja, diese Schiffe gab es.«

»Es waren Baumwollballen, die sich auf der Pier entzündeten. Innerhalb von Minuten brannte alles. Das Feuer griff auf die Schiffe über ...«

»Ich weiß. Ich kenne die Geschichte.«

Es war eine der größten Brandkatastrophen gewesen, die es je gegeben hatte, mit über zweihundert Toten. Die KAISER

WILHELM DER GROSSE war noch glimpflich davongekommen. Das Schiff stand bereits unter Dampf und konnte von der Pier weg in den Hudson hinaus, um dort das Feuer zu löschen. Für die anderen drei Schiffe gab es kein Entkommen. Sie brannten lichterloh, bis zuletzt ihre Trossen in der Glut zersprangen und sie mit der Flut hinausgetrieben wurden.

»Jetzt verstehe ich, warum du deine Großmutter nie begleitet hast.«

»Ich hätte nicht davon anfangen sollen. Aber du weißt jetzt wenigstens, warum ich damals in New York auf dem Schiff so seltsam war ...« Sie sah zu ihm auf, und dann, ganz überraschend, küßte sie ihn. Es war nur ein flüchtiger Kuß, ihre Lippen berührten ihn kaum, und dann legte sie den Kopf an seine Schulter. Es war die Geste eines Kindes, das bei einem Erwachsenen Schutz sucht, aber Vandermark glaubte darunter die verhaltene Heftigkeit der Frau zu spüren, die den Mann sucht.

Noch bevor er reagieren konnte, löste sie sich wieder von ihm. »Vielen Dank für den schönen Tag.«

Es klang konventionell, distanziert; ja, Vandermark fand, daß ihre Stimme plötzlich Ähnlichkeit mit der ihrer Großmutter hatte. Jedenfalls war es derselbe Ton, mit dem Temperence C. Butler ihm zu danken pflegte, wenn er mit ihr Klavier gespielt hatte, herablassend, ganz große Dame. Bei Temperence C. Butler fand er es amüsant, aber bei Anne störte es ihn; mehr noch, er fühlte sich verletzt. Es war eine überraschende Entdeckung für ihn, daß sie ihm weh tun konnte.

»Werden wir uns morgen sehen?« Sie war auf den Wagen gestiegen und hatte die Zügel aufgenommen.

»Was steht auf dem Programm?« fragte er ausweichend. »Wieder die Adler?«

»Wir könnten Muscheln sammeln oder Steine. Es gibt Plätze, wo man wunderschöne Stücke findet, Bergkristall, Rosenturmalin ... die Gegend ist bekannt dafür. Zu den guten Plätzen ist es allerdings ein weiter Weg.«

»Ich überlege es mir.«

»Ich verstehe. Du mußt uns beide unter einen Hut bringen, Gloria und mich. Laß mich wissen, wenn sie dir wieder mal frei gibt.«

Sie knallte mit der Peitsche, und das Pferd zog an. Vandermark blickte ihr nach, und er wußte nicht, sollte er auf sie ärgerlich sein oder auf sich selber.

Gloria!

Er hatte sie versetzt. Und der Grund war ein verwöhntes Kind, das ihn mit seinen Launen narrte. Während der letzten Stunden hatte er den Gedanken an Gloria immer schnell weggeschoben, aber jetzt rückte sie wieder in den Vordergrund. Er fühlte sich ihr sehr nahe, näher denn je ...

In der Stille klang der anspringende Außenbordmotor des Rettungsboots, den man erst in Bar Harbor montiert hatte, überlaut. Ein Maat stand auf der Pier und blickte zu Vandermark her. Einen Moment war Vandermark unschlüssig. Das Schild der *Western Union* leuchtete in der Dunkelheit. Sollte er nicht wenigstens bei Gloria anrufen, ihr eine Erklärung geben?

»Kommen Sie mit, Sir?«

Seine Freiheit, das war immer das Schiff gewesen. Nichts und niemand hatte ihn halten können, wenn das Schiff auslief. Er machte dem Maat ein Zeichen, daß er mitkommen würde. Die Holzplanken der Pier, die sich unter seinem Schritt durchbogen, erfüllten ihn mit Erleichterung.

Er war der letzte. Das Boot legte sofort ab, nachdem er eingestiegen war. Es war nur schwach besetzt, und die Männer saßen schweigsam auf den Bänken; manchmal flammte hinter vorgehaltener Hand ein Streichholz auf, und eine Zigarette wurde angezündet. Vandermark mußte an die Fähre über den Hudson denken, wenn die Mannschaft abends aus Manhattan auf das Schiff zurückkehrte, laut, übermütig, zum Teil angetrunken und mit ihren jüngsten Abenteuern prahlend.

Das Schiff rückte schnell näher, wuchs und wuchs; der schwarze Rumpf wurde sichtbar, die Decks, die Schornsteine, die Masten. Es verlor den Zauber, den es vom Land aus gehabt hatte, aber Vandermark gefiel es so besser: Die Kraft, die das Schiff ausstrahlte, vor allem das Gefühl der Sicherheit, das es ihm gab.

Oben auf dem Felsen, wo das Haus von Sol Butler stand, hatte Vandermark sich gedacht: Die CECILIE, das ist mein Felsen. Ob er ohne den unfreiwilligen Aufenthalt in Bar Harbor jemals solche Gedanken gehabt hätte? Anne, Gloria, überhaupt Frauen, das bedeutete Land, CECILIE, so hieß das Meer. *Land* – das klang dunkel. *Meer* – das klang hell und offen. Anne, Gloria, Namen und Frauen waren austauschbar, CECILIE – sie gab es nur einmal. Das Rettungsboot war jetzt im Lichtkreis des Schiffs. Fünfzig Meter vor dem Bug lag McCaggs Zollkutter. Dahinter hatte ein zweites Schiff festgemacht, jetzt bei Nacht nur an den Positionslaternen erkennbar. Der Außenbordmotor setzte aus, ein paar Männer griffen zu den Rudern und manövrierten das Boot unter das Fallreep.

»Nach Ihnen, Sir!«

Vandermark stieg die schwankende Leiter hinauf. Zwei Schiffsjungen salutierten, als er das Zwischendeck betrat. Es lag nur drei Meter über der Wasserlinie und war um diese Stunde wie ausgestorben. Die Luft war heiß und stickig, und in den Mannschaftslogis herrschte Stille. Die Männer hielten sich lieber auf den offenen Decks auf; manche verbrachten sogar die Nächte in den Liegestühlen des Promenadedecks, das früher nur den Passagieren der I. Klasse vorbehalten war.

Ein Schiff ohne Passagiere – auch nach drei Wochen war das immer noch ein ungewohnter Zustand, und daß die Mannschaft allmählich die Rolle der Passagiere zu übernehmen versuchte, machte für Vandermark die Unnatürlichkeit der Situation nur noch deutlicher. Das Promenadedeck war wie jeden Abend von Hunderten von

Männern bevölkert. Um sich die Zeit zu vertreiben, hatten sich manche auf frühere Berufe und Fertigkeiten besonnen. Es gab bereits eine Theatergruppe, und ein Brüderpaar – auf der CECILIE als Maschinisten angeheuert – war seit zehn Tagen dabei, seine alte Nummer als Seiltänzer wieder aufzubauen. Vandermark hatte ihnen am Tag ein paarmal beim Proben zugesehen, aber als er jetzt auf dem hell erleuchteten Vorderdeck den Mann auf dem Seil erblickte, war er doch überrascht.

Das Seil war nicht hoch gespannt, nur knapp über den Köpfen der Zuschauer. Der Mann hatte keine Balancierstange, sondern hielt mit einem aufgespannten Regenschirm das Gleichgewicht. Seine Füße tasteten sich Zentimeter für Zentimeter auf dem Seil vorwärts, unsicher, fast ängstlich. Immer wieder mußte er stehenbleiben, bis sein schwankender Körper wieder das Gleichgewicht fand, aber er blieb oben; und als er das Ende des Drahtseils erreicht hatte, brachen die Zuschauer in lauten Beifall aus. Der Mann stand dort, auf einem kleinen Holzpodest. Er verneigte sich. Schweißperlen glänzten auf seiner Stirn; auch das fleischfarbene Trikot zeigte dort, wo es nicht mit schwarzen Pailletten bestickt war, dunkle Schweißflecken.

»Da capo! Da capo! Das Ganze noch einmal!« Die Rufe, zuerst vereinzelt, mehrten sich, wurden immer lauter, fordernder, und als der Mann nicht reagierte, fast zornig. Es war offensichtlich, daß er wenig Lust hatte, den Weg über das Seil ein zweites Mal zu machen, aber die Zuschauer ließen nicht locker. Sie trampelten, pfiffen, schrien, und am lautesten führten sich die auf, die, erst durch den Lärm angelockt, neu gekommen waren.

Vandermark wäre am liebsten eingeschritten und hätte die Vorstellung abgebrochen. Aber da setzte irgendwo ein Trommelwirbel ein. Der Mann auf dem Podest breitete die Arme aus, schob den rechten Fuß langsam und haltsuchend auf das Seil.

Es wurde still unter den Zuschauern, nur der Trommelwirbel war zu hören, während der Mann sich auf dem Seil vorwärtstastete, zur Seite kippte, sich wieder fing, Meter um Meter gewann.

Vandermark wandte sich ab; er konnte nicht länger zusehn. Der Trommelwirbel steigerte sich allmählich und ging plötzlich in wildem Jubelgeschrei unter.

Die Nacht war windstill und sehr warm. Niemand an Bord schien ans Schlafen zu denken. Vom Tennisplatz auf dem Spieldeck kam der Aufschlag von Bällen. Aus dem Wiener Café war Grammophonmusik zu hören, eine ausgeleierte Walze, deren Melodie kaum zu erkennen war – konnte es »Dardanella« sein? Im Palmengarten hatten es sich ein paar Schiffsjungen gemütlich gemacht und spielten Schach. Die Figuren aus Elfenbein und Ebenholz, die sie benützten, gehörten zur Ausstattung der I. Klasse.

Nie zuvor war Vandermark das Besitzergreifen des Schiffs durch die Mannschaft so deutlich geworden. Dazu war es auch zu langsam gegangen. In den ersten Tagen hatte die Besatzung sich benommen wie immer. Jeder hatte seinen Platz und dachte nicht daran, die Decks oder gar die Gesellschaftsräume der Passagiere zu benützen. Erst nach und nach, mit einer gewissen Heimlichkeit, als sei es etwas Verbotenes, hatten sie sich das Schiff zu eigen gemacht. Polack hatte ihnen nicht Einhalt geboten, im Gegenteil, er hatte sie ermuntert, vor allem die Männer aus den unteren Regionen des Schiffs, die Heizer und Maschinisten; und zur Verwunderung aller hatten gerade sie sich auf die neue Situation am schnellsten eingestellt und genossen es sichtlich, dem Dunkel, dem Schmutz und der harten Arbeit entronnen zu sein und die Herrn des Schiffs zu spielen.

Natürlich sorgte Polack dafür, daß die sechshundertfünfzig Mann Besatzung nicht ohne Beschäftigung waren. Jeden zweiten Tag ließ er das Schiff auf Hochglanz bringen, aber sonst konnten sie frei über ihre Zeit verfügen. Seitdem sie in Bar Harbor lagen, behandelte er seine Männer mit Samthandschuhen und hatte für ihre Launen soviel Verständnis wie früher nur für die exzentrischen Passagiere der I. Klasse.

Polack ließ sich nicht viel sehen. Für Vandermark war das ein Rätsel: Polack, der Gesellschaft über alles liebte, verschanzte sich in seiner Kabine. Er saß mit McCagg zusammen, aber das war auch seine einzige Unterhaltung. Er rührte sich nicht vom Schiff. Außer dem einen Abend bei Temperence C. Butler hatte er keine der vielen Einladungen angenommen. Er verließ das Schiff nur, um Gespräche mit dem New Yorker Büro zu führen; doch selbst die waren seltener geworden, und manchmal ließ er sich jetzt schon durch den Oberzahlmeister vertreten. Was bezweckte er mit diesem Verhalten? Wollte er der Besatzung ein Beispiel geben? Glaubte er, daß nur seine Gegenwart sie zusammenhalten konnte? Hatte er Sorge, daß sie ihm sonst davonliefen?

Vandermark wußte, daß unter den jungen unverheirateten Männern die Möglichkeit abzuheuern diskutiert wurde. Bis heute war die Mannschaft vollzählig – und doch war die CECILIE nicht mehr das Schiff von einst, die Mannschaft hatte sich verändert. Eine Verwandlung war vor sich gegangen. Vandermark hätte nicht sagen können, worin sie eigentlich bestand; es war nur ein Gefühl, daß nichts mehr so war wie früher und daß es nie mehr so sein würde wie früher.

Er blieb an der Reling stehen und blickte nach Bar Harbor hinüber. Die Nacht war dunkel, aber klar, und die wenigen Lichter, die in Bar Harbor noch brannten, waren deutlich zu sehen. Er mußte plötzlich an den Traum denken, den er letzte Nacht hatte: Er war über Bord gesprungen, um ans Ufer zu schwimmen. Das Land schien nahe, leicht erreichbar. Menschen am Ufer winkten ihm, feuerten ihn an; er schwamm und schwamm, aber das Ufer rückte nur weiter weg. Schließlich hatte er gewendet, wollte umkehren, aber die CECILIE war nicht mehr da, nur hohe Wellen, die weit draußen vom Ozean hereinkamen ...

Er war müde, aber er wußte, er würde keinen Schlaf finden, allein in seiner Kabine. Sollte er nicht doch an Land zurückkehren? Er stieg zum A-Deck hinunter. Die Gänge lagen verlassen, die Wandlampen waren auf gedämpfte Nachtbeleuchtung geschaltet, nur aus dem Büro des Oberzahlmeisters, dessen Tür offenstand, fiel helles Licht.

Man konnte fast sicher sein, Wilhelm Kuhn um diese Zeit in seinem Büro anzutreffen. Er saß hinter seinem Schreibtisch. Seine Uniformjacke hing über der Stuhllehne. Er war im Hemd, mit aufgekrempelten Ärmeln und offenem Kragen, Bequemlichkeiten, die Kuhn sich selten erlaubte. Hinter ihm, in der Ecke des Raums, summte ein Ventilator, trotzdem war die Luft stickig.

»Daß Sie es hier aushalten«, sagte Vandermark.

Kuhn griff hinter sich in das Regal und händigte Vandermark einen Brief aus. Das Kuvert war mit vielen Marken und Stempeln versehen, so daß die feine Handschrift seiner Mutter darunter fast verschwand.

»Post?« sagte er. »Wann kam die?«

»Heute. Zwei Säcke auf einmal. Sie scheinen jetzt einen Weg gefunden zu haben, über Genua, mit italienischen Schiffen.«

Vandermark steckte den Brief weg. »Wo ist Kapitän Polack?«

»Im Rauchsalon. Die übliche Runde. Ich habe ein paar Probleme, aber er ist unansprechbar, wenn er mit McCagg spielt. Polack macht mir Kopfzerbrechen. Unsere ganze Situation macht mir Kopfzerbrechen. Es ist kein Ende abzusehn ...« Auf dem Schreibtisch vor ihm lag das große Rechnungsbuch, die Seiten gefüllt mit Eintragungen in seiner klaren, kerzengeraden Schrift, aber darunter bemerkte Vandermark nun die Passagierliste der letzten Reise. Hatte Kuhn darin gelesen? Hatte er nur schnell das Rechnungsbuch darübergelegt, als er ihn kommen hörte?

»Was erwarten Sie von Polack? Daß er den Krieg abstellt? Daß er Passagiere herzaubert? Proviant? Daß er Befehl zum Auslaufen gibt?«

Kuhn nickte. Sein Gesicht war ernst. »So etwas Ähnliches, ja. Ich glaube, die ganze Mannschaft wartet insgeheim auf so was …«

»Und ich dachte, Sie hätten sich gerade auf die neue Situation eingestellt.«

»Wieso?« Wilhelm Kuhn strich seinen Schnurrbart hoch.

»Sagt Ihnen der Name Dollie Higgins was?«

»Das ist unfair, im höchsten Grade unfair!« Kuhn schien verlegen und gleichzeitig geschmeichelt. »Sie haben Frauengeschichten am laufenden Band, und kein Mensch verliert ein Wort darüber. Es sind wirklich gute Werke, die ich tue; diese Amerikaner haben ein Bild von Deutschland, das vorsintflutlich ist, und es kann nicht schaden, wenn sie ein paar vernünftige Bücher … Aber, wie wissen Sie überhaupt davon? Ich war erst ein paarmal dort. Anne Butler? Natürlich – diese Anne Butler!«

»Jedenfalls haben Sie einen nachhaltigen Eindruck auf Dollie Higgins gemacht.«

»Es ist völlig harmlos, es ist einfach …«

»Schon gut.«

»Sie ist blitzgescheit, und sie kennt viele unserer früheren Passagiere persönlich … Und Sie meinen, ich habe Eindruck auf sie gemacht?«

Vandermark nickte lächelnd. Wilhelm Kuhn, der in New York nur an Land ging, um in einem bestimmten Geschäft einen bestimmten Früchtekuchen zu besorgen, den seine Frau vor allem der bunten Blechdosen wegen liebte – Wilhelm Kuhn war der Verführung von Bar Harbor erlegen! Die Tatsache stimmte Vandermark plötzlich leichter. »Ich schau in den Rauchsalon«, sagte er. An der Tür blieb er noch einmal stehen. »Eine Frage. Was ist mit unseren Gehältern? Ich habe heute so was gehört, daß sie gekürzt werden?«

Kuhn blickte auf sein Rechnungsbuch. Vandermark hatte fast den Eindruck, daß er gerne noch über Dollie Higgins weitergeredet hätte.

»Die Gehälter für August liegen im Safe«, sagte Kuhn. »Sie werden normal ausbezahlt. Was allerdings im September sein wird ...«

»Es stimmt also?«

»Was würde Ihnen das schon ausmachen? Haben Sie jemals von Ihrem Gehalt gelebt? Ich kann Ihnen auch nichts Genaues sagen, aber bei Lloyd fehlen natürlich die Einnahmen.« Er zog die Schublade seines Schreibtischs auf und nahm ein Bündel Papiere heraus, hielt es in die Höhe. »Rechnungen, Vandermark, lauter unbezahlte Rechnungen. Frischfleisch, Frischgemüse, Wasser. Wissen Sie, daß wir allein für das Trinkwasser täglich zehn Dollar zahlen?«

Vandermark hörte dem Oberzahlmeister mit dem absurden Gefühl zu, auf einem falschen Schiff zu sein. Das sollte die CECILIE sein, und das Wilhelm Kuhn, der sich um die Bezahlung von Trinkwasser Sorgen machte?

»Ich habe versucht, mit Polack darüber zu sprechen«, fuhr Kuhn fort. »Ich glaube, ich habe ein paar gute Ideen. Wir könnten zum Beispiel jeden Sonntag das Schiff zur Besichtigung freigeben. Ich bin überzeugt, wir hätten fünfhundert Besucher an einem Tag, und wenn wir pro Person einen Dollar Eintritt verlangen ... Wir könnten Postkarten vom Schiff drucken und verkaufen, das brächte zusätzliche Einnahmen. Wozu haben wir unsere Borddruckerei? Aber lassen wir das. Mit Polack kann man in letzter Zeit nicht mehr rechnen. Ich jedenfalls weiß nicht, wie lange Lloyd das durchhält.«

Vandermark fiel ein, daß er neben dem Zollkutter noch ein anderes Schiff bemerkt hatte.

»Übrigens, hat McCagg Gesellschaft bekommen?« fragte er. »Hinter dem Zollkutter liegt ein zweites Schiff, wenn ich recht gesehen habe.«

Kuhns Miene verdüsterte sich. Er zog die Krawatte fest. »Als ich an Bord zurückkam, war noch kein zweites Schiff da. Aber fragen Sie McCagg. Er ist im Rauchsalon. Er muß es schließlich wissen. Sie pokern. Dafür hat Polack immer Zeit.«

»Warum kommen Sie nicht mit?«

»Pokern? Ich habe in meinem ganzen Leben noch keine Karte in der Hand gehabt. Mir genügte schon der Ärger, den ich hatte, wenn Spieler an Bord waren.«

Vandermark zögerte, dann fragte er: »Haben Sie zufällig einen Nick Frohman gekannt?«

»Nick Frohman, sagen Sie?« Kuhn überlegte. »Nick Frohman ... Ein Berufsspieler?«

»Ja.«

»Das ist lange her, über zwanzig Jahre. Ja, ich erinnere mich, Nick Frohman. Er fuhr meistens auf englischen Schiffen. Sein Name stand auf der schwarzen Liste, die von den Reedereien untereinander ausgetauscht wurde.« Kuhns Gedächtnis glich einem Archiv. Namen, Daten, Fakten, alles war darin festgehalten. Auch Nick Frohman hatte sein Dossier.

»Ich hatte ein- oder zweimal mit ihm zu tun«, fuhr Kuhn fort, stolz, sein Wissen ausbreiten zu können. »Er reiste Erster Klasse, wie fast alle Berufsspieler, und wie die meisten hatte er auch einen besonderen Trick. Sie konzentrieren sich immer auf einen Passagier während einer Reise. Ihr Problem ist nur, den Kontakt mit dem Opfer schnell und unauffällig herzustellen. Nick Frohman reiste mit einem kleinen Mädchen, so elf, zwölf Jahre, seine Tochter. Ein süßes Ding mit rotblondem Haar und grünen Augen. Sie freundete sich mit anderen Kindern an, ihr

Vater kam mit den Eltern ins Gespräch, und schon war ein Spielchen verabredet ...« Kuhn lehnte sich in seinem Stuhl zurück. »Ich hatte immer was gegen Spieler; aber wenn Sie mich jetzt vor die Wahl stellen würden, die ›Cecilie‹ hier in Bar Harbor oder wieder auf See und eine Handvoll Spieler an Bord – es wäre mir egal! Wenn wir nur wieder auf der Route wären!« Er blickte vor sich hin ins Weite, und in seine Augen trat ein Ausdruck, als sähe er dort etwas unvorstellbar Schönes. »Auf der Route, Vandermark ...«, sagte er leise. »Mein Gott, ob das je wieder sein wird?«

Die Worte des Oberzahlmeisters gingen Vandermark nach, während er sich zum Rauchsalon begab. Und noch etwas beschäftigte ihn, ein elfjähriges Mädchen mit rotblondem Haar und grünen Augen, das mit seinem Vater auf Luxusdampfern fuhr und ihm half, Opfer für den Spieltisch zu finden. Das Komische war, er beneidete dieses Mädchen! Er stellte sich vor, sein eigener Vater wäre Berufsspieler gewesen und hätte ihn auf seine Reisen mitgenommen als Lockvogel. Was für ein Leben! Immer auf schönen Schiffen, in eleganten I.-Klasse-Kabinen. Bestimmt hätte er seinen Vater dann geliebt ...

Im Rauchsalon war nur ein Tisch erleuchtet. Die vier Männer saßen in einer Wolke von Zigarrenrauch. Es war dieselbe Runde wie immer: Polack, McCagg, Dr. Fischer, der Schiffsarzt, und der Leitende Ingenieur. Die Gläser und Aschenbecher standen auf kleinen runden Servierwagen griffbereit neben ihnen. Vor McCagg häuften sich Scheine und Münzen. Mit halblauter Stimme machten sie ihre Ansagen. »Drei Karten ... Eine ... Genug ... Ich gehe mit ...«

»Ich steige aus!« Es war Fischer, der seine Karten auf den Tisch warf. Die anderen reagierten nicht sofort. Stumm gingen ihre Blicke über das Blatt, das ausgebreitet auf der grünen Filzbespannung des Tischs vor ihnen lag. Fischer schob seinen Stuhl zurück. Als er aufstand, bemerkte er Vandermark.

»Sie kommen gerade recht. Dieser McCagg zieht uns das Hemd aus. Spielen Sie für mich weiter. Ich habe kein Glück heute.«

Vandermark trat an den Tisch. Auch der Leitende Ingenieur war ausgestiegen. Nur Polack und McCagg hatten die Karten noch in der Hand und musterten sich. Ohne den Kopf zu wenden, sagte Polack: »Auch einmal an Bord, Vandermark?«

Vandermark dachte an ein kleines Mädchen auf einem großen Schiff. Warum war er nicht bei ihr? Warum hatte er sie nicht wenigstens angerufen? Plötzlich schien ihm nichts wichtiger zu sein auf der Welt, als ihre Stimme zu hören. Ein Boot lag immer am Fallreep, und sicher würde er einen Maat finden, ebenso schlaflos wie er, der ihn hin und zurück brachte. Er mußte ihre Stimme hören!

»Was ist, wer von euch spielt nun weiter?« McCagg mischte die Karten und teilte aus.

Vandermark nahm die fünf Karten auf, die an Fischers Platz lagen. »›Kein Blatt‹ sagen Sie?« Er hielt Fischer die Karten hin, und die Augen des Arztes wurden groß.

»Geben Sie her!« Fischer setzte sich wieder auf seinen Platz. Er blickte herausfordernd in die Runde. »Wer eröffnet?«

Vandermark verließ den Raum ...

Die Bucht schien noch ruhiger und verlassener als zuvor. Nur ein dumpfes Motorengeräusch war zu hören: Eine weiße Yacht, die dem Leuchtturm von Egg Rock zustrebte. Bar Harbor lag im Dunkel. Vandermark stand vorne im Bug des Boots. Er war zu unruhig, zu ungeduldig, um sich zu setzen; irgendwie hatte diese nächtliche Fahrt etwas von einer überstürzten Flucht.

»Soll ich auf Sie warten, Sir?« fragte der Maat, als sie anlegten.

Vandermark stand bereits auf der Pier. »Warten Sie eine Viertelstunde auf mich. Wenn ich dann nicht wieder da bin, fahren Sie allein zurück.«

Das *Rockaway-Hotel* hatte seine Lichter bereits gelöscht. Das Büro der *Western Union* war offen. Der Mann am Schalter, der, den Kopf auf den Armen, eingeschlafen war, fuhr auf. Das *Far Niente* hatte eines der ersten Telephone im Ort gehabt, die Nummer 27.

Vandermark machte sich darauf gefaßt, warten zu müssen; es war nach eins, aber Brice meldete sich sofort nach dem ersten Klingelzeichen.

»Hallo? Mister Vandermark?«

Seine Stimme klang so, als spräche er in der Eingangshalle.

»Ich weiß, es ist spät, Brice. Könnten Sie mich trotzdem durchstellen, bitte.«

Die Anschlüsse waren im ganzen Haus verteilt, und es gab auch einen in Glorias Schlafzimmer.

»Ich fürchte, das geht nicht.«

Vandermark glaubte vor sich zu sehn, wie Brice am Telephon bedauernd den Kopf senkte.

»Ist Mrs. Linzee so früh schlafen gegangen?«

»Sie hat sehr lange gewartet ... Sie waren zum Essen angesagt, nicht wahr? Wir hatten Ihre Lieblingsvorspeise, und zum Dessert den Apfelkuchen, den Sie so gern mögen ... Es tut mir leid, Mister Vandermark. Mrs. Linzee ist – abgereist.«

»Abgereist?«

»Ja, Mister Vandermark.«

»Aber um diese Zeit geht doch kein ...«

»Warten Sie! Wo sind Sie jetzt, wenn ich fragen darf?«

»Ich rufe vom Büro der *Western Union* an ... Weshalb?«

»Vielleicht erreichen Sie Mrs. Linzee noch. Der Anlegeplatz östlich der Dampferstation. Es ist nicht weit von Ihnen. Sie können es nicht verfehlen. Die ›Nirvana‹, sie fällt unter den anderen Yachten auf.«

»Weiß?« sagte Vandermark. »Drei Masten?«

»Ja.«

»Sie ist ausgelaufen, Brice. Aber wieso, ich meine, was ist geschehen?«

»Ich hatte keine Möglichkeit, Sie zu erreichen. Es kam auch für uns überraschend. Es war Besuch da, ein alter Freund von Mrs. Linzee. Er kam erst heute abend hier an, mit der Yacht.«

»Ein alter Freund?«

»Mister Shubert, ja. Er wollte eigentlich bis morgen bleiben. Nun, zuerst haben wir mit dem Essen gewartet, aber dann, als Googins ohne Sie zurückkam ... Es war kurz vor Mitternacht, da ließ Mrs. Linzee mich rufen und sagte mir, daß die Sachen von Mister Shubert gepackt werden sollten; und Googins sollte sich bereitmachen, sie zur Yacht zu fahren ... Es ging alles von einer Minute auf die andere. Mrs. Linzee war in zehn Minuten umgezogen und reisefertig ... Sie hat einen Brief hinterlassen für Sie.«

»Sagte Mrs. Linzee Ihnen, wohin sie wollte?«

»Ich mußte für sie ein Zimmer in New York reservieren lassen, im *Plaza*. Für unbestimmte Dauer ... Sie werden doch kommen?«

Das Telephon hing an der Wand in einer Ecke. Der Beamte der *Western Union* saß hinter seinem Schalter; er starrte schläfrig vor sich hin, aber seine Haltung verriet, daß er auf das Gespräch lauschte. Vandermark blickte auf die Uhr und sah, daß die Viertelstunde bald um war. Aus dem Hörer kam die Stimme von Brice, schuldbewußt fast, bittend, so, als sei er für das Ganze verantwortlich.

»Ich werde Googins morgen abend nach Bar Harbor schicken. Er wird jeden Abend bereitstehen für Sie, Mister Vandermark. Sie kommen doch zum Dinner? Der Koch wird sich besonders anstrengen, da bin ich sicher. Diese überraschende Abreise von Mrs. Linzee, wissen Sie, wir sind daran gewöhnt ... Und sie hat mir ausdrücklich Order gegeben, daß Ihnen das Haus wie bisher offensteht ... Den Brief für Sie werde ich hier aufheben.«

»Danke, Brice, ich werde mich melden. Und entschuldigen Sie, daß ich so spät noch anrufe.«

Der Maat mit dem Boot wartete noch. Von der Yacht war nichts mehr zu sehen. Das Licht von Egg Rock strich über die Bucht. Ein elfjähriges Mädchen, das auf Luxusschiffen Spieler anlockte – er sah das Bild immer noch vor sich; es beschäftigte ihn mehr als der Anruf.

Als sie die CECILIE erreichten, legte gerade ein Boot ab. Es war McCagg, der auf seinen Zollkutter zurückkehrte; es war ungewöhnlich früh für ihn. Vielleicht hatte Fischers Blatt mehr versprochen, als es hielt ...

Neunzehntes Kapitel

Der Wind war ganz plötzlich aufgekommen, ein steifer Südwest, der in Böen über das Wasser sprang. Der Himmel war klar, von einem durchsichtigen Blau, und die Sonne glich einer brennenden Glaskugel, aber sie gab kaum Wärme.

Das Rettungsboot schaukelte auf den Wellen. Es waren nur wenige Fischkutter draußen und ein paar unerschrockene Segler, sonst niemand. Die vereinzelten Spaziergänger, die auf der Uferpromenade unterwegs waren, gingen nicht aufrecht, sondern vorgebeugt gegen den Wind, die Hände an ihren Hüten.

Der Kapitän der CECILIE saß im Bug des Boots, in dunkler Uniform, neben ihm Pommerenke. Unter der Bank stand ihr Gepäck, Polacks schwarzer verbeulter Koffer und der Seesack seines »Tigers«. Polack hob den Kopf, beschattete die Augen mit der Hand und blickte nach Südwesten. Er hatte den Wetterumschlag vorausgesagt. Am Morgen, noch vor Sonnenaufgang, bevor es das geringste Anzeichen gab, war sein Befehl gekommen, den Steuerbordanker einzuholen, um die CECILIE einige Grad in den Wind drehen zu lassen. Und als er sich jetzt den Offizieren zuwandte, die ihn begleiteten, sagte er:

»Ihr werdet noch mehr Wind bekommen. Südwest, und dann Nebel, eine dicke Suppe.« Er musterte sie, Kessler, den 1. Offizier, Vandermark und Kuhn, so wie er zuvor den Himmel und das Wasser gemustert hatte. »Kümmert euch um die Mannschaft, während ich fort bin. Beschäftigt sie. Laßt euch irgend etwas einfallen, das sie ablenkt. Vierundzwanzig Stunden Nebel, und die Leute sind wie ausgewechselt, kribbelig.«

Der strahlende Sonnenball und der wolkenlose Himmel schienen seinen Worten zu widersprechen, trotzdem zweifelte keiner an seiner Vorhersage. Kessler drückte seine Mütze tiefer in die Stirn. Seine Haut bräunte nicht, sondern schälte sich nur, wenn er zuviel Sonne erwischte, und nach den vier heißen Wochen in Bar Harbor war sie rauh und fleckig, als hätte er einen Ausschlag.

»Wir sollten die Mannschaft mal wieder eine richtige Seeübung machen lassen«, sagte er, »eine Ernstfallübung, eine Seenot-Situation. Sie sind richtige Landratten geworden.«

Vandermark und Kuhn wechselten einen Blick, aber Polack reagierte gelassen. »Keine Übertreibungen, Kessler. Es genügt, wenn Sie alle Messingteile an Bord putzen lassen. Das ist eine ideale Beschäftigung bei Nebel.«

Das Rettungsboot näherte sich dem Ufer. Es steuerte nicht auf die Pier des Yachtclubs zu, sondern auf die Dampferstation, wo das Fährschiff nach Rockland mit Anschluß nach Boston zum Auslaufen bereitlag. Die Decks waren fast leer, denn die meisten Passagiere hielten sich wegen des starken Winds im Innern auf. Nur da und dort stand eine einzelne Gestalt an der Reling. Der Rauch aus dem Schornstein wurde vom Wind weggerissen, und das Signal des Dampfers, das jetzt ertönte, schien ebenfalls von einer Böe davongetragen zu werden, so kurz und dünn klang es.

Sie hatten sich verspätet; wegen einiger Anweisungen aus New York, mit denen Simoni, der Funker, im letzten Augenblick erschienen war. Polack hatte sie schnell überflogen und zu sich gesteckt. Unter der Besatzung hatte das Bekanntwerden der Klage gegen Lloyd und die Beschlagnahme der CECILIE bis zur endgültigen Entscheidung des Gerichts Unruhe ausgelöst, aber Polack schien davon nicht sehr beeindruckt. Er hatte sich zunächst sogar gesträubt, in Boston als Zeuge bei der Verhandlung zu erscheinen – ›das sollen die Anwälte unter sich ausmachen‹ –, doch plötzlich hatte er seine Meinung geändert, und seit gestern abend war er aufgeräumt und gut gelaunt wie lange nicht;

die übliche Pokerpartie hatte bis drei Uhr früh gedauert, aber Polack wirkte keineswegs übernächtigt, sondern frisch und munter wie in seinen besten Tagen.

Das Boot hatte den Landesteg erreicht. Noch ehe ihm jemand helfen konnte, hatte Polack seinen Koffer in der Hand. Pommerenke, als wandelndes Stimmungsbarometer seines Herrn ebenfalls in Hochform, schulterte mit Schwung seinen Seesack.

William Pauker, Kapitän und Miteigentümer der ROCKLAND, erwartete seinen berühmten Kollegen an der Gangway. Vandermarks Aufmerksamkeit galt einer einzelnen Frauengestalt auf dem Oberdeck des Fährschiffs. Sie hatte um ihren Hut einen Seidenschal geschlungen, so daß ihr Gesicht zum Teil verdeckt war. Sie trug ein streng geschnittenes Reisekostüm aus tabakbraunem Stoff mit einem hellen Karo. Im Knopfloch des Revers glänzte eine Goldkette. Jetzt hob sie die Hand, als wollte sie nach den flatternden Enden des Schals greifen, aber es konnte genausogut ein Zeichen sein, das sie jemandem gab, der noch an Land war. Unwillkürlich blickte Vandermark zu Polack, und er täuschte sich nicht, auch der Kapitän sah zu der Gestalt auf dem Oberdeck hin. Hob er ebenfalls die Hand, um das Zeichen der Frau zu erwidern? Und was bedeutete sein Lächeln, als er sich umwandte und Vandermark kurz ansah?

»Also, Kinder, in spätestens drei Tagen bin ich wieder da. Ich telegraphiere, mit welchem Schiff ich zurückkomme.«

»Hoffentlich läuft alles gut«, sagte Wilhelm Kuhn. »Geben Sie es ihnen richtig!«

Polack legte dem Oberzahlmeister die Hand auf die Schulter. »Ich werde es ihnen geben, darauf können Sie sich verlassen. Also, haltet den Kopf über den Nebel, und Sie, Kessler«, Polack blickte hinaus in die Bucht zur CECILIE, »Sie haben jetzt die Verantwortung für die Dame, geben Sie mir gut acht auf sie!«

Die heisere Sirene der ROCKLAND übertönte seine letzten Worte. Pommerenke war schon an Bord gegangen, und gleich nachdem ihm Polack gefolgt war, zogen zwei Männer den Steg weg. Unter dem Heck des Schiffs schäumte das Wasser auf. Schwerfällig drehte die ROCKLAND von der Pier ab.

Vandermark suchte nach der Frau auf dem Oberdeck, aber der Platz war leer.

»Er nimmt den Prozeß ziemlich gelassen«, sagte Kuhn.

»Wir hätten niemals umkehren dürfen!« Kessler starrte dem Fährschiff nach. »Damit hat alles angefangen. Jetzt sitzen wir in der Falle, und wenn wir uns nicht selber helfen, werden wir ewig drin sitzen.«

Sie waren jetzt allein auf dem Landesteg. Die Männer, die den Steg der ROCKLAND eingeholt und die Trossen gelöst hatten, waren in dem kleinen Stationshaus verschwunden. Ohne den Windschutz des Schiffs trafen die Böen sie mit voller Wucht. Es war der Höhepunkt der Flut, und die Wellen schwappten klatschend über die Kaimauer. Das Boot, mit dem sie gekommen waren, lag hoch im Wasser. Die ersten Möwen, die der ROCKLAND gefolgt waren, kehrten bereits zurück und ließen sich auf den Poldern nieder.

»Es ist eine Falle, in der wir sitzen«, wiederholte Kessler verbissen.

»Und ich hatte mir alles so schön ausgedacht.« Auch Kuhn blickte dem Fährschiff nach, das jetzt die CECILIE umfuhr. »Ich hätte meine restlichen Jährchen noch abgedient, vier, fünf vielleicht, und mit Sechzig hätte ich quittiert und meine eigene Agentur aufgemacht. Mit dem Stamm von Passagieren, die ich persönlich kenne, hätte es klappen müssen.«

»Jetzt werdet nicht schon schwermütig, bevor der Nebel überhaupt da ist! Ich schlage eine Partie Billard im *Rockaway-Hotel* vor.« Vandermark wollte mit seiner Bemerkung nichts weiter als die gedrückte Stimmung verscheuchen, die Polacks Abreise hinterlassen hatte. Aber Kessler fuhr herum, das fleckige Gesicht vom Wind gerötet, in den Augen einen fiebrigen Glanz. »Billard spielen, auf Hotelterrassen herumsitzen, Frauen nachlaufen ...«

Vandermark lachte. »Wen von uns meint er wohl, Kuhn?«

Aber Kessler dachte nicht daran einzulenken. »In Abwesenheit des Kapitäns ...«

»In Ordnung, Kessler«, fiel Vandermark ihm ins Wort. »Ich habe verstanden. Kein Billard. Sie haben das Kommando.«

»Es ist gleich halb neun«, sagte Kuhn. »Zeit für meinen Anruf nach New York.« Er musterte Kessler, ruhig und besonnen. »Winterkleidung«, sagte er dann, »ich werde vom New Yorker Büro Winterausrüstung anfordern. Polack meinte, es wäre an der Zeit ... Wenn ich denke, daß es Juli war, als wir in New York ausliefen. Hochsommer! Und jetzt brauchen wir wollene Unterwäsche!« Er ging davon, den Kragen hochgeschlagen, die Schultern eingezogen, eine Hand an der Mütze, damit der Wind sie ihm nicht vom Kopf riß.

Kessler lächelte gezwungen. »Spielen Sie ruhig Ihre Partie Billard.«

»Mir liegt nichts daran, wirklich nicht.«

»Ich möchte, daß Sie den Tagesdienst übernehmen, von zwölf bis acht Uhr abends.«

»In Ordnung.«

»Ich wollte Ihnen entgegenkommen. Neun Uhr abends, das ist doch Ihre Zeit!«

Es war meine Zeit, dachte Vandermark. Das Wasser glitzerte in der Sonne, aber die Schaumkämme der Wellen waren plötzlich nicht mehr weiß, sondern grau. Trotz der Sonne, trotz des wolkenlosen Himmels war etwas Fahles in der Luft. Fern am Horizont stand ein feiner grauer Streifen. Eine geschlossene Kutsche kam die Main

Street herunter, hielt an. Jenkins stieg vom Bock und kam auf Vandermark zu.

»Noch eins«, sagte Kessler. »Ab 18 Uhr kein Landgang mehr.«

Vandermark blickte Kessler an. »Auch die Stewards?«

»Die gesamte Besatzung! Zwölf Stunden kein Landgang. Um 18.30 Uhr will ich die Mannschaft mit Schwimmwesten an Deck sehen. Sie führen eine Schwimmwesten-Kontrolle durch und eine Kontrolle sämtlicher Rettungsboote. Sie müssen zugeben, es ist ein ziemlicher Schlendrian eingerissen. Wir haben uns verstanden?«

»In Ordnung.«

»Ab 21 Uhr Minnedienst.«

»Gehen Ihre Kompetenzen so weit?«

Einen Augenblick schien es, als würde Kessler abermals die Beherrschung verlieren, aber er fing sich rechtzeitig. »Sie müssen zugeben, das Ganze kann einem an die Nerven gehn. Ich bin nicht der Typ, der das hier«, er machte eine Handbewegung, »genießen kann. Ich habe mir alle Mühe gegeben, wie Sie wissen. Ich habe wirklich alles versucht, aber irgendwo gibt es bei mir einfach eine Grenze, ich meine, wir befinden uns schließlich ...« Er führte den Satz nicht zu Ende. »Da will jemand was von Ihnen, Vandermark.«

Kessler ging zum Ruderboot zurück. Der Wind preßte die weißen Hosen gegen seine Beine. Jenkins, der nähergetreten war, sagte: »Wenn der Wind bleibt, ist die Bucht am Nachmittag zu ... Mrs. Butler läßt Sie fragen, ob Sie einen Tee mit ihr nehmen.«

Vandermark blickte zu der Kutsche. An dem offenen Seitenfenster erschien jetzt eine Hand, an der Armreifen und Ringe funkelten, und winkte ihm zu.

»Bleibt der Nebel lange?« fragte er Jenkins.

»Manchmal sind es nicht mehr als vierundzwanzig Stunden, aber es kam auch schon vor, daß wir eine ganze

Woche lang die Hand nicht vor den Augen sahn. Das weiß man vorher nicht, nicht mal die Fischer.«

Er ging voraus und half Temperence C. Butler aus der Kutsche. Sie trug einen Umhang aus Wollstoff und ein Kopftuch.

»Ich muß mich bei Ihnen einhängen«, sagte sie zu Vandermark, »ich bin nicht gut zu Fuß heute.« Und damit raffte sie ihren langen geblümten Rock mit einem raschen Griff in die Höhe, bis ihr Knie sichtbar wurde, auf dem ein großes Pflaster klebte. »Das kommt davon, wenn man in meinem Alter noch auf Leitern klettert und Pfirsiche pflückt.«

Jenkins sah verlegen weg und bemühte sich verzweifelt, mit seinem Körper die Szene abzuschirmen. Temperence C. Butler kümmerte sich nicht darum. Sie konnte sich diese Gelegenheit, ihre schlanken Beine zu zeigen, einfach nicht entgehen lassen; und es waren in der Tat die schlanken, gut geformten Beine einer jungen Frau. Ihre Wangen waren rosig überhaucht, und ihre Augen sprühten.

Sie ließ den Rock fallen und hing sich bei Vandermark ein. Sie steuerte über die Straße auf ein kleines Café zu. Ein paar Marmortische und Stühle standen noch draußen auf dem Trottoir, aber die Sonnenschirme waren bereits fortgeschafft. Sie deutete auf einen der Tische. »Es macht Ihnen doch nichts aus, hier draußen? Die Leute sind schrecklich zimperlich! Als könnte ein Lüftchen sie wegblasen.« Der Kellner kam, und sie bestellte zweimal Tee, ohne Vandermark überhaupt zu fragen. Sie waren die einzigen Gäste.

Vandermark war Jenkins mit einem gewissen Widerstreben gefolgt. Es war seit fünf Tagen das erstemal, daß er wieder an Land war, und er wunderte sich nicht, daß sie sofort darauf anspielte.

»Sie haben sich rar gemacht die letzten Tage, mein Lieber.«

Der Kellner brachte den Tee. Vandermark dachte an Glorias Brief, den Brice immer noch für ihn aufhob. Fünf Tage auf dem Schiff, das war eine lange Zeit, aber er war sich immer noch nicht klar geworden, was er tun sollte.

Sie beugte sich über den Tisch. »Probleme?«

»Der Prozeß in Boston«, sagte er, nicht ganz ehrlich. »Wir zerbrechen uns natürlich den Kopf, was wird.«

»Eine Unverschämtheit. Aber so sind Banker! Ich hoffe, Charly Polack nimmt das nicht tragisch.«

»Es geht um sein Schiff!«

»Ach was. Die Leute stehn auf seiner Seite, die Öffentlichkeit. Schlimmstenfalls wird es sich hinziehn. Charly wird es ihnen schon geben.«

Vandermark mußte lächeln, weil sie dieselben Worte wie Kuhn gebraucht hatte. Und dann fiel ihm wieder die Frauengestalt an Deck ein. Er sah Temperence C. Butler an. »War das Miss Connors an Bord der ›Rockland‹?«

Sie zeigte keine Überraschung. »Ich mußte sie für ein paar Tage nach Boston schicken.«

»Gerade heute?«

»Es ergab sich so.«

Vandermark dachte an den Tag der Ausschiffung, an die Wetten, die Temperence C. Butler damals im Rauchsalon einkassierte; er erinnerte sich an das Gespräch mit Polack am Abend des gleichen Tages.

»Polack und Miss Connors kennen sich von früher, nicht wahr? Von Bar Harbor?«

»Es ist ein seltsamer Ort«, sagte sie, ohne direkt zu antworten. »Hier verlieben sich Leute ineinander, bei denen man es nie für möglich halten würde. Ich habe meine beiden Ehemänner hier kennengelernt, das sagt schon alles.«

»War es etwas Ernstes?«

»Heiraten ist immer etwas Ernstes, zumindest für mich war es so. Das Heiraten habe ich immer ernst genommen, die Männer selbst nicht so sehr.«

»Ich meinte Charly Polack und Edith Connors.«

»Ich sage Ihnen doch, Bar Harbor ist ein seltsamer Ort, hier ist das Unmögliche möglich. Dem kann sich niemand entziehen, auch Charly Polack nicht, oder Edith Connors. Gloria Linzee ist ebenfalls ein gutes Beispiel. Sie hat John Linzee hier kennengelernt. Jeder hielt John Linzee für wahnsinnig, aber es wurde eine gute Ehe. Und sehn Sie mich an. Ich habe hier eine Ehe geschlossen, von der ich meinte, sie müßte ein Erfolg werden, und sie ging radikal daneben. Und bei der zweiten, wo ich selber mit einer Katastrophe rechnete, da klappte es wunderbar. Ein seltsamer Ort eben.«

»Wie ernst war es bei Charly Polack und Edith Connors? Dachte er daran, den Dienst zu quittieren?«

»Das müssen Sie ihn selber fragen. Ich weiß nur, es war schrecklich kompliziert, zu kompliziert für mein einfaches Gemüt. Ich habe nicht verstanden, warum die beiden damals Schluß machten. Ich fand das ein sinnloses Opfer, von beiden Seiten ... Edith hätte später ein dutzendmal heiraten können, gute Partien, aber sie hat alle ausgeschlagen. Wenn das nicht kompliziert ist!«

»Vielleicht hat sie ihn geliebt!«

»Genau das meine ich, Fred, genau das! Jemand so zu lieben, daß man nie mehr etwas anderes fühlen kann, nein ...« Sie schüttelte den Kopf. »Traurig genug, daß wir nur ein Leben haben – aber nur eine Liebe, das ist zuviel verlangt.« Sie sah ihn an. »Darin sind wir uns doch einig oder? Das ist einer der Gründe, weshalb ich Sie mag ... Also, überlegen Sie es sich gut!«

Er glaubte zu verstehen, was sie meinte, trotzdem fragte er: »Was soll ich mir gut überlegen?«

»Nun, Sie werden sich irgendwie entscheiden müssen. Charly Polack damals, das war etwas anderes, auf ihn wartete ein Schiff in New York, das auslief. Aber wann wird die ›Cecilie‹ wieder auslaufen? Zuerst dachte ich, es sei eine Frage von Tagen oder Wochen. Jetzt ...«

Er blickte hinaus in die Bucht, wo das Schiff ankerte. Der Wind hatte etwas nachgelassen, aber der graue Streifen am Horizont hatte sich ausgebreitet, eine Nebelbank, die sich näher schob, unmittelbar über der Wasseroberfläche. Bald würde sie die äußerste der Porcupines-Inseln berühren. Der Himmel darüber war immer noch klar und hell.

»Ich meine es gut mit Ihnen.« Temperence C. Butler legte die Hand auf seinen Arm. »Natürlich denke ich dabei auch an mich. Ich habe Sie gern in meiner Nähe. Ich möchte, daß es so bleibt. Denken Sie daran bei Ihrer Entscheidung. Das ist nun einmal so, wenn ein Mann eine Frau wählt, ist es immer von Vorteil, wenn er sich mit dem Vater gut stellt. Ich vertrete in diesem Fall Annes Vater. Um es ganz offen zu sagen, Anne besitzt ein beträchtliches Vermögen, und sie wird noch mehr besitzen, wenn ich einmal sterbe.«

»Das ist wirklich sehr offen.«

»Meistens ist es so, daß ein Mädchen einen reichen Mann heiratet, aber es geht auch umgekehrt, daß ein Mann ein reiches Mädchen heiratet.«

»Das war immer meine Hoffnung.«

»Ich wußte, wir würden uns verstehn.«

»Nur, in diesem Fall – planen Sie nicht ein bißchen zu weit voraus? Anne und ich ...«

Sie winkte ab. »Das ist Ihre Sache. Ich wollte nur gesagt haben, daß Sie immer mit mir rechnen können. Übrigens, ehe ich es vergesse ...« Sie öffnete ihre Handtasche, holte einen Scheck hervor und hielt ihn Vandermark hin. »Ich habe meine Freunde in Bar Harbor abgeklappert, und das ist dabei zusammengekommen.«

Er betrachtete den Scheck. Er war auf Wilhelm Kuhn, den Oberzahlmeister der CECILIE, ausgestellt und lautete auf zweitausend Dollar.

»Zweitausend Dollar! Wofür?«

»Ein Beitrag der Bürger von Bar Harbor zu den Unterhaltskosten des Schiffs.«

»Und das Geld haben Sie Ihren Freunden abgeluchst?«

»Wenn ich das nicht könnte, mein lieber Fred! Ich tue den ganzen Winter in Boston nichts anderes, als Leuten Geld für ›gute Zwecke‹ aus der Tasche zu locken; wohlgemerkt, Leuten, die sich vorgenommen haben, mir keinen Cent zu geben. Ich bin gefürchtet. Aber hier in Bar Harbor war es nicht so. Die ›Cecilie‹ liegt allen hier am Herzen.« Sie lächelte. »Sicher wäre der Betrag noch erheblich höher ausgefallen, wenn ich bei meiner Nachbarin hätte sammeln können.«

Er hielt den Scheck in der Hand. »Wieviel ist von Ihnen dabei?«

»Ich muß Sie wirklich sehr mögen, Fred! Für gewöhnlich kann ich es nicht ausstehen, wenn man mich durchschaut.« Sie erhob sich und winkte Jenkins, der auf der anderen Straßenseite mit der Kutsche wartete.

»Zahlen Sie den Tee?« Sie reichte ihm die Hand. »Sehe ich Sie bald?« Vandermark zögerte mit der Antwort, und sie fuhr fort: »Es gibt Leute, die macht der Nebel nervös, aber ich liebe diese Tage. Niemand stört einen. Haben Sie nicht Lust, wieder einmal mit mir Klavier zu spielen. Ich habe eine Sendung neuer Noten bekommen. Wie wäre es heute?«

»Ich bin heute zum Dienst eingeteilt. Solange Polack in Boston ist ...«

»Kommen Sie, wann immer Sie wollen.«

Er sah ihr nach, wie sie sich von Jenkins über die Straße bringen ließ. Eine bemerkenswerte Frau, eine Mischung aus Herzlichkeit und Kälte, aus Gefühl und Berechnung. Man wußte bei ihr nie, was der nächste Augenblick bringen würde. Sie war wie ein Wetter, das über einem wegzog. Ein Tornado von Worten, Lächeln, Augenaufschlägen, Gesten, klapperndem Schmuck. Man duckte sich, man sehnte das Ende herbei, aber war man ihr dann entronnen, fühlte man sich trotz einer gewissen Erschöpfung neu belebt.

Er bezahlte den Tee und ging hinüber zum Büro der *Western Union.* Warum rief er Gloria nicht an, in ihrem Hotel in New York? Ob Googins wirklich jeden Abend in den Ort gefahren war und auf ihn gewartet hatte? Er sah Kuhns Gestalt durch die Scheiben des Büros. Er schien sein Gespräch gerade beendet zu haben. Vandermark wartete auf ihn, und sie gingen gemeinsam zur Pier.

»Sie haben keine Winterkleidung in New York für uns«, sagte Kuhn. »Wäre noch zu früh im Jahr. Aber ich vermute, daß sie gar nichts da haben, daß alles in Bremerhaven liegt.« Vandermark gab ihm den Scheck von Temperence C. Butler und erklärte ihm Herkunft und Verwendungszweck. Der Oberzahlmeister hielt das Papier mit spitzen Fingern. »Ich muß erst Polack fragen, ob wir das annehmen können.«

An der Pier des Yachtclubs lag eines der Rettungsboote, die den Pendelverkehr besorgten. »Kommen Sie mit?« fragte Vandermark. »Kein Rendezvous?«

»Erst heute abend. Dollie Higgins geht ins Konzert, das heißt, ich bin noch nicht sicher, ob ich wirklich hin soll.«

»Warum nicht?«

»Ich weiß nicht, in meinem Alter ... irgendwie ziemlich lächerlich, oder? Vielleicht ist es nur, weil sie meiner Frau so ähnlich sieht. Ja, sie ist ihr ungeheuer ähnlich, das wird es sein.«

»Und sie heißt Dollie! Und ist aus Bar Harbor. Hier geschehen die seltsamsten Dinge.«

Sie hatten das Ende der Pier erreicht. Die Nebelschicht über dem Wasser war weiter vorgedrungen. Es sah aus, als ruhte die CECILIE auf einem grauen Seidenkissen. Der Himmel war immer noch klar, und die Sonne hing über der Bucht, kreisrund, mit einem roten Rand.

Zwanzigstes Kapitel

Googins fuhr den Stevens-Duryea im Schritt, so dicht war der Nebel in den Hügeln. Dem Geräusch der Räder nach mußten sie in der Auffahrt sein, aber als der Wagen nun hielt, war Vandermark nicht einmal sicher, ob dies wirklich schon das Haus *Far Niente* war. Der Nebel hatte das große Gebäude in Dunst gehüllt; die Konturen zerflossen, das Licht der Kandelaber neben dem Eingang versickerte, ohne Helligkeit zu geben, und die Fenster schienen aus hellem Papier.

Der Nebel hatte die Bucht von Stunde zu Stunde mehr eingeschlossen, aber bei Tag hatten die Farben noch einen gewissen Anhaltspunkt geboten. Vandermark hatte versucht, sich dagegen zu wehren, aber der immer dichter werdende Nebel hatte ihn nervös gemacht. Zum erstenmal hatte er das Gefühl gehabt, daß sie Gefangene waren, daß sie diese Bucht nie mehr verlassen würden. Die Stunden hatten sich endlos hingezogen. Das Schiff lag so reglos, als sei es bereits mit dem Meeresgrund verwachsen, und die Mannschaft war deprimiert über die Decks geschlichen. Ein Gutes hatte der Nebel allerdings gehabt: Niemand hatte sich sonderlich darüber aufgeregt, daß Kessler jeden Landgang für zwölf Stunden gesperrt hatte, und der Schwimmwesten-Appell und die Kontrolle der Rettungsboote wurden sogar als willkommene Abwechslung empfunden. Kessler selbst hatte sich kaum gezeigt. Er war zusammen mit den Ingenieuren unter Deck, um die Maschinen zu inspizieren.

Um 20 Uhr hatte Vandermark seinen Dienst beendet und war in seine Kabine gegangen, um sich umzuziehen. Das war von jeher seine liebste Stunde, das Bad, die frische Wäsche, das Ankleiden, das Füllen des Zigarettenetuis. Er hatte einmal in Mexiko einen Stierkampf besucht und vorher in der Garderobe zugeschaut, wie der Torero angekleidet wurde – und an diese Zeremonie erinnerte er sich oft, wenn er sich ankleidete. Die Spannung, die in der Garderobe des Toreros geherrscht hatte, die geheime Bedeutung, die jeder Handgriff zu haben schien – ihm ging es nicht anders, auch er machte sich bereit, eine Arena zu betreten ... Aber an diesem Abend hatte sich dieses Hochgefühl nicht eingestellt, und er hatte sogar gezögert, das Schiff überhaupt zu verlassen ...

»Werden Sie den Wagen noch brauchen, Sir?« Es war Googins. Wie die Tage vorher hatte er auch heute unten an der Pier gewartet. Sein Regenmantel glänzte feucht.

»Sicher nicht, Googins. Und wenn, wird Brice mir einen Wagen bestellen.«

»Er wird keinen bekommen, nicht bei diesem Nebel. Brice soll es mir sagen, wenn Sie mich brauchen.«

»Guten Abend, Mister Vandermark!« Brice stand unter der Haustür, im dunklen Cutaway mit grauschwarz gestreiften Hosen. »Es freut mich, Sie zu sehen. Ich hoffe, Googins ist vorsichtig gefahren. Er neigt dazu, etwas leichtsinnig zu sein.«

»Wir sind keinem anderen Wagen begegnet, Brice.«

»Ihren Mantel, Sir?« Die Halle war hell erleuchtet. Blumen standen in Vasen. Im Hintergrund sah er durch die offene Tür des Speisesaals zwei Diener. Aus dem ersten Stock hörte er Schritte und gedämpfte Stimmen.

»Sind andere Gäste da?« fragte Vandermark.

»O nein, nur Sie, Sir. Nehmen Sie einen Drink?« Er wartete die Antwort nicht ab, sondern ging voraus in die Bibliothek. Im Kamin brannte ein Feuer.

Auf dem Tisch lag in einer flachen Silberschale ein weißer Briefumschlag mit einem roten Rand.

»Ihr Drink kommt sofort. Dinner um zehn?«

»Für mich allein, Brice?«

»Foster steht auf dem Standpunkt, daß er lieber für eine Person kocht, die gern ißt, als für ein Dutzend Gäste, die sich nichts aus dem Essen machen.«

Vandermark sah sich im Raum um. »Es gibt immer zu tun in so einem Haus, kann ich mir vorstellen.«

Brice verschränkte die Arme auf dem Rücken. »Alle Messingteile auch nur einmal pro Monat polieren zu lassen ... Sie kennen das von Ihrem Schiff, nicht wahr? Aber das ist etwas, mit Verlaub, wofür Mrs. Linzee das Verständnis abgeht. Sie kann sich nicht vorstellen, wieviel es zu tun gibt. Wenn Sie erlauben, werde ich jetzt ein Gespräch mit New York anmelden.«

»Nach New York?« Vandermark hatte das absurde Gefühl, dem Gespräch von zwei Fremden zuzuhören. »Haben Sie etwas von Mrs. Linzee gehört?«

»Sie ruft gewöhnlich um neun Uhr abends an, Sir. Manchmal ist es etwas schwierig mit der Verbindung. Ich werde das Gespräch auf jeden Fall anmelden. Und Sie sagen mir Bescheid, wann Sie essen möchten!«

Vandermark nickte und murmelte ein »Danke«. Am liebsten wäre er Brice nachgegangen, um sich mit eigenen Augen zu überzeugen, daß man im Speisesaal tatsächlich für ihn gedeckt hatte. Lag auf dem großen Tisch ein einzelnes Gedeck? Er trank einen Schluck Weißwein und setzte sich vor den Kamin. Er nahm den Brief, aber er öffnete ihn nicht. Sie hatte ihn vor fünf Tagen geschrieben. Wer weiß, ob ihre Worte jetzt noch Gültigkeit hatten. Warum war er überhaupt hier, allein in diesem fremden Haus? Warum saß er nicht drüben an der Seite von Temperence C. Butler auf der Klavierbank! Das Angebot, das sie ihm heute morgen gemacht hatte – er war immer noch verblüfft. Ohne diplomatische Umwege war sie direkt auf ihr Ziel losgegangen, hatte nicht erst auf den Busch geklopft und das Ganze mit Gefühlen verbrämt, sondern ganz nüchtern vom Geld gesprochen. Glaubte sie wirklich, sie könne ihn kaufen? Es kränkte ihn nicht, im Gegenteil, es reizte ihn herauszufinden, wie hoch er seinen Preis bei ihr treiben könnte, wie viele Bedingungen er im Ernstfall stellen könnte.

Er hielt es nicht mehr aus, vor dem Kamin zu sitzen, allein in dieser riesigen stillen Bibliothek. Er verließ den Raum und ging den langen Korridor in den Westflügel hinüber, wo »sein« Zimmer lag. Es wunderte ihn nicht, daß auch hier frische Blumen standen und alle Lichter brannten. Er öffnete den Schrank und betrachtete die Dinge, die sich hier in den vergangenen Wochen angesammelt hatten: schwarze Hosen, ein weißes Dinner Jackett, Hemden, Wäsche, Lackschuhe, Schleifen aus Taft und Schlafanzüge mit eingesticktem Monogramm. Das war nach den Zigarettenetuis meist die nächste Stufe der Geschenke: Schlafanzüge und ein Morgenmantel mit eingesticktem Monogramm. Wenn er sie alle noch besäße, wäre das eine richtige Aussteuer gewesen, aber er hatte mehr als einmal im Leben Schränke dieser Art mitsamt dem Inhalt zurückgelassen. Es gab überall neue Dinnerjacketts und Lackschuhe.

Warum dachte er überhaupt so etwas? Hatte Gloria nicht Brice die Weisung gegeben, ihn weiterhin so zu behandeln, als sei er der Herr im Haus? Oder gab ihm nur seine Eitelkeit das ein? Gloria. Gloria Frohman. Gloria Linzee. Im Telephonverzeichnis von Bar Harbor hieß es noch immer: *Far Niente* – Mr. and Mrs. John S. Linzee, Baltimore.

Werften, Frachtlinien, Grundbesitz, Vermögen. Er hatte immer in den Tag hineingelebt und sich gut dabei gefühlt, frei. Der Apparat, der auf dem Nachttisch neben dem Bett stand, schellte. Er nahm den Hörer von der Gabel. Er war darauf gefaßt, daß der Butler am Apparat sein würde, aber eine fremde Frauenstimme sagte: ›Ich stelle durch.« Er setzte sich auf den Rand des Betts. Er hörte nur ein Rauschen und Knacken in der Leitung und viele Stimmen, die übereinanderlagen. »Hier ist das *Plaza*. Ich verbinde Sie mit Mrs. John Linzee.«

Die Leitung war jetzt still, dann kam unvermittelt ihre Stimme: »Bist du es, Fred? Hallo! Wo bist du? Im *Far Niente*?«

»Gloria!«

»Ich bin froh, daß ich endlich durchgekommen bin, und froh, daß du da bist.«

»Ist das dein Gespräch?«

»Ich habe es vor einer Stunde angemeldet. Es heißt, ihr seid im Nebel versunken ... Da bin ich ja gerade noch rechtzeitig weg.«

Er konnte sie kaum noch verstehen. Sie war immer leiser geworden, dafür hörte er im Hintergrund andere Stimmen.

»Die Verbindung ist sehr schlecht. Sprich etwas lauter, bitte. Was sind das für Stimmen?«

»Oh, das! Freunde von mir ...« Wieder konnte er ihre Stimme nicht hören.

»Gloria?«

Die Telephonzentrale des *Plaza* schaltete sich ein. »Mit wem sprechen Sie?«

»Mrs. John Linzee!« sagte er, das »John« betonend. Die Leitung schien tot. Kein Geräusch, nur sein eigener Atem. Dann plötzlich wieder Gloria, diesmal klar, sehr nahe und ohne die Stimmen im Hintergrund, als befände sie sich in einem anderen Raum: »Wir sind unterbrochen worden. Was hast du gesagt?«

»Ich bin noch nicht dazugekommen, etwas zu sagen.«

»Jetzt verstehe ich dich kaum. Soll ich nochmals zur Zentrale zurückgeben?«

Es schien unmöglich, ein vernünftiges Gespräch zu führen, und so stellte er nur die wichtigste Frage: »Wann kommst du zurück?«

»Warum kommst du nicht hierher?«

»Warum bist du so plötzlich auf und davon?«

»Hat Brice dir meinen Brief gegeben?«

»Warum, Gloria?«

»War es keine gute Idee? Ich dachte, vielleicht ist es ganz gut ... ein bißchen Abstand ... ein ...« Ihre Stimme kam in Wellen, bald laut, bald leise. Er verstand nur einzelne Worte deutlich.

»Ich kann im Augenblick nicht weg hier«, sagte er.

»Der Prozeß in Boston?«

»Du weißt davon?«

»Es steht in allen Zeitungen. Ich werde sammeln.«

»Sammeln?«

»Unter meinen Freunden – für Charly Polack, für die ›Cecilie‹, für die Prozeßkosten ... Hörst du mich?«

»Ja.«

»Wo bist du? In der Bibliothek?«

»Nein.«

»Ich höre nur noch Rauschen ... Ob das der Nebel ist? Ich werde wieder anrufen. Morgen abend um neun. Hallo? Neun, ist dir die Zeit recht? Ich mache jetzt Schluß, bevor wir wieder unterbrochen werden ...«

»Gloria! Ich muß mit dir sprechen.« Er verstummte, denn die Leitung war bereits tot.

Er sah es vor sich: Eine Luxus-Suite im *Plaza*. Gloria in abendlicher Gala, viele Freunde, ein Schwarm von Männern. Eifersucht stieg in ihm auf. Aber war das nicht der eigentliche Zweck ihrer Abreise? Er an ihrer Stelle hätte vermutlich so gehandelt.

Brice wartete in der Halle auf ihn. »War es das Gespräch, das Sie angemeldet hatten?« fragte Vandermark.

»Nein, Sir. Das Gespräch kam aus New York. Was ist mit dem Dinner?«

»Kann ich nicht einfach ein paar ...«, aber als er die Enttäuschung auf dem Gesicht des Butlers sah, sagte er: »Also gut, lassen wir uns überraschen, was Foster alles zu bieten hat. Ich nehme das Dinner im Speisesaal.«

»Es kann sofort serviert werden, Sir.«

Und so saß er nun wirklich an dem Tisch, der, selbst wenn er nicht ausgezogen war, Platz für zehn Personen bot. Die Vorspeise, die Suppe, erster Gang, Zwischengericht, zweiter Gang. Weißer Wein zum Fisch, roter Wein zum Braten. Seine Augen sagten ihm, daß alles sehr gut schmecken mußte, aber sein Gaumen reagierte nur auf kalt und warm, auf salzig oder süß, mehr nicht.

Brice kam in den Raum, trat leise zu ihm. »Es ist alles vorzüglich«, sagte Vandermark automatisch, »wirklich vorzüglich, sagen Sie das Foster ...«

Brice räusperte sich. »Entschuldigen Sie, da ist jemand, der sie sprechen möchte.«

Vandermark legte die Serviette auf den Tisch. »Telephon?«

»Nein, Sir, draußen ... Miss Butler.«

»Anne Butler?«

»Sehr wohl.«

»Was will sie?«

»Sie wollte es mir nicht sagen.«

Nur um zu sehen, wie Brice reagieren würde, sagte er: »Führen Sie Miss Butler herein.«

»Sir, ich habe Miss Butler natürlich hereingebeten, aber sie lehnte ab.«

Vandermark erhob sich erst, nachdem er die Serviette zusammengefaltet und in den Ring gesteckt hatte. Brice begleitete ihn in die Halle, öffnete die Haustür für ihn.

Er hatte vergessen, wie dicht der Nebel war. Sie stand nur ein paar Schritte entfernt, in ein weites Cape gehüllt, ähnlich wie es ihre Großmutter am Morgen getragen hatte. Er hätte nicht sagen können, welche Farbe es hatte, in dem undurchdringlichen Grau des Nebels. Sie kehrte ihm den Rücken zu und blickte in den Park.

»Anne.«

Sie wandte sich um. Das Cape war ihr zu lang und zu weit; vielleicht gehörte es wirklich ihrer Großmutter, und sie hatte es nur schnell übergeworfen.

Auf Annes Gesicht lag ein seltsamer Ausdruck, eine Mischung aus Trotz und Neugier, wenn er es richtig deutete. Über sein eigenes Gefühl war er sich nicht im Zweifel, es war Erleichterung. Er atmete die feuchte, aber erfrischende Luft ein, und die Vorstellung, mit Anne durch den Nebel zu gehen, belebte ihn. »Ich hole nur schnell meinen Mantel«, sagte er, »dann komme ich mit.«

»Warte.« Sie streckte die Hand aus und hielt ihn zurück. »Du mußt sofort nach Bar Harbor. Sie versuchen dich überall zu erreichen. Es muß sehr dringend sein.«

»Wer sucht mich?«

»Der Oberzahlmeister Kuhn erwartet dich vor dem *Rockaway*. Du sollst auf dem schnellsten Weg kommen.«

»Hat er angerufen?«

»Dollie Higgins ... Kuhn war schon auf dem Weg. Dollie Higgins rief uns in seinem Auftrag an. Sie dachte, du bist bei uns ... nicht hier.«

»Um was geht es?«

»Dollie hat nichts weiter gesagt. Nur, daß es sehr dringend sei und daß du dich sofort auf den Weg machen sollst. Sie kamen gerade aus dem Konzert, als Kuhn gerufen wurde.«

»Warte hier«, sagte er, aber wieder hielt sie ihn zurück. »Es ist besser, du läßt dich von Googins fahren ... das geht schneller.«

»Warte trotzdem, ja?« Aber als er mit seinem Mantel zurückkam, war sie verschwunden. Er blickte sich suchend um, auch noch vom Wagen aus, und einmal glaubte er, sie entdeckt zu haben, aber in dem dichten Nebel konnte es genausogut eine Täuschung sein.

Googins fuhr schnell. Trotzdem erschien Vandermark der Weg doppelt so lang, und als sie endlich das *Rockaway* erreichten, sah es aus, als sei er zu spät gekommen. Hier am Wasser war der Nebel eine richtige Suppe, kaum daß man die Hand vor den Augen sah. Die Häuser waren eine dunkle Schattenwand; die Straße vor dem Hotel lag verlassen, nirgends war jemand zu sehen.

Googins stellte den Motor ab und stieg ebenfalls aus; und er war es, der zuerst auf das Motorengeräusch aufmerksam wurde. Es war sehr leise, wie in Watte gepackt, und es kam vom Wasser her. Vandermark eilte zum Ufer, folgte dem Geräusch.

Es war Niedrigwasser, und das Boot lag unterhalb der Pier. Es war keines der weißen Rettungsboote der CECILIE. Im Strahl einer Lampe, die sich plötzlich auf ihn richtete, erkannte er ein graues Ruderboot mit einem Außenbordmotor.

»Hierher!« sagte eine Stimme. »Vorsicht! Die Bohlen sind glitschig!« Eine Hand streckte sich ihm entgegen. Er griff danach, suchte mit den Füßen Halt und prallte mit jemand zusammen. Das Gesicht von Wilhelm Kuhn tauchte im Schein der Lampe auf, blaß und angespannt.

Sie mußten die Leinen bereits gelöst haben, denn das Boot legte im selben Moment ab. Eine Hand drückte Vandermark auf eine Bank. Es waren noch mehr Männer im Boot, aber außer Kuhn kannte er keinen davon. Ihre Uniformen waren ihm fremd. Und dann entdeckte er am Heck das flatternde Tuch, rotweiß, das blaue Eck mit Sternen.

»Was soll das?« fragte er Kuhn. »Was ist geschehn?«

»McCagg hat die Leute geschickt«, antwortete Kuhn. »McCagg befürchtet ... Halten Sie es für möglich, daß Kessler durchdreht?«

»Kessler? Was ist mit Kessler?«

»Ich glaube nicht, daß McCagg ein Mann ist, der ohne Not Alarm schlägt.«

»Das heißt, die Ordre, daß wir zurück an Bord sollen, kommt von McCagg?«

»Ja. Er behauptet, es gingen seltsame Dinge vor auf der ›Cecilie‹. Er will einen Funkspruch aufgefangen haben ... Das Schiff sei abgedunkelt ... Und es soll seit einer Stunde unter Dampf stehn. Er befürchtet, Kessler könnte den Versuch machen auszulaufen.«

»Auszulaufen?« Vandermark starrte in die Bucht hinaus. Auf dem Wasser war der Nebel nicht ganz so dicht, aber von der CECILIE war nichts zu sehen.

»McCagg hat unser Schiff angemorst«, sprach Kuhn weiter, »er bekam keine Antwort.«

»Ich kann mir einfach nicht vorstellen ...« Vandermark schüttelte den Kopf. Er wehrte sich gegen die Gedanken, die auf ihn einstürmten: Kesslers Benehmen am Morgen bei Polacks Abreise; die Landsperre, die er für die Dauer von zwölf Stunden verhängt hatte; der Schwimmwesten-Appell; die Inspektion der Maschinen. Und noch etwas: Tag für Tag hatte Kessler sich in die Bucht rudern lassen, weit hinaus über Egg Rock, und immer hatte er Leinen und Seekarten mitgenommen, um die Tiefen auszuloten und einzutragen. Der Zeitvertreib eines Wichtigtuers, den man unter der Besatzung belächelt hatte. Jetzt allerdings bekam die Sache ein anderes Gesicht.

Eine Welle klatschte gegen das Boot, Wasser stäubte auf. Im Nebel wurden schattenhaft die Umrisse der CECILIE sichtbar. Die Luft roch plötzlich anders, nach Kohle und Schwefel. Er irrte sich nicht, in der ersten Stunde, wenn frisch angeheizt wurde, spuckten die vier Schlote immer diesen ätzenden Qualm aus.

Der Gedanke kam ihm so plötzlich, daß er ihn sofort aussprach: »Nein, es ist unmöglich«, sagte er zu Kuhn. »Wie will er bei Ebbe auslaufen!«

»Wir haben bereits steigendes Wasser. Um halb drei Uhr morgens kommt die Flut. Bis dahin sind noch knapp zwei Stunden.«

Das Boot hatte die Fahrt verlangsamt; der Schiffsrumpf der CECILIE war bereits deutlich sichtbar. Vandermark hatte nur Augen für die vier Schlote. War es der Nebel, der sie verhüllte? Waren es Rauchschwaden?

Das Boot drehte zu spät bei. Es stieß hart gegen den Rumpf. Der Motor starb ab. Die Männer nahmen die Ruder. Das Boot schabte an der Bordwand entlang. Kuhn hatte sich erhoben. Gleich mußten sie an der Gangway sein.

Der Mann, der das Boot führte, hob die Lampe, aber die Gangway war eingezogen.

»Geben Sie mir die Lampe!« rief Kuhn ihm zu. »Irgend jemand wird uns schon sehn.«

Die Männer stellten die Ruder quer, um das Boot auf der Stelle zu halten. Kein Laut war zu hören, nur der leise Wellenschlag zwischen Boot und Schiffsrumpf. Und dann noch ein anderes Geräusch. Es kam aus dem Innern des Schiffs, und als Vandermark das Ohr an das Metall des Rumpfes legte, erkannte er es: Kohle, die auf die Roste der Öfen geschüttet wurde.

Einundzwanzigstes Kapitel

Der Nebel drückte den Qualm und Ruß aus den Schornsteinen nach unten. Sie waren achtern an Bord gegangen, über eine Strickleiter, die endlich, nach vielen vergeblichen Lichtzeichen, über die Bordwand heruntergefallen war. Auf den Decks herrschte Finsternis; nirgends brannte ein Licht, nicht einmal die Nebellampen.

Entlang der Reling tasteten sie sich vorwärts. Vandermark hatte erwartet, daß die Decks angefüllt seien von Mitgliedern der Besatzung, aber sie begegneten nur wenigen Männern, und die gaben ihnen die widersprüchlichsten Auskünfte. Keiner wußte so recht, was vor sich ging, nur eines war klar: Die CECILIE lag unter Dampf, und der 1. Offizier hielt sich auf der Brücke auf, wo er sich seit Stunden verschanzt hatte. Er hatte eine Wache aufgestellt, die keinen durchließ.

Die Rettungsboote, die man für den Pendelverkehr mit Bar Harbor benützt hatte, waren alle an Bord gezogen worden und hingen in den Davits. Als sie das Vorderschiff erreichten, sahen sie, daß McCaggs Zollkutter und das Boot der Küstenwache sich quer vor die CECILIE gelegt hatten. Ihre Suchscheinwerfer brannten, aber ihr Strahl hatte nicht die Kraft, den Nebel zu durchdringen.

Vandermark, Kuhn und der Maat, der ihnen die Strickleiter zugeworfen hatte, blieben am Fuß der Treppe stehen, die zur Brücke führte.

Die breite Fensterfront der Brücke war sorgfältig verdunkelt; nur da und dort, wo die Vorhänge nicht ganz schlossen, schimmerte ein dünner Lichtstreif durch. Innerhalb des Schanzkleids patrouillierte ein Posten.

Vandermark lauschte auf die Geräusche im Innern des Schiffs. Die Maschinen liefen. Es war der hohle Klang, wenn der Maschinentelegraph auf Stillstand geschaltet war. War das Schiff auf Fahrt, wurde das Geräusch leiser und dunkler. Er fühlte die Augen des Oberzahlmeisters auf sich. ›Was jetzt?‹ fragte dieser Blick, und erst in diesem Moment wurde ihm klar, daß die Verantwortung bei ihm lag. Wilhelm Kuhn war zwar der Dienstälteste an Bord, aber nach der Rangordnung der Marine konnte nur einer den 1. Offizier zur Ordnung rufen in einer Situation wie dieser, und das war bei Abwesenheit des Kapitäns der 2. Offizier.

»Gehen wir rauf«, sagte Vandermark. Im gleichen Moment öffnete sich oben die Tür. Licht fiel heraus, eine Gestalt wurde sichtbar. Zögernd kam Dr. Fischer, der Bordarzt, die Stufen herunter.

»Was geht vor da oben?« Vandermark trat ihm in den Weg.

Fischer schüttelte den Kopf. »Er ist wahnsinnig – oder er ist der einzig Normale von uns allen. Ich weiß es nicht. Er läßt nicht reden mit sich. Ich habe es versucht, es ist aussichtslos.«

»Will er wirklich auslaufen?«

»Er hat es sich in den Kopf gesetzt. Er hat den Plan von langer Hand vorbereitet. Er hat nur auf eine Gelegenheit gewartet.«

»Sie meinen, es gab Leute in der Mannschaft, die davon wußten?«

»Das glaube ich nicht. Dazu ist Kessler zu vorsichtig.«

»Aber er kann das Schiff nicht allein hier wegbringen. Er braucht Leute, die mitmachen. Wer ist bei ihm?«

»Ein paar, die dafür sind, ein paar, die unsicher sind, und ein paar, die versuchen, ihn zur Vernunft zu bringen. Er hat es fertiggebracht, den Leitenden Ingenieur auf seine Seite zu ziehen.«

»Ist er oben?«

»Nein, im Maschinenraum.«

Vandermark wandte sich an den Maat. »Suchen Sie sich ein paar zuverlässige Leute zusammen. Unternehmen

Sie vorläufig nichts, aber halten Sie sich in der Nähe des Maschinenraums bereit.«

Der Maat trat von einem Fuß auf den andern. »Ich kann nicht gegen die Befehle des Ersten Offiziers handeln.«

»Was für Befehle haben Sie von ihm?«

»Bisher keine, Sir.«

»Also! Suchen Sie sich Ihre Leute zusammen. Und warten Sie auf Kesslers Befehle.«

Vandermark nickte Kuhn zu, und die beiden stiegen die Treppe hinauf. Der Suchscheinwerfer des Zollkutters schien eine durchlässige Stelle im Nebel gefunden zu haben. Er glitt über die dunkle Fensterfront der Brücke. Es folgten die Zeichen einer Morselampe, aber sofort schloß sich die Nebelmauer wieder um das Schiff, undurchdringlich und schützend. Der Posten legte die Hand stumm an die Mütze, als er Vandermark und Kuhn erkannte, und ließ sie passieren. Aus der Brücke drang Stimmengewirr; beim Eintreten von Vandermark und Kuhn verstummten die Männer.

Vandermark hatte Helligkeit erwartet, aber der Raum lag im Halbdunkel. Nur eine einzelne Wandlampe und der Maschinentelegraph mit den beleuchteten Skalen und Zifferblättern gaben Licht, so daß Vandermark die Männer nicht sofort alle erkennen konnte. Kessler stand vor dem Fenster, auf dem Platz, den Kapitän Polack gewöhnlich einnahm; und wie Polack stand er mit den Füßen zur Hälfte auf dem roten Läufer, zur Hälfte auf dem dunklen Teakholz. Es war diese lächerliche Kleinigkeit, die Vandermark die nötige Ruhe gab. Die Männer traten auseinander, machten ihm Platz. Von den Dritten Offizieren waren zwei anwesend, einige der Ingenieure, Rudergänger, ein Maat, und dann sah er Simoni, den Funker.

Vandermark blieb vor ihm stehen. »Wie ich höre, haben Sie einen Funkspruch hinausgegeben. Sie kennen die Anordnung von Polack?«

»Moment!« schaltete Kessler sich ein. »Was erlaubt und was verboten ist, das bestimme ich. Ich gebe hier die Befehle, ist Ihnen das klar, Vandermark!« Er hatte nicht laut gesprochen, aber seine Stimme hatte den scharfen Klang einer zu straff gespannten Metallsaite. »Und nun fordere ich Sie auf, verlassen Sie die Brücke. Ich brauche Sie hier nicht.«

Vandermark spürte die wachsende Spannung unter den Männern. »Kein Funkverkehr!« sagte er. »Das ist ein Befehl von Kapitän Polack. Ich verlange eine Erklärung von Ihnen, Simoni.«

Der Funker blickte zu Kessler und dann wieder zu Vandermark.

»Ich habe den Befehl dazu gegeben«, sagte Kessler. »Ich trage die Verantwortung.« Seine nächsten Worte kamen unerwartet für Vandermark: »Geben Sie dem Zweiten Offizier die Auskunft, die er verlangt, Simoni. Nur zu!«

Simoni zog die Arme dicht an den Körper. »Ich hatte einen Funkspruch aufgefangen«, begann er stockend, »von einem deutschen Schiff, hundert Meilen vor der Küste.« Simoni blickte zu Kessler, aber der half ihm nicht weiter. »Ich meldete es dem Ersten Offizier ... Er befahl mir, Kontakt aufzunehmen.« Simoni holte Luft. »Ich machte den Ersten Offizier auf das Verbot aufmerksam ...«

»Danach sind Sie nicht gefragt«, schnitt Kessler ihm das Wort ab. »Halten Sie sich an die Tatsachen! Der Inhalt des Funkspruchs!«

»Der Funkspruch besagte, daß man uns die Engländer vom Leib halten würde, wenn wir ... wenn wir versuchen sollten, hier herauszukommen.«

»Wann war das?« fragte Vandermark.

»Vor zwei Stunden.«

»Und Sie funkten zurück?«

»Einen verschlüsselten Text ... Auslaufen mit Flut drei Uhr.« Wieder holte Simoni Atem. »Ich machte den Ersten Offizier erneut auf die Folgen aufmerksam ...«

»Halten Sie den Mund!« schrie Kessler, der plötzlich die Beherrschung verlor. »Feiglinge! Ein Haufen von Feiglingen seid ihr!« Er machte einen Schritt auf Simoni zu und schrie: »Und nun das andere! Sagen Sie dem Zweiten Offizier das andere, Simoni!«

Der Funker blickte auf den Funkspruch, den er in der Rechten hielt und den Vandermark erst jetzt bemerkte.

»Sagen Sie unserem Zweiten Offizier, daß es nicht nur Feiglinge gibt!« herrschte Kessler ihn an. Als Simoni weiter stumm blieb, riß er ihm das Blatt aus der Hand und hielt es triumphierend in die Höhe. »Wollt ihr euch vor der ›Kaiser Wilhelm der Große‹ verstecken müssen? Warum können wir nicht, was sie gekonnt haben. Wir sind im Krieg. Dieses Gerede von Passagierschiffen! Die ›Kaiser Wilhelm der Große‹ war ebenfalls ein Passagierschiff. Aber als der Krieg ausbrach, wurde sie ein Hilfskreuzer der Kaiserlichen Marine. Sie hat drei feindliche Schiffe versenkt, während wir hier ...«

»Was ist mit der ›Kaiser Wilhelm‹?« unterbrach Vandermark ihn.

Wieder schwenkte Kessler den Funkspruch. »Sie lag vor Rio del Oro beim Bunkern. Ein britischer Kreuzer hat sie überrascht und zur Übergabe aufgefordert. Der Kommandant lehnte ab, und das Gefecht dauerte neunzig Minuten. Dann hatte die ›Kaiser Wilhelm‹ sich verschossen. Aber sie hat sich nicht ergeben! Sie hat sich selber versenkt. Sie hat uns ein Beispiel gegeben. Sie hat uns gezeigt, wo unser Platz ist. Nicht hier, feige versteckt. Auch wir haben die Pflicht ...«

»Die ›Kaiser Wilhelm‹ hat sich selbst versenkt?« Es war Kuhn. Seine Stimme klang leise, fassungslos. »Wann ist das geschehn?«

»Vor acht Tagen«, antwortete Simoni. »Am 26. August. Die Nachricht kam erst heute durch.«

Die Männer standen mit gesenkten Köpfen da. Allmählich konnte Vandermark sich ein Bild davon machen, was sich in den letzten Stunden an Bord abgespielt haben mußte. Mit Hilfe dieser Nachricht hatte Kessler versucht, die Mannschaft aufzuwiegeln, sie mürbe und seinen Plänen gefügig zu machen. Die KAISER WILHELM war mehr als ein Schiff. Sie war ein Stück deutscher Geschichte: Der erste Schnelldampfer mit vier Schornsteinen. Und das erste Schiff, das für Deutschland und für den Norddeutschen Lloyd das »Blaue Band« gewonnen hatte. Und Polack war dabeigewesen! Jetzt hatte es sich selbst versenkt.

Bisher war der Krieg etwas gewesen, das sich in weiter Ferne abspielte, jenseits des Atlantiks. Daß sie mit der CECILIE hier, in dieser versteckten Bucht, festlagen, hatte im Grunde nichts damit zu tun. Ein Zauber hatte sie hierher geführt, ein Zauber hielt sie fest. Der Krieg und Bar Harbor, das waren zwei Dinge, die einander ausschlossen. Doch mit dieser Nachricht war der Krieg plötzlich gegenwärtig.

Kessler kehrte an seinen Platz vor der Fensterfront zurück. Er straffte sich, versuchte, sich größer zu machen, als er war. Seine Füße standen wieder zur Hälfte auf dem roten Läufer und zur Hälfte auf dem Teakholz. »Ich glaube nicht, daß es noch etwas zu diskutieren gibt«, sagte er mit der Stimme eines Mannes, der seiner Sache sicher war. »Wir haben schon zuviel Zeit damit verloren.«

Vandermark ließ den Blick über die Männer gehen, und er wußte, von ihnen konnte er keine Hilfe erwarten. »Es liegt kein Befehl von Polack vor«, sagte er, und er richtete seine Worte nicht nur an Kessler, sondern an alle. »Und es liegt kein Befehl der Reederei vor.« Er wartete auf eine Reaktion, auf irgendein Zeichen der Zustimmung. Wo war Kuhn? Warum sagte er nichts? Warum kam er ihm nicht zu Hilfe?

»Die Reederei hat uns keine Befehle mehr zu erteilen«, gab Kessler zurück. Aus seiner Stimme war jede Heftigkeit gewichen. Er sprach halblaut und eindringlich. »Wir sind im Krieg, und das heißt, wir unterstehen der Kaiserlichen Marine. Wir werden mit der Flut auslaufen. Wir werden es auf jeden Fall versuchen. Wir müssen es versuchen. Es ist unsere Pflicht, unsere einzige Pflicht.«

Niemand reagierte. Kein Widerspruch, keine Zustimmung. Die Männer standen mit gesenkten Köpfen da, wie gelähmt. Die Luft im Raum war verbraucht.

»Wer dafür ist, daß wir auslaufen, soll die Hand heben.« Kessler hatte die Worte ohne Betonung gesagt, als handelte es sich nur um eine Formsache.

Niemand reagierte. Auf der Brücke herrschte Stille. Nur ein Geräusch war zu hören: die Maschinen im Innern des Schiffs. Plötzlich kam eine Stimme aus dem Hintergrund: »Irgend jemand Kaffee?«

Alle Köpfe wandten sich um, starrten den Steward an. Neben der Brücke lag eine kleine Pantry. Hatte er dort in aller Ruhe Kaffee zubereitet, während sie hier diskutierten? Er hielt die große Metallkanne in der Hand, und es roch wirklich nach Kaffee. Auf der Brücke hatte immer nur Pommerenke Kaffee ausgeschenkt, niemals ein Steward.

»Kaffee?« wiederholte er, nicht mehr ganz so unbefangen wie das erstemal.

Eine Bewegung ging durch die Männer, als Kuhn jetzt vortrat und auf den Steward zuging, langsam, mit müden Bewegungen. Auch seine Miene drückte nichts aus als Müdigkeit. Seine Augen waren kaum zu sehen unter den schweren Lidern.

»Wer hat Befehl gegeben, daß auf der Brücke Kaffee serviert werden soll?« Seine Worte kamen langsam, förmlich.

»Ich dachte ...«

»Wer? Wer hat den Befehl gegeben?« Kuhns Miene wurde noch düsterer, während er auf Antwort wartete, noch melancholischer. »Kaffee! Mann, wissen Sie nicht, wie knapp wir mit Kaffee sind! Hat Polack nicht den Befehl gegeben, daß Kaffee nur einmal am Tag ausgegeben wird, in der Messe zum Frühstück!«

Die Männer trauten ihren Ohren nicht. In diesem Augenblick an den Kaffeevorrat zu denken war absurd. Aber der Oberzahlmeister fuhr fort, zögernd, wie ein Mann, dem jedes Wort Anstrengung kostet: »Ich zerbreche mir den Kopf, wie ich euch durchfüttere, wie ich für sechshundertfünfzig Mann ein anständiges Essen auf den Tisch bringe. Ich jongliere und mogle in den Büchern ... Kaffee ... Macht der Mann Kaffee! Gegen den ausdrücklichen Befehl des Kapitäns!« Die Lider über seinen Augen hoben sich, und übergangslos, von einer Sekunde zur andern, schien die Müdigkeit von ihm abzufallen. Er machte einen Schritt vorwärts. »Wer ... wer wagt es, auf diesem Schiff gegen den Befehl von Kapitän Polack zu handeln, wer!« Seine Stimme bebte vor Zorn, der ganze Mann bebte vor Zorn. »Glaubt man hier, man kann gegen seinen Befehl handeln, weil er nicht an Bord ist? Glaubt man, er hätte auch nur einen Moment diesen ganzen Unsinn geduldet, glaubt man das wirklich? Dieser verdammte, hirnverbrannte Unsinn, Kessler, glauben Sie, er hätte Ihnen nur eine Sekunde zugehört? Auslaufen ... mit seinem Schiff ... mit der ›Cecilie‹!« Er wandte sich wieder an alle. »Ich will, daß die Brücke sofort geräumt wird. Nur die eingeteilten Wachen bleiben ... Nein, warten Sie! Bootsmaat Wolters! Gehn Sie ins Kartenzimmer. Nehmen Sie von jedem der Anwesenden den Namen auf. Lassen Sie jeden seine Aussage machen und unterschreiben.«

»Namen aufnehmen, Aussage machen und unterschreiben«, wiederholte der Maat.

Kessler schoß auf Kuhn zu. Er sah aus, als wollte er ihn angreifen, aber dann blieb er vor ihm stehen. Die Männer wichen zurück, so daß der Platz um die beiden größer wurde.

»Wie kommen Sie dazu ...«, Kesslers Protest klang schwach. »Kapitän Polack hat mir für die Zeit seiner Abwesenheit das Kommando übertragen. Die Verantwortung für das Schiff trage ich.« Er verstummte. Rote Flecken überzogen sein Gesicht.

Kuhn musterte ihn unter halb gesenkten Lidern. »Ich würde Ihnen raten, verlassen Sie die Brücke und begeben Sie sich in Ihre Kabine. Wenn Sie einen Funken Ehrgefühl haben, lassen Sie sich nicht mehr blicken an Deck, bis Kapitän Polack zurück ist. Sie können Ihr eigenes Protokoll aufsetzen und Polack übergeben. Und noch eines: Bringen Sie das mit dem Leitenden Ingenieur in Ordnung. Lassen Sie die Befeuerung der Kessel einstellen und die Maschinen abschalten ... Und Sie, Steward! Verteilen Sie den verdammten Kaffee, wenn er schon gekocht ist.«

Plötzlich war die Brücke voller Stimmen. Die Männer umringten den Steward. Vielleicht war es nur, weil sie Kessler auf diese Weise den Rücken zukehren und sich von ihm distanzieren konnten.

Der 1. Offizier sah sich jedenfalls isoliert. Die Würfel waren gegen ihn gefallen, und er wußte es. Er machte eine hilflose Geste in den Raum, halb Drohung, halb Resignation, halb Verachtung, halb Eingeständnis der Niederlage, und dann verließ er die Brücke. Vandermark ging ihm nach, wartete, bis seine Gestalt in einem Niedergang verschwunden war.

Die vier Schornsteine der CECILIE stießen immer noch Rauch aus, dunkle Qualmwolken, die nur für Augenblicke sichtbar wurden, wenn der Suchscheinwerfer des Zollkutters sie streifte. Als er sich umwandte, hatte man auf der Brücke bereits die Verdunkelungsvorhänge entfernt; die Fensterfront erstrahlte in hellem Licht.

Auf den Stufen kam der Oberzahlmeister ihm entgegen. »Sie übernehmen wohl den Rest«, sagte er. Sein Gesicht war ausdruckslos, die Augen schläfrig. »Die ›Kaiser Wilhelm der Große‹ …«, murmelte er, »selbst versenkt. Ob Polack schon davon weiß?« Bevor Vandermark etwas erwidern konnte, schritt Kuhn weiter, die Hand haltsuchend auf dem Geländer. Vandermark blickte zur Brücke hinauf. Die Männer hatten sich mit Wolters ins Kartenzimmer zurückgezogen, um das Protokoll aufzunehmen. Der große helle Raum lag verlassen. Polacks Platz vor der Fensterfront war leer, Kessler verschwunden. Die Verantwortung für das Schiff hatte nun er. Automatisch setzte er einen Fuß vor den anderen, automatisch sagte er zu einem Maat: »Bringen Sie die Morselampe. Nein …«, verbesserte er sich, »holen Sie mir das Megaphon.«

Er wartete, an das Schanzkleid gelehnt. Er spürte den Nebel auf dem Gesicht, in den Lungen, Feuchtigkeit, die mit beißendem Rauch vermischt war. An Land hatte der Nebel anders geschmeckt. War er wirklich vor einer Stunde noch an Land gewesen? War er wirklich an einer Tafel gesessen und hatte sich bedienen lassen? Vielleicht war er immer noch dort, vielleicht lag er in einem Bett und träumte nur …

»Das Megaphon, Sir!«

Vandermark nahm den Metalltrichter in die Hand, hob ihn an die Lippen. Er wußte nicht, wie er anfangen sollte, aber der alte eingeübte Mechanismus setzte von selber ein. »Zweiter Offizier der ›Cecilie‹ an den Kapitän der ›Androscoggin‹.« Er hatte das Gefühl, daß seine Worte im Nebel untergingen. Er wiederholte den Satz und wartete.

Die Suchscheinwerfer des Zollkutters kamen in Bewegung, irrten hin und her, überschnitten sich, und dann kam die Antwort aus dem Nebel:

»Kapitän der ›Androscoggin‹. Was ist? Haben Sie Schwierigkeiten?«

»Keine Schwierigkeiten.«

»Was ist mit Ihren Maschinen?« kam die Stimme durch den Nebel.

»Wir haben die Motoren überprüft und die Kessel. Reine Routine ...«

»Sie sind sicher, daß Sie keine Schwierigkeiten mehr haben?«

»Ganz sicher! Die Überprüfung der Maschinen ist beendet ... Wir hatten uns diese Nacht ausgesucht, um niemand zu behelligen mit dem Rauch.«

»Haben Sie Ihre Funkanlage überprüft?«

»Ja, aber das war ein Versehen. Es lag kein Befehl des Kapitäns dazu vor ... Könnten Sie das mit ihm regeln bei seiner Rückkehr?«

»Ich werde es mit ihm regeln.«

»Ende Zweiter Offizier an den Kapitän der ›Androscoggin‹.«

»Ende.«

Die Suchscheinwerfer, die sich auf ihn eingestellt hatten, lösten sich von ihm. Er kehrte auf die Brücke zurück, übernahm die Wache, und nachdem Wolters mit den Protokollen fertig war, zog er sich an den Tisch im Kartenzimmer zurück. An der Wand hing eine große Seekarte des Nordatlantiks mit den Sommer- und Winterrouten der Passagierschiffe. Würden sie mit der CECILIE je wieder auf die Route zurückkehren?

Er konnte seine Gedanken nicht ordnen: Da war die Nacht des 31. Juli, als Polack sie auf die Brücke gerufen und ihnen den Entschluß zur Umkehr mitgeteilt hatte; da waren die Tage, die darauf folgten, der Wettlauf mit den Verfolgern, und dann der Morgen, an dem sie in Frenchmans Bay vor Anker gingen; da war ein Schrank, in dem seine Sachen hingen, die Stimme einer Frau am Telephon ...

Die Bilder und Zeiten vermischten sich, schoben sich übereinander. Da waren Gesichter, Kuhn, Polack, Kessler, und dann plötzlich das Gesicht seines Vaters. Warum erinnerte er sich in dieser Stunde an seinen Vater? Ein vergessenes Gesicht, eine vergessene Stimme, die plötzlich lebendig wurde: *Jeder richtige Vandermark hat ein Stück Haut auf einem europäischen Schlachtfeld gelassen.* – Ja, das war sein Vater, der letzte in einer langen Reihe von Generationen, die alle Berufsoffiziere waren. Er hatte als Kind seine Berichte aus der Familienchronik anhören müssen. Überall waren die Vandermarks dabei gewesen. Bei keinem Feldzug der letzten dreihundert Jahre hatten sie gefehlt. Die Namen von großen Herrschern und Feldherrn fielen, die Namen von Orten, an denen die Vandermarks sich ihre Auszeichnungen geholt hatten und ihre Verwundungen. Die Verwundungen waren das wichtigste gewesen für seinen Vater. Er hatte sie ausgeschmückt und war dabei in der Bibliothek auf und ab geschritten, den steifen, künstlichen Arm in der Tasche seines Rocks befestigt; es war bei Sedan gewesen, wo er seinen Arm verloren hatte, und seine Erzählungen endeten immer bei diesem Tag. Und dann der abschließende Satz: *Ich hoffe, du hast auch einmal die Chance, für das Vaterland zu kämpfen!*

Er mußte an Kessler denken. Das wäre ein Sohn nach dem Geschmack seines Vaters gewesen. Aber er? Sein Blick fiel auf seine Hand, auf den Ring, den die Baronin ihm angesteckt hatte. Wieder stieg die Flut von Bildern auf, Erinnerungen. Es war wie eine Wanderung durch eine Nebellandschaft. Nur manchmal meldete sich die Wirklichkeit: Die Schritte des Maats auf der Brücke; das Flackern der Lampe, wenn der Strom schwankte, die Stille, die sich ausbreitete, als die Maschinen aussetzten.

Zweiundzwanzigstes Kapitel

Vandermark war in seiner Kabine, als er das Signal der ROCKLAND hörte. Das Fährschiff war angekündigt, aber er hatte nicht damit gerechnet, daß es so pünktlich sein würde. Es würde schnell hereinkommen, und er beeilte sich mit dem Packen. Es war seine alte Kabine. Er hatte sie nie gewechselt, seit er auf der CECILIE fuhr. Sie war nicht groß, und die Dusche teilte er mit dem Bordarzt Dr. Fischer. Polack hatte den Offizieren freigestellt, in die leerstehenden Luxuskabinen der I. Klasse zu ziehen, aber Vandermark hatte keinen Gebrauch davon gemacht.

Er hatte nicht viel zu packen. Der Seesack würde nicht voll werden. Was brauchte man schon für die sechs Tage auf See, die eine Überfahrt dauerte.

Die ROCKLAND war das erste Fährschiff, das nach zweieinhalb Tagen wieder in Frenchmans Bay einlief. Zweiundsechzig Stunden lang war der Nebel über der Bucht gelegen, fast drei Tage lang hatte es keinen Himmel gegeben, kein Wasser, kein Land, nur undurchdringliches Grau, manchmal als einziges Lebenszeichen den Schatten eines Fischkutters und einmal am Tag das Boot, das Post und Zeitungen brachte. Ununterbrochen hatten die Nebellampen der CECILIE gebrannt. Der Bootsverkehr mit Bar Harbor blieb eingestellt.

Wie auf eine geheime Verabredung hin vermied es die Besatzung, über die Vorfälle jener Nacht zu sprechen. Im *Bar Harbor Record* war eine kurze Meldung erschienen:

Einige spät heimkehrende Fischer erlebten gestern nacht den Schock ihres Lebens: eine aus ihren vier Schornsteinen rauchende CECILIE. Jonas Googins von der »Mallebar« sagte aus, er habe geglaubt, das deutsche Schiff sei im Begriff, sich in Nebel und Dunkelheit so heimlich davonzustehlen, wie es am 4. August erschienen war. Es stellte sich jedoch heraus, daß es sich, nach Aus-

kunft von Kapitän McCagg von der ANDROSCOGGIN, *lediglich um eine Routineüberprüfung der Maschinen der* CECILIE *handelte. Bar Harbors Bürger können aufatmen, denn ein Auslaufen des deutschen Schiffs hätte zweifelsohne einen schmerzlichen Verlust bedeutet.*

Die Mannschaft schien sich diese Version zu eigen gemacht zu haben; man redete über den Nebel, über das Trinkwasser, das allmählich knapp wurde, aber nicht über Kessler.

Am Abend des dritten Tages nach Polacks Abreise hatte der Nebel sich gelichtet, und nun regnete es seit dem Morgen, ein Nieselregen, der in dünnen Schleiern vor den Bullaugen seiner Kabine niedersank.

Vandermark unterbrach sein Packen, als er die beiden kurzen Signale der ROCKLAND hörte, und öffnete das Bullauge. Das Fährschiff war bereits beim Anlegemanöver. Der Platz vor der Dampferstation und die Promenade waren dunkel von Menschen. Sie standen dichtgedrängt unter ihren Regenschirmen. Aus der Entfernung wirkte es wie ein schwarzes Dach mit einzelnen hellen Punkten dazwischen.

Die ROCKLAND hatte festgemacht, und jetzt geriet das Dach in Bewegung; Regenschirme wurden geschwenkt, Tücher flatterten, Hände winkten. Galt der Empfang Polack, der mit dem Fährschiff aus Boston zurückkam? Vandermark holte sein Fernglas, kehrte ans Bullauge zurück und stützte die Ellbogen auf, den breiten Rand. Das Bild rückte näher, die Dinge wurden größer und schärfer, die Menschen deutlich erkennbar, ihre Gesichter, ihre Bewegungen. Und dann entdeckte er das Transparent, das zwischen zwei Holzpfosten der Dampferstation gespannt war, eine weiße Schrift auf grünem Grund:

WE WANT CHARLY TO STAY

Die Schrift begann bereits im Regen zu zerfließen. Konnte es sein, daß die Menge dort am Kai die Worte, die auf dem

Transparent standen, im Sprechchor rief? Ja, alle Münder bewegten sich gleichzeitig: »*We want Charly to stay!*«

Er sah den Kapitän der CECILIE durch sein Glas. Charly Polack überragte alle um einen Kopf. Jemand wollte einen Schirm über ihn halten, aber Polack wehrte ab.

Neben ihm waren Kuhn und McCagg; Pommerenke folgte, den Seesack geschultert, in der Hand Polacks schwarzen kleinen Koffer.

Sie kamen nur langsam vorwärts, eingekeilt von der Menge, die sie auf dem Weg zum Yachtclub begleitete. Immer wieder wurden sie aufgehalten von Menschen, die ein Wort mit Polack wechseln wollten, ihm die Hand schütteln. Sie drängten auf die Pier nach, und sie standen noch dort, als das Boot bereits abgelegt hatte.

Vandermark nahm das Glas von den Augen und legte es zur Seite. Es war eine so eindeutige Demonstration für Polack, daß es nur mit den Geschehnissen der letzten Tage zusammenhängen konnte, dem Prozeß in Boston und der Meldung im *Bar Harbor Record*. Vandermark mußte an den Scheck von Temperence C. Butler denken, aber die Begrüßung, die man Polack bereitet hatte, war zweifellos ein noch viel nachdrücklicherer Beweis, wieviel den Bewohnern von Bar Harbor daran lag, »ihre« CECILIE zu behalten.

Er packte den Rest seiner Sachen, sah noch einmal Schrank und Schubladen durch und verschnürte den Seesack. Leise drangen die Geräusche aus dem Schiff zu ihm, und er konnte daraus schließen, daß die Besatzung der CECILIE den Bewohnern von Bar Harbor nicht nachstehen wollte. Überall Rennen und Türenschlagen. Er sah sie förmlich vor sich, wie sie auf der Steuerbordseite an der Reling zusammenströmten, um ihrem Kapitän den Willkomm zu entbieten. Einen Augenblick hatte er das Gefühl, als könnte er in seiner Kabine spüren, wie das Schiff eine leichte Schlagseite nach Steuerbord bekam. Er mußte über sich lächeln. Auch sechshundert Männer würden die

CECILIE nicht dazu bringen, aus dem Gleichgewicht zu kommen. Aber vielleicht, spann er sein Gefühl weiter, war es das Schiff selbst, die CECILIE, die so, mit einem leichten Neigen, ihren Kapitän begrüßte …

Er setzte sich auf sein Bett, ließ die Gedanken wandern, ein Zustand, in den er während der letzten zwei Tage immer wieder verfallen war. Stundenlang konnte er so vor sich hinbrüten, alles rundum vergessen. Er schrak zusammen, als plötzlich die Tür aufging und Fischer, der Bordarzt, hereinkam.

»Typisch Polack«, sagte Fischer. »Die ›Rockland‹ war das erste Fährschiff, das wieder fahrplanmäßig auf die Minute eintraf!«

Vandermark erhob sich und schloß das Bullauge. Die Menge am Kai von Bar Harbor hatte sich verlaufen.

»Polack erwartet die Mannschaft in der Messe.«

Der Arzt warf einen Blick auf den gepackten Seesack. Er zeigte kein Erstaunen, und er stellte keine Frage. Vielleicht hatte er so etwas erwartet. »Polack war bei Kessler. Als er an Bord kam, ging er sofort zu ihm.« Fischer lächelte. »Den Stewards bleibt nichts verborgen.«

»Wissen Sie, was geredet wurde?« Kessler hatte sich während der ganzen Zeit nicht mehr an Bord blicken lassen. Er hatte den Leitenden Ingenieur empfangen und zwei, drei andere; er hatte sich das Essen bringen lassen, aber seine Kabine hatte er nicht verlassen.

»Wir werden es von Polack erfahren, nehme ich an«, sagte Fischer. »Was ist? Wollen Sie nicht mitkommen? Es wird Zeit.«

»Ich muß Polack allein sprechen.«

Fischer blieb noch einmal an der Tür stehen. »Wir sehn uns noch?«

»Sicher.«

Die Messe lag auf dem gleichen Deck wie seine Kabine. Auch wenn Vandermark nicht hinging, in Gedanken war er doch dort, er sah es vor sich, das Zusammenströmen der Mannschaft, die lebhaften Diskussionen, während sie warteten, die Stille, die eintreten würde, wenn Polack erschien. Warum war er nicht dort? Was fürchtete er? Daß irgend etwas ihn umstimmen könnte?

Er verließ seine Kabine. Aus der Messe kamen laute Stimmen. War Polack schon zu Ende mit dem, was er zu sagen hatte? Er liebte solche Versammlungen nicht, überließ sie meist seinem 1. Offizier oder dem Oberzahlmeister; wenn er sie selbst abhielt, machte er es kurz.

Vandermark war unschlüssig. Die Männer standen bis hinaus auf den Gang. Ihre Uniformen waren durchnäßt vom Regen, und das wollene Tuch strömte einen strengen Geruch aus. Über die Köpfe weg sah Vandermark, daß die Messe voller Rauch war. Bei Versammlungen, die Kessler abhielt, galt absolutes Rauchverbot, aber Polack hatte es immer gestattet.

Die ersten Männer drängten jetzt aus der Messe. Jemand stieß mit ihm zusammen. Es war Simoni. Er murmelte eine Entschuldigung, blieb stehen, unsicher, bedrückt. Von allen, die in jener Nacht auf der Brücke waren, hatte Simoni der Rückkehr Polacks vielleicht am ängstlichsten entgegengeblickt. Jedesmal, wenn er Vandermark traf, hatte er davon angefangen, hatte sich selber beschuldigt wegen des ausgesandten Funkspruchs, wegen der Bekanntgabe der Meldung über die KAISER WILHELM DER GROSSE. Vandermark hatte versucht, ihn zu beruhigen, aber ohne Erfolg.

»Er hat kein Wort darüber verloren«, sagte der Funker jetzt.

»Glauben Sie, er wird mich zitieren? Was wird er mit mir machen?«

»Was war denn los?« Aus den Gesprächsfetzen der anderen Männer entnahm Vandermark die gleiche Verwunderung, daß Polack kein Wort über die Vorfälle jener Nacht verloren hatte, kein Wort über den 1. Offizier.

»Was war denn?« wiederholte Vandermark seine Frage.

»Wie bitte?« Simoni schien ausschließlich mit seinen eigenen Problemen beschäftigt.

»Was hatte Polack zu sagen?«

»Er schien guter Laune. Ein paar Späße über das Wetter, ein paar unangenehme Neuigkeiten, die er loswerden müsse. Dem Lloyd ginge die Puste aus. Keine Einnahmen. Die Heuer müsse ab sofort heruntergesetzt werden. Fünfundzwanzig Cents pro Nase am Tag für die Mannschaft, ein Drittel der bisherigen Bezüge für die Offiziere, Kapitän eingeschlossen. Nachzahlung eventuell nach dem Krieg. Der Satz für die Verproviantierung des Schiffs müsse gekürzt werden. Dreimal die Woche Fisch, den wir selber fangen sollen, und am Sonntag werden Besucher aufs Schiff gelassen, gegen einen Dollar Eintritt ...«

»Da wird sich wenigstens Kuhn freuen.«

»Wie bitte?«

»Nichts ... Und das war alles? Nichts über den Prozeß?«

»Doch, natürlich. Nicht viel, ein paar Seitenhiebe auf Anwälte und Bankiers ...« Simoni stockte. »Hat uns ein Passagier verklagt? Habe ich das richtig verstanden?«

»Ja.«

»Also, diese Klage wurde abgewiesen, ist erledigt, meine ich. Und wegen der Beschlagnahme der ›Cecilie‹, dem Einspruch von Lloyd wurde stattgegeben. Der Prozeß geht weiter in die nächste Instanz. Im Grunde ist alles wie bisher, die ›Cecilie‹ bleibt vor Bar Harbor liegen ... Er wird mich sicher zitieren, was meinen Sie? Unter vier Augen? Wird er mich ablösen? Ich war von Anfang an dabei. Ich war von Anfang an Funker auf der ›Cecilie‹! Sie müssen das doch verstehen. Sie waren auch von Anfang an dabei oder?«

»Ich glaube, Sie machen sich unnötige Sorgen, Simoni«, sagte Vandermark. »Sie werden sehn, Polack wird das mit McCagg auf seine Art regeln. Die beiden werden das bei einer guten Flasche beilegen. Sie kennen Polack lange genug ...«

Sie wurden zur Seite geschoben von den Männern, die jetzt aus der Messe strömten. »Kinder, was soll das, macht schon Platz! Mir hat das Geschiebe an der Pier gereicht. Macht Platz, Kinder, sonst gehn meine ganzen schönen Uniformknöpfe flöten, und Pommerenke haßt es, Knöpfe anzunähn. Nicht wahr, ›Tiger‹?« Es war Polacks gutgelaunte Stimme, und es war er selbst, die andern um Haupteslänge überragend, schnauzbärtig und mit einem neuen kurzen Haarschnitt.

Die Männer wichen an die Wände zurück, machten ihm den Weg frei. Simoni warf Vandermark einen angsterfüllten Blick zu. »Er wird mich ...«

»Hallo, Simoni!« Polack steuerte geradewegs auf den Funker zu, blieb vor ihm stehen. »Alles klar?« Der Funker schluckte, suchte nach Worten, murmelte etwas Unverständliches. Polack legte ihm die Hand auf die Schulter. »Haben verflixt recht behalten mit dem Nebel vor vier Tagen. Verdammt präzise Vorhersage, die da über Funk reinkam. Aber verraten Sie's keinem, Simoni, sonst geht mein Ruf als Wetterprophet in die Binsen.«

»Jawohl, Käpt'n!«

»Und sehn Sie zu, daß Sie uns besseres Wetter herzaubern.« Er wandte sich an die Umstehenden. »Hat jemand was gegen besseres Wetter? Sie, Vandermark?«

»Nein, Sir.«

»Hätte mich auch gewundert bei Ihnen. Waren immer auf gutes Wetter scharf. Kommen Sie, Vandermark, ich brauche Sie ... Platz, Kinder, macht Platz!«

Vandermark folgte Polack und Pommerenke. Einerseits war er froh, daß Polack von sich aus die Initiative ergriffen hatte; andererseits nahm Polack ihm von vornherein den Wind aus den Segeln. Das konnte er; hatte er es nicht eben an Simoni demonstriert?

Nein, er, Vandermark, würde sich nicht von der Marschroute abbringen lassen, die er sich zurechtgelegt hatte: Er würde Polack seinen Entschluß einfach mitteilen, und damit Schluß. Keine langen Erklärungen, keine Diskussion. Wenn man sich mit Polack auf lange Diskussionen einließ, war man am Ende immer der Unterlegene.

Hier ein paar Hände schüttelnd, dort einer Gruppe zuwinkend, so ging Charly Polack durch sein Schiff. In seinem Quartier angelangt, reichte er Pommerenke die Mütze und die weißen Handschuhe. Er brauchte seinem »Tiger« nicht zu sagen, daß er mit Vandermark allein sein wollte, Pommerenke fand von sich aus, daß er dringend etwas mit dem Proviantmeister zu besprechen hatte.

»Nehmen Sie Platz, Vandermark«, sagte Polack. »Einen Schluck? Nein? Schade. Es macht Ihnen nichts aus, wenn ich mich stärke.« Er holte die Flasche Mokkalikör aus dem Wandschrank, ein Glas. Er trank im Stehen, kehrte Vandermark den Rücken zu, und was seine Miene und sein Benehmen nicht verrieten, dieser Rücken zeigte es: Er war übermüdet, angespannt, ausgepumpt.

Er mußte Vandermarks Blick gespürt haben. »Irgendwas nicht in Ordnung an mir?« fragte er, als er sich umwandte. »Die Haare? Stimmt's? Ich sage Ihnen, gehen Sie nie in einer fremden Stadt zu einem fremden Friseur. Ich dachte, ich täte Gott weiß was zu meiner Verschönerung, aber ich werde reumütig zu Pommerenkes Künsten zurückkehren. Er hat den Trick raus, wie man meine großen Ohren etwas kaschieren kann.« Er setzte sich auf den Ledersessel und beugte sich vor, die Hände auf den Schenkeln.

»Nun zu Ihnen, Vandermark.«

Es war dämmrig in der Kabine, die Vorhänge halb zugezogen, die Luft abgestanden, als hätte man vergessen, während Polacks Abwesenheit zu lüften.

»Sie wollen quittieren, nicht wahr?«

Vandermark nickte. Er war erleichtert, daß es heraus war und daß Polack es ausgesprochen hatte.

»Ich hab' mir gleich so was gedacht, als Sie nicht an der Dampferstation waren; ich dachte mir, das sieht meinem Zweiten Offizier nicht ähnlich, dazu hält er zuviel auf Formen. Sie hatten immer viel übrig für Formen. Eine gute Sache, Formen ... Aber ich kann Sie verstehen. Ich meine, ich kann verstehen, daß Sie abheuern wollen. Keine Zukunft mehr auf dem alten Pott, Gehalt gekürzt, und der alte Charly ist auch nicht mehr ganz auf der Höhe.«

Keine Diskussion, befahl sich Vandermark, keine Erklärungen. Er weiß es jetzt, er sagt, er versteht es, also kein überflüssiges Wort.

»Ja, Sir«, sagte Vandermark, »ich möchte abheuern, ganz formlos.«

»Ganz formlos?« Polack erhob sich und blieb vor Vandermark stehen. »Schwerer Schlag für einen Käpt'n, innerhalb einer Stunde den Ersten Offizier und einen Zweiten Offizier zu verlieren. Muß ich erst verdauen.« Er ging zum Wandschrank, goß sich ein zweites Glas Mokkalikör ein, kippte es hinunter und schüttelte sich dabei, als wäre es eine bittere Medizin.

Er will dich bei deinen Gefühlen packen, dachte Vandermark, er will dich weichmachen. Dann erst dämmerte ihm, was Polack da eben gesagt hatte.

»Kessler quittiert?« fragte er.

»Wie? Ach so, Kessler, ja.« Polack klopfte auf die Brusttasche seines dunklen Rocks. »Hier steckt sein Gesuch um Entlassung aus den Diensten des Lloyd.« Er lächelte, und dieses Lächeln ließ ihn plötzlich müde erscheinen. »Hält auf Formen, mein Erster.«

»Sie werden es befürworten?«

»Kesslers Gesuch? Nein!«

»Aber Sie sagten ...«

»Wir haben uns anders geeinigt. Die Entlassung hätte sein Problem nicht gelöst. Quittieren löst nicht alles, und bei ihm schon gar nicht. Kessler wird die ›Cecilie‹ verlassen, heute nacht, mit ihm der Leitende Ingenieur und zwei Mann der Besatzung. Sie werden versuchen, sich nach Deutschland durchzuschlagen ... Nein, es ist nicht so aussichtslos, wie es klingt. Sie hoffen, in New York ein neutrales Schiff zu finden, einen Italiener, der sie nach Genua mitnimmt. Ich werde ihnen einen Vorsprung von acht Tagen geben, darauf haben wir uns geeinigt, und dann erst das Verschwinden der vier Männer melden. Ich hoffe, es löst *sein* Problem. Nun zu Ihnen!«

»Ich habe kein Problem. Ich möchte abheuern, das ist alles.«

Polack trat ans Fenster. »Stickig hier, wie? Nicht gelüftet. Die Stewards werden nachlässig, wenn man ihnen nicht auf die Finger sieht.« Er zog die Vorhänge zur Seite und stieß das Bullauge auf, das wie ein Fenster verkleidet war. Es regnete nicht mehr, und der Himmel klarte auf. Die Mahagonitäfelung der Kabine, die eben noch schwarz gewirkt hatte, bekam wieder ihren matten rötlichen Schimmer.

»Dann zu *meinem* Problem«, sagte Polack und wandte sich vom Fenster ab. »Ich brauche einen neuen Ersten Offizier.« Es klang so absichtslos, als hätte er nur laut gedacht. »Können Sie mir sagen, woher ich in dieser Situation einen neuen Ersten nehmen soll?«

Vandermark blickte auf seine Hände. Das war die Falle! Aber er würde nicht hineintappen. »Bieten Sie mir die Stelle an?« fragte er.

»Ich würde es befürworten, ja.«

»Und gewöhnlich stimmt Lloyd Ihrer Befürwortung zu.«

»Gewöhnlich, ja.«

Auch Vandermark erhob sich. »Sie brauchen keinen Ersten. Oder können Sie mir sagen, wozu das Schiff einen Ersten Offizier braucht? Oder einen Zweiten oder einen Maat, die Heizer, die ganzen Stewards. Wozu? Das ist mein Problem, wenn Sie es wissen wollen, daß ich mir höchst überflüssig vorkomme auf einem Schiff, das hier auf ewig festliegt. Ich muß hier raus, Käpt'n. Ich halt' es nicht mehr aus. Ich bekomme Platzangst. Ich kann nicht auf irgendein Wunder warten, das nicht geschieht. Oder glauben Sie daran?«

»In New York ist die Stimmung gut. Die deutschen Siege in Belgien und Frankreich! Beim Lloyd glaubt man ernsthaft, daß bis Spätherbst alles vorbei ist und wir dann wieder unsere Route aufnehmen.«

»Und der Prozeß?«

»Das würde sich regeln. Notfalls zahlen sie auch die Million Schadensersatz, schließlich ist eine Reederei für solche Fälle versichert.«

»Aber glauben Sie es? Ich meine, daß wir in diesem Jahr noch hier wegkommen und wieder auf Route sind.«

Polack ließ sich Zeit mit der Antwort. Vandermark hätte viel darum gegeben, Polacks Gedanken in diesem Augenblick zu kennen, seine wahren Gedanken, seine wahren Sorgen und Ängste. Die Ruhe, die er zeigte, den Humor, das war nur die Oberfläche, nur die Spitze des Eisbergs.

»Es ist keine Frage des Glaubens mehr bei mir«, sagte Polack schließlich. »Ich habe einfach keine andere Wahl. Komisch, ich wußte immer, die ›Cecilie‹ ist mein letztes Schiff. Vielleicht hänge ich deshalb so an ihr und erwarte, daß es jedem anderen ebenso geht wie mir.«

Vandermark mußte an Edith Connors denken, und daß sie mit demselben Fährschiff wie Polack vor drei Tagen nach Boston gefahren war. »Sie hätten jede Chance in diesem Land«; sagte er.

»Mein Gott, Vandermark, sind Sie jung! So etwas kann nur ein sehr junger Mann sagen! Ich habe nur eine Chance, und das ist die ›Cecilie‹. Aber, wie gesagt, ich kann von Ihnen nicht verlangen, daß Sie das gleiche empfinden.«

»Das heißt, Sie lassen mich gehn? Sie machen keine Einwendungen?« Vandermark war ehrlich überrascht, fast enttäuscht.

»Nein, keine Einwendungen. Ich sagte ja, daß ich Sie verstehe.«

Polack war wieder ans Fenster getreten. Der Himmel hatte sich weiter aufgehellt. Die Wolkenschicht war so dünn, daß man die Sonne dahinter ahnte. Vandermark war neben Polack getreten, und sie blickten gemeinsam hinaus. Am Ufer waren einzelne Spaziergänger unterwegs, ohne Regenschirm. Das Transparent war verschwunden.

»Nur eine Bitte«, sagte Polack.

»Ja, Sir?«

»Ich möchte, daß wir die Form wahren. Ich brauche Ihr schriftliches Gesuch.«

»Sir?«

Die beiden Männer sprachen, ohne sich anzusehn, den Blick nach Bar Harbor gerichtet.

»Bringen Sie mir ein schriftliches Gesuch. Ich werde es nach New York weiterleiten. Und dann müssen wir eben abwarten, wie man darüber entscheidet.«

»Und bis dahin?«

»Ja, bis dahin ... Sie könnten bis dahin stellvertretend die Funktion des Ersten übernehmen. Bei bisherigem Gehalt.«

»Sir, ich hatte die Absicht, heute von Bord zu gehn.«

»Ich sehe keine Möglichkeit, dazu meine Zustimmung zu geben, so gern ich es täte. Schreiben Sie Ihr Gesuch, und dann sehn wir weiter. Es ist eine reine Formsache, ich weiß, aber die Marine hält nun mal schrecklich auf Formen ... Sind wir uns darüber einig?«

»Ja, Sir.«

Der Sonne war es endlich gelungen, die Wolken zu durchbrechen, ein paar blasse Strahlen, die über das Wasser huschten und es auf glitzern ließen.

Eines der weißen Rettungsboote der CECILIE war unterwegs nach Bar Harbor. Hatte Kuhn das angeordnet? Polack? Und dann sah Vandermark, daß auf der Fläche von

Village Green – nach den drei Nebeltagen und dem Regen hatte der Rasen seine grüne Farbe zurückgewonnen – ein paar Arbeiter das Podium für das Standkonzert aufstellten. Morgen war Sonntag, und in Bar Harbor schien man sicher damit zu rechnen, daß die Steward-Kapelle der CECILIE wieder aufmarschieren würde …

Vierter Teil

Dreiundzwanzigstes Kapitel

Früher war die Pferdeschau Höhepunkt und Abschluß der Saison gewesen. Temperence C. Butler erinnerte sich besonders gern an die letzte, vor sieben Jahren, als sie drei 1. Preise gewonnen hatte: Bestes Einergespann – Bester Kutscher – Schönstes Zaumzeug. Es war ein großer Tag für sie gewesen, und obendrein hatte sie im Eineinhalb-Meilen-Rennen für Dreijährige auf den Sieger gesetzt!

Ja, es hatte damals noch Pferderennen gegeben in Bar Harbor! Die lange ovale Bahn im Robin-Hood-Park am Fuße des Mount Champlain lag heute unbenutzt, von Unkraut überwuchert, und die Haupttribüne begann zu verfallen. Die Pferdeschau gab es nicht mehr. Dafür hatte man jetzt die *Eden Fair*.

Auch da gab es Preise zu gewinnen, und Temperence C. Butler gehörte nicht nur dem Festkomitee an, sondern auch zu den regelmäßigen Gewinnern: Seit fünf Jahren holte sie sich jedesmal den 1. Preis für den besten hausgemachten Apfelkuchen. Es gab Preise für alles und jedes auf der *Eden Fair*, für das beste Holzofenbrot, die beste Butter, den besten Honig, die besten Obstsorten, die schönsten Blumenzüchtungen; und daneben natürlich die Preise in den vielen Sportwettbewerben, die ausgetragen wurden: Tauziehen, Sackhüpfen, Eierlöffel-Laufen ... Eine wahre Preisflut, die am letzten Sonntag der *Fair* auf Gerechte und Ungerechte niederging, die Freude und Tränen auslöste und die auch Feindschaften stiftete, die mitunter bis zum nächsten Jahr andauerten.

Aber dann hatte der *Eden Fair* dasselbe Schicksal wie der Pferdeschau gedroht. Die Attraktion ließ nach, die Besucher blieben aus. Die Feste der letzten zwei Jahre auf dem Village Green waren ein melancholischer Abgesang gewesen, und die Besucherzahl war so niedrig, daß der Reingewinn nicht einmal die Unkosten deckte.

Ganz anders in diesem Jahr! Beim Festkomitee waren so viele Anmeldungen von Schaustellern und Budenbesitzern eingegangen, daß man sich entschlossen hatte, die *Fair* vor die Stadt hinaus, in den Robin-Hood-Park, zu verlegen. Die alte Tribüne verwandelte man in eine Art Musik-Pavillon, mit einem Podium für die Kapellen und einer großen Tanzfläche. Auf der Wiese innerhalb der alten Rennbahn baute man einen Rummelplatz auf, wie Bar Harbor ihn noch nicht gesehen hatte. Es gab ein großes Festzelt, Karussells, ein Hippodrom, Schießbuden, Glückshäfen und dazwischen viele kleinere Stände, an denen Erfrischungen verkauft wurden, Luftballons und die typischen Bar-Harbor-Souvenirs. Selbst die Baronin hatte sich von ihrem Berg herunterbegeben und bot im Schatten eines blauen Baldachins indianischen Schmuck an.

Es war erst elf Uhr, an diesem Sonntagmorgen, aber auf dem Festplatz herrschte bereits Hochbetrieb, und das Gedränge in den Budenstraßen war so groß, daß Temperence C. Butler an Polacks Arm Halt suchte. Sie stützte sich auf ihn, lächelnd, mit der anmutigen Hilflosigkeit, wie sie nur Frauen eigen ist, die überhaupt keine Hilfe brauchen.

»Nun, habe ich Ihnen zuviel versprochen, Charly? Das verdanken wir alles Ihnen! Was machen Sie für ein Gesicht? Fürchten Sie vielleicht, daß die Leute ihr ganzes Geld bereits hier ausgeben und nachher nicht mehr genug haben, um die ›Cecilie‹ zu besichtigen?«

»Sie denken wohl immer nur ans Geld.«

»Wenn ich das hier sehe!« Sie deutete um sich. »Die Budenbesitzer scheffeln nur so das Geld.«

»Sie sind die habgierigste Person, die ich kenne.«

Sie lachte hellauf. »Danke. Ich nehme es als Kompliment von Ihnen. Ich bin habgierig! Es ist eines der stärksten und reinsten Gefühle, die ich kenne. Und so gesundheitsfördernd. Woher, glauben Sie, habe ich meine gute Konstitution? Mein gutes Herz? Habgier, mein Freund. Ich bin habgierig aufs Leben, das hält frisch. In Habgier würde ich immer und überall den ersten Preis bekommen.«

Sie zog ihn, immer noch lachend, mit sich. Sie hatte ihn mit der Kutsche vor dem *Rockaway-Hotel* abgeholt und hierher geschleppt, mehr oder weniger gegen seinen Willen. Er hatte wie immer eine Ausrede parat gehabt – er sei mit McCagg um zwölf Uhr verabredet –, aber sie hatte ihn damit herumgekriegt, daß er seine Leute, die an den Wettbewerben der *Fair* teilnahmen, unmöglich im Stich lassen konnte.

»Und dann, Charly, nach der *Eden Fair* ist der Sommer um. Sie werden es erleben. Es ist eigenartig: Noch nicht einmal hat es uns die *Fair* verregnet, aber ein, zwei Tage später schüttet es in Strömen, und der Herbst ist da.«

Man konnte es sich heute schlecht vorstellen. Der ganze September war traumhaft schön gewesen. Auch dieser erste Sonntag im Oktober war wie ein Sommertag. Über dem gewundenen Sandweg, der zum Robin-Hood-Park hinausführte, hing der Staub, den die vielen Fahrzeuge aufwirbelten. Die Wälder des Mount Champlain prangten im bunten Kleid des Indian Summer, aber Temperence C. Butler wußte, daß eine Frostnacht genügte, und die ganze Pracht war dahin. Ja, es wurde Zeit, Bar Harbor zu verlassen und nach Boston zurückzukehren. Vorher allerdings gab es noch einige Dinge, die es zu ordnen galt ...

Sie waren an einem der Restaurationsbetriebe stehengeblieben, die praktisch nur aus rohen Holzbänken und Tischen unter freiem Himmel bestanden. Auch hier herrschte großer Andrang. Die Kellner kamen mit dem Servieren und Einschenken kaum nach, und Temperence

Butler konnte es sich nicht verkneifen, Polack auf die prall gefüllten Geldtaschen aufmerksam zu machen, die sie an einem Gürtel trugen.

»Es ist nicht, daß ich wirklich habgierig bin«, sagte sie.

»Ich habe es nicht so gemeint.«

»Es ist verrückt, ich weiß, aber ich werde immer neidisch, wenn ich sehe, wie Menschen Geld *kassieren*! Ich habe genug Geld, ich hatte immer genug Geld, das kann es also nicht sein. Aber es ist alles angelegt, ich sehe es nicht, ich bekomme es nicht in die Hand. Nur diese dummen nüchternen Schecks. Aber kein Geld. Mein Traum ist ein kleines Geschäft, wo ich am Abend das Geld aus der Kasse nehmen kann. Ich liebe Registrierkassen! Das Klingeln. Das Geräusch, wenn sie aufspringen. Die vielen schönen Fächer, in denen es blitzt. Die Geldscheine unter den Haltern. Daß ich so gern reise, hat auch damit zu tun. Das ist der schönste Augenblick, wenn ich vor der Abreise zur Bank gehe und mir die ausländischen Noten abhole, alles frische Scheine ... Das wissen sie schon auf meiner Bank in Boston, daß ich nur neues Geld nehme ... Wie viele Besucher waren es gestern auf der ›Cecilie‹?«

»Da müßte ich Kuhn fragen.«

»Was schätzen Sie?«

»Zweihundert. Ich weiß es wirklich nicht.«

»Ein Dollar pro Person? Sie sollten den Preis erhöhen.«

»Kuhn hat ihn erhöht, soviel ich weiß, für die Dauer der *Eden Fair*.«

»Kuhn ist ein guter Mann! Ich hoffe, er schafft die Einnahmen beiseite, ohne dem Lloyd alles auf die Nase zu binden.«

»Es steht alles in den Büchern, so wie ich Kuhn kenne.«

»Sie sind zu ehrlich, Charly, das ist Ihr einziger Fehler ... Wollen wir tanzen?«

»Tanzen?«

»Bitte, Charly. Ich sterbe für einen Tanz mit Ihnen.«

Die Tanzfläche befand sich am Fuß der Tribüne. Es waren drei Kapellen für die Dauer der *Fair* engagiert worden, die sich ablösten, und im Augenblick war die Steward-Kapelle der CECILIE an der Reihe. Sie hatten eben die Plätze eingenommen und stellten die Noten auf die Ständer.

»Was soll es denn sein?« fragte Polack. »Ein Walzer?«

»Natürlich ein Walzer!« Sie machte dem Steward, der die Kapelle leitete, ein Zeichen. »Sie wissen schon, was ich gern habe, nicht wahr, Flocke?«

Daß sie die vielen Namen behielt und sie nie durcheinanderbrachte, war einer der Gründe, warum Temperence C. Butler so beliebt war an Bord der CECILIE. Der Mann deutete eine Verbeugung an. »Selbstverständlich, Mrs. Butler! Ich weiß Bescheid.«

Sie gingen auf die Tanzfläche zurück. »Er würde niemals wagen, mit etwas anderem anzufangen als mit einem Walzer«, sagte sie. Sie wartete, bis die Musik einsetzte: »Kennen Sie den Walzer?«

Polack war es eigentlich nicht nach Tanzen zumute, aber jetzt vergaß er das schnell. Der plissierte Rock ihres lavendelblauen Kleids flog, wenn sie sich drehte, ihre Armbänder klirrten, und sie war federleicht in seinen Armen.

»Nun, erraten Sie es? Nein? Ich werde es Ihnen sagen, denn Sie werden es doch nicht herauskriegen. Es ist der ›Cecilien-Walzer‹!«

»Der ›Cecilien-Walzer‹? Von wem?«

»Dreimal dürfen Sie raten. Also?«

»Strauß? Waldteufel? Leo Fall?«

»Dreimal falsch. Aber immerhin, Sie haben Ihrem ›Tiger‹ ein großes Kompliment gemacht ... Ja, Sie haben richtig gehört, der Komponist des ›Cecilien-Walzers‹ ist Gottlieb Pommerenke.«

»Gottlieb? Er heißt Gottlieb mit Vornamen? Können Sie sich vorstellen, daß ich das ganz vergessen hatte? Für mich ist er einfach Pommerenke. Und er hat diesen Walzer komponiert?«

»Ich habe ihm den Auftrag erteilt, gegen ein entsprechendes Honorar selbstverständlich ... Es ist wirklich eine Freude, mit Ihnen zu tanzen, Charly! Was ist, zeigen wir es den jungen Hüpfern hier? Einen Walzer links herum?«

Ihre gute Laune hatte ihn angesteckt, und während alle Paare sich nach rechts drehten, tanzten sie gegen den Uhrzeigersinn. Trotzdem war Polack froh, daß sie nach dem Ende des Walzers sagte: »Genug fürs erste. Kommen Sie, wir haben uns eine Erfrischung verdient.«

Die Tische am Fuß der Tribüne waren alle besetzt, aber für Mrs. Temperence C. Butler hatte der Ober natürlich noch einen Tisch, im Schatten, unter einer grünen Markise; im nächsten Augenblick standen zwei hohe Gläser mit einer grünen Flüssigkeit auf dem Tisch. Polack machte ein mißtrauisches Gesicht. »Was ist das?«

»Waldmeister-Bowle, natürlich ohne Alkohol. Nicht ganz das Richtige für Sie, was?«

»Soviel sollten Sie mich kennen.«

Sie lächelte ihn an. »Sommer siebenundneunzig. Damals bin ich zum erstenmal mit Ihnen gefahren. Es war die ›Friedrich der Große‹, und Sie waren noch Erster Offizier. Seitdem bin ich Ihnen treu geblieben, siebzehn Jahre.« Sie trank ihre Bowle mit einem Halm. An ihrer Hand funkelten die Ringe. »Es waren schöne Jahre.«

Polack nahm seine Mütze ab und wischte sich mit einem großen weißen Taschentuch Stirn und Nacken trocken. Seine Miene war ernst geworden, nachdenklich.

»Gibt es Probleme?« fragte sie.

»Sieht man es mir jetzt schon an?« Er schüttelte den Kopf. »Es sind immer dieselben Probleme, seit die ›Cecilie‹ in Bar Harbor liegt.«

»Jetzt sind es schon zwei Monate ... Ja, genau auf den Tag. Und was für ein Sommer das war! Das müssen Sie zugeben.«

Er nickte. »Sie verlassen Bar Harbor bald?«

»Es ist meine Zeit. Boston erwartet mich. Wie ich sagte, nach der *Eden Fair* ist die Saison zu Ende. So war es immer, die Gäste reisen ab, die Hotels schließen. So schön es hier im Sommer ist, im Winter ist Bar Harbor ein sehr einsamer Platz.«

»Ich weiß ...«

»Oh, ja. Das hätte ich fast vergessen. War es Oktober?«

»*October – all over?* Sie kennen das?«

»Nein.«

»Ein alter Seemannsvers, der vor den Gefahren des Nordatlantiks warnt. Ich weiß nicht mehr, von wem ich ihn gehört habe. Meistens denken die Leute nur an die Eisberge, die im Winter und Frühjahr vom Norden her in unsere Route treiben, und vergessen die Stürme, die im Sommer aus der Karibik kommen ...«

»Und wie geht der Vers?«

»July, stand by. August, you must. September, remember. October, all over ... Alles ist vorbei im Oktober.«

Temperence C. Butler drehte ihren Strohhalm zwischen den Fingern. »Einige Dinge scheinen sich zu wiederholen.« Ihr Blick ging an Polack vorbei, hinaus in die Bucht, von der man allerdings nur einen blauen Streif sah.

»Sie meinen Anne und Vandermark?« fragte Polack. »Ich hatte den Eindruck, da sei alles in Ordnung. Jedenfalls, das Schiff ist es nicht, das ihn hier festhält.«

»Ich mache mir Sorgen, Charly.«

»Sie? Wegen der beiden? Vandermark ist sehr nett.«

»Sie verstehn mich falsch, Charly. Natürlich ist Vandermark sehr nett. Ich habe gar nichts gegen ihn. Im Gegenteil. Aber es wird vorbei sein, wenn wir hier abreisen ... für ihn, meine ich. October, all over.«

»Aber er ist doch viel mit ihr zusammen oder?«

»Anne liebt ihn. Vielleicht denkt auch er, daß er sie liebt. Aber ich weiß es besser. Ich habe auf den Busch geklopft. Ich habe versucht, mit ihm über Geld zu sprechen. Er hat nicht reagiert. Oder wenn Sie wollen, er hat schon reagiert, er weicht mir nämlich aus. Also, wenn das kein Zeichen ist ...«

Polack sah sie an. »Die Welt ist voller Frauen, die nicht den Mann bekommen, den sie lieben. Das war immer so, und das wird wohl immer so sein.«

»Leider ja. Aber Anne soll nicht dazugehören. Sie will ihn, und sie soll ihn haben. Sie ist meine Enkelin. Sie ist eine Butler, und Butler-Frauen bekommen, was sie haben wollen. Hat Vandermark nie mit Ihnen darüber gesprochen?«

»Nein. Wir gehen uns aus dem Weg seit damals; das heißt, er ist es. Er vermeidet jedes Gespräch. Und auf die Sache selbst kam er nie mehr zurück. Er tut seine Arbeit überkorrekt, aber das ist auch alles.«

»Sie haben ihm die Stelle als Erster Offizier angeboten?«

»Ja. Er läßt es in der Schwebe. Und ich auch, immer noch besser als ein endgültiges Nein.«

»Sie würden ihn nicht gerne verlieren oder?«

Polacks Miene verschloß sich. »Das Schiff braucht einen Ersten Offizier. Und er wäre ein guter Erster.«

»Mir wäre es lieb, er nähme die Stelle an, bevor er quittiert. Ich habe da einen Plan! Sie wissen, ich kenne eine Menge einflußreicher Leute in Boston, gerade in Schiffskreisen. Und es macht einen Unterschied, ob ich ihnen den Zweiten oder den Ersten der ›Cecilie‹ präsentiere.«

Diesmal mußte Polack lächeln. »Sie haben alles genau geplant, wie? In Zukunft soll er Ihr Erster Offizier sein, so stellen Sie sich das vor. Wenn Sie das beruhigt, ich stehe Ihnen nicht im Weg. Denn ...«

»Denn?«

»Es hat sich viel geändert in den zwei Monaten, und vor allem in den letzten Wochen.«

»Sie meinen – der Krieg?«

»Ja.«

»Wir werden nächsten Sommer nicht zusammen fahren?«

»Es sieht nicht so aus. Wer weiß, ob wir je wieder fahren.«

»So kenne ich Sie gar nicht.«

»So kenne ich mich selber nicht.«

»Heimweh, Charly?«

Er zuckte mit den Achseln. Er nahm die Mütze, drehte sie in den Händen und setzte sie auf. Sein Glas stand unberührt vor ihm. »Waldmeister-Bowle ohne Alkohol – das muß Sie trübsinnig machen!« sagte sie. »Bevor ich nach Boston gehe, werde ich meinen Keller für Sie ausräumen lassen. Da müssen noch einige gute Champagner-Jahrgänge sein.«

»Lassen Sie es McCagg nicht merken.«

»Sagen Sie nur nicht, daß McCagg guten Champagner verachtet ... Übrigens, was ist eigentlich mit dem Kapitäns-Dinner?«

»Ein Kapitäns-Dinner?«

»Sie schulden mir noch eines von der letzten Reise. Die anderen Passagiere sind mir egal, aber *mein* Kapitäns-Dinner möchte ich haben, bevor ich Bar Harbor verlasse. Sie halten doch auf Formen!«

»Sie sollen Ihr Kapitäns-Dinner haben.« Nach einem ersten Zögern fand er Gefallen an dem Gedanken. »Ja, Sie haben recht. Wir werden ein großes Kapitäns-Dinner veranstalten!«

»Vielleicht können wir dabei ein bißchen in der Bucht kreuzen.«

»Nicht gerade das, aber es wird ein Dinner mit allem Drum und Dran, das verspreche ich, gedruckte Einladungen, alles comme il faut.«

»Versprochen?«

»Versprochen!«

»Sagen Sie, Charly, können Sie eigentlich noch immer Trauungen vornehmen an Bord?«

Er war bei ihr immer auf verrückte Einfälle gefaßt, aber diesmal war er nicht sicher, ob hinter ihren Worten nicht mehr steckte. »Also ... das wüßte ich nicht einmal«, sagte er. »Auf See natürlich, aber hier ... Warum?«

»Nur so! Und weil mir das immer imponiert hat. Ein Kapitän, der ein Paar traut, der ein Kind tauft, der einen Toten dem Meer übergibt. Einfach die Tatsache, daß ein Kapitän der absolute Herr auf seinem Schiff ist. Wenn ich als Mann zur Welt gekommen wäre, ich glaube, für mich hätte es keinen anderen Beruf gegeben.« Sie erhob sich. »Ich habe Pflichten. Ich muß in mein Festkomitee. Um zwei beginnt die Preisverteilung. Im Hauptzelt, wenn Sie kommen wollen.«

»Ich weiß nicht, ob ich es so lange hier aushalte.«

»Ich warte auf Sie. Wenn nicht, vergessen Sie nicht, heute abend das Dinner bei mir. Eine Stunde früher als sonst, um acht also. Damit wir mit dem Essen fertig sind, wenn das Feuerwerk beginnt.«

Er sah ihr nach. Allein durch die Art, wie sie ging, unterschied sie sich von allen anderen Frauen. Es war, als habe sie immer eine Tanzmelodie in den Füßen. Sie war eine bemerkenswerte Frau, ohne Zweifel. Aber mit ihr zusammenzuleben ... Daß Frauen immer Extreme sein mußten. Entweder gar kein Temperament oder zuviel; entweder ganz selbstlos oder so egoistisch wie Temperence C. Butler. Seltsam, daß gerade sie ihn durchschaut hatte. Scheinbar beiläufig hatte sie die Frage gestellt:

Heimweh, Charly?

Ein paar Jungen liefen auf Stelzen vorbei, vermutlich auch ein Wettbewerb. Das Bild rief eine Erinnerung wach: Sein Sohn auf den ersten selbstgezimmerten Stelzen, die so hoch waren, daß jemand sie halten mußte, wenn er aufstieg. Er hatte sie unbedingt so hoch haben wollen, damit er größer war als sein Vater. Das war ihm das wichtigste gewesen. Eine Zeitlang hatte er ihn immer auf den Stelzen am Kai in Bremerhaven erwartet, wenn er von einer Reise heimkam.

Temperence C. Butler hatte es getroffen – es war Heimweh.

Vierundzwanzigstes Kapitel

Hau-Ruck! Hau-Ruck! The Cecilie wins! The Germans win! Hau-Ruck!« Die Anfeuerungsrufe der Zuschauer galten nicht dem Team des Zollkutters, sondern den zwölf Männern im blauweißen Turndreß mit dem Lloyd-Zeichen auf der Brust.

»Hau-Ruck! Hau-Ruck!« kommandierte der 1. Maat die Mannschaft der CECILIE. »Nur noch einen Meter.« Das Tau, an dem die zwölf hingen, war zum Zerreißen straff gespannt. Das rote Tuch in der Mitte zitterte, aber jetzt rührte es sich nicht mehr von der Stelle, ja die zwölf Rotweißen, die auf der anderen Seite an dem Tau zogen, die Fersen in den Boden gestemmt, mit hochroten Köpfen, machten Boden gut. Für Sekunden verstummten die Zuschauer, und nur das heftige Atmen von vierundzwanzig Lungen war zu hören.

»Cecilie! Cecilie! Cecilie!« Die Zuschauer, die um den Sieg fürchteten, nahmen ihre Anfeuerungsrufe wieder auf. »Hau-Ruck! Hau-Ruck!« kommandierte die Stimme des Maats.

Die Rotweißen hingen fast waagrecht unter dem Tau; sie mußten nachfassen, und das brachte die endgültige Entscheidung: Das Team der CECILIE zog an, gewann Boden, Zentimeter zuerst, dann Fußbreite, Schritte, und dann gab es kein Halten mehr. Was sie vorher so viel Anstrengung gekostet hatte, jetzt wirkte es mühelos. Die schrille Pfeife des Schiedsrichters beendete den Wettkampf im Tauziehen, und das Verkünden des Siegers ging im Jubel der Menge unter:

The Germans win! The Germans win!

»Ihre Jungs gewinnen wohl alles«, sagte jemand hinter Polack, der unter den Zuschauern stand. Es war die vertraute Stimme von Kapitän McCagg, und es hätte nicht viel gefehlt, dann hätte Polack ihn umarmt.

»Verflucht ehrgeizig, Ihre Jungs.«

»Ich muß mich entschuldigen«, sagte Polack. »Ich wollte eigentlich an der Pier sein.«

»Aber Sie haben es vorgezogen, sich an den Erfolgen Ihrer Mannschaft zu weiden, wie? Ich dachte mir, ich muß gleich rausfahren, um meinen Leuten wenigstens moralisch ein bißchen den Rücken zu stärken. Ziemlich unpatriotisch diese Zuschauer hier, finden Sie nicht? Was kommt jetzt dran?«

»Ich glaube Sackhüpfen.«

Sie zogen mit den Zuschauern zum nächsten Kampfplatz. Ein Teil der alten Rennbahn war mit bunten Fähnchen und Seilen abgetrennt. An der Startlinie lagen Säcke, und je drei Mann eines Teams machten sich bereit.

»Eine gute Reise gehabt?« fragte Polack.

»Das hätte ich mir auch nicht träumen lassen, daß ich je nach Washington komme, nur weil man dort glaubt, daß ich Kapitän Polack von der ›Cecilie‹ gut kenne ... Verdammt! Was habe ich gesagt! Ihre Jungs liegen schon wieder in Führung! Gehört das zu Ihrer Schiffsausbildung? Sackhüpfen? He, Kinder«, wandte er sich an seine Leute, die gerade dabei waren, in die Säcke zu schlüpfen. »Was ist los mit euch! Keine Moral? Ihr vertretet die Vereinigten Staaten von Amerika! Zeigt es diesen Germans!«

»Was gab es in Washington?« fragte Polack. »Was wollte man von Ihnen?«

»He, sie liegen wirklich in Front. Los, Leute! Zeigt es den Germans! ... Ich kam mir schrecklich wichtig vor, Kapitän McCagg von der ›Androscoggin‹ in Washington ... Nicht nachlassen, Leute ... Ihr verschenkt den Sieg. Sehn Sie sich das an, Charly! Einen erbärmlichen dritten Platz! Was haben Sie gesagt?«

»Washington«, sagte Polack. Er spürte, er mußte bohren, wenn er McCagg zum Sprechen bringen wollte.

»Verfluchte Bürokraten«, sagte McCagg brummend. »Drei Tage lang saß ich in Vorzimmern herum. Und ununterbrochen Regen. War das Wetter hier die ganze Zeit so wie heute?«

»Unverändert schön.«

McCagg beobachtete die Bahn. »Sie verlieren auch die dritte Runde.« Er richtete den Blick auf Polack, plötzlich ernst. »Warum haben Sie mir nichts von Kessler und den andern gesagt?«

»Hatten Sie Ärger deswegen?«

»Etwas. Nicht so viel, daß es mir wirklich was ausmachte. Nur wußte ich eben von nichts, als sie damit herausrückten.«

»Ich hätte es Ihnen sagen sollen. Die ersten acht Tage mußte ich den Männern einen Vorsprung geben, das war abgemacht; aber dann hätte ich Sie unterrichten müssen. Es war nur, weil ich nichts mehr hörte von den vieren und nicht wußte, wie die Sache ausgegangen war. Man weiß also in Washington davon?«

»Sie haben die Sache Lloyd gemeldet?«

»Nach acht Tagen.«

»Lloyd hat es weitergegeben an Washington. Sie wollen keinen zusätzlichen Ärger, der schwebende Prozeß und so ...«

»Wußten sie, was aus den vieren geworden ist?«

»Es scheint, sie haben es wirklich geschafft, auf ein italienisches Schiff zu kommen. Es gibt noch ein paar ähnliche Fälle.«

»Von anderen Schiffen?«

»Ja, aber sie hatten weniger Glück. Drei Männer hat man in einem Zug von Baltimore nach New York verhaftet; ein paar in New York selber, im Hafen; und zwei, die sich in anderer Richtung abgesetzt hatten, in Milwaukee. Man rechnet in Washington damit, daß sich die Fälle häufen werden. Wissen Sie, wie viele von den deutschen Schiffen heute auf Ellis Island sitzen und Antrag auf Einbürgerung gestellt haben? Achtzig!«

»Von Tausenden!« sagte Polack trocken.

»Das Blatt hat sich gewendet, Charly! Seit der Marne-Schlacht geht es nicht mehr vorwärts mit den Deutschen. Ich glaube weniger denn je an einen kurzen Krieg.«

Polack lächelte gezwungen. »Und da wundern Sie sich, daß meine Jungs hier alles gewinnen wollen?«

In der Nähe hatte ein anderer Wettkampf begonnen. Die Zuschauer drängten dorthin, und die beiden Männer blieben allein zurück. Vom Festplatz her kam der Lärm der Stimmen, der Karussells, der Musik, der Ausrufer. Auf der Tribüne spielte eine andere Kapelle.

»Ich könnte einen Schluck vertragen.« McCagg steuerte auf eine der Erfrischungsbuden zu. In großen Karaffen funkelten bunte Flüssigkeiten. »Ich kann es nicht empfehlen«, warnte Polack. »Alles ohne Alkohol!«

»Wir sind ein trockener Staat. Sagte ich das nicht?«

»Es ist das einzige, was ich nicht bedacht habe, als ich Bar Harbor wählte.«

McCagg bedeutete Polack, ihm zu folgen. Der kleine schmale Mann gebrauchte kräftig seine Ellbogen, um sich einen Weg durch die Menge zu bahnen. Sie überquerten das Oval der Rennbahn, und McCagg strebte dem großen Parkplatz zu, der am Rand des Waldes lag. Es waren Hunderte von Wagen, nicht allein von Bar Harbor, sondern von der ganzen Mount-Desert-Insel, alle mit einer dicken Staubschicht überzogen. Der Parkplatz lag in der prallen Sonne, und es roch nach Öl, Benzin. Der Wagen, auf den McCagg zuging, stand in der hintersten Reihe nahe am Waldrand, im Schatten einer mächtigen Kastanie. Der Fahrer schlief auf dem Vordersitz, aber McCagg weckte ihn.

»Ich brauche Sie vorläufig nicht. Unsere Truppe könnte Verstärkung gut gebrauchen! Und Ihnen würden ein paar Pfunde weniger auch nicht schaden.«

Er öffnete den hinteren Schlag, als der Mann abgezogen war, und machte eine einladende Geste. Der Wagen war eine große Limousine mit einem so hohen Dach, daß sogar Polack darin aufrecht sitzen konnte. McCagg griff unter den Sitz und förderte zuerst eine Flasche und dann zwei Silberbecher zutage.

»Bester Jamaika-Rum, Charly.«

»Und das Auge des Gesetzes?«

»Ist manchmal blind.«

Die beiden Männer tranken jeder einen Becher, dann erst nahmen sie die Mützen ab und lehnten sich in den Lederpolstern zurück. Sie schwiegen, leerten einen zweiten und einen dritten Becher. McCagg seufzte wohlig. »Ein Sauwetter in Washington«, sagte er. »Ohne das da wäre ich mit einem gewaltigen Schnupfen zurückgekommen. Es wird hier auch bald umschlagen. Herbst und Winter sind hier eine verdammt trostlose Zeit.«

»Das habe ich heute schon einmal zu hören bekommen.«

»Es ist so. Wenn erst einmal die Herbststürme einsetzen, dann hast du hier einen Wellengang wie auf dem Atlantik.«

»Klingt nicht schlecht in meinen Ohren.«

»Sie können Roscoe Higgins fragen, den Hafenmeister. Seine Leute werden von Oktober an nichts anderes tun, als den Markierungsbojen nachjagen, die der Sturm losreißt.«

»October – all over …«

»Was?«

»Nur ein Seemannsvers.« Polack hielt seinen Silberbecher hin. »Ich hoffe, wir müssen nicht sparen.«

»Eine Flasche trägt dich nicht weit genug – alter Seemannsspruch! Aber im Ernst. Fragen Sie Roscoe Higgins.«

»Dafür wird der Hummer ab Oktober besser.«

»Sechzehn Knoten Nordwind und eine Wassertemperatur knapp am Gefrierpunkt.«

»Gerade richtig für Hummer.«

»Wenn man nicht selber die Kästen leeren muß. Verdammt unangenehm im eisigen Wasser.« McCagg räusperte sich »Die ›Cecilie‹ ist nicht gerade für Eis gebaut. Wenn Frenchmans Bay zufriert …«

Polack trank bedächtig. »Was versuchen Sie mir beizubringen, McCagg? Wollen Sie mir im Ernst einreden, daß Frenchmans Bay im Winter zufriert? Roscoe Higgins wird Bojen jagen, aber nicht auf Schlittschuhen.«

»Es gibt schon mal Treibeis.«

»Und wenn schon. Der ›Cecilie‹ tut es nichts. Prost.«

»Prost.«

»Was war noch in Washington? Lassen Sie hören.«

»Man ist zu dem Schluß gekommen ...«

»Man?«

»Unser Marine-Ministerium. Wie soll ich sagen ... Man will ...«

Polack ließ ihm Zeit. Er konnte sich gut in McCagg hineinversetzen. Außerdem tat ihm der Rum gut. Neben McCagg zu sitzen tat ihm gut. Das Heimweh war da, aber so ließ es sich besser ertragen.

»Man ... die Herren vom Marine-Ministerium finden, daß die ›Cecilie‹ an einem anderen Platz besser aufgehoben wäre.«

»So ...«

»Verdammt, warum muß man mir das aufhalsen!«

»Weil Sie es vielleicht am besten machen.«

»Also, das Ganze hat eine Menge Gründe. Erst einmal politische: dieser Einfall der deutschen Truppen in Belgien; der wachsende politische Einfluß der Engländer. Aber es spielen auch noch andere Dinge mit, vor allem Sie selber.«

Von der Festwiese kam ein Trupp Matrosen der CECILIE. Sie sangen und schwenkten einen Pokal, der von Hand zu Hand wanderte. Sie steuerten auf eine der Mietdroschken zu, stiegen ein und fuhren singend davon.

»Es liegt also an mir?« nahm Polack das Gespräch auf.

»Man traut Ihnen nicht. Daß Sie damals den Engländern entwischt sind – irgendwie befürchtet man, Sie könnten eines Tages wieder so ein Zauberstück liefern, nur in umgekehrter Richtung. Zum Glück ahnen sie nicht, was damals geschah, als Sie in Boston waren. Davon ist nichts durchgesickert. Sie denken einfach, wenn jetzt die langen Nebeltage kommen ... Sie sind ein Nebelspezialist. Geben Sie's zu.«

»Ich hätte es bestimmt nie in einem Moment versucht, wenn alle es von mir erwartet hätten.«

»Unter uns! Werden Sie es versuchen?«

»Nicht die geringste Befürchtung. Vergessen Sie nicht die zwei englischen Zerstörer draußen vor der Dreimeilenzone.«

»Sie haben sich mit eigenen Augen überzeugt, während ich weg war? Ich habe davon gehört. Letzte Woche, eine Angelpartie! Ich dachte nur, er ist verflucht weit hinausgefahren für ein paar Fische.« McCagg griff sich in das kurze weiße Haar. »Um ehrlich zu sein, Charly, ich halte es für möglich, daß Sie es versuchen. Eigentlich ist es nur natürlich.«

»Ja, es ist natürlich. Ich habe mit dem Gedanken gespielt. Vielleicht auch mehr. Deshalb war es ein großer Schlag für mich, daß Kessler es versucht hat, zum falschen Zeitpunkt. Er hat alles verdorben. Jetzt ist es zu spät. Sie können Washington in diesem Punkt völlig beruhigen. Und was gibt es noch für Gründe?«

»Geld. Das liebe Geld. Da sind die Banker, die um ihr Geld fürchten, solange der Prozeß nicht entschieden ist. Und dann: Die ›Cecilie‹ ist für alle Beteiligten eine kostspielige Sache. Sie kostet uns Amerikaner Geld: Ein Zollkutter und ein Torpedoboot zur ständigen Bewachung. Sie rechnen mir jeden Cent vor. Und beim Lloyd in New York denkt man nicht viel anders darüber. Der Aufenthalt so hoch im Norden verteuert den Unterhalt erheblich.«

»Das Marine-Ministerium und Lloyd haben Kontakt miteinander?«

»Sie haben sich zusammengesetzt in dieser Sache, ja. Sie würden beide sehr gerne sehen, wenn die ›Cecilie‹ in einem Hafen läge, wo die Unterhaltskosten für das Schiff sinken würden.«

»Und das wäre?«

»Prost. Ein guter reiner Rum, wie? Es wäre Boston, Charly.«

»Und wo dort?«

»Ich bin froh, daß Sie es mir nicht zu schwer machen. Sie kennen Shirley Point und Deer Island? Es gibt noch einen schönen Platz dort im Außenhafen. Die ›Köln‹ und die ›Ockenfels‹ rücken ein bißchen auseinander, und Sie haben wunderschön Platz zwischen ihnen. Es liegen noch mehr deutsche Schiffe dort. Ihre Jungs hätten Gesellschaft. Boston hat viele Vorteile. Kein Eis im Winter. Die Mädchen sind so nett wie hier ...«

Polack dachte an etwas anderes, während McCagg weitersprach. Damals, als er seine Aussage in Boston gemacht hatte, war er nach Deer Island hinausgefahren. Es war ein sonniger Tag gewesen. Die Schiffe hatten geglänzt wie sein eigenes, und doch war alles anders gewesen als in Bar Harbor. Die CECILIE in Frenchmans Bay, das war ein Schiff, bei dem man dachte, daß es in der nächsten Stunde wieder auslaufen könnte; man blickte zum Mast, als erwarte man dort gleich den »Blauen Peter« zu sehen, die blaue Flagge mit dem weißen Viereck in der Mitte, die jedermann das Auslaufen des Schiffs signalisierte. In Boston hatte er beim Anblick der deutschen Dampfer an Schiffe denken müssen, die, an der Pier festgemacht, auf den Abwracker warteten, Schiffe, die nie mehr auslaufen würden ...

»Natürlich ist es nicht Bar Harbor«, hörte er die Stimme von McCagg neben sich. »Es gibt Kontrollen, Absperrungen, und ihr würdet die ersten Tage in Quarantäne müssen.«

»Ich war dort. Ich habe es gesehen. Ich habe auch die Schiffe gesehen. Ich habe mit den Kapitänen gesprochen.«

»Waren sie nicht zufrieden?«

»Sie haben sich nicht beklagt. Wissen Sie, McCagg, manchmal nachts auf der ›Cecilie‹, da wache ich plötzlich mit dem verrückten Gefühl auf, der Funker steht in der

Tür mit der Nachricht aus New York: *Ausgebucht, sofort auslaufen und Passagiere an Bord nehmen.*« Ein Gedanke streifte ihn, vage, noch im Entstehen begriffen: »Wie komme ich nach Boston mit meinem Schiff? Die ›Cecilie‹ ist kein Kanu. Ich kann mit zwanzigtausend Tonnen nicht an der Küste entlangschleichen. Ich muß irgendwann die Dreimeilenzone überschreiten. Da geht euer schöner Plan in die Binsen.«

»Sie erhalten eine Garantie des Ministeriums.«

Polack lächelte. »Mir trauen Sie nicht! Aber ich soll den Engländern trauen.«

»Die Engländer werden für die Zeit abziehen.«

»Warum?«

»Sie haben kein Interesse daran, aus Ihnen auch noch einen Märtyrer zu machen. Daß ein deutscher Kapitän und sein Schiff hier so viel Sympathien genießen, ist den Engländern ohnehin ein Dorn im Auge. Außerdem werden Ihnen zwei amerikanische Zerstörer Gesellschaft leisten bei Ihrer Fahrt von Bar Harbor nach Boston. Das Ministerium hat dem Lloyd gegenüber die Garantie übernommen.«

»Wenn beide es wollen – wozu dann mich lange fragen?«

»Sie haben den Ruf, ein eigenwilliger Mann zu sein. Ich sollte vortasten.«

»Wer weiß davon?«

»Zwei, drei Leute im Ministerium in Washington. Der Marine-Attaché der Deutschen Botschaft, und von Lloyd nur der Hauptagent.«

»Dann lassen wir es dabei, vorerst. Ich will keine Unruhe unter der Mannschaft. Ich werde darüber nachdenken. Ich habe ein paar Tage Zeit oder?«

»Sie haben keine Frist gesetzt. Ich hoffe, wir können noch manche Flasche gemeinsam leeren.«

»Es ist Nachschub unterwegs. Eine mildtätige Spende aus dem Gelben Haus. Gute Jahrgänge.«

»Hoffentlich kommen sie bald. Charly – da ist noch etwas! Wie immer Sie sich entscheiden. Ich bin nur noch für vierzehn Tage Kommandant der ›Androscoggin‹ ...« Er geriet ins Stocken. Vielleicht hatte er mehr getrunken als Polack. »Also ... Mensch, Charly, ich komme mir wie ein verdammter Verräter vor ... Sie ... Sie geben mir wieder ein Schiff!«

»Ja ...« war alles, was Polack sagte.

»Nichts Großartiges. Aber es scheint, daß wir Amerikaner plötzlich wieder im Frachtgeschäft sind, als neutrales Land. Sie entmotten die ältesten Kähne und die ältesten Kapitäne.«

»Ich gratuliere! Wer ist sie?«

»Keine Sie! Dreitausend müde Tonnen, klapprig, aber nicht langsam. Transportierte früher Bananen. War schon abgeschrieben. Aber eine Reederei in Savannah stellt sie wieder in Dienst. Vielleicht löst sich die Mühle beim ersten Wind in ihre Bestandteile auf, aber ich konnte einfach nicht widerstehen, noch einmal hinauszugehen auf den Atlantik ... Ich bin ein Scheißkerl ... Ihnen davon zu erzählen, gerade jetzt, in diesem Augenblick, wo Sie ... verdammt, Charly.«

In der Nähe zog wieder ein Trupp Matrosen vorbei. Sie sahen sie nicht, sie hörten nur ihr Singen, ein altes Seemannslied:

Yo ho ho, and a Bot'le of Rum.

Polack streckte die Hand nach der Flasche aus. »Diese Becher sind viel zu klein.« Er setzte die Flasche an die Lippen. Er wartete auf das Gefühl der Wärme, das sonst seinen Körper durchlief; aber was er fühlte, war nur etwas Hartes in der Brust. »Sagen Sie, McCagg, wieviel Stunden wird sie bis Boston laufen?«

»Geben Sie ihr genug Feuer, und sie schafft es von Sonnenaufgang bis Sonnenuntergang.«

Ein anderes Gefühl stieg in Polack auf, verdrängte den Schmerz, bis nur ein Gedanke blieb:

Ich werde wieder auf der Brücke stehn, ich werde wieder auf der Brücke stehn!

Fünfundzwanzigstes Kapitel

Er lag auf dem Rücken und beobachtete mit halb geschlossenen Augen die Adler. Es waren vier. Das Elternpaar kreiste sehr hoch, mit weit ausgebreiteten Schwingen, fast ohne Flügelschlag; etwas tiefer, nicht so ruhig, nicht so sicher, als sei die Luft dort voller Löcher, sah er die kleineren Vögel mit dem helleren Gefieder. Vor zehn Tagen hatten die Jungtiere zum erstenmal den Horst verlassen; ihre Ausflüge wurden von Tag zu Tag größer, und auch jetzt entschwanden sie seinem Blick, als das Elternpaar seine Kreise ausdehnte und sich vom Wind abtreiben ließ.

»Anne?« Er blickte über die Schulter, aber sie war nicht da. Die Sonne stand hoch am Himmel, und der Waldboden strahlte Wärme aus. Er legte sich wieder zurück, schloß die Augen, schläfrig von der Mittagshitze, von dem Geruch des Waldes, von den leisen, einlullenden Geräuschen um ihn herum, deren sanfte Monotonie nicht einmal durch die Trillerpfeife gestört werden konnte, die manchmal irgendwo in der Ferne anschlug. Er spürte seine Glieder nicht, nur diese süße, träge Schwerelosigkeit, der er sich ganz überließ. Fliegen, Kreisen, so fühlte er sich.

Er mußte eingeschlafen sein, denn als er die Augen aufschlug, war Anne bei ihm, beugte sich über ihn. Die Sonne fing sich in ihrem Haar, machte es noch heller, fast durchsichtig. Ein Stückchen Tannenreisig hatte sich darin verfangen. Sie hielt ihm einen kleinen Korb hin, der mit Blaubeeren gefüllt war. Sie sagte etwas, lächelte, mit Lippen, die innen blau von den Beeren waren.

Blaubeermund – das war sein einziger Gedanke. Er streckte die Arme aus und zog sie zu sich herunter. *Blaubeermund.* Er küßte sie, sehr leicht, mit geschlossenen

Lippen. Ihr Kopf ruhte auf seiner Schulter, Sekunden, Minuten. Dann richtete sie sich wieder auf. Sie saß neben ihm auf dem Boden, den gelben Leinenrock über die gekreuzten Beine gebreitet.

Er hob die Hand, legte einen Finger auf ihren Mund. »Blaubeermund«, sagte er. »Ich werde dich in Zukunft so nennen.«

»Ich hoffe, nur wenn wir allein sind.«

»Es ist schön, wenn wir allein sind.« Er mochte es, wenn sie ihn so aus der Nähe betrachtete; sie war etwas kurzsichtig, und ihre Augen bekamen dann immer einen Ausdruck des Zögerns, der Unsicherheit.

»Trotzdem müssen wir uns jetzt beeilen«, sagte sie. »Die Verteilung der Preise. Das ist für Großmutter das wichtigste an der *Fair*.«

Er streckte die Arme nach ihr aus, aber sie schüttelte den Kopf. »Eines Tages«, sagte er, »wenn wir lange genug allein sind und wenn du mich lange genug nicht an deine Großmutter erinnerst, könnte es geschehen, ich vergesse mich und sage dir, daß ich dich liebe.«

Sie saß plötzlich mit steifem Rücken da. »Großmutter nimmt es schrecklich übel, wenn man nicht daran teilnimmt. Wir werden sowieso zu spät kommen.«

»Blaubeermund ... du machst da einen Fehler.« Aber er stand auf. Er reichte ihr die Hand und zog sie hoch. Sie nahm den Korb mit den Beeren, und sie gingen zu dem abgestellten Wagen.

»Wo hast du die Beeren gefunden?« fragte er.

»Der Wald ist voll davon; ein Zeichen, daß der Sommer zu Ende ist.«

Sie stiegen auf den Wagen, und Anne nahm die Zügel. Vandermark hatte es einmal versucht, aber das Pferd, das an Anne gewöhnt war, hatte Schwierigkeiten gemacht.

»Ist schon beschlossen, wann ihr nach Boston zurückgeht?« fragte er.

»Sehr bald.«

»Und das Studium? Hast du den Gedanken ganz aufgegeben?«

Sie nickte. »Ich fürchte, ich hab' mir zuviel vorgenommen. Ich dachte immer, ich sei anders als meine Freundinnen, aber es wird so kommen, daß ich dasselbe tue wie sie alle ... heiraten. Erstaunt dich das sehr?«

»Du sagst selbst, alle tun es. Es ist normal.«

»Es wird Zeit, daß jemand in der Familie Butler sich normal benimmt. Eine Lehrerin auf dem College sagte immer zu uns: Benehmt euch normal, das ist schon verrückt genug.«

Er gab keine Antwort, gerade weil er spürte, daß sie darauf wartete. Es hatte viele derartige Anspielungen gegeben. Sie hatten sich in den letzten Tagen gehäuft, und oft stellte er sich vor, was für Gespräche zwischen Anne und ihrer Großmutter im Gelben Haus stattfanden.

Der Weg ging bergab, und das Pferd lief schnell. Aus der Ferne klang ihnen bereits der Lärm und die Karussellmusik der *Fair* entgegen, und dann tauchte auch schon das Dach der Tribüne zwischen den Bäumen auf. Anne trieb das Pferd noch mehr an, aber bis sie endlich im Festzelt waren, ging die Preisverteilung bereits dem Ende zu.

Das große Zelt war bis auf den letzten Platz besetzt, und überall an den langen Holztischen wurden die Gewinner gefeiert. Vandermark und Anne hatten Mühe, sich einen Weg nach vorn zu bahnen. Die Jury saß auf einem Podium, Temperence C. Butler in der Mitte, eine Glocke vor sich.

»Ruhe! Wir bitten um Ruhe!« Es war einer der Preisrichter neben ihr. »Wir kommen jetzt zu dem Preis für die beste Konditorarbeit. Ruhe! Ich darf nach vorn bitten den Patisseur der ›SS Kronprinzessin Cecilie‹ ... Ruhe! Herr Karl Holzapfel. Bitte, kommen Sie nach vorne.«

Aus dem Hintergrund der Bühne wurde das preisgekrönte Werk zum Tisch der Preisrichter getragen. Vandermark und Anne hatten sich inzwischen bis zum Podium vorgearbeitet und konnten das Kunstwerk aus nächster Nähe sehen: ein Schiff aus Zuckerguß, der Rumpf mit Schokolade überzogen, die Bullaugen irgend etwas Silbriges, das aber bestimmt genauso eßbar war wie die Zuckerwatte, die aus den vier Schornsteinen quoll. Ein unvorstellbares Getöse brach los, als jetzt ein kleiner Mann mit gelichtetem Haar das Podium erklomm: Klatschen, Trampeln, Pfiffe, Hochrufe, die sich noch steigerten, als Karl Holzapfel sein Werk in die Höhe hob und den Zuschauern präsentierte. Temperence C. Butler schwenkte die Glocke vergebens, das Orchester brachte vergebens einen Tusch aus, der Lärm ebbte erst ab, als der Patisseur der CECILIE mit seinem Diplom in der Hand das Podium wieder verließ. Ein paar Kollegen empfingen ihn am Fuß der Treppe und geleiteten Holzapfel im Triumphzug weg.

»Das gönne ich ihm!« sagte Vandermark. »Er hat die ganze Pantry verrückt gemacht.«

Die Glocke war wieder zu vernehmen. Ein neuer Preisträger wurde aufgerufen, mit Ovationen bedacht. Anne schob die Hand unter Vandermarks Arm. »Es gibt nichts, wofür es keinen Preis gibt. Ich bin gespannt, was wir gewonnen haben.«

Sie mußte nicht mehr lange warten. Die letzten Preise wurden vergeben, jemand hielt eine Schlußansprache, und dann erhob sich die Jury. Temperence C. Butler war die erste, die das Podium verließ. Anne und Vandermark gingen ihr entgegen, nahmen sie in die Mitte.

»Nur raus hier«, sagte sie. »Das ist einfach zuviel für mich. Nächstes Jahr soll es jemand anders machen. Diese Hitze. Ich brauche einen Schluck Wasser ... Ihr kommt reichlich spät.«

Die Zeltordner machten ihr Platz, schirmten sie ab, bis sie im Freien waren. Temperence C. Butler eilte zum nächsten Erfrischungsstand und hauchte wie eine Verdurstende: »Wasser!« Sie trank ein Glas und ein zweites, dann kehrten ihre Lebensgeister zurück. Sie musterte

Anne und Vandermark mit einer Mischung aus Wohlwollen und Strenge.

»Wirklich, ihr seid reichlich spät gekommen.«

»Was haben wir gewonnen?« fragte Anne.

»Wir? Du meinst, was *ich* gewonnen habe ... Jenkins! Wo steckt Jenkins mit den Diplomen? Ich hoffe, er hat sie in Sicherheit gebracht ... Also, ich will euch sagen, was ich für erste Preise gemacht habe. Die neue Sonnenblumenzüchtung, die Pfirsiche und das weiße Taubenpaar. Drei erste Preise, mehr hätte nicht sehr gut ausgesehn ... Ich meine, wenn man selber in der Jury sitzt.«

»Und Betty Whites Apfelkuchen?«

»*Mein* Apfelkuchen, Anne. Die Preise gehen laut Statuten nur an Hausbesitzer oder Steuerzahler von Bar Harbor – mit der Ausnahme, die wir in diesem Jahr für die Besatzungsmitglieder der ›Cecilie‹ gemacht haben.«

»Was ist mit dem Apfelkuchen?«

»Der Preis für den besten Apfelkuchen 1914 ist an Mister Foster gegangen.«

»Wer ist Mister Foster?«

»Der Koch von *Far Niente*.«

»Dann ist der Preis also an ... Gloria Linzee gegangen, nach den Statuten.«

Ein Schweigen trat ein, und Vandermark fühlte, wie die Augen der beiden Frauen sich auf ihn richteten. Er verbrachte seine Abende nicht mehr im *Far Niente*, und zweifellos waren sie davon unterrichtet. Ob sie auch wußten, daß seine Anrufe im *Plaza-Hotel*, New York, immer seltener geworden waren? Nun, er traute Temperence C. Butler schon zu, daß sie sich auch derartige Informationen zu verschaffen wußte, was nicht einmal schwierig sein dürfte, da der Beamte in der *Western Union* ein Higgins war.

»Was seht ihr mich so an?« sagte er. »Ich habe den Apfelkuchen nicht gebacken!« Er lachte, und Temperence C. Butler stimmte ein. Nur Anne blieb stumm und machte ein Gesicht, als verstünde sie nicht, was es da zu lachen gab.

»Du weißt nicht, was dieser Preis für Großmutter bedeutet. Sie hat ihn fünfmal gewonnen. Nicht wahr ...« Sie wandte sich an ihre Großmutter. »Du hast doch nicht etwa auch für Foster gestimmt?«

»Aber ja, Liebes! Mrs. Linzee verdiente einen Preis. Sie hat die Hauptkosten für das Feuerwerk heute abend getragen. Es kam ein hübscher Scheck von ihr, mit einer hübschen Summe. Das Festkomitee war sich einig, daß sie dafür belohnt werden müsse. Politik, mein Liebes, Diplomatie, das hat nichts mit Gefühlen zu tun. Und es mußte natürlich ein prominenter Preis sein. Der Apfelkuchen ist nun einmal sehr prominent ...« Sie machte eine Pause. »Du kannst ihn zurückgewinnen, nächstes Jahr. Es wäre ein fabelhafter Einstand für Fred, wenn seine Frau ... Oh, entschuldigt. Ich greife den Dingen vor und mische mich in Angelegenheiten, die mich nichts angehn ...« Anne und Vandermark schwiegen, doch Temperence C. Butler schien die Verlegenheit, die sie gestiftet hatte, nichts auszumachen. Sie nahm Vandermarks Arm. »Sie wissen Bescheid wegen heute abend? Das Abendessen eine Stunde früher. Ich schicke Jenkins um halb sieben zum *Rockaway*.«

Sie hatte es sich angewöhnt, über seine Zeit zu verfügen, seit er fast täglich im Gelben Haus verkehrte. ›In meinem Haus gibt es feste Regeln, Fred, und ich bin zu alt, um mich umzustellen.‹ So entschied sie, wann Jenkins ihn abholte, wie lange seine Ausflüge mit Anne dauern durften; er hatte seinen festen Platz am Eßtisch, seinen Sessel am Kamin; und alles geschah mit einer sanften Tyrannei, die ihm meist erst nachträglich bewußt wurde.

»Es reicht, wenn Jenkins mich um halb acht abholt«, sagte Vandermark.

»Natürlich würde es reichen«, sagte sie, »aber ich hätte gern noch eine halbe Stunde mit dir allein gesprochen, bevor die anderen Gäste erscheinen. Ich glaube, wir haben einiges zu bereden, Fred, nur wir zwei ...«

Vandermark hatte so etwas wie eine Vision: Der festlich gedeckte Tisch im Eßzimmer des Gelben Hauses. Er sah jede Einzelheit vor sich, die Kerzen, die Gläser, das geblümte Porzellan auf Silberplatten, die Tischkarten – und Temperence C. Butler an der Stirnseite der Tafel, mit Schmuck behangen. Jetzt hob sie die Hand, klopfte mit einem ihrer Ringe gegen ein Glas und sah ihn über den Tisch weg aus ihren dunklen Augen an:

Ich habe die Ehre und Freude, Ihnen bekanntzugeben ...

»Ihr müßt jetzt entschuldigen«, hörte er die Stimme von Temperence C. Butler. »Ich habe noch Verpflichtungen. Kommst du mit mir, Anne?«

Anne blickte ihre Großmutter nicht an, als sie sagte: »Ich finde, manchmal bist du etwas zu direkt ... Wir halten dich von deinen Verpflichtungen nicht ab.«

Temperence C. Butler öffnete ihren Sonnenschirm und ging mit einem amüsierten Lächeln davon.

»Es tut mir leid«, sagte Anne, als die Großmutter außer Hörweite war. »Sie merkt wahrscheinlich gar nicht, wie sie alle kommandiert.«

»Ich glaube nicht, daß sie irgend etwas unüberlegt tut.«

»Sie geht dir manchmal schrecklich auf die Nerven, wie?«

»In letzter Zeit schon.«

»Wir sind das gewöhnt, wir machen es dauernd mit. Was glaubst du, wie wir jedes Jahr ihre Abreise herbeisehnen. Du mußt sie nehmen, wie sie ist.«

»Muß ich?«

»Oh, komm! Wir wollen uns nicht den Tag verderben lassen. Wir waren noch nicht mal auf der *Fair*. Wir sind auf keinem Karussell gefahren. Du hast mir nicht einmal eine Blume geschossen. Bitte! Ich möchte einen Arm voll Papierblumen von dir ...«

Sie zog ihn mit sich fort zu den Budenstraßen. Links und rechts dröhnte die Drehorgelmusik der Karussells. Die Kinder waren in der Minderzahl. Dreiviertel der Pferde, Schwäne und Motorräder waren von Matrosen der CECILIE besetzt, und die meisten hatten ihre Mädchen bei sich. Im Sprachgebrauch der Seeleute hatte sich freilich ein anderer Ausdruck eingebürgert: *Meine Braut aus Bar Harbor*. Wie ernst die Mädchen es immer nehmen mochten, für die Männer hatte es eine andere, leichtere Bedeutung; und bei dem Gedanken daran besserte sich Vandermarks Stimmung.

»Sieh doch, wer da ist!« Anne hatte Dollie Higgins und den Oberzahlmeister der CECILIE entdeckt. »Sie lassen sich photographieren, schau doch.«

Willard Adams, der Photograph von Bar Harbor, hatte seine Panoramawand auf die *Fair* gebracht. Um den Anschein der Echtheit noch zu erhöhen, hatte Adams ein Stück Kaimauer davor aufführen lassen. Und darauf saß das Paar, hinter sich das gemalte Panorama der Bucht mit dem Schiff.

»Lächeln! Ein bißchen fröhlicher!« Die Mahnung des Photographen hinter seinem Ungetüm von Kamera konnte nicht Dollie Higgins gelten, denn sie strahlte über das ganze Gesicht. Es war Kuhn, der ein wenig verlegen und unglücklich dreinschaute, sich aber schließlich der Ermahnung fügte.

Nachdem er die Prozedur hinter sich hatte, kam Kuhn auf Vandermark zu. »Meinen Sie, ich kann die Platte von dem Photographen verlangen?« sagte er und fuhr nervös über seinen Schnurrbart. »Soll sie ihr Bild haben, aber ich möchte nicht, daß damit Unfug getrieben wird. Jetzt sind Sie an der Reihe, mein Lieber! Nicht kneifen! Auf die Kaimauer mit Ihnen.«

Willard Adams, der sehr wohl wußte, wie er die Männer zu behandeln hatte, denen er verdankte, daß er innerhalb eines einzigen Sommers ein kleines Vermögen gemacht hatte, kam herbei. »Es ist mir eine Ehre. Und selbstverständlich mache ich Ihnen einen Sonderpreis. Alle Herrn von der ›Cecilie‹ haben bei mir Sonderpreise. Darf ich bitten.«

»Muß das sein, Anne?«

»Bitte, Fred.«

»Willard Adams ist ein Künstler in seinem Fach!«

»Hier wird nicht gekniffen!«

Alle drei, Anne, Dollie Higgins und Kuhn, redeten auf ihn ein, drängten ihn vor das Prospekt. Rundum sammelten sich Neugierige, machten Kommentare.

»Es dauert keine Minute«, versicherte Adams, aber dann lief er zehn Minuten zwischen seiner Kamera und ihnen hin und her und fand immer wieder etwas zu korrigieren. »Etwas näher zusammen! Den Arm um die Dame. Den Kopf etwas nach links.« Endlich verschwand er hinter dem Kasten auf den drei Beinen und zog sich das schwarze Tuch über den Kopf. »Und nun, Achtung! Stillhalten! Lächeln! Ja, so ist es gut, ausgezeichnet ... fertig!«

Der Geruch von Magnesium hing in der Luft. Adams füllte einen grünen Bestellschein aus, riß ihn vom Block. »Sie können das Bild auch koloriert haben. Großformat mit Passepartout, das Ganze nur fünfzig Cents.«

Er hielt Vandermark den grünen Schein hin, aber Anne war schneller und griff danach. »Das übernehme ich.«

Es fiel ihm sehr schwer, die Beherrschung zu bewahren. Lächerliche fünfzig Cents, aber er fühlte sich gedemütigt. Es verging kaum noch ein Tag, an dem man ihn nicht daran erinnerte, daß sein Scheck knapp war. Man schickte ihm Jenkins an die Pier, damit er keine Droschke bezahlen mußte; man steckte ihm Zigaretten zu; und wenn er Temperence C. Butler ein paar Blumen oder Pralinen mitbrachte, fiel sofort das Wort *Verschwender*.

Eigentlich hätte er froh sein sollen, denn mit seinem Gehalt, das um ein Drittel gekürzt war, konnte er tatsächlich keine großen Sprünge machen. Aber diese Art der

Fürsorge ging ihm gegen den Strich. Er hatte immer in den Tag hinein gelebt. Solange er etwas hatte, gut, wenn nichts mehr da war, auch gut. Jetzt zerbrachen sich andere den Kopf, ob er fünfzig Cents hatte, um einen Photographen zu bezahlen.

Sie waren zu viert weitergezogen. Anne und Dollie Higgins, Arm in Arm, gingen voraus, auf eine der Schießbuden zu, Vandermark und Kuhn folgten.

»Haben Sie Polack gesehen?« fragte Vandermark.

»Was ihr beide da veranstaltet, ist Kinderkram«, sagte Kuhn, »um das mal klar auszusprechen! Geht euch aus dem Weg. Kinderkram! Ich verstehe Polack nicht, aber Sie noch weniger. Schlägt den dritten goldenen Streifen aus.«

»Ich muß Polack sprechen.«

»Es wird höchste Zeit, daß ihr das bereinigt. Kinderkram zwischen zwei erwachsenen Männern. Vielleicht kann ich Ihnen nachträglich den Zuschlag auszahlen für den dritten Streifen.«

»Wo finde ich Polack?«

»Ich hab' was gehört, daß er mit McCagg zusammen ist. Auf dem Parkplatz in McCaggs Wagen. Feiern die *Fair* auf ihre Art ... Weiß Gott, ich könnte einen Schluck vertragen ... Wie viele Abzüge, glauben Sie, kann man von einer Platte machen? Ich möchte nicht im Schaukasten von Willard Adams in der Main Street hängen.«

»Was ist schon dabei«, sagte Vandermark, »wo sich die beiden Frauen so ähnlich sehen!«

»Da haben Sie auch wieder recht.« Sie waren bei der Schießbude angelangt.

»Zehn Schuß zehn Cents«, rief der Mann, und als er die Offiziere bemerkte, streckte er ihnen die Gewehre hin: »Der halbe Preis für die Herrn von der ›Cecilie‹!«

Sechsundzwanzigstes Kapitel

»*Yo ho ho, and a Bot'le of Rum, a Bot'le of Rum.*« Es war der Gesang, der Vandermark schließlich auf die beiden aufmerksam machte. McCaggs helle Stimme führte die Melodie: *Yo ho ho,* während Polack im Baß mitbrummte: *a Bot'le of Rum, a Bot'le of Rum, Rum, Rum.*

Die beiden Kapitäne saßen im Schatten der Kastanie. Sie hatten eine Autodecke ausgebreitet und lehnten behaglich am dicken Stamm des Baums. Ihre Mützen lagen im Gras. Die Bewegung, mit der McCagg dem Kapitän der CECILIE die Flasche hinreichen wollte, geriet etwas zu schwungvoll. Die Hand kreiste wie ein Schiff ohne Ruder, und McCagg erteilte ihr Kommandos – Steuerbord, halbe Kraft voraus –, und als er Vandermarks Schritte hörte, verbarg er die Flasche hinter seinem Rücken.

»Halt!« Er musterte Vandermark aus blinzelnden Augen. »Bleiben Sie ... außerhalb der Dreimeilenzone!« Beim Singen gehorchte ihm seine Stimme besser als beim Sprechen. »Niemand ... läuft in den Hafen ein ... ohne meine Genehmigung.«

»Sie können ihm die Erlaubnis erteilen.« Polacks Stimme war fest, aber als McCagg nun wieder mit der Flasche hervorkam, um sie Polack zu geben, verfehlte auch dessen Hand beim ersten Zupacken ihr Ziel.

»Kommen Sie, Vandermark, treten Sie näher ... Was tut sich? Gewinnen wir weiter Preise?«

»Es scheint so, Sir.« Vandermark zögerte. Es schien nicht der richtige Augenblick, um Polack seine Bitte vorzutragen, andererseits empfand er plötzlich so etwas wie Neid auf die beiden Männer, die dort nebeneinandersaßen und sich einen Rausch antranken.

»Ihr Teutonen«, sagte McCagg, »ihr müßt alles gewinnen, wie? Laßt meinen Jungs keinen Preis übrig ...«

Blinzelnd starrte er Vandermark an, schien ihn erst jetzt zu erkennen. »Sie sind Polacks neuer Erster, wie?«

»Der Zweite, Sir«, sagte Vandermark.

Polack legte McCagg den Arm um die Schulter. »Lassen wir das! Das ist ein wunder Punkt, den Sie da berührt haben. Wir wollen keine wunden Stellen berühren, nicht an diesem schönen Tag. Geben Sie ihm die Erlaubnis zum Einlaufen.«

McCagg lächelte. »Sie meinen, wir erlauben ihm, die Gesetze zu übertreten? Ist er ein guter Gesetzesübertreter?«

»Ich glaube schon.«

»Und kann er singen? Ich brauche jemand, der singen kann.«

»Sie können ja eine Probe verlangen.«

»Gut, machen wir eine Probe. Geben Sie ihm einen Schluck, damit seine Kehle geölt wird. Ich singe vor ... und ihr fallt dann ein. Bereit?« Er sang mit seiner hellen Stimme:

»Three Sailors sat out to Sea.
They felt so good, they felt so free.«

Entweder bemerkte er es nicht, oder es machte ihm nichts aus, daß sie nicht in sein Lied einstimmten. Vandermark hatte sich neben Polack auf den Boden gesetzt. Polack hielt ihm die Flasche hin.

»Es ist ein guter, ehrlicher Saft.«

McCagg lehnte mit geschlossenen Augen am Baumstamm und sang vor sich hin:

»The Waves were high, the Winds were strong.
Three Sailors sang their Sailor's Song.«

»Seit wann ist McCagg zurück?« fragte Vandermark.

»Kamen Sie deshalb?« Polack deutete zum Wagen. »Dort sind irgendwo Silberbecher, auf dem Rücksitz, wenn Sie nicht aus der Flasche trinken wollen. Halten Sie sich dran. Ich weiß nicht, wieviel er noch davon hat. Was gibt es?«

Vandermark nahm die Flasche. Er trank, gab Polack die Flasche zurück. Sie wanderte weiter zu McCagg. Vandermark fühlte sich besser. Es war nicht der Alkohol allein, es war die Gegenwart der beiden Männer, McCaggs Lied, Polacks gerötetes Gesicht. Die Flasche kam wieder zu ihm, er nahm wieder einen Schluck. »Ich bin weit hinter Ihnen zurück«, sagte er.

»Versuchen Sie es! Vielleicht holen Sie uns ein, obwohl das schwer sein dürfte ... Niemand holt so schnell zwei heimwehkranke Kapitäne ein ...«

Es war ein erstaunliches Geständnis für einen Mann wie Polack, so daß Vandermark betroffen schwieg. Er fühlte sich als Eindringling. Polack summte jetzt das Lied mit:

Three Sailors sat out to Sea ...

»Nun, mein Sohn?« sagte er schließlich.

Vandermark zögerte, dann sagte er: »Können Sie mich heute abend zum Dienst einteilen?«

Polack ließ die Flasche sinken. »Wie war das? Wir haben Befehl, Kurs Gelbes Haus zu laufen! Allerhöchsten Befehl! Auf Mißachtung steht mindestens Galeere.« Er reichte die Flasche weiter.

»Galeere scheint mir zutreffend, Sir.«

»Laß das Sir weg! Wie war das also? Dienst an Bord? Keine Aussicht, mein Sohn! Kurs lautet: Gelbes Haus.«

»Sie haben leicht lachen, Sir.«

»Was ist der Grund, Sailor?«

Vandermark nahm einen Schluck. »Es riecht nach Verlobung, Sir!«

Charly Polack saß plötzlich kerzengerade da. Es war dieselbe Haltung, die er hatte, wenn der Abend an seinem

Kapitänstisch sehr lange gedauert hatte. Je mehr er trank, um so gerader hielt er sich, und wenn er schließlich aufstand, konnte er so aufrecht und schnurgerade davongehn, als folgte er einer Linie, die am Boden vorgezeichnet war. Er wandte den Kopf und sah Vandermark mit zugekniffenen Augen an.

»Hab' ich das Ganze falsch mitbekommen? War das nicht Ihr Ziel? Wie wollen Sie sonst an das Geld rankommen? Habe ich das falsch gesehn? Dachte mir, sieh mal an, drei Streifen sind ihm zu wenig, er will an das große Geld, Bin ich zu offen?«

»Keineswegs.«

»Und Anne? Wie weit sind Sie gegangen? Haben Sie Versprechungen gemacht? Ein Offizier der ›Cecilie‹, der falsche Versprechungen macht ...«

»Mit keinem Wort ...«

»Es gibt nicht nur Worte.« Wieviel Polack auch getrunken haben mochte, sein Kopf arbeitete ganz klar. »Also, was ist? Wenn ich Sie decken soll, muß ich wissen, woran ich bin.«

»Es gibt keinen Grund ... Nicht für eine Verlobung.«

»Wie kommen Sie denn darauf, daß so was anliegt?«

McCagg brach sein Lied ab. »He, was soll das? Was redet ihr da! Hier wird gesungen, nicht geredet.« Seine Hand forderte energisch die Flasche. Er hob sie gegen das Licht und sah, daß sie leer war. Er lachte. »Ihr seid gewaltige Gesetzesübertreter, ihr Teutonen.« Er stützte sich auf, erhob sich. Einen Augenblick stand er schwankend da, suchte das Gleichgewicht. Schließlich zog er seinen Uniformrock straff, und sein Oberkörper kam zur Ruhe. »Ich ziehe mich zur Beratung zurück.«

Er verschwand unter den Bäumen. Sie hörten ihn vor sich hinreden, während er sein Wasser abschlug. Als er zurückkam, baute er sich vor ihnen auf. »Das Gericht hat befunden, daß noch nicht genug Gesetze übertreten sind.« Er ging zum Wagen, langsam, Schritt für Schritt, die Arme ausgestreckt, als balanciere er auf einem Seil. Sie hörten ihn rumoren, dann Stille, und das Geräusch eines Pfropfens, der aus einer Flasche gezogen wird.

»McCagg hat allen Grund zum Feiern«, sagte Polack. »Er bekommt wieder ein Schiff, ich meine, das Kommando über ein richtiges Schiff.«

»Er verläßt uns?«

»Ja, die Pokerrunde fliegt auf. Schade. Aber ein Schiff ist ein Schiff, was, Vandermark? Stünden Ihnen gut, drei Streifen ... Nein, nein, ich will Sie nicht erpressen, liegt mir fern, so eine Situation auszunützen. Es ist allein Ihre Entscheidung ... Steckt die alte Dame dahinter? Temperence Butler? Außergewöhnliche Frau, nicht leicht, mit ihr zu leben, aber hat sicher Großes mit Ihnen vor. Nicht, daß Sie es später bereuen, Vandermark! Wirklich eine außergewöhnliche Frau. Wissen Sie, was Sie mich fragte, heute? Fragte mich wahrhaftig, ob ich noch rechtsgültige Trauungen an Bord vornehmen kann.«

»Werden Sie mich zum Dienst einteilen?«

McCagg war zurückgekommen. Sein Rock war offen, sein Hemdkragen verschwunden, und die Krawatte hing ohne Halt über der weißen Hemdbrust. Er zeigte ihnen die volle Flasche, hob sie an den Mund, trank und übergab sie dann Polack.

»Bin gespannt, wer diesen Wettbewerb gewinnt. Ich sage euch, so leicht zu schlagen bin ich nicht! Ich werde die Ehre des amerikanischen Zolls hochhalten, solange es geht ...« Er setzte sich wieder auf seinen Platz am Baumstamm.

Vandermark sah Polack an. »Ist es wirklich ein Wettbewerb, Sir?«

»Sie meinen, bis heute abend sei meine Statik nicht mehr richtig bestimmt? Keine Sorge, mein Sohn. Ich werde statisch richtig bestimmt im Gelben Haus einlaufen und meinen Kopf für Sie hinhalten. Ist Ihnen klar, daß Temperence Butler das durchschauen wird mit dem

Dienst an Bord?« Er legte die Hand auf Vandermarks Arm. »Sie sind hiermit zum Dienst eingeteilt, Zweiter Offizier! Ist nicht gerade fein, was Sie tun; aber um ehrlich zu sein, gefällt mir besser, als wenn Sie nur hinter dem Geld her gewesen wären. Werde meinen Kopf hinhalten ... Sie sind zum Dienst eingeteilt! Aber daß Sie mir das Schiff heute abend wirklich nicht verlassen!«

»Selbstverständlich nicht, Sir.«

»Und Sie müssen mir einen Ersatzmann beschaffen ... Daß die Verlobung platzt, mag noch hingehn, aber die Tischordnung von Temperence C. Butler durcheinanderzubringen, das ist zuviel.«

»Danke, Sir! Vielleicht kann einer der Offiziere einspringen. Wie wär's mit Mankiewitz?«

Polack hob die Hand und deutete zum Parkplatz hinüber. »Wie wär's mit dem dort? He, Kuhn! Hierher! Hier sind wir!«

Der Oberzahlmeister der CECILIE blieb stehen, sah sich suchend um, woher die Stimme kam; dann entdeckte er die drei und kam im Laufschritt angetrabt. Als er sah, in welcher Verfassung die beiden Kapitäne waren, nahm er erleichtert seine Mütze ab und wischte sich mit einem Taschentuch den Schweiß vom Gesicht. »Mordshitze«, sagte er, »Mordsgedränge. Feines Plätzchen haben Sie da!«

»Sie kommen wie gerufen.« Polack schmunzelte. »Sie müssen einspringen, Kuhn.«

»Ich muß was?« Kuhns Blick ging von einem zum andern und blieb zuletzt auf der Flasche ruhen, die sich gerade in McCaggs Händen befand.

»Geben Sie dem Seemann einen Schluck«, sagte Polack.

»Noch ein Teutone!« erwiderte McCagg. »Ein verdammter Teutonen-Überfall. Kann er singen? He, Seemann, kannst du singen?« Er reichte Kuhn die Flasche.

Kuhn ließ sich neben Vandermark am Boden nieder. Er trank langsam und mit Genuß. Es schien, daß er die Flasche am liebsten ganz für sich behalten hätte, auf jeden

Fall reagierte er nur zögernd, als Polack die Hand ausstreckte.

»Ich stand ganz schön dumm da mit den beiden Mädchen«, wandte er sich an Vandermark. »Sie hatten versprochen, gleich zurückzukommen.« Er lachte. »Ich dachte mir gleich so was. Ein Mann will auch mal unter Männern sein, wie? Ich hab' mich auch aus dem Staub gemacht.« Er streckte die Hand nach der Flasche aus, aber er mußte eine Weile warten, bis sie zu ihm zurückkam. »Was wollte Polack da von mir? Für wen muß ich einspringen?«

»Später«, sagte Polack, »ich werde es Ihnen später erklären. Und jetzt, McCagg, bitte das Lied!«

McCagg fuhr sich durch das weiße Haar und begann: *»Three Sailors ...«* Plötzlich hielt er inne und blickte in die Runde, fing an zu zählen, indem er auf jeden einzelnen deutete: »Eins, zwei, drei, vier. Wir sind ja vier.« Er begann ein zweites Mal:

»Four Sailors sat out to Sea.
They felt so good, they felt so free.«

Er gab den anderen das Zeichen zum Einsatz, und sie sangen aus voller Kehle mit:

»The Waves were high, the Winds were strong.
Four Sailors sang their Sailor's Song.«

Siebenundzwanzigstes Kapitel

Bar Harbor war wie ausgestorben zu dieser Stunde. Die *Fair* hatte alle hinausgelockt in den Robin-Hood-Park, und auch die Passagiere, die mit der Mittagsfähre eingetroffen waren, hatten sich sofort zur Festwiese hinausbringen lassen. Es war die ideale Stunde für einen Mann, der seine selbstgewählte Abgeschiedenheit liebte. Und so hatte Harry Gumm sich auf den Weg gemacht zum Hafen.

Jedermann in Bar Harbor kannte Harry Gumm. Aber zu Gesicht bekam man ihn selten. Er war Makler. Er kaufte und verkaufte Häuser, aber er verließ dazu sein Haus nur, wenn es sich durchaus nicht vermeiden ließ. Man kam zu Harry Gumm, wenn man kaufen oder verkaufen wollte. Es mußte schon ein außergewöhnliches Geschäft sein, daß Harry Gumm diesem Grundsatz untreu wurde.

Trotz der Tageszeit und der Hitze war er dunkelblau gekleidet; von der grauen Seidenweste sah man nur den obersten Knopf, die graue Perle in seiner Krawatte verschwand in einer Falte. Harry Gumm hielt auf Seriosität in einem Beruf, der einen unseriösen Ruf hatte. Einmal, bei einer der seltenen Gelegenheiten, wo er eine öffentliche Veranstaltung besuchte, hatte man ihn für den spanischen Botschafter gehalten: Wenn das sein Vater noch hätte erleben können, Fernando Gomez, der im Hafen von Cádiz die Kais gefegt hatte …

Harry Gumm ging gemächlich, aber zielstrebig auf sein Ziel zu, den Hafen an der West Street, wo die Privatyachten ihre Anlegeplätze hatten. Ein Freund auf Great Head hatte ihn angerufen, als die Yacht dort aufgetaucht war; und so war es für Harry Gumm ein leichtes gewesen, die Zeit zu berechnen, wann sie in Bar Harbor sein würde. Vor seinen Augen lief die NIRVANA jetzt mit gedrosseltem Motor in den Hafen ein.

Harry Gumm betrachtete die Yacht mit Wohlgefallen, wenn auch mit dem nötigen Ernst, der ihm um so angebrachter schien, als ihm die vertraute Umgebung seines Büros im Hotel *St. Sauveur* doch etwas fehlte, drei Räume, in denen nichts an seinen Beruf erinnerte, denn sie waren gleichzeitig seine Wohnung. Ja, Harry Gumm wohnte im Hotel, für einen eingefleischten Junggesellen das richtige Zuhause, fand er. Die Damenwelt von Bar Harbor hatte alles versucht, seinen Widerstand zu brechen; und obwohl er darüber sechzig geworden war, versuchten sie es noch immer.

Die Motoren der Yacht verstummten. Matrosen vertäuten sie. Harry Gumms Blick ging über die Yacht, bis er die Frau entdeckte, oder doch wenigstens den breitrandigen Hut hinter einem Kabinenfenster. Es hatte sich gelohnt, den Weg zu machen. Er war in angenehmer Weise aufgeregt.

Harry Gumm zog Geschäfte mit Frauen denen mit Männern vor. Zum Teil war es komplizierter, langwieriger, mit Frauen zu verhandeln, vor allem mit Witwen. Aber mit Frauen hatte er auch seine besten Geschäfte gemacht; und er hatte nie vergessen, daß es eine weibliche Klientin war, die seine Monopolstellung in Bar Harbor begründet hatte. Es lag dreißig Jahre zurück, als er eine ganze Halbinsel verkauft hatte, für hunderttausend Dollar – einhunderttausend! –, und es war zum Teil Land aus eigenem Besitz gewesen.

Sicher, so ein Geschäft macht man nur einmal im Leben. Die Zeiten waren vorbei, für immer. Es gab kaum noch unbebautes Land. Alles war in festen Händen. Das eigentliche Geschäft steckte jetzt in den Häusern. Auch sie waren in festem Besitz, aber die Besitzer wechselten, starben, zogen weg, und dafür kamen andere, die hier ein Haus suchten. Er kannte fast alle Liegenschaften, jedenfalls alle, die eines Harry Gumm würdig waren, und deshalb hatte er es kaum nötig, sich aus seinem Büro weg zu bewegen. Einige der Häuser waren mehrmals durch seine Hände gegangen.

Er hatte jetzt keine Zeit mehr, seinen Gedanken nachzuhängen. Gloria Linzee war an Deck erschienen. Von ihrem Panamahut flatterte ein rotes Band. Harry Gumm hatte nicht viel übrig für Yachten – er verkaufte sie schließlich nicht –, er hatte auch kein Auge für Frauen, aber daß diese dort eine der schönsten war, die er je gesehen hatte, dessen war er sich doch bewußt. Er ging ihr entgegen, während die Gangway ausgelegt wurde. Er ging langsam, würdig, mit ernstem Gesicht. Es entging ihm nichts. Hatte Gloria Linzee kein Gepäck? Der Mann, der ihr folgte, trug nur eine Reisetasche. War das alles? Sie hatte ihm ein Kabel geschickt, das besagte, sie wünsche den Verkauf von *Far Niente* möglichst schnell abzuwickeln; sie könne nicht länger als zwei, höchstens drei Tage in Bar Harbor bleiben. Das wenige Gepäck bestätigte das. Oder kam noch mehr? Auf dem Vorderdeck der Yacht war etwas unter einer großen Plane verborgen. Hatte Gloria Linzee ein Automobil mitgebracht?

»Hatten Sie eine angenehme Reise?« Er verbeugte sich vor ihr. »Es ist immer ein sehr weiter Weg. Nett, daß Sie sich selber bemüht haben. Wie steht es?«

»Gut, gut.« Er sah sie prüfend an, plötzlich etwas besorgt. Gerade diejenigen, die es so eilig hatten, die so direkt fragten, so ungeduldig schienen, wechselten manchmal plötzlich ihre Meinung. Und Harry Gumm mußte sich gestehen, an diesem Geschäft lag ihm mehr als an irgendeinem anderen Geschäft in den letzten Jahren. Als das Kabel von Gloria Linzee auf seinem Tisch gelandet war, hatte er es zuerst einfach nicht glauben können. *Far Niente* stand zum Verkauf! Ein Haus, das nicht durch seine Hände gegangen war. Nicht einmal beim Erwerb des Grundstücks hatte er als Vermittler fungiert. John Linzee hatte es damals direkt von Temperence C. Butler gekauft – eine Tatsache, die all die Jahre wie ein Dorn in seinem Herzen steckte.

»Haben Sie eben Käufer?«

»O ja. Ich glaube, ich habe das Richtige. Es weiß doch außer mir niemand davon?«

»Natürlich nicht. Mir ist nur wichtig, daß es schnell und reibungslos vonstatten geht.«

»Sie können sich auf Harry Gumm verlassen.«

»Und Sie wissen, ich möchte es verkaufen, wie es ist. Mit allem Mobiliar.«

»Ihr Kabel war ganz klar. Ich hatte zwar nicht viel Zeit, aber ich war nicht untätig. Ich habe zwei ernsthafte Interessenten ...« Er merkte, daß ihre Aufmerksamkeit abgelenkt wurde. Ein Automobil kam die Uferstraße herunter, vollgestopft mit Matrosen der CECILIE. Sie schwenkten etwas in den Händen, und man hörte ihren Gesang.

»Viele Leute auf der *Fair*?« fragte Gloria Linzee.

»Ich möchte um alles in der Welt nicht draußen sein. Ein wahrer Ameisenhaufen. Es müssen Tausende sein.«

»Wir haben, glaube ich, alles besprochen?«

Harry Gumm war enttäuscht. Er hatte damit gerechnet, daß sie ihn bitten würde, mit ihr ins *Far Niente* zu kommen. »Gerade, wenn Ihnen an einem raschen Verkauf liegt, wäre es gut, wir könnten noch einige Punkte klären.«

»Kann ich das nicht alles Ihnen überlassen?«

Harry Gumms Gesicht wurde noch ernster. Daß er keine Inserate aufgeben mußte, daß ihm sein Gedächtnis genügte, seine Beziehungen – allenfalls seine Kundenkartei, die im Safe verschlossen lag –, das war seine Sache; aber er legte doch Wert darauf, daß seine Arbeit gewürdigt wurde.

»Ein Haus wie *Far Niente* kommt nicht jeden Tag auf den Markt und ist nicht für jeden geeignet. Da ist zum Beispiel die Frage des Personals.«

»Das Personal? Brice wird mit mir gehen, Foster, der Koch, ebenfalls, vielleicht auch Googins, wenn es mir gelingt, ihn von Bar Harbor loszueisen. Aber sonst hätte ich gedacht, der neue Besitzer könnte das Personal übernehmen.«

»Sehen Sie, das schließt einen meiner Interessenten schon aus. Mr. Amory aus Chicago. Ich habe durch halb Amerika hinter ihm hertelefoniert, bis ich herausbrachte, daß er in Kanada beim Angeln ist. Dort habe ich ihn erwischt. Aber Mr. Amory besteht darauf, sein eigenes Personal mitzubringen.«

»Aber die Leute kennen sich mit dem Haus aus. Der Gärtner zum Beispiel ...«

»Mr. Amory hätte nicht viel von dem Garten übriggelassen; er braucht drei Löcher Golf vor der Haustür, zum Üben, basta.«

»Aber Sie hatten noch einen zweiten Interessenten.«

»Jemand aus Bangor.«

»Aus Bangor?«

»Keine Sorge! In Bangor sitzt viel neues Geld, was auch nicht schlechter ist als altes. Virginia Bradlee. Sie besaß früher schon einmal ein Haus in Bar Harbor, *Alpine Cottage*. Ich habe es damals für sie verkauft. Sie meinte, Newport gefiele ihr besser. Jetzt kehrt sie reumütig zurück.«

»Sie ist ernsthaft interessiert?«

»Sie kennt *Far Niente*. Sie hätte den Kauf am liebsten am Telefon perfekt gemacht. Ich hatte Mr. Amory für morgen hergebeten und Virginia Bradlee für den Tag darauf, aber ich kann das umdisponieren. Und was die Solvenz« – er liebte solche Worte – »von Virginia Bradlee betrifft, ich habe einen Kreditbrief ihrer Bank. In drei Tagen können wir alles beurkundet haben.«

Harry Gumm war unzufrieden mit sich, daß er alle seine Trümpfe auf einmal aus der Hand gegeben hatte, anstatt das Gespräch kunstvoll auszudehnen. Aber wie konnte er, wenn Gloria Linzee so unaufmerksam war. Sie hörte ihm nur mit halbem Ohr zu; immer wieder ging ihr Blick zu den Matrosen der CECILIE, die in ein weißes Rettungsboot gestiegen waren und jetzt ablegten. Natürlich hatte Harry Gumm sich Gedanken gemacht, warum *Far Niente* so plötzlich zum Verkauf stand. Er wußte, daß Gloria Linzee seit dem Tod ihres Mannes nur noch selten nach Bar Harbor kam. Elf Monate im Jahr stand das Haus praktisch leer, aber andere leisteten sich diesen Luxus auch. Warum also? Sollte an dem Gerücht von der unglücklichen Liebesgeschichte mit einem Offizier der CECILIE etwas Wahres sein? Es würde nur seine Theorie bestätigen – und die seines alten Freundes Sol Butler –, daß Liebesgeschichten im Endeffekt immer nur einen Haufen Unordnung hinterließen.

Gloria Linzee blickte dem Boot immer noch nach, obwohl es nur noch ein weißer Punkt auf der blauen Wasseroberfläche war.

»Ich hoffe, Sie überlegen es sich nicht noch anders.« Harry Gumm hatte einen untrüglichen Instinkt für den Zeitpunkt, an dem der Ton zwischen ihm und einem Klienten persönlicher werden durfte, aber jetzt war er unsicher, ob er nicht zu voreilig war.

»Passiert das manchmal?«

»Hin und wieder.«

»Speziell bei Frauen?«

»So war es nicht gemeint. Das hält sich die Waage.«

Sie stand vor ihm, kühl und reserviert; und jetzt, wo er schon nicht mehr damit rechnete, lächelte sie. »In Geschäften bin ich sehr zuverlässig, ganz ohne Emotion.«

»Oh, mit einem Haus sind immer Emotionen verknüpft.« Er legte die Hand auf sein Herz. »Bei mir auf jeden Fall! Haben Sie vor, in einem anderen Seebad etwas zu kaufen? Näher an Baltimore? Ich könnte Ihnen vielleicht behilflich sein.«

»Vorsicht!« Sie nahm seinen Arm und zog ihn ein paar Schritte weg. »Geben Sie acht!«

Über ihnen in der Luft, von vier Seilen gehalten, schwebte ein Automobil, eine nagelneue Limousine, die

Karosserie leuchtend blau, das Verdeck silbern. Der Ladebaum, an dem es hing, schwenkte nach rechts, zwei Männer rannten zum Kai und nahmen den Wagen, der jetzt langsam heruntergelassen wurde, in Empfang.

Harry Gumm wußte, daß bereits zwei Wagen in der Garage von *Far Niente* standen. Und nun brachte Gloria Linzee noch ein drittes Automobil mit, obwohl sie nur drei Tage bleiben wollte. Sein Mißtrauen regte sich wieder, aber sein Maklersinn sagte ihm: Sie will verkaufen! Nicht zu jedem Preis, aber verkaufen will sie!

Der Wagen stand nun auf der Erde. Die Seile wurden gelöst, Gloria Linzees Reisetasche im Gepäckraum verstaut, und einer der Männer warf den Wagen an. Der Motor funktionierte auf Anhieb. Gloria Linzee reichte Harry Gumm die Hand. »Also, dann bis morgen. Wann wird es etwa sein? Sie kommen doch selber mit?«

»Ich könnte um zehn Uhr mit Virginia Bradlee bei Ihnen sein.«

»Sagen wir um elf?«

»Gut, um elf ...« Harry Gumm zögerte. »Da ist noch etwas. Ich weiß nicht, ob Sie sich mal den Grundbuchauszug angesehen haben. Ihr Mann hat das Grundstück seinerzeit von Temperence C. Butler gekauft. Sie hat sich im Falle eines Handwechsels das Vorkaufsrecht zusichern lassen.«

Gloria Linzee griff nach ihrem Hut, als sei sie besorgt, der Wind könnte ihn mitnehmen. »Sie kann nicht ernstlich daran interessiert sein.«

»Das ist auch meine Meinung. Trotzdem müßte sie informiert werden. Ich übernehme das gern.« Ja, dachte er, nur zu gern! »Es ist nur eine Formsache.« Er wußte, daß es an der Zeit war, das Gespräch zu beenden.

»Tun Sie das«, sagte Gloria Linzee. »Tun Sie alles, was Sie für richtig halten. Bis morgen. Und noch mal herzlichen Dank, daß Sie selber gekommen sind.«

Sie ging davon; bei jedem Schritt zeichneten sich unter dem engen Rock ihre Beine ab. Als sie in den Wagen stieg, leuchtete im seitlichen Rockschlitz das rote Seidenfutter auf. Der kirchentreue Katholik in Harry Gumm entrüstete sich über die Schamlosigkeit, aber der Mann fand den Anblick sehr reizvoll.

Das Auto fuhr davon, und Harry Gumm verließ die Pier. Ihm war heiß geworden in der Sonne; dazu kam die innere Hitze, in die ihn dieses große Geschäft mit allem Drum und Dran versetzte. Er stellte sich die Reaktion von Virginia Bradlee vor, wenn sie erfuhr, daß sie morgen bereits *Far Niente* besichtigen konnte; natürlich würde er ihr nicht auf die Nase binden, daß sein anderer Interessent aus der Konkurrenz ausgeschieden war, ganz im Gegenteil. Dann malte er sich das Telefongespräch mit Temperence C. Butler aus ...

Er machte sich auf den Rückweg, langsam, würdevoll. Die Uferstraße war nun belebter. Vor dem *Rockaway-Hotel* sammelten sich die ersten Leute für die Besichtigungsfahrt zur CECILIE, die um drei Uhr stattfinden würde. Harry Gumm zog es zurück in sein Büro, und doch blieb er stehen und blickte hinaus in die Bucht zu dem deutschen Schiff.

Er gehörte nicht zu den Menschen, die eine sentimentale Beziehung zum Meer und zu Schiffen hatten. Er war dem Land verschrieben, Häusern, die fest auf der Erde standen. Schiffe waren etwas Unsicheres, Unberechenbares, wie Frauen. Trotzdem stieg jetzt beim Anblick des Ozeanriesen so etwas wie Dankbarkeit in ihm auf. Seine Geschäfte waren sehr ruhig gegangen in den letzten Jahren, ruhig war ein milder Ausdruck. Die Preise für Häuser waren zurückgegangen, und selbst zu niedrigen Preisen wollte keiner sie haben. Seitdem das deutsche Schiff in Frenchmans Bay lag, hatte sich das Blatt gewendet. Bar Harbor war plötzlich wieder in Mode gekommen, und er hatte in den letzten sechs Wochen mehr Geschäfte getätigt als im ganzen Jahr zuvor.

Harry Gumm war ein vorausschauender Mann, und er fragte sich, was geschehen würde, wenn die CECILIE eines

Tages verschwinden sollte. Würde Bar Harbor wieder in seinen Dornröschenschlaf zurücksinken?

Wie er so am Ufer stand, begann seine Phantasie zu arbeiten: Er verwandelte das Schiff in ein Haus. Er machte ein schwimmendes Hotel daraus. Nur eine verrückte Idee? Es kam nur darauf an, die richtigen Leute zu finden für so ein Projekt ... Wieviel so ein Schiff wohl kostete? Er seufzte. Er konnte sich die Bucht nicht mehr ohne die CECILIE vorstellen.

Achtundzwanzigstes Kapitel

Sie hielt die Zügel lose in der Hand und überließ es dem Pferd, das Tempo zu bestimmen. Sie hatte keine Eile, ins Gelbe Haus zu kommen. Weder vor ihrer Großmutter noch vor Edith Connors würde sie verbergen können, in welcher Stimmung sie war. Neben ihr, auf dem schwarzen Ledersitz des Buggy, lag der Strauß Papierblumen, die er für sie geschossen hatte; aber was die Erinnerung an einen glücklichen Tag sein sollte, erfüllte sie mit Traurigkeit. Und der Korb mit den Blaubeeren zu ihren Füßen machte es nicht besser, eher schlechter.

Sie hatte so viel erwartet von diesem Tag! Aber war es gestern nicht genauso gewesen, und vorgestern? Immer hatte sie gewartet – worauf? Auf ein Wunder? Jetzt jedenfalls fuhr sie allein nach Hause mit einem Strauß bunter Papierblumen, die sie nur daran erinnerten, wie eilig er es plötzlich hatte wegzukommen. Er müsse mit Polack reden! An einem Tag wie heute ließ er sie allein. Und dann war Kuhn unter dem Vorwand, Vandermark zu suchen, ebenfalls verschwunden und nicht mehr aufgetaucht, und sie war dagestanden, mit einer Dollie Higgins, die Tränen in den Augen hatte ...

Blaubeermund – war sie nicht selber daran schuld? Warum hatte sie nur darauf bestanden, daß sie zu dieser dummen Preisverteilung mußten. Im Wald, auf der Lichtung, allein mit ihr, war er ganz anders gewesen. *Blaubeermund* ... Er hatte sie umarmt, sie geküßt. Ihr Kopf war auf seiner Schulter gelegen ... Sie hatte gewünscht zu bleiben ... Warum um alles in der Welt hatte sie die gehorsame Enkelin spielen müssen? Sie verstand sich selber nicht. Sie hatte sich benommen wie jemand, der nicht wußte, was er wollte. Sie hatte alles falsch gemacht. Und schuld war ihre Großmutter. Ihre ewigen guten Ratschläge, ihre Bevormundung, das hemmte sie, machte sie unsicher ...

Sie war so in Gedanken, daß sie das Automobil nicht hörte, das sich von hinten näherte. Erst als ihr die Zügel entglitten und das Pferd davongaloppierte, wurde sie auf das Hupen aufmerksam. Sie hatte Mühe, das Pferd wieder unter Kontrolle zu bekommen. Schließlich brachte sie ihren Buggy am Straßenrand zum Stehen. Wieder hupte es hinter ihr, und dann setzte der Wagen zum Überholen an. Das silberne Dach funkelte in der Sonne. In dem schmalen Rückfenster sah sie einen breitrandigen Damenhut mit einem roten Band.

Sie brauchte Sekunden, um zu begreifen. Es gab nur eine Frau, die solche Hüte trug. Gloria Linzee!

Es kam zu unvorbereitet. In den ersten Tagen nach ihrer Abreise hatte Anne immer befürchtet, sie wäre plötzlich wieder da. Nach einer Woche hatte sie begonnen, sich sicherer zu fühlen. Wenn sie am Abend ihr Fenster öffnete und hinüberblickte in den Park von *Far Niente,* in dem nirgends ein rotes Kleid auftauchte und eine weiße Uniform; wenn sie die geschlossenen Fensterläden im Westflügel betrachtete, dann hatte sie Triumph erfüllt, der Triumph einer Frau, die eine andere aus dem Feld geschlagen hatte. Nur ein Schatten blieb – seine Telefongespräche, die er im Büro der *Western Union* mit New York führte; nach den Informationen ihrer Großmutter wurden sie seltener. Dafür tauchte der Name Gloria Linzee immer häufiger in den Gesellschaftsspalten der New Yorker Zeitungen auf: eine Modenschau, die sie in Begleitung von X besuchte; Y, mit dem sie im *Amsterdam Roof* eine Nacht durchgetanzt hatte ... Vandermark mußte manche spöttische Bemerkung über sich ergehen lassen, nicht nur von Temperence C. Butler, sondern auch von Anne, die nach und nach Gefallen an diesem Spiel fand.

Jetzt war sie zurück, und Anne glaubte zu verstehen: Er hatte es gewußt. Deshalb war er so seltsam, so anders gewesen heute. Er hatte nur einen Vorwand gesucht. Sie riß die Peitsche aus der Halterung und war im Begriff, auf das Pferd einzuschlagen, was sie noch nie getan hatte, als sie sah, daß die Limousine mit dem silbernen Dach und der leuchtend blauen Karosserie, dort, wo der Weg sich teilte, angehalten hatte. Jetzt öffnete sich der hintere Schlag, Gloria Linzee stieg aus.

Es blieb Anne nichts anderes übrig, als ebenfalls anzuhalten. Aber sie rührte sich nicht vom Sitz, behielt die Zügel in den Händen. Einen Moment schien es ungewiß, ob Gloria Linzee den ersten Schritt tun würde, ob sie das erste Wort sagen würde, und solange dieser Augenblick dauerte, klammerte Anne sich an einen Gedanken, mit dem sie in den letzten Wochen aufkommende Zweifel immer beschwichtigt hatte: Sie, Anne, war neunzehn, und Gloria Linzee war sechsunddreißig, eine alternde Frau, die nur noch durch ihre raffinierte Aufmachung wirkte, durch Schminke, durch auffallende Hüte und Kleider. Aber als Gloria Linzee jetzt an den Buggy trat, brach dieses Bild zusammen. Die Frau, die da vor ihr stand, war eine Schönheit, eine wirkliche Schönheit. Anne kam sich neben ihr häßlich vor, schlecht frisiert, altmodisch gekleidet. Unwillkürlich zog sie die Füße unter den Sitz, und am liebsten hätte sie auch ihre Hände versteckt, so grob schienen sie ihr.

»Ich habe Sie nicht gleich erkannt«, sagte Gloria Linzee, »und der Fahrer auch nicht. Tut mir leid, daß wir Ihr Pferd erschreckt haben. Ist alles in Ordnung?«

»Ja.«

»Sie waren auf der *Fair*?« Glorias Blick ging zu den Papierblumen, die neben Anne auf dem Sitz lagen.

Anne nickte. »Und Sie? Sie sind eben angekommen?«

»Ja, ich komme direkt von der Yacht. Großer Betrieb auf der *Fair*, habe ich gehört.«

»Eben war die Preisverteilung. Sie haben auch gewonnen.«

»Ich einen Preis?«

»Ihr Koch, für seinen Apfelkuchen.« Anne war sehr stolz, daß es ihr gelungen war, eine normale Konversation zu führen, mit einer Stimme, die, wie sie fand, ebenfalls ganz normal klang. »Offiziell ging der Preis natürlich an Sie«, fuhr Anne fort, »die Statuten des Festkomitees ...« Sie lächelte wissend. »Ihr Scheck für das Feuerwerk hat seine Wirkung nicht verfehlt ... Sind Sie wegen des Feuerwerks zurückgekommen?«

»Natürlich. Wenn ich schon dafür bezahle, möchte ich auch sehen, wie mein Geld in die Luft gejagt wird. Nett, Sie zu sehen! Grüßen Sie Ihre Großmutter von mir. Sie ist doch noch da?«

»Es war ein langer Sommer in diesem Jahr.«

Wieder ging Glorias Blick zu den Papierblumen. »Sie glückliches Kind! Das war immer mein Traum, daß jemand für mich einen Strauß Papierblumen schießt ...« Sie hob die Hand: »Adieu!«

Anne wartete, bis Gloria Linzee wieder eingestiegen war und die Limousine davonfuhr. Sie blickte auf ihre Hände; sie lagen in ihrem Schoß, ganz ruhig, und doch hatte sie das Gefühl, als zitterten sie. Automatisch hob sie die Zügel, automatisch lenkte sie den Wagen. Ihr Kopf war leer, sie selber war leer, ein Hohlraum, der sich allmählich mit Schmerz füllte.

Sie hatte den hinteren Eingang gewählt, durch die Küche; sie konnte immer sagen, es sei nur geschehen, um Betty White die Blaubeeren zu geben. Als sie in die Halle kam, hörte sie die Stimme der Großmutter. Sie stand am Telefon, einem Wandapparat; es gab keinen anderen Anschluß im Haus, Temperence C. Butler fand das unnötig. Anne, mit den Papierblumen in der Hand, strebte der Treppe zu, aber die Großmutter machte ihr ein Zeichen zu bleiben. Sie brachte ihr Gespräch schnell zu Ende: »Jedenfalls vielen Dank, Harry ... Ja ... Vielleicht spreche ich selber mit ihr ... Nein, für den Apfelkuchen nicht. Fünfmal hintereinander war genug.«

Sie winkte Anne zu sich. Mit gerunzelten Brauen deutete sie auf die Papierblumen. »Wer so etwas fabriziert, gehört gefoltert und gevierteilt. Die Natur auf diese kriminelle Weise zu imitieren. Du hast nicht die Absicht, diese scheußlichen Dinger bis auf deine alten Tage aufzuheben.«

»Wenigstens welken sie nicht.«

»Wie bitte?«

Plötzlich war es Anne nicht länger möglich, sich zu beherrschen. »Sie ist zurückgekommen! Denk dir, *sie* ist zurück.«

»Jetzt gib erst mal her ...« Sie nahm Anne die Papierblumen aus der Hand und rief dann nach White, der sofort erschien. »Schaffen Sie das auf Annes Zimmer. Und dann, bitte, einen Tee.«

»Jetzt?«

»Ja, wir nehmen den Tee heute früher. Es ist sowieso alles durcheinander heute. Wie hat Betty das verdaut mit dem Apfelkuchen?«

»Ziemlich gefaßt, nach außen hin«, sagte White. »Aber ich weiß, es bohrt in ihr. Sie sucht die Schuld wie immer bei sich und meint, es sei vielleicht die falsche Apfelsorte gewesen.«

»Gott bewahre! Du weißt, was es war. Erklär ihr das! Ich hoffe nur, das Abendessen heute leidet nicht darunter! Man merkt es dem Essen an, wenn Betty deprimiert ist, finde ich. Und nun den Tee ...«

Sie ging voran in die Bibliothek. Sie setzte sich und bedeutete Anne, sich zu ihr zu setzen. »Woher weißt du, daß sie zurück ist?«

»Ich bin ihr begegnet, eben.«

Temperence C. Butler musterte ihre Enkelin. »Ich hoffe, du hast nichts Unüberlegtes gesagt oder getan.«

»Ich wollte, ich hätte es. Weiß Gott, ich wollte, ich wäre auf sie losgegangen und hätte ihr die Augen ausgekratzt.«

»Es gibt bessere Methoden, Anne, nicht so primitive.«

»Mir wäre bei dieser primitiven Methode sehr wohl gewesen.«

»Wir wollen uns nicht darüber streiten. Ich nehme also an, du hast dich so benommen, wie es sich für eine Anne Butler gehört.«

»So wie du es mir beigebracht hast.«

»Hat sie etwas von dem Haus gesagt?«

»Von welchem Haus?«

White kam mit dem Tee. Als sie wieder allein waren, sagte Temperence C. Butler. »Sie verkauft *Far Niente!* An Virginia Bradlee! Mir bleibt auch nichts erspart! Ihre Möpse werden den ganzen Tag durch den Garten japsen. Wie kann ein Mensch tagein, tagaus nur so viel Häßlichkeit aushalten. Herbert Bradlee war kein Adonis, bei Gott, nein, aber gegen diese Möpse war er geradezu eine Schönheit.«

»Sie verkauft *Far Niente*?« Anne war so durcheinander, daß sie nicht wußte, war dies eine gute oder eine schlechte Nachricht.

»Harry Gumm, das alte Schlitzohr, hat mir den Besitz angeboten.«

»Du willst doch nicht etwa ...«

»Keine Spur. Er hätte mich nur gerne als Konkurrenz ausgespielt gegen Virginia Bradlee, um den Preis in die Höhe zu treiben.«

»Warum verkauft sie?«

Die Blicke der beiden Frauen trafen sich, zwei Verbündete, die voreinander keine Geheimnisse hatten. »Ich bin mir nicht ganz klar darüber«, sagte Temperence C. Butler. »Dir hat sie nichts gesagt? Nein? Es kann vieles heißen. Ich werde es schnell herausfinden.« In ihre dunklen Augen kam ein Leuchten. »Wir werden Gloria Linzee heute abend zu uns einladen. Ja, ich glaube, das ist eine gute Idee ... Wir sind dann allerdings dreizehn; das wird White ein paar graue Haare kosten.«

»Du willst Gloria Linzee einladen? In dein Haus?«

»*Sie* ist die dreizehnte, mein Kind!«

»Ich will sie nicht sehen! Mit ihm zusammen! Wie stellst du dir das vor! Lade sie ruhig ein, aber dann werde ich nicht am Tisch sitzen. Ich verstehe dich nicht.«

»Das habe ich auch nicht erwartet. Aber vielleicht hörst du mir einmal zu. Du träumst! Du träumst, das Leben sei etwas Wunderschönes, ein ewiger Sommer. Je mehr du dich an diesen Traum klammerst, um so eher wirst du erwachen. Es ist traurig, aber das Leben ist nun mal so.«

»Was du sagst, gefällt mir nicht. Ich glaube nicht, daß es so ist.«

»Es mag dir nicht gefallen, aber es ist die Wahrheit! Versteh doch: das Leben mit einem Mann, den man liebt, ist schwieriger als mit einem Mann, den man nicht liebt. Es klingt widersinnig, aber es ist so. Ich weiß, wovon ich rede, ich habe es selber durchgemacht.«

»Was hat das alles mit Gloria Linzee zu tun, und vor allem ... mit ihm?«

»Ganz einfach. Du wirst noch oft in deinem Leben zu Frauen nett sein müssen, die du nicht ausstehen kannst. Warum heute nicht den Anfang machen?«

»Glaubst du denn, sie würde deine Einladung annehmen und kommen?«

»Ich könnte es mir durchaus denken. Wenn sie weiß, daß er hier ist. Wir sollten sie nicht unterschätzen. Sie ist jemand, der in die Höhle des Löwen geht.«

»Ich bin nicht so sicher ... aber wenn du meinst ...«

»Schau, Anne ...« Die Stimme der Großmutter war voller Sanftmut. »Es ist besser, du bist dir darüber im klaren, daß Fred – daß du einen Mann haben wirst, der den Frauen gefällt! Es werden immer welche um ihn herumschwirren.«

Anne sah auf. »Er ist älter als ich. In zehn Jahren ...«

Temperence C. Butler lächelte. »Jetzt sprichst du wie eine Butler. In diesem Fall jedoch stimmt die Rechnung nicht. Auch in zehn Jahren, auch mit weißen Haaren, wird das bei ihm nicht anders sein. Männer wie er verlieren das nie. Es ist besser, du stellst dich darauf ein. Es gibt nur eine Methode dagegen: Du mußt mit den Konkurrentinnen auf gutem Fuß stehen ... Ja, Liebe ist eine komplizierte Sache!«

Anne saß auf ihrem Stuhl, die Hände im Schoß gefaltet, den Blick gesenkt. Sie bot ein Bild der Aufmerksamkeit; sie versuchte tatsächlich zuzuhören, aber diese Sprache verstand sie nicht, wollte sie auch nicht verstehen. Wenn das die Liebe war, dann wollte sie nie mehr einen Menschen lieben.

Temperence C. Butler griff nach Annes Hand. »Ich weiß, wie dir zumute ist, glaub mir, auch ich war einmal so jung ... Noch etwas Tee?«

Anne erhob sich. Als Kind hatte sie vor der Großmutter immer einen Knicks gemacht, wenn sie kam und wenn sie ging. Es war eine Sitte, auf die ihre Großmutter viel Wert gelegt hatte, und manchmal, wenn sich Anne von der Großmutter wie ein Kind behandelt fühlte, machte sie auch jetzt noch einen Knicks, ein gutes Mittel, der Großmutter zu sagen, daß sie es zu weit trieb mit der Bevormundung. Aber der Knicks, den sie jetzt machte, bedeutete etwas anderes. Es war wie ein Visier, das sie herunterließ.

»Darf ich mich zurückziehen?« fragte sie wie ein gut erzogenes Kind?

Die Großmutter nickte: »Natürlich, mein Liebes. Und du wirst sehen, du bekommst ihn.«

Anne ging zur Tür, mit kleinen Kinderschritten. Dort blieb sie noch einmal stehen. »Setze sie bitte so, daß ich sie nicht dauernd anschauen muß.« Auch durch die Halle ging sie noch langsam, aber dann auf der Treppe begann sie zu laufen.

Das erste, was sie sah, als sie ihr Zimmer betrat, war der Strauß Papierblumen, der auf ihrem Bett lag. Sie warf sich darüber und weinte. Ein langer Sommer! Und ach, wie kurz!

Neunundzwanzigstes Kapitel

So lange haben unsere Rosen noch in keinem Jahr geblüht!« Brice deutete auf das Spalier neben der Haustür. »Unglaublich, dieser Sommer ... Soll ich Ihnen nicht doch einen Schirm gegen die Sonne bringen?«

»Danke, Brice, der Hut genügt mir.« Gloria Linzee band die Schleife des Strohhuts unterm Kinn fest. »Noch etwas?«

»Das Abendessen?« sagte der Butler. »Falls Sie Gäste erwarten ... Das Personal möchte heute abend gern das Feuerwerk sehen. Wenn man vielleicht eine Stunde früher als sonst ...«

»Wann beginnt das Feuerwerk?«

»Es ist für neun Uhr angesetzt.«

»Ich erwarte keine Gäste.«

»Ich dachte ...«, begann der Butler und murmelte dann eine Entschuldigung.

Gloria Linzee war immer noch mit dem Binden der Schleife beschäftigt. »Nur keine Umstände. Sie können den Leuten freigeben für den Abend.« Sie war nicht einmal sicher, ob sie im Haus übernachten würde. Sie konnte jederzeit auf die Yacht zurückkehren. Vielleicht war das sogar besser, als die letzten Nächte allein hier zu verbringen.

»Für Sie wird selbstverständlich etwas vorbereitet«, sagte Brice.

»Danke. Ich möchte etwas in den Garten. Nachher können wir die Monatsabrechnung durchgehn.«

Sie war erleichtert, endlich allein zu sein. Seit ihrer Ankunft war Brice nicht von ihrer Seite gewichen; immer hatte er noch etwas gefunden, das es zu berichten gab; sogar das Obst, das Foster eingeweckt hatte – einige Hundert Gläser, die nach Sorten getrennt und mit Etiketten versehen die Regale des Vorratskellers füllten –, hatte sie bewundern müssen. Sie hatte geduldig die Herrin von *Far Niente* gespielt und es immer wieder hinausgeschoben, Brice zu sagen, daß sie das Haus verkaufen würde. Nachher, wenn sie mit ihm die Abrechnung machte, würde sie es bestimmt tun.

Die Rosen standen auch im Garten noch in Blüte; überall leuchtete ihr Rot; aber da und dort lagen bereits Berge von Weißtannenzweigen bereit, um die Beete für den Winter abzudecken. Der kleine See und der künstlich angelegte Bach waren ohne Wasser, und die Stein- und Bronzefiguren im japanischen Garten waren zum Teil bereits unter Holzverschalungen verschwunden.

Ich hätte mir den Anblick ersparen sollen, dachte sie. Es war ihr fester Vorsatz gewesen, nicht mehr nach Bar Harbor zurückzukommen. Den Verkauf des Hauses hätte Harry Gumm auch ohne sie abwickeln können; dazu bedurfte es nur einer Generalvollmacht. Aber die Frage mit dem Personal war nicht so einfach zu lösen. Und sie mußte bestimmen, welche persönlichen Dinge aus dem Haus nach Baltimore geschafft werden sollten. Sie hatte die Absicht gehabt, sofort damit zu beginnen, und sie hatte auch den Anfang gemacht, in ihrem Schlafzimmer; aber als sie dann in seinem Zimmer den Schrank öffnete und das Dinnerjackett hängen sah und seine anderen Sachen, gab sie auf.

Aus diesem Grund hatte sie das Haus verlassen und war in den Garten gegangen. Aber auch hier erinnerte sie alles an ihn. Jeden dieser Wege war sie mit ihm gegangen. Dort, auf der Bank am Teehaus, waren sie am ersten Abend gesessen. Nein – es war gut, daß sie *Far Niente* verkaufte. Von Erinnerungen, die nur schmerzten, mußte man sich trennen.

Sie machte kehrt, ging zum Haus zurück. In einer Stunde konnte sie die Liste der Dinge, die sie mit nach Baltimore nehmen wollte, zusammenhaben. Je schneller sie alles hinter sich brachte, desto besser. In vier Tagen konnte sie wieder in New York sein, oder in Baltimore oder Palm Springs vielleicht ... Jeder Ort war besser als Bar Harbor.

Auf dem gekiesten Platz vor der Garage parkte der neue Wagen. Googins hatte die Haube geöffnet und war in den Anblick des Motors versunken. Er war begeistert von dem Modell, und er sah zu ihr herüber und nickte anerkennend.

Im Haus schellte das Telefon. Ein Fenster der Halle stand offen, und es klang hell über den Hof. Gloria blieb stehen, lauschte auf den Ton, fast erschrocken. Sie hatte insgeheim darauf gewartet, und sie hatte sich gefürchtet. In New York waren die Telefongespräche mit ihm eine Qual gewesen. Sie hatte sich danach nur noch unglücklicher gefühlt.

Der Apparat läutete immer noch. Sie ging auf das Haus zu. Jetzt verstummte das Läuten. Sie war nicht sicher, ob der Anrufer aufgegeben oder jemand abgenommen hatte. Sie öffnete die Haustür und trat in die Halle.

Brice stand an dem Apparat im Erker mit den bunten Glasfenstern. Als er sie erblickte, legte er den Hörer auf den Tisch und kam zu ihr. »Für Sie ... Ihre Nachbarin. Ich lege das Gespräch in die Bibliothek.«

»Lassen Sie nur. Ich nehme es hier.« Sein enttäuschtes Gesicht hatte ihr sofort verraten, daß es nicht Vandermark sein konnte. Sie nahm den Hörer und meldete sich. »Gloria Linzee.«

»Meine Liebe! Hier ist Temperence Butler. Ich hoffe, ich störe nicht. Es ist nur ... Um es kurz zu machen, Harry Gumm hat mich angerufen! Also, das ist eine Überraschung!«

Gloria sah sich um, aber Brice hatte sich bereits zurückgezogen. »Es mußte mal sein.«

»Ich verstehe Sie. Dieses Riesenhaus. Und Sie waren in den letzten Jahren immer seltener hier ... Ich störe Sie auch nicht?«

Gloria Linzee gab sich keine Mühe, Herzlichkeit zu heucheln, sondern fragte ganz sachlich: »Sie sind nicht an *Far Niente* interessiert?«

Ein Lachen unterbrach sie. »Der gute Harry! Jetzt hat er seine Revanche. Nein, ich bin nicht interessiert. In meinem Alter kauft man keine Häuser mehr. Die Sache geht in Ordnung. Deshalb rufe ich nicht an. Ich wollte Sie zum Abendessen einladen.«

»Ich ...«

»Sagen Sie nicht gleich nein. Nur ein paar gute Freunde, Charly Polack natürlich und ...«

»Ich bin gerade erst angekommen. Und ich bleibe nicht lange.«

»Um so mehr Grund zu kommen. Es ist sozusagen die letzte Gelegenheit, daß wir uns sehen. Auch wir reisen bald.«

Irgend etwas lenkte Gloria Linzee schon die ganze Zeit ab. Zuerst waren es Geräusche gewesen, die durch das offene Fenster von draußen in die Halle drangen; jetzt ging die Haustür, und nun kamen Schritte über den Steinboden der Halle. Vor ihr hing ein Spiegel, und als sie hineinschaute, begegnete sie einem anderen Augenpaar ...

»Sind Sie noch da?« Die Stimme kam aus dem Hörer, den sie hatte sinken lassen. Sie hob ihn wieder ans Ohr und versuchte, nicht in den Spiegel zu schauen.

»Was ist, kann ich mit Ihnen rechnen?«

Er stand jetzt hinter ihr. Sie spürte es, ohne ihn zu sehn. Er beugte sich zu ihr herunter, und dann berührten seine Lippen ihren Hals.

»Oder haben Sie selber Gäste?«

Sie hielt den Hörer so, daß auch er die Stimme hören konnte. Im Spiegel sah sie, daß er den Kopf schüttelte und den Zeigefinger auf den Mund legte.

»Nein«, sagte sie. »Wie ich Ihnen sage, ich bin selber eben erst angekommen. Und morgen vormittag bringt

Harry Gumm den ersten Interessenten für das Haus. Sie nehmen es mir nicht übel ...«

Seine Hände waren jetzt an der Schleife, die ihren Strohhut hielt. Behutsam löste er die Bänder, nahm ihr den Hut vom Kopf. Sie schüttelte ihr Haar locker, und er lächelte ihr aus dem Spiegel zu.

»Vielleicht überlegen Sie es sich doch noch ...« Temperence C. Butler verfolgte hartnäckig ihr Ziel. »Wir essen schon um acht, wegen des Feuerwerks.«

»Ich glaube nicht, daß ich es einrichten kann.«

»Schade, wirklich, das bedaure ich sehr ... Aber einer meiner Gäste wird es bestimmt noch mehr bedauern.«

»Sie meinen Charly Polack?«

»Sie wissen genau, wen ich meine. Es wird eine große Enttäuschung für ihn sein, wenn ich ihm sagen muß, Sie hätten nicht kommen können. Nun? Wollen Sie ihm das wirklich antun?«

»Nicht gern«, sagte Gloria Linzee. »Ich werde es mir noch überlegen.«

»Sehn Sie ... Ich werde für Sie auf jeden Fall ein Gedeck auflegen lassen. Und entschuldigen Sie diesen formlosen Überfall am Telefon.«

Gloria Linzee ließ den Hörer sinken. Er nahm ihn ihr aus der Hand und legte ihn auf die Gabel. Sie wandte sich um, zögernd, plötzlich ängstlich, sie könnte sich alles nur eingebildet haben. »Halt mich«, sagte sie, »halt mich ganz fest.« Er nahm sie in die Arme, und sie sagte: »Sie hat mich wahrhaftig so weit gebracht, ihr ein halbes Versprechen zu geben. Sie hat sich ihren Trumpf bis zuletzt aufgehoben, weil sie wußte, wenn du da bist, würde ich kommen ... Halt mich. Fester! Nur diesen Augenblick.«

Er hielt sie fest in den Armen und sagte: »Sie hat dir falsche Versprechungen gemacht. Ich werde nicht im Gelben Haus beim Abendessen sein.«

»Aber sie sagte ...«

»Kuhn wird für mich einspringen. Es war alles entschieden, bevor ich wußte, daß du zurückgekommen bist, bevor ich die Yacht sah.« Plötzlich nahm er sie in die Arme und wirbelte sie durch die Halle, bis sie ihn, atemlos, stoppte:

»Sag mal ... hast du getrunken?«

»Genug, um einen schrecklichen Rausch zu haben. Ich war unter der kalten Dusche, und ich habe eine ganze Kanne Kaffee getrunken. Ich dachte, ich sei wieder vollkommen nüchtern, als ich herkam, aber jetzt ... Ich weiß nicht, vielleicht ist das jetzt etwas anderes.«

Die Schwingtür, die in den Wirtschaftstrakt führte, sprang auf, und Brice kam hereingestürmt.

»Mister Vandermark!« Er blieb stehen. »Verzeihung ...« Er verbeugte sich, verlegen und zugleich strahlend. »Verzeihung ...« Er entfernte sich wieder.

»Du hast ihn sehr enttäuscht«, sagte sie. »Ihn und Foster.«

»Ich weiß.« Er machte eine Kopfbewegung zu der weitläufigen hohen Halle. »Ich konnte es nicht. Ich konnte nicht allein in diesem Haus herumsitzen. Es kam mir schon mit dir zu groß vor. Und ...« Er machte eine Pause. »Ich konnte auch nicht nach New York kommen. Ich konnte dir nicht nachreisen. Ich könnte sagen, es hatte mit der ›Cecilie‹ zu tun, mit Polack, mit einigen Dingen, die passiert sind ... alles, was ich schon am Telefon als Ausrede gebraucht habe. Aber ich konnte nicht, weil es so ausgesehen hätte wie ...«

»Kapitulation?«

»Das Wort stimmt nicht ganz, aber im Grunde ja, wie Kapitulation.«

»Und du meinst, einer Frau fällt das leichter?«

»Ich frage mich, mußtest du nach New York?«

»Ja, ich mußte.«

»Wegen mir?«

»Nein. Wegen mir selber, wegen meiner – schreckliches Wort – Selbstachtung. Und vor allem, damit ich zurückkommen konnte, um zu kapitulieren.«

Sie standen sich gegenüber. Alle Leichtigkeit war verflogen. Gloria bemerkte einen Ausdruck von Ernst in seinem Gesicht, der für sie ganz neu war. Und trotzdem dachte sie: Es ist alles viel zu leicht gegangen! Sie glaubte nicht an die leichten Dinge; ihr war nie etwas in den Schoß gefallen, wenn es nach außen hin auch den Anschein haben mochte.

»Wenn es wegen mir ist, daß du nicht ins Gelbe Haus gehst ...«

»Ich sage dir, es war schon entschieden.«

»Wenn sie es erfährt, daß du hier warst – und sie wird es erfahren –, dann weiß ich nicht, was sie tun wird. Gefallen wird es ihr jedenfalls nicht.«

»Nein, aber sie wird sich damit abfinden müssen.«

Sie zögerte, aber sie mußte es aussprechen. »Und Anne? New York ist weit genug weg, sollte man meinen; aber es gibt so viele gute Freundinnen, die einen anrufen.«

»Vergiß es. Es ist jetzt unwichtig.«

»Dann bleibst du heute abend hier?«

»Ich kann nicht bleiben. Ich ...«

»Ich verstehe.« Es war also doch zu leicht gegangen. Sie hatte es geahnt.

»Ich muß zurück auf die ›Cecilie‹, zum Dienst. Ich mußte es Polack versprechen. Ich darf das Schiff nicht verlassen.«

»Ach so. Kann ich ... Hab' ich dir gesagt, daß ich das Haus verkaufe.«

»*Far Niente?*«

»Mit allem Drum und Dran, so wie es ist. Ich habe schon jetzt das Gefühl, es gehört mir nicht mehr.« Auf ihrem Gesicht breitete sich allmählich ein Lächeln aus, immer noch nachdenklich, aber zugleich zärtlich. »Kannst du mich nicht mitnehmen? Kannst du mich nicht an Bord schmuggeln?«

»Es soll schon vorgekommen sein«, sagte er.

»Ich pack' ein paar Sachen.«

»Laß uns sofort gehn.« Er griff nach dem Hut, der neben dem Telefon auf dem Tisch lag. »Das ist alles, was du brauchst. Wenn ich dich an Bord schmuggeln soll, dann mußt du tun, was ich sage.«

»Du hast sicher große Erfahrung darin.«

»Alle Seeleute haben Erfahrung darin.«

Er hatte seinen Mietwagen draußen warten lassen, aber sie deutete auf die blausilberne Limousine. Googins hatte seine Inspektion immer noch nicht beendet. »Eine Schönheit«, sagte er, »dieser Wagen ist eine wirkliche Schönheit«, und fügte hoffnungsvoll hinzu: »Sie fahren aus? Ich darf Sie ausfahren?«

»Tut mir leid, Googins, wir fahren allein. Morgen können Sie ihn ausprobieren.«

»Morgen erst?«

»Mister Vandermark wird ihn fahren.«

»Ich werde Ihnen das Ganze erklären, Sir.« Googins öffnete den Schlag. »Am besten, Sie setzen sich gleich ans Steuer, da haben Sie die ganzen Knöpfe und Hebel vor sich ...«

Googins fand und fand kein Ende, immer fiel ihm noch etwas ein.

Als sie dann endlich auf dem Weg waren, fragte Vandermark: »Ein neuer Wagen? Wozu ein neuer Wagen?«

»Er war für dich gedacht ...«

»Für mich?«

»Laß dir erklären. Es war die unsinnigste Idee meines Lebens, und ich hoffe, du verzeihst mir. Ich wollte ihn dir schenken – aus Rache, aus Eifersucht, nenn es, wie du willst. Es sollte mein Geschenk sein zu deiner Hochzeit mit Anne Butler, und das Brieflein, das dazugehörte, hatte ich auch schon fertig im Kopf. *Lieber Fred Vandermark, in Erinnerung an schöne Stunden dieses kleine Geschenk für Sie, damit es Ihnen erspart bleibt, Ihre junge Frau gleich nach der Hochzeit um Geld für ein standesgemäßes Fahrzeug zu bitten* ... So etwas Gemeines hatte ich im Sinn.«

»Und du glaubst, ich werde den Wagen nehmen?«

»Es wäre nur eine gerechte Strafe für mich. Er war sündhaft teuer.«

»Ich werde es mir überlegen«, sagte er, »vielleicht fällt mir noch eine bessere Art der Bestrafung ein.«

Dreißigstes Kapitel

Die ersten Raketen explodierten über der Bucht, und für Sekunden wurde es taghell in der Kabine.

Sie löste sich aus seiner Umarmung. »Das Feuerwerk!«

Er griff nach ihr, zog sie wieder an sich. Er war in einer seltsam überdrehten Stimmung; der lange heiße Tag, der Alkohol, der viele Kaffee, das Wiedersehen – sein Körper und sein Kopf hatten ihr eigenes Feuerwerk.

»Willst du es dir nicht ansehn?« fragte sie.

»Ich will dich ansehn.«

»Mich kannst du noch lange genug ansehn.« Das laute Knallen und Knistern der explodierenden Feuerwerkskörper drang durch das offene Bullauge. Manchmal war es ganz fern, dann wieder so nah, als würden die Raketen von der CECILIE abgeschossen. Finsternis und Licht wechselten in der Kabine; der Widerschein färbte die Wände: rot, gelb, grün, blau.

Er hatte sie fest im Arm, aber sie drehte den Kopf zu dem offenen Fenster.

»Es ist *mein* Feuerwerk. Da geht mein ganzes Geld in die Luft – und ich habe nichts davon.«

»Aber ich habe was davon. Sei nicht so egoistisch.«

»Was hast du davon?«

Er betrachtete sie, ihr Gesicht, ihren nackten Körper, dessen Haut sich mit den Farben wandelte. »Ich habe noch nie mit so vielen Frauen auf einmal geschlafen ... Mit Silbernen, Roten, Grünen, Violetten.«

Ihr Kopf sank zurück; einen Augenblick lag sie reglos. Dann war sie es, die sich an ihn drängte, die ihn suchte, die ihn anspornte, antrieb, die ihn sich ausgeben ließ ...

»Welche«, sagte sie nachher leise an seinem Ohr, »welche war es diesmal von den vielen?«

»Die Violette, glaube ich.«

Sie stützte sich auf, beugte sich über ihn. Ihr offenes Haar wechselte die Farben. Sie begann, ihn zu küssen. Ihre Hände wanderten über seinen Körper.

»Du kennst sie noch nicht alle ...«

Er zog ihre Hände an sich. »Ich glaube, ich bin jetzt soweit, mir das Feuerwerk anzusehn.«

Sie glitt aus dem Bett und lief durch die Kabine zum Fenster. Er betrachtete sie eine Weile, dann erhob er sich, nahm den Morgenmantel und hing ihn ihr über die Schultern. Über der Bucht stiegen die Raketen auf, zischende Feuerkugeln, die sich dann plötzlich am Himmel in bunte Lichtfontänen verwandelten, in Sonnenräder, in Lichterbäume.

»Ich muß dich jetzt kurz allein lassen«, sagte er. »Nicht lange.«

»Warum jetzt?«

»Ich bin im Dienst.« Er begann, sich anzuziehn. »Es dauert eine halbe Stunde, nicht länger, nur mein Kontrollgang.«

»Heute?«

»Ich mußte Polack lange bitten, bis er mich zum Dienst eingeteilt hat. Ich kann jetzt nicht einfach ...«

»Schon gut, du brauchst dich nicht zu entschuldigen. Es sollte nie Entschuldigungen zwischen uns geben. Ich warte auf dich.«

Als er ging, stand sie noch immer am Fenster und blickte hinaus. Das große Feuerwerk war vorüber, aber es stiegen immer noch Raketen in den Himmel; sie kamen von Privatyachten und vor allem von den Hügeln hinter Bar Harbor. Bis Vandermark oben aufs Deck hinaustrat, war auch von diesen Nachzüglern nichts mehr zu sehen. Die Luft roch nach Magnesium und Schwefel. Ein paar verkohlte Feuerwerkskörper waren auf das Deck der CECILIE gefallen! Er kontrollierte die Männer der Feuerwachen, die er eingeteilt hatte. Er stieg auf die Brücke hinauf, nahm den Bericht des Wachhabenden entgegen. In der Messe war eine Feier im Gang für die Sieger der *Eden Fair*.

Wilhelm Kuhn und Kapitän Polack waren um halb acht von Bord gegangen, um pünktlich zum Dinner im Gelben Haus zu sein. Es war eigenartig, durch das Schiff zu gehen, die Verantwortung zu haben und zu wissen, daß sie auf ihn wartete. Er war sich seiner Gefühle ganz sicher, das erstemal in seinem Leben. Gleichzeitig stellte er sich vor, der 1. Offizier der CECILIE zu sein. Der dritte goldene Streifen ... Ehrgeiz war es nicht. Seine Bindung zu dem Schiff war anderer Natur. Treue, Dankbarkeit. Es waren glückliche Jahre gewesen für ihn auf der CECILIE. Und schließlich Gloria, auch ihr war er hier begegnet ...

Sein Rundgang hatte länger gedauert als eine halbe Stunde. Er gab ihr ein Klopfzeichen, bevor er die Kabine betrat. Die kleine Lampe neben dem Bett brannte, und ein großer Servierwagen stand da, weiß gedeckt, mit Kerzen und Gläsern und einem kompletten Abendessen, wie es den I.-Klasse-Passagieren serviert wurde.

»Darf ich dich zu Tisch bitten.« Sie trug einen seiner Pyjamas, die Ärmel, die ihr zu lang waren, umgeschlagen. Er trat an den Tisch, nahm die Flasche aus dem Eiskübel, schaute das Etikett an. »Ich habe schrecklich Hunger«, sagte sie, »ich habe seit Mittag nichts mehr gegessen.«

Er setzte sich an das Ende des Bettes. »Wie hast du das fertiggebracht?«

Sie breitete die Serviette auf ihrem Schoß aus und nahm von der Wildpastete; sie goß sich etwas Cumberland-Sauce darüber und brach ein Stück von dem Weißbrot ab. »Ich habe dem Steward geläutet.«

»Es ist unmöglich.« Er deutete auf das Etikett der Flasche. »Es gibt auf dem ganzen Schiff keine Flasche Château Léoville mehr. Nicht einmal für Kapitän Polack.«

»Vielleicht mag er ihn nur nicht. Hast du keinen Hunger?«

Er stand auf, holte sich einen Stuhl und setzte sich ihr gegenüber. Sie hielt ihm ihr leeres Weinglas hin. Er schenkte ihr ein.

»Du hast geläutet, und der Steward ist gekommen und ...«

Sie lachte. »Wenn ich nicht gelernt hätte, mit Stewards umzugehn!« Sie wartete, bis auch er sich eingeschenkt hatte. Sie stießen an. Ihr offenes Haar, der Pyjama, der ihr zu weit war – sie sah sehr, sehr jung aus.

»Goldie!« sagte er. »Die kleine Goldie Frohman.«

Sie lächelte. »Damals lernte ich, wie man mit Stewards umgeht. Wenn wir Erster Klasse fuhren, war das Essen eingeschlossen. Aber in den letzten Jahren reichte es manchmal nur für die Zweite oder Dritte Klasse, und da ist kein Essen dabei.« Sie trank einen Schluck. »Du weißt, in der Ersten Klasse, auf dem Promenadendeck, da sind die Stewards den ganzen Tag mit ihren Servierwagen unterwegs. Sandwiches, Suppen, Tee, Kaffee, Kuchen, Obst, Eis, alles ohne gesonderte Bezahlung. Man muß nur einen Deckstuhl haben, das ist das Problem. Es sind immer zu wenig; sie reichen schon nicht für die Passagiere der Ersten Klasse aus ...«

»Aber Goldie Frohman bekam einen.«

»Die Stewards hatten ein Faible für die kleine Goldie.«

»Damals hast du es gelernt.«

»Ich habe noch viel mehr gelernt. *Seilspringen* zum Beispiel. Weißt du, was das heißt? Nein? Du kennst die dicken roten Kordeln, die dazu dienen, die Schiffsklassen voneinander zu trennen. Sie werden streng bewacht. Es ist nicht einfach, von der Dritten in die Zweite Klasse zu kommen, oder von der Zweiten in die Erste.«

»Man sieht es nicht gern.«

»Mein Vater brauchte aber Kartenspieler aus der Ersten Klasse. Dazu erfand er das *Seilspringen*, wie er es nannte. Ich mußte die Stewards ablenken, damit er von einer Klasse in die andere schlüpfen konnte ... Es gibt immer einen Weg, das habe ich damals gelernt.«

Vandermark hob das Glas. »Auf Nick Frohman und seine Tochter Goldie!« Er versuchte, sich Gloria als zwölfjähriges Mädchen vorzustellen. »Wie hast du dein Haar damals getragen?«

»Pony.«

»Und Matrosenkleider?«

»Ja, weiße und blaue, je nach der Jahreszeit.«

»Und eine Schleife im Haar?«

»Natürlich. Und ich hatte auch einen Matrosenhut mit langen Bändern. Sag mal, wann ist dein nächster Rundgang?«

»In zwei Stunden.«

»Die Uniform ... ist das nicht lästig und heiß?«

Er spürte unter dem Servierwagen ihren Fuß, der nach ihm tastete. Sie beugte sich vor und begann die Kerzen auszublasen. Der Raum versank im Halbdunkel; es blieb nur das Bett im rötlichen Schein der kleinen Lampe, und die Frau, die dort lag, bereit, sich ihm hinzugeben. Sie streckte ihm die Arme entgegen. »Du kannst wählen«, flüsterte sie, »die Rote oder die Violette.« Später dann ruhte ihr Kopf auf seiner Brust; ihr Atem ging leise.

»Schläfst du?« fragte er.

»Nein.« Sie schob den Arm unter seinen Kopf. »Ich denke nach.«

Er fragte nicht, woran sie dachte. Er hatte keine Fragen an sie, nicht jetzt.

»Soll ich dir sagen, worüber ich nachdenke?«

»Nun?«

»Ich denke, daß du vielleicht einen Fehler machst. Anne Butler ...«

»Das ist doch geklärt zwischen uns oder?«

»Nicht ganz. Ich möchte noch etwas dazu sagen. Wenn ich es jetzt nicht ausspreche, dann werde ich es nie mehr tun ... Du und ich, wir haben es uns sehr leicht gemacht. Auch diese Nacht – es ist leicht, sich so zu lieben. Was ich sagen will ... selbst wenn du Anne heiraten würdest, für mich würde das nichts ändern. Ich meine, ich wäre bereit, das fortzusetzen. Wir könnten uns sehen, wann immer es sich einrichten läßt, wo immer es gerade günstig ist, für eine Nacht, für ein paar Tage ... Niemand müßte davon erfahren, ich glaube, wir wären geschickt und vorsichtig genug. Ich hätte kein schlechtes Gewissen.«

»Und mein Gewissen?« sagte er.

»Du bist nicht besser als ich.«

»Was für eine seltsame Liebeserklärung.«

»Du weißt, ich meine tatsächlich, was ich sage.« In ihrer Stimme war keine Bitterkeit, kein zynischer Unterton. Sie meinte wirklich, was sie sagte. Eine Frau, die nicht mehr erhoffte, als zu erhoffen war. Sie machte keinen Schachzug, stellte ihm keine Falle.

»Erwartest du nicht, daß ich widerspreche?« fragte er.

»Vielleicht. Aber, was man sich wünscht und was man bekommt, das ist zweierlei. Du weißt, wie es um mich steht. Natürlich möchte ich dich für mich allein haben. Wenn das nicht sein kann, bin ich zu jedem Kompromiß bereit, nur – um dich nicht ganz zu verlieren.«

»Das ist wirklich eine seltsame Liebeserklärung.«

»Siehst du, ich weiß, ich werde dich nie ganz für mich allein haben. Nur eine Frau hatte einen Mann ganz für sich allein, und wozu führte es? Das Paradies ist eingestürzt.«

»Sie war nicht wie du. Hätte sie nur etwas von dir gehabt, es wäre niemals geschehen.«

»Es klingt, als meinst du, was du sagst.«

»Ich meine es. Sollte ich es je vergessen, so erinnere mich daran.«

»Wir verreden die ganze schöne Zeit ... Wann muß ich von Bord?«

»Am besten am frühen Morgen. Willst du zurück ins Haus?«

»Ich denke, ich werde auf der Yacht wohnen, solange ich hier bin.«

»Es ist näher und einfacher. Ein Maat wird dich hinüberbringen.«

Zwei Stunden später machte er seine Runde. Er war im Maschinenraum, als ein Maat ihm die Rückkehr von Polack und Kuhn meldete. Vandermark begab sich zum Fallreep und begrüßte sie. Er fragte nicht nach dem Verlauf des Abends im Gelben Haus, und Polack machte keine Bemerkung; er schien guter Stimmung, während Kuhn einsilbig war und kaum aus den Augen schauen konnte. Ihre Ankunft machte das Schiff noch einmal lebendig; ein Rumoren ging durch die Decks, verebbte wieder, und bis Vandermark seine Runde beendet hatte, war endgültig Ruhe eingekehrt.

Gloria schlief. Bevor er sich zu ihr legte, öffnete er die Vorhänge, um am Morgen rechtzeitig aufzuwachen. Aber er fand ohnehin keinen Schlaf. Vielleicht war er zu müde, vielleicht zu wach. Er lag den Rest der Nacht mit offenen Augen neben ihr.

Einunddreißigstes Kapitel

Die Flügeltüren zum Garten standen angelehnt, und die gelben Vorhänge waren halb vorgezogen, um den Gobelin, den sie im letzten Jahr aus Europa mitgebracht hatte, vor der Sonne zu schützen. Schlag neun Uhr betrat Temperence C. Butler den Frühstücksraum, mit schwingendem Rock und federnden Schritten.

»Guten Morgen!« sagten Edith Connors und White wie aus einem Mund.

»Einen schönen guten Morgen«, antwortete sie betont gut gelaunt; sie ließ sich auf ihren Stuhl nieder, den White ihr hinschob, und legte das kleine, mit bunten Glasperlen bestickte Täschchen auf den Tisch.

»Darf ich den Tee einschenken?« White nahm die Haube von der Kanne.

»Ich hoffe, er ist nicht so dunkel wie gestern.«

»Es ist eine andere Sorte.«

»Wieso eine andere Sorte?«

»Es ist ein Rest. Sie haben angeordnet, keinen neuen Tee mehr zu bestellen, weil es sich nicht lohne ...«

»Richtig, White.« Über ihr Gesicht huschte ein Lächeln. »Manchmal vergesse ich, was ich selber angeordnet habe ... Daß man die weißen Bourbon-Rosen schneiden soll, war das auch ein Befehl von mir? Ich war im Garten, und was sehe ich, jemand hat wohl zwanzig von den Bourbon-Rosen geschnitten!«

Der Butler warf Edith Connors einen verstohlenen Blick zu. *Vorsicht*, sagte der Blick, und sie beantwortete ihn mit: *Ja, Vorsicht.* Sie hatten in vielen Jahren gelernt, Stimmungen einzufangen, heraufziehendem Unwillen vorzubeugen.

»Sie haben Jenkins damit beauftragt«, sagte White, »gestern für die Tischdekoration.«

»Stimmt! Der Tisch sah wirklich prächtig aus. Mein Kompliment an Jenkins. Und übrigens auch an deine

Frau. Die Weinsauce am Steinbutt war exzellent, und der Rehrücken ... Ich werde noch selber zu ihr gehn und es ihr sagen.« Ihr Blick wanderte über den Tisch. »White!«

»Ja, Madame?«

»Wo sind die Morgenzeitungen?«

Es nützte nichts, daß Edith Connors den Kopf senkte, um anzudeuten, daß sie Whites Bemerkung über den Tischschmuck für höchst unklug gehalten hatte. Es war geschehen, und schon stellten sich die Folgen ein. Er würde antworten müssen, und seine Antwort würde alles noch schlimmer machen. Wenn einmal Annes Name ausgesprochen war, konnte auch Temperence C. Butler nicht länger so tun, als hätte sie den leeren Platz übersehen.

»Miss Anne wollte heute die Zeitungen holen«, murmelte White. »Und wo sind sie? Sie wissen genau, *nach* dem Frühstück interessieren mich die Zeitungen nicht mehr.«

»Vielleicht hatte das Boot Verspätung.«

»Heute. Bei diesem Wetter! Es ist gut, White, aber bitte, sorgen Sie dafür, daß in Zukunft wieder Jenkins die Zeitungen holt. Ich möchte nicht, daß hier neue Sitten einreißen, auch nicht in den letzten Tagen, die wir hier sind.«

Es war typisch für sie, daß sie vor dem Butler weiter keine Bemerkung über Annes Abwesenheit machte. Dinge, die sie nicht sehen wollte, nahm sie einfach nicht zur Kenntnis. Gestern abend hatte Edith Connors diese Fähigkeit an Temperence C. Butler wieder einmal ausgiebig studieren können, und, wenn auch widerwillig, bewundert: Ohne Wimpernzucken hatte sie die Erklärung Polacks über Vandermarks Fernbleiben aufgenommen. »Richtig, zwiebeln Sie ihn nur ein bißchen«, war ihr ganzer Kommentar gewesen, und dann war nicht mehr davon gesprochen worden. Ob es ihr nun schwerfiel oder nicht, sie hatte den Schein gewahrt, war fröhlich gewesen, hatte die Tischrunde beherrscht, sich später an den Flügel gesetzt – und Anne war dem Beispiel der Großmutter in nichts nachgestanden ... Die kleine Hand mit den schweren Ringen deutete auf die Porzellandose mit der Quittenkonfitüre, und Edith Connors reichte sie über den Tisch. Man hatte pünktlich zum Frühstück zu erscheinen, darauf bestand Temperence C. Butler, aber gesprächig war sie am Morgen nicht; die anderen mochten sich unterhalten, sie vertiefte sich schweigend in ihre Zeitungen aus Boston. Und wenn sie schon einmal etwas bemerkte, so war es allenfalls ein *Sieh mal an! William Bragdon!* Es klang immer heiter und zustimmend, obwohl es sich um Todesanzeigen handelte. Heute fehlten ihr die Zeitungen, und sie legte nach kurzer Zeit die Serviette zur Seite, straffte sich und richtete den Blick auf Edith Connors, nicht unfreundlich, aber doch mit jener Bestimmtheit, mit der man Kinder an den schuldigen Gehorsam erinnert:

»Ich nehme an, du wußtest davon?«

Es war klar, daß sie von Anne sprach, auch ohne daß sie den Namen erwähnte.

»Ja, ich habe sie wegfahren sehen.«

»Und du hast sie fahren lassen! Findest du es nicht höchst unpassend? Wer treibt sich schon am Morgen am Dampfersteg herum? Nur Chauffeure, Hoteldiener und Hafenarbeiter. Ich weiß doch, was Jenkins dort alles aufschnappt und nachher in der Küche zum besten gibt, Dienstbotengeschwätz, nicht für die Ohren eines jungen Mädchens bestimmt.«

Sich gegen Temperence C. Butler aufzulehnen war meist vergeblich, dennoch konnte Edith Connors jetzt nicht anders. »Ich habe Verständnis dafür, daß es gestern abend darauf ankam, den Schein zu wahren. Aber müssen wir dieses Versteckspiel auch heute weitermachen? Das gestern abend war schrecklich für Anne. Ich kann mir vorstellen, was sie durchgemacht hat. Ich kann mir auch vorstellen, warum sie heute früh nach Bar Harbor gefahren ist.«

»Sie holt die Zeitungen, denke ich.«

»Bitte ...«

»Glaubst du, Anne läuft ihm nach? Glaubst du das wirklich?«

»Es genügt, wenn sie unglücklich ist.«

Temperence C. Butler betrachtete ihre Hände; sie zog einen der Ringe ab, einen Saphir, probierte ihn an einem anderen Finger, steckte ihn zurück. Das weiche gefilterte Licht im Raum gab ihrer Haut die Farbe von dunklem Honig. Ihr weißes Haar war frisch gewaschen und von zwei Schmuckkämmen zusammengehalten.

»Unglaublich ...« Sie sagte das Wort, als sei es der Name eines kostbaren Edelsteins. »Wie ich dich kenne, Edith, hast du die Absicht, Anne beizustehn. Ist es so?«

»Ich werde mit ihr sprechen, wenn sie zurückkommt.«

Die Miene von Temperence C. Butler verdüsterte sich. »Das wirst du nicht tun. Du wirst dich da raushalten. Denk nur an dich selber. Du bist mit deinem eigenen Leben nicht fertig geworden.«

Das harte Geräusch, mit dem die Tasse von Edith Connors umstürzte, erfüllte den stillen Raum. Der Tee floß über die Decke. Einen Augenblick schien es, als würde Edith Connors aufspringen, aber sie blieb sitzen, wie festgewachsen auf ihrem Stuhl. Temperence C. Butler bediente die Tischglocke und wies das Mädchen, das erschien, auf Edith Connors Mißgeschick hin. Das Mädchen legte eine Serviette unter das Tischtuch und stellte Edith Connors eine neue Tasse hin.

»Und gießen Sie Miss Connors gleich nach«, sagte Temperence C. Butler. »Mir auch, bitte.«

Als das Mädchen gegangen war, streckte sie die Hand über den Tisch und sagte mit ihrer versöhnlichsten Stimme: »Verzeihung. Der Abend gestern hat auch mich strapaziert.«

Edith Connors blieb stumm. Früher hatte sie sich in solchen Momenten vorgenommen zu gehen, sich eine neue Stellung zu suchen, überhaupt ein neues Leben zu beginnen, alles nachzuholen, was sie versäumt hatte. Aber nach dreizehn Jahren Zusammenleben mit Temperence C. Butler waren es nur noch ihre Nerven, die einen Moment rebellierten, sie selber hatte sich abgefunden mit ihrem Schicksal.

»Was ist schon passiert?« hörte sie Temperence C. Butler sagen. »Daß ein Mann im letzten Augenblick zurückzuckt, mein Gott, das ist doch etwas Alltägliches.«

»Wenn Gloria Linzee nicht wäre, vielleicht.«

»Du liest zu viele Romane. In Romanen wimmelt es von Frauen, die sich von einem Mann unglücklich machen lassen. Ich weiß auch nicht, warum. Anscheinend lesen Frauen das gern.«

»Oder es kommt im Leben vor.«

»Ich habe solche Frauen immer nur verachten können. Das ist jetzt nicht persönlich gemeint, Edith. Anne ist eine Butler. Anne schlägt mir nach. Mach dir keine Sorgen um Anne.«

Sie trank einen Schluck Tee, schüttelte den Kopf, setzte die Tasse ab, legte die Hand auf das Täschchen. »Wenn alle Stricke reißen, dann wird sie eben nicht diesen Vandermark heiraten, sondern Alec ...«

Edith Connors hob den Blick. »Alec?«

»Warum nicht? Er ist ein guter Anwalt. Er wird ein beträchtliches Vermögen erben, und vielleicht früher, als wir alle denken. Im Gegensatz zu Sol, der meint, er lebe auf seinem Felsen besonders gesund, bin ich der Meinung, daß ihn diese Lebensweise nur schneller ins Grab bringt. Jedenfalls, ich habe mir in den Kopf gesetzt, daß dieses Jahr mit einer Hochzeit endet. Und du wirst sehen, ich bekomme meine Hochzeit, so oder so ...«

»Eine Hochzeit ist nicht immer das Allheilmittel, schon gar nicht für Anne.«

»Man kann aus allem eine Tragödie machen. Anne wird es nicht tun. Ich kenne sie besser. Überhaupt, es ist noch lange nicht gesagt, daß sie nicht doch noch Mrs. Vandermark wird. Hindernisse sind dazu da, daß man sie überwindet. Natürlich habe ich mich gestern abend geärgert. Aber zumindest hat er die Form gewahrt. Nein, nein, für mich ist die Sache noch nicht verloren. Ich gebe noch nicht auf. Schon wegen dieser Gloria Linzee nicht! Läßt sich einladen und kommt nicht! Das wird sie noch bereuen. Sie wird schon merken, mit wem sie es zu tun hat.«

»Ich denke nur an Anne.«

»Ich auch, und deshalb werde ich nichts unversucht lassen.«

»Vielleicht wäre es besser ... ich meine, manche Männer mögen das nicht, wenn man über sie verfügt.«

»Wirklich, Edith, von Männern hast du keine Ahnung. Sag jetzt nur nicht, daß du diesen Vandermark nicht magst.«

»Nein, das will ich nicht sagen.« Aber sie war nie sicher gewesen, ob Anne und Vandermark wirklich zusammenpaßten. Manchmal hatte sie geglaubt, Anne warnen zu müssen, aber steckte hinter ihrer Besorgtheit nicht Neid? Neid auf ein Glück, das ihr selber versagt geblieben war? An einem Tag, der weit zurücklag, hatte sie die Liebe aus ihrem Leben verbannt. Der Entschluß hatte ihr Ruhe gebracht. Ihr Leben hatte zwar an Inhalt verloren dadurch, war nur noch etwas Halbes, aber sie fand sich damit besser zurecht als vorher. Und deshalb war sie in diesem Haus, würde in diesem Haus bleiben, wie White, wie Betty, wie Jenkins, ein Schattenwesen unter dem mächtigen Baum, der Temperence C. Butler hieß.

»Du magst doch diesen Vandermark, sei ehrlich.« Temperence C. Butler ließ nicht locker. »Und soll ich dir den Grund sagen?«

»Können wir das Thema lassen, bitte?«

»Gut, lassen wir es. Aber einfach so aufgeben? – Nein! Da ist immer noch das Geld. Er liebt ein schönes Leben, er liebt den Luxus. Ich weiß, daß er daran denkt, vielleicht nicht in erster Linie, aber es ist ein Faktor in seinen Überlegungen. Ich weiß, Gloria Linzee ist auch nicht gerade arm. Vielleicht kommt es nur darauf an, wer ihm mehr bietet, vielleicht ist das ganze Problem so einfach ... Ich muß sagen, er würde sogar in meiner Achtung steigen, wenn es dieser Punkt wäre. Ich liebe Menschen mit einem klaren Blick für die Realität. Aber warten wir es ab. Und jetzt werden wir wirklich nicht mehr davon reden.« Sie lauschte. Draußen fuhr ein Wagen vor. »Ich habe mir überlegt, morgen fahren wir nach Bangor. Anne braucht ein Abendkleid für das Kapitäns-Dinner. Die Sachen, die sie hier hat, die waren gut für den Kanu-Club ...«

Noch einmal regte sich Widerspruch in Edith Connors. »Vielleicht will Anne gar nicht zu dem Kapitäns-Dinner gehen? Hat Polack nicht gesagt, daß er Gloria Linzee ebenfalls einladen wird?«

»Und? Auch du bist eingeladen, meine liebe Edith. Wir werden auch für dich ein Kleid kaufen.«

»Anne wird nicht gehen.« Edith Connors klammerte sich an diesen Gedanken.

»Sie wird, und ich werde sie nicht einmal dazu überreden müssen. Du wirst sehen.«

Auf der Terrasse kamen Schritte näher, und dann ging eine der Türen auf. Anne trat herein, die Zeitungen unter dem Arm, in einem hellblauen Kleid, das Gesicht von einem Strohhut beschattet, auf dem ein paar künstliche Blumen steckten. Durch die offene Tür strömte Sonne in den Raum, der Duft der Rosen, süß und schwer.

»Hatte das Boot Verspätung?« sagte Temperence C. Butler, ohne Anne anzublicken. Sie griff nach der Glocke. »Ich bestelle neuen Tee.«

»Mach dir keine Mühe.«

»Ich werde auch noch einen trinken. Ich habe gefragt, ob das Boot Verspätung hatte.«

»Ich habe mich zu lange aufgehalten.« Der Hut warf Schatten in Annes Gesicht. »Es war ein so schöner Morgen.« Sie legte die Zeitungen auf den kleinen Beitisch neben dem Platz ihrer Großmutter.

»Ist das nicht ein Hut von mir?« Temperence C. Butler streifte ihre Enkelin mit einem kurzen Blick.

»Ja.«

»Mein Gott, den hab' ich Ewigkeiten nicht mehr getragen. Wo hast du ihn gefunden?«

»Auf dem Boden.«

»Was hast du auf dem Boden zu tun?«

»Ich habe ein paar Sachen weggeräumt aus meinem Zimmer. Sonst kommt am letzten Tag alles zusammen.«

Das Mädchen erschien.

»Eine Kanne frischen Tee«, befahl Temperence C. Butler. »Und fragen Sie Betty, ob noch ein Stück von dem Blaubeerkuchen da ist.«

Einen Augenblick herrschte Stille, bis auf die Schritte des Mädchens und das Schließen der Tür. Anne stand immer noch neben dem Platz ihrer Großmutter. Edith Connors spürte förmlich den Strom zwischen den beiden Frauen, die Spannung zwischen ihnen. Alles schien möglich, ein Ausbruch von Tränen, von Zorn. Am wenigsten war sie darauf gefaßt, was dann wirklich geschah: Temperence C. Butler streckte die beringte Hand aus und sagte: »Ich habe von dir noch keinen ›Guten Morgen‹ gehört.«

Anne nahm den Hut ab, hing ihn an den Arm, beugte sich zu ihrer Großmutter herab und küßte sie auf die Wangen. »Guten Morgen, Großmutter.«

Sie legte den Hut weg, setzte sich auf ihren Platz und sagte zu Edith Connors: »Du warst auch schon früh auf.«

»Ja.«

»Du hättest mitfahren sollen. Es war so schön am Hafen, kaum Wind, wolkenlos, eine Fernsicht bis Egg Rock. Und überall waren sie dabei, die ausgebrannten Feuerwerkskörper aufzulesen. Einer ist auf die Terrasse des *Rockaway* gefallen und hat eine Markise versengt.«

»Ich war froh, daß Edith hier war und mir Gesellschaft geleistet hat.« Temperence C. Butler nahm die oberste Zeitung. »Wir haben übrigens beschlossen, daß wir nach Bangor zum Einkaufen fahren.«

»Mit der Kutsche bis Bangor?«

»Früher sind wir vierspännig gefahren, weißt du noch? Aber wenn du meinst, können wir einen Wagen mieten.«

Edith Connors beobachtete Anne heimlich. Unter dem Strohhut war sie ihr blaß vorgekommen, aber ihre Farbe hatte dieselbe Frische wie immer. War es möglich, dachte Edith Connors. War es möglich, daß Anne die Gedanken ihrer Großmutter auffing? War es möglich, daß sie sich widerspruchslos ihrer Entscheidung fügte?

»Ich wollte den gleichen Vorschlag machen«, sagte Anne jetzt. »Ich habe mir nämlich schon den Kopf zerbrochen, was ich anziehn soll zu Polacks Kapitäns-Dinner.«

»Und was stellst du dir vor?« Die Stimme der Großmutter war sehr sanft.

»Ich glaube, ich möchte ein weißes Abendkleid.«

»Weiß stand dir immer besonders gut. Und ich könnte dir für den Abend mein Granatkollier leihen ... Ah, da kommt unser Tee!«

Das Mädchen ging reihum und schenkte ein. Vor Anne stellte es ein Stück Blaubeerkuchen hin. Dann entfernte es sich wieder. Der Luftzug aus dem Garten brachte den Duft der Rosen mit. Jemand harkte den Kies. Am Tisch war nur das Rascheln der Zeitungen zu hören. Temperence hatte ihren Stuhl etwas zurückgeschoben, und es war klar, daß sie sich nicht mehr an einer Unterhaltung beteiligen würde. Alles war wie immer, und schon bald sagte Temperence C. Butler vor sich hin: »Sieh mal an, Randolph Calhoun! Mit Einundsechzig!« Und als sei sie froh, ein Ventil für angestaute Gefühle zu haben, fügte sie hinzu: »Hat er seiner Judy doch noch den Gefallen getan, vor ihr zu sterben!«

Zweiunddreißigstes Kapitel

Der enge, fensterlose Raum mit den Wänden aus genieteten Eisenplatten war erfüllt vom Dröhnen der Druckerpresse. Die zwei Männer im blauen Arbeitsdrillich hatten kaum Platz in der Borddruckerei der CECILIE, und so blieb Pommerenke unter der Tür stehen.

»Die Menü-Karten!« Er legte die Hände an den Mund. »Sind die Karten fertig?«

Der Mann hinter der Presse schrie etwas Unverständliches. Das Licht der Deckenlampe, unmittelbar über ihm, ließ die Gläser seiner Nickelbrille so spiegeln, daß seine Augen nicht zu sehen waren.

Er machte mit der Hand eine Geste, die Pommerenke so verstand, daß er die Tür schließen sollte. Der Mann legte einen Hebel um, und der ohrenbetäubende Lärm verstummte. An der Wand hing das Regal, in dem die vorgedruckten Umschläge für die Menü-Karten und Konzertprogramme lagen, die während einer Überfahrt täglich neu gedruckt wurden. Von der letzten Fahrt der CECILIE waren noch mehr als die Hälfte übriggeblieben.

Der Drucker wischte die Hände an einem Tuch ab, öffnete ein Pult und holte mit spitzen Fingern die Menü-Karten heraus, die sie für das Kapitäns-Dinner gedruckt hatten. Behutsam legte er das Blatt auf den kleinen Klapptisch. »Mein bestes Bütten! Und meine schönste Schrifttype. Ich hoffe, Kapitän Polack ist zufrieden.«

Pommerenke nahm eine der Karten. Auf der Vorderseite, in einem geprägten Feld, war Polacks Photo aufgeklebt. Darunter stand:

DINNER
on Board
S. S. KRONPRINZESSIN CECILIE
October 1914

in
Commemoration of
THE SUMMER IN BAR HARBOR
by
CAPTAIN CHARLES POLACK

Der Drucker blickte Pommerenke über die Schulter. »Neun Stück. Und die Tischkarten mit den Namen, dabei ist es doch geblieben?«

Er steckte die Karten in ein kartoniertes Kuvert.

»Ich weiß nicht, das Ganze riecht nach Abschied.«

Pommerenke reagierte nicht auf die Bemerkung. »Wenn ihr die Karten schon fertig habt«, sagte er, »was druckt ihr dann eigentlich noch?«

Die zwei Drucker wechselten einen Blick. Der mit der Brille, der ihm die Karten ausgehändigt hatte, kehrte hinter die Druckerpresse zurück. Er legte die Hand auf die Maschine. »Schönes Geräusch. Hab's verdammt vermißt die ganze Zeit. Ahnt keiner, wie man so was vermissen kann.« Er lächelte. »Hat sich herumgesprochen, daß wir hier was drucken. Alle kamen angerannt und wollten auch ein Exemplar, zur Erinnerung. Wir dachten ... Also, wir drucken sie auf gewöhnlichen Karton. Ich reserviere Ihnen gern eins.«

»Nicht nötig. Ich bekomme das von Polack. Er hebt so was nie auf ...«

»Sieht wirklich nach Abschied aus«, fing der Drucker wieder an. »Die Karten, und überhaupt das Dinner.« Er nahm die Brille ab, putzte die Gläser. »Irgend etwas steckt doch dahinter, irgend etwas ist im Gange ...«

Pommerenke war an solche Fragen gewöhnt. Die Mannschaft sah in ihm den Mann, der alles vom und über den Kapitän wußte, der sozusagen sein Innerstes kannte. Aber erstens stimmte es nicht, und zweitens war Pommerenke ein Mann, der sehr gut schweigen konnte.

»Man macht sich so seine Gedanken ...« Der Drucker setzte die Brille wieder auf. »Irgendwann muß ja mal was geschehen. Oder meinen Sie, wir bleiben ewig hier?«

Pommerenke nahm das Kuvert an sich. »Vielen Dank.« Er hatte die Tür kaum hinter sich geschlossen, als die Maschinen wieder ansprangen.

Das Geräusch klang dumpf durch den schmalen Korridor, wie der Schlag eines eisernen Herzens in einem eisernen Leib. Pommerenke beschleunigte seine Schritte. Hier unten fühlte er sich immer beklommen; die grauen Metallwände, der graue Boden, das trübe Licht der nackten Glühbirnen, die vielen Rohre, die Lüftungsschächte – diese Region des Schiffs hatte etwas von einem Bergwerk. Ein Wort Polacks fiel ihm ein: ›Oben glänzt das Gold, aber dort unten wird es gewonnen.‹ Es war den Männern, die hier unten arbeiteten, aus dem Herzen gesprochen. Sie waren es, von denen die Zuverlässigkeit, die Pünktlichkeit eines Schiffs abhing, sie, deren Existenz von den Passagieren nur als das Stampfen der Maschinen wahrgenommen wurde, als der Rauch, den die vier Schornsteine ausstießen. Wann würde es wieder so sein? Wann würde die CECILIE wieder Passagiere an Bord haben? Wann würde sie wieder auf ihrer Atlantikroute sein, wann gegen Osten laufen, der Heimat zu ...

Die Gänge wurden breiter, die Beleuchtung heller, und dann hatte er unter den Füßen wieder weiche Läufer, und er befand sich auf dem Deck, wo der große Speisesaal lag. Früher war es eine Selbstverständlichkeit, daß um diese Abendstunde hier alles hell erleuchtet war, der glanzvolle Mittelpunkt des Schiffs, wo alles zusammenströmte. Seit sie in Bar Harbor lagen, war es hier still geworden. Keine Passagiere, keine Musik, nur Stille und Dunkelheit. Heute abend war es endlich wieder wie in alten Zeiten, oder doch fast so. Es herrschte eine Geschäftigkeit wie seit langem nicht mehr. Überall waren Stewards unterwegs, Servierwagen klapperten, Speiseaufzüge rumpelten, Schwingtüren gingen auf und zu.

Bevor er die Menü-Karten in der Borddruckerei abholte, hatte Pommerenke einen kurzen Besuch in der Küche gemacht, um letzte Anweisungen Polacks weiterzugeben, und auch dort hatte er summende Emsigkeit vorgefunden. Sämtliche Köche waren versammelt, so daß man meinen konnte, es würde ein Dinner für hundert Gäste zubereitet, nicht nur für neun.

Seit Wochen hatte er keinen Steward mehr in Dienstkleidung gesehen, sondern ausschließlich in Zivil; jetzt standen gleich vier in Gala-Livree am Eingang zum Speisesaal der I. Klasse und rissen vor ihm die Flügeltüren auf. Der große Saal, genau im Zentrum des Schiffs, hatte eine Breite von einundzwanzig Metern und ging in der Höhe durch drei Decks. Weiße Säulen trugen die Galerien, und in der Mitte wölbte sich eine Kuppel aus buntem Glasmosaik über den Raum. Das Weiß und Gold der Wände zusammen mit dem Blau des Teppichbodens und der Vorhänge schufen am Tag eine Atmosphäre kühler Pracht, doch jetzt am Abend im Licht der vielen kleinen Tischlampen und der eingelassenen Deckenleuchten hatte er etwas Feenhaftes, wirkte wie eine Zaubergrotte am Grunde des Meeres.

Der Chefsteward hatte vorgeschlagen, das Dinner in einem der kleineren Salons zu servieren, aber Polack hatte jede Diskussion abgelehnt: Ein Kapitäns-Dinner fand im Speisesaal statt, nirgends sonst; und alle Tische mußten gedeckt sein, auch darauf hatte er bestanden. Und schließlich hatte er angeordnet, daß man den Kapitänstisch, der sonst an der Seite stand, in die Mitte des Saals rückte, genau unter die Glaskuppel.

Das Tischtuch aus weißem Damast, die geschliffenen Gläser, das vergoldete Besteck – Pommerenke registrierte jede Einzelheit. Alles war wie immer beim Kapitäns-Dinner, nur das Geschirr nicht. Es war weiß, mit einem kornblumenblauen Rand, und das Schmuckdekor stellte einen Adler und eine Krone dar. Pommerenke nahm einen der Beiteller, drehte ihn um und betrachtete sinnend das Zeichen der Königlichen Manufaktur Berlin.

»Ist doch in Ordnung?« Der Chefsteward war herbeigeeilt, als er Pommerenke am Tisch stehen sah. »Polack hat es zwar nicht ausdrücklich angeordnet, aber ich dachte, das sei eine gute Gelegenheit, es wieder mal zu verwenden.«

Pommerenke nickte. Das Geschirr war eine Sonderanfertigung; die Reederei hatte es zu Ehren der Taufpatin des Schiffs herstellen lassen, und es war bisher nur zweimal in Gebrauch gewesen, im Jahr 1908 und 1913, als die Kronprinzessin Cecilie zu Gast auf dem Schiff war.

»Kann ich die Karten haben?« fragte der Chefsteward.

Pommerenke überreichte ihm das Kuvert, wortlos. Plötzlich hatte ihn eine schwermütige Stimmung angeflogen.

»Er hat den Château Léoville auf die Karte gesetzt«, hörte er den Steward sagen. »Hoffentlich ist noch genug da; nun, er wird ja seine Vorräte kennen. Und Roederer! Ich dachte, der ist aus!«

»Die letzten vier Flaschen ...«

»Das reicht doch nie.«

»Man muß dann eben Burgeff nachschenken. Davon sind noch ein paar Flaschen da.«

»Zuerst Roederer und dann Burgeff? Klären Sie das bitte vorher mit dem Käpt'n. Ich möchte nicht, daß er mich nachher anschnauzt. Und die Tischkarten? Wie soll die Sitzordnung sein?«

Pommerenke gab dem Chefsteward die Platzverteilung an, Polack oben, mit dem Rücken zur Musik, und dann im Uhrzeigersinn Gloria Linzee, Kuhn, Anne Butler, Vandermark, McCagg, Edith Connors, Dr. Fischer und zu Polacks Rechten Temperence C. Butler.

Jemand schob einen Servierwagen vorbei; Tüten mit Konfetti lagen darauf, Luftschlangen, bunte Knallbonbons, aufblasbare Schlangen und Papphütchen.

»Dort hinüber«, ordnete der Chefsteward an. »Das wird erst zum Nachtisch gebraucht!« Seine Handbewegung geriet zu groß, seine Stimme klang zu laut. Pommerenkes Herz krampfte sich zusammen.

Ein paar Stunden, und all die Tische würden wieder abgeräumt sein, das Konfetti und die Luftschlangen zusammengefegt, die Lichter erloschen – das Schiff würde wieder ins Dunkel zurücksinken ...

Simoni, der Funker, schloß gerade die Tür hinter sich, als Pommerenke das Kapitänsquartier erreichte. Simoni wollte schweigend an ihm vorbei, nur mit einem stummen Gruß, aber Pommerenke hielt ihn an. »Liegt etwas Besonderes vor?«

»Ich habe dem Käpt'n nur die neuesten Wettermeldungen gebracht.« Simoni war blaß, sein Bart ein paar Tage nicht mehr rasiert. »Wie üblich«, fügte er schnell hinzu. »Ich muß zurück.«

Pommerenke sah ihm nach. Von der ganzen Mannschaft war Simoni derjenige, dessen Tagesablauf sich am wenigsten verändert hatte, der weiter streng seine Dienstzeiten einhielt und dreimal am Tag bei Polack seine Berichte ablieferte. Und mehr als das: Auch bei Nacht brannte in seiner Funkstation Licht, und er saß vor seinen Geräten, als wartete er auf eine Meldung von größter Wichtigkeit. Der Befehl zum Auslaufen? Zur Heimkehr? Etwas anderes konnte es nicht sein ...

Polack saß in seinem Salon am Schreibtisch. Vor ihm lag die Meldung von Simoni, Karten, Gezeitentabellen, Notizen. Er blickte nicht auf, als Pommerenke den Raum durchquerte und in den angrenzenden Schlafraum ging. Der dreiviertellange Gala-Rock hing bereits gebürstet am Schrank. Jetzt holte Pommerenke das Ordensband aus der

Lederkassette, steckte es an den Rock, und eine Handbreit tiefer, neben den dritten und vierten Knopf, den Cecilien-Orden, einen blaugoldenen Stern. Die Handgriffe beruhigten ihn, lenkten ihn von seinen Gedanken ab. Er begab sich ins Bad, schaltete die Wandlampen über dem Toilettentisch aus Marmor ein. Er drehte das Kreppapier über der Nackenstütze des Rasierstuhls weiter, machte Wasser heiß. Schließlich ging er daran, das Rasiermesser am Lederriemen abzuziehn. Er hatte die Türen hinter sich aufgelassen; gewöhnlich kam Polack von selbst herbei, wenn er das Geräusch des Messers auf dem Lederriemen hörte; aber heute mußte Pommerenke in den Salon zurückgehn. »Zeit zum Rasieren, Käpt'n!«

Charles Polack blickte auf. »So spät schon?« Er zog die Schublade des Schreibtischs auf und fegte mit einer Handbewegung all die Karten und Notizen hinein. Dann erhob er sich und folgte seinem »Tiger«. Im Schlafzimmer blieb er einen Moment vor dem Gala-Rock stehen. »Müssen die Orden sein?«

»Sie haben sie immer getragen beim Kapitäns-Dinner!«

»Sie sind hinderlich beim Tanzen. Ich zerreiße den Damen jedesmal die Tüllkleider damit.« Seine Hand fuhr über das dunkle Tuch. »Gutes Stück! Ich trage ihn jetzt, seit ich Kapitän bin.«

»Leider. Sie brauchen längst einen neuen.«

»Warum heute so streng mit mir?«

»Sie haben nach jeder Überfahrt gesagt, Sie würden den Schneider kommen lassen.«

»Nach der nächsten Fahrt bestelle ich den Schneider, das verspreche ich dir. Zufrieden?«

Pommerenke sagte nichts. Seit dreißig Jahren war er mit Polack zusammen, und doch gab es immer wieder Momente wie jetzt, wo er nicht wußte, woran er mit ihm war. Seine gute Laune, seine Ausgeglichenheit – war das echt oder gespielt? Würde er gleich wegen einer Kleinigkeit explodieren? Überhaupt, was hatte das alles zu bedeuten, das Dinner, die Seekarten auf seinem Schreibtisch – oder war alles nur Zeitvertreib? Ein Mann, der Kapitän spielte ...

Pommerenke deutete auf den Rasierstuhl.

Polack setzte sich, knöpfte das Hemd auf, lehnte den Kopf zurück. »Scharf ausrasieren! Wenn Temperence C. Butler was getrunken hat, hält sie ziemlich Tuchfühlung beim Tanzen.«

»Vom Roederer sind nur noch vier Flaschen da ...« Pommerenke warf Polack den weißen Umhang über, band ihn am Hals zu.

»Vorsicht! Willst du mich ersticken! Vier Flaschen Roederer, sagst du? Und der Pommery, den Mrs. Butler geschickt hat?«

»Den haben Sie restlos getrunken. Der Chef Steward schlägt vor, Burgeff nachzuschenken, aber auch davon ist nicht mehr viel da.« Er schlug den Seifenschaum und stand mit dem Pinsel vor Polack.

»Nachschenken? Ist er verrückt geworden? Dann gibt es eben nur Burgeff, und man fängt einfach etwas später damit an. Es geht heute sowieso nicht sehr lange ... Kein Champagner mehr an Bord ...« Er seufzte. »Und das auf meinem Schiff. Pommerenke, es geht abwärts mit uns.«

»Kann ich jetzt anfangen? Es wird höchste Zeit.« Eine Weile sprachen die Männer nicht, während Pommerenke arbeitete. Einmal begegnete er Polacks Blick im Spiegel, überrascht, fast strafend; und Pommerenke mußte ihm recht geben, sonst hatte er eine ruhigere Hand. Eigentlich hätte es das Rasieren erleichtern müssen, daß die CECILIE vor Anker lag, in stillem Wasser; doch das Gegenteil war der Fall. Unterwegs, auf dem fahrenden Schiff, war es nie vorgekommen, daß er Polack beim Rasieren verletzte, selbst bei schwerem Seegang nicht, aber hier war es in letzter Zeit ein paarmal vorgekommen ... Er war mit der zweiten Rasur zu Ende, nahm den Alaunstein und betupfte den kleinen blutigen Schnitt am Ohr. Aus der Ferne war das Anschlagen der Schiffsglocke zu hören.

»Wirklich höchste Zeit.« Polack beugte sich über das Becken und schüttete Kampferwasser in die Hände. Als er aufstehn wollte, drückte Pommerenke ihn noch einmal in den Stuhl zurück, stutzte den Schnurrbart und fuhr mit einer kleinen Bürste darüber.

»Schluß«, sagte Polack. »Schöner werde ich nicht mehr.« Er ließ sich in den Rock helfen, griff nach der Mütze und den weißen Handschuhen, die bereitlagen. Er ging zur Tür. »Und du?« sagte er. »Was ist mit dir? Willst du es dir entgehen lassen, Damen in großer Gala, die an Bord kommen?«

»Ich will nur noch etwas Ordnung machen.«

»Das hat Zeit. Hol deine Trompete. Ich möchte ein schönes Willkommens-Signal hören ...«

»Sie müssen jetzt gehen. Ich komme dann nach.«

»Ein kräftiges *All aboard*, das möchte ich hören. Und dann, Punkt neun, mein Lieber, wenn der erste Gang aufgetragen wird, schmetterst du mir dein *Roastbeef of Old England*, oder wenn dir das lieber ist, den Wächterruf aus *Fidelio*, du hast die Wahl.«

»Aye, aye, Sir.«

»Na also.«

Die Tür fiel hinter ihm ins Schloß. Es war eine doppelt gepolsterte Tür, aber Pommerenke hörte trotzdem noch Polacks festen Schritt. Ein paar Minuten später, nachdem er das Bad aufgeräumt und die Lichter gelöscht hatte, ging er seine Trompete holen.

Es hatte tagsüber leicht geregnet, aber als Pommerenke jetzt auf das Deck hinaustrat, hatte es aufgehört. Dafür war es kälter geworden. Der Himmel hatte sich aufgemacht, und die Lichter von Bar Harbor funkelten hell.

Das Boot mit den Gästen war bereits unterwegs. Er hörte zuerst nur den Motor, aber bald tauchte es im Lichtkreis der CECILIE auf; es wurde langsamer, drehte bei, und zwei Scheinwerfer erfaßten es jetzt.

Pommerenke mußte sich weit über die Reling beugen, um etwas zu sehen. Das Fallreep war mit weißen Lichtschnüren geschmückt.

Polack stand auf der Plattform und erwartete die geladenen Damen. Als erste stieg Temperence C. Butler aus dem Boot. Zwei Schiffsjungen halfen ihr, geleiteten sie die schmale Treppe hinauf. Es war ein schönes Bild: Die Frau in dem langen Pelz, auf dem Kopf ein funkelndes Diadem. Jetzt reichte sie Polack die Hand. Der Pelz öffnete sich, Ketten blitzten auf. Schon kam die zweite, in einem Abendmantel aus Goldlamé über einem roten Kleid ...

Pommerenke richtete sich auf. Er holte die Trompete aus dem Kasten und stellte sich in den Schatten eines Deckaufbaus, wo man ihn von unten nicht sehen konnte. Er hob die Trompete an die Lippen, schloß die Augen und holte Atem.

Der erste Ton des Signals hing plötzlich hell und rein in der Luft: *All aboard, come all aboard.*

Dreiunddreißigstes Kapitel

Ihr Lachen übertönte die Klänge des kleinen Orchesters, das immer noch dezente Tischmusik spielte. Das Diadem in ihrem weißen Haar war verrutscht, und dahinter saß ein grünes Papierhütchen mit weißer Bommel.

Der Steward, der neben ihr stand, schüttete ihr Konfetti in die aufgehaltene Hand, und die Herrn am Tisch deckten schnell ihre Gläser mit der Handfläche zu, ehe der Konfettiregen über dem Tisch niederging.

Den Konfetti folgten Luftschlangen. Die dreifache Perlenkette schaukelte, wenn Temperence C. Butler die Rollen in die Luft warf. Seit sie an Bord gekommen war, hatte sie sich auf diesen Moment gefreut; so wichtig ihr ein gutes Essen auch war, heute hatte sie ungeduldig darauf gewartet, bis das Dessert endlich abgetragen war. Beide Hände streckte sie dem Steward entgegen und ließ sich Nachschub zureichen, bis der Tisch ganz bunt war von Konfetti und Luftschlangen.

Der Wikinger, den man zum Filet Turbot servierte, hatte knapp ausgereicht; der Château Léoville zum Rehrücken war vorzeitig zur Neige gegangen, und jetzt war man bereits bei den letzten zwei Flaschen Burgeff angelangt. Die Stimmung am Tisch wurde immer ausgelassener; bis auf McCagg, den das allzu reichliche Essen etwas müde gemacht hatte, und Anne Butler, die steif an Vandermarks Seite saß. Immer wieder blickte sie strafend zu ihrer Großmutter hin, zuckte bei jedem Lacher zusammen, als sei sie, die Jüngere, für das Benehmen der Älteren verantwortlich.

»Sie benimmt sich einfach zu albern!« Anne Butler fischte Konfetti aus ihrem Glas.

»Sie amüsiert sich, was ist daran albern!« Er gab dem Steward ein Zeichen, Annes Glas auszutauschen, aber sie schüttelte den Kopf.

»Ich trinke nichts mehr.« In ihrer Stimme war wieder der heftige Unterton, wie vorher, als sie sich geweigert hatte, das Papierhütchen aufzusetzen, das die Großmutter ihr zugedacht hatte. Es wäre fast zu einer Szene gekommen, aber plötzlich hatte Anne sich dem Willen der Großmutter gefügt, und das »lächerliche Ding« aufgesetzt. Dabei hatte sie eines der nettesten erwischt, aus schwarzem Lackpapier, das sehr gut zu ihrem hellen Haar paßte. Sie trug es weit hinten, und ihre Hand ging immer wieder zu dem dünnen Gummiband unterm Kinn, als wollte sie es abnehmen.

Irgendwie hatte der Steward es fertiggebracht, Annes Glas auszutauschen, ohne daß sie es bemerkte, und Vandermark dankte ihm mit einem Nicken. Wie Planeten die Sonne, so umkreisten die Stewards die Tafel, nicht aufdringlich, ganz lautlos und im Hintergrund, aber auf den kleinsten Wink zur Stelle.

Vandermark nahm sein Glas. McCagg zu seiner Linken schien nicht ansprechbar; er hatte sich für den Abend ein Paar neue Lackschuhe gekauft, und sie drückten ihn. Doktor Fischer ihm gegenüber und Edith Connors waren in ein Gespräch vertieft, und nach den Brocken, die er aufschnappte, ging es um Mittel gegen Seekrankheit. Kuhn hatte Gloria Linzee für sich beschlagnahmt; er flirtete heftig mit ihr und küßte ihr eben wieder die Hand.

»Wir scheinen die einzigen hier zu sein, die sich nichts zu erzählen haben«, meinte Vandermark.

Sie sah ihn an, mit demselben strafenden Blick wie ihre Großmutter. »Ist das nicht Sache des Herrn, seine Tischdame zu unterhalten?« Sie nahm ihr Glas, stieß mit ihm an. Sie hob es an den Mund, aber als sie es wegstellte, war es so voll wie vorher.

Von der Stirnseite der Tafel kam das erstickte Lachen von Temperence C. Butler. Polack flüsterte ihr etwas ins Ohr, und sie zog seinen Kopf noch näher. Unter dem durchsichtigen Chiffon zeichnete sich ihr voller Arm ab.

Jetzt ließ sie ihn wieder los. Beiden hingen Luftschlangen um den Hals; auf Polacks dunklem Rock wirkten sie wie zusätzliche Ordensbänder, bei ihr wie exotischer Schmuck. Temperence C. Butler blickte über den Tisch und dann zu Polack.

»Charly! Wo bleibt die Rede! Nicht wahr, wir wollen eine Rede hören.«

Von allen Seiten kam Zustimmung. Die Männer strafften sich, griffen an ihre Krawatten; die Damen strichen ihre Kleider glatt. Die Stewards eilten herbei, um zu kontrollieren, daß jeder ein volles Glas zum Anstoßen hatte. »Ja, eine Rede, Charly!« pflanzte sich der Wunsch von Temperence C. Butler durch die Runde fort. Kapitän Polack saß groß und gerade auf seinem Stuhl.

»Natürlich gibt es eine Rede.« Er lächelte zu Temperence C. Butler hin. »Ich konnte Ihnen nie etwas abschlagen.«

Temperence C. Butler drohte mit erhobenem Zeigefinger. »Versuchen Sie nicht zu kneifen, Charly.«

Polack blickte zu McCagg hinüber. »McCagg! Sie haben mir versprochen, daß Sie heute abend die Rede halten.«

McCagg schreckte auf. Er hatte den größten der Papierhüte bekommen, einen Zylinder mit einem Sternenbanner-Band. Er rutschte auf seinem Stuhl hin und her und entschloß sich schließlich aufzustehen. Mit beiden Händen stemmte er sich hoch, langsam, schwerfällig. Er ließ eine Hand als Stütze auf dem Tisch, während er mit der anderen einen Löffel suchte und an sein Glas klopfte.

»Verdammt gutes Getränk, dieser Burgeff ...« Er verstummte.

»Gehörte das schon zur Rede?« Alle lachten, und Temperence C. Butler schaltete sich ein: »Ruhe! Ruhe für Kapitän McCagg.«

McCagg griff nach seinem Hut, rückte ihn zurecht. »Meine Damen!« Seine Verbeugung geriet etwas schwankend. »Meine Herrn!« Er blickte zu Polack. »Mein lieber Charly! Ich bin ein schlechter Redner. Ich bin bekannt als der Kapitän, der die schlechtesten Reden hält ... auf dem Meer ... Mein lieber Charly ... Das Meer ... Unser Meer ...«

Vielleicht war es der Alkohol, vielleicht war es auch nur die Rührung, auf jeden Fall schien er den Faden seiner Rede – wenn er ihn je gehabt hatte – endgültig verloren zu haben. Er sah sich verzweifelt um, ergriff sein Glas. »Auf Charly Polack! Auf sein Schiff. Auf Bar Harbor und auf diesen Sommer ...« Die Stimme versagte ihm. Er stand jetzt ganz ruhig, in fast militärischer Haltung. Wieder ging sein Blick hilfesuchend in die Runde. »Good bye, Charly, with regret ...« Mit dem Glas in der Hand machte er sich auf den Weg um den Tisch herum zu Polack. »Bye, Charly! Good bye ...« Die beiden Männer stießen an, tranken, stellten die Gläser weg und umarmten sich. Auch die anderen nahmen ihre Gläser und gingen zu Polack.

Vandermark blieb an Annes Seite. Sie waren die letzten in der Schlange. Die Rede von McCagg hatte Anne offensichtlich angerührt. Ihre Miene war nicht mehr so verschlossen, sondern eher nachdenklich.

»Geht McCagg fort?« fragte sie.

Vandermark nickte. »Dies war sein letzter Tag.«

»Und ihr?«

Er war froh, daß er ihr nicht zu antworten brauchte, nicht sofort, denn sie war an der Reihe, um mit Polack anzustoßen. Vandermark benützte den Moment und wechselte mit Gloria Linzee einen Blick, die an ihm vorbei auf ihren Platz zurückkehrte. Bei Tisch hatten sie noch kein Wort miteinander gesprochen, und auch jetzt verständigten sie sich nur mit diesem Blick.

Das Orchester hatte einige Musiker ausgewechselt und spielte nun zum Tanz auf. Temperence C. Butler und Polack waren die ersten auf der Tanzfläche, und sie sang mit ihrer hellen Stimme den Text mit:

Linger longer, Lucy
Linger longer, Lu
How I love to linger, Lucy
Linger longer you.

»Sie benimmt sich, als sei sie achtzehn.« In Annes Gesicht stand wieder jener strenge, abschätzige Ausdruck, als schämte sie sich für ihre Großmutter.

»Die Musiker lieben sie«, sagte Vandermark, »und immer, wenn sie an Bord ist, fangen sie mit ihrem Lieblingsstück an.«

»Das müssen sie schon, sie bezahlt sie sicher dafür.«

Er schüttelte den Kopf, aber er sagte nichts mehr. Er dachte an das Gespräch, das er mit Temperence C. Butler vor drei Tagen hatte, in dem kleinen Café auf der Uferpromenade von Bar Harbor. Sie hatte ihm einen Brief geschickt: ›Können wir uns treffen?‹ Sie hatte alle Register gezogen. Er hatte sie nie so liebenswert, so herzlich, so warm erlebt, ›wir zwei, wir würden so gut miteinander auskommen‹. Und als sie damit bei ihm nicht durchdrang, hatte sie es nüchtern und realistisch versucht: ›Ich mache eine Offerte‹. Es war dann von einem Haus die Rede gewesen, für Anne und ihn, von monatlichen Zuwendungen, von einer Bostoner Schiffahrtslinie, bei der sie die Mehrheit erwerben würde und die er, Vandermark, dann leiten könnte, sobald die Einbürgerung vollzogen sei ... Aber am meisten hatte er sie bewundert, mit welcher Haltung sie sein Nein hingenommen hatte. Sie war wirklich eine bemerkenswerte Frau. Sie war exzentrisch, sie war tyrannisch, sie war unbequem – aber wieviel Kraft besaß sie, wieviel Wärme. Sie gehörte zu den Frauen, von deren Kraft ganze Familien zehrten, und die dafür nie Dank ernteten, denn alle nahmen es als selbstverständlich, so wie man Wasser aus einem Brunnen schöpft, ohne nachzudenken, woher es kommt.

»Tanzen wir?« Er wandte sich zu Anne.

»Befehl vom Kapitän?« Unvermittelt lächelte sie, mit einem Anflug von Bosheit, was sie ihrer Großmutter ähneln ließ.

»So ist es an Bord üblich.«

»Du vergißt dabei nur eins – die älteren Damen haben den Vorrang.« Ihr Blick ging zu Gloria Linzee, die mit Kuhn plauderte.

Er lachte. »Du kennst dich aber gut aus in der Etikette an Bord. Trotzdem möchte ich jetzt gerne mit dir tanzen.«

»Später gern – nach ihr!« Sie ließ ihn stehen und nahm den verdutzten McCagg am Arm. Er deutete vergeblich auf seine Lackschuhe.

»Sie haben eine wunderschöne Rede gehalten!« sagte sie.

Er sah sie überrascht an. »Wirklich? Aber ich kann gar nicht reden. Und tanzen noch viel weniger, wirklich, und meine Schuhe drücken ...«

»Das wird sich gleich zeigen«, Anne zog ihn energisch mit sich.

Vandermark war einen Moment unschlüssig, dann ging er zu Gloria Linzee hinüber. Er verneigte sich vor ihr und führte sie gegen den Protest von Kuhn zur Tanzfläche. Das Orchester spielte einen Two-Step. Er nahm sie in den Arm, korrekt, auf Distanz bedacht. Sie lächelte. »Zuerst die älteren Damen, wie?«

»Genau das meinte Anne.«

Sie wurde ernst. »Mutest du ihr nicht ein wenig zu viel zu?«

»Ich gebe mir alle Mühe, nett zu sein.«

»Das ist ein grausames Wort – *nett* ... Denk daran, für sie ist es der letzte Abend, nicht für mich. Wir haben noch viele.«

»Das klingt genauso grausam.«

»Wir sind es beide.«

Er zog sie fester an sich, er spürte die Geschmeidigkeit ihres Körpers, und für einen Augenblick hatte er nur den einen Wunsch, mit ihr allein zu sein – sie zu besitzen. Um ihre Füße wanden sich die Luftschlangen. Konfetti regneten über sie herab. Temperence C. Butler hatte das Orchesterpodium erklommen und bewarf die Tanzenden lachend und kichernd mit Luftschlangen und Konfetti. Charles Polack hatte Edith Connors im Arm. Anne konnte den Sprüngen und Hopsern McCaggs kaum folgen.

»Ich werde bald verschwinden«, sagte Gloria leise an seinem Ohr, »ohne viel Aufsehen. Nur damit du Bescheid weißt.«

»In Ordnung.«

»Ich möchte Bar Harbor verlassen. Der Verkauf ist abgeschlossen. Ich bin nur geblieben, weil ich Polack versprochen hatte, zu seinem Dinner zu kommen, aber am liebsten würde ich noch heute nacht mit der Yacht auslaufen. Hast du mit Polack gesprochen?«

Das Orchester spielte jetzt einen Walzer. Er führte sie an den Rand der Tanzfläche. »Es hat sich etwas geändert, ganz überraschend. Ich weiß es erst seit ein paar Stunden ... Wir werden Bar Harbor verlassen!«

»Wir?«

»Die ›Cecilie‹ wird nach Boston verlegt. Bisher wissen es nur ein paar Eingeweihte. Du solltest zu niemandem darüber sprechen. Es wird schwierig genug sein, das Schiff hier wegzubringen, auch bei Flut, aber wenn wir Hunderte von Booten am Hals hätten, wäre es unmöglich.«

»Das kommt überraschend.«

»Nicht für Polack, habe ich das Gefühl.«

»Und was bedeutet es für uns?«

Vandermark sah zu Polack hinüber. Er tanzte unermüdlich. Auf seinem Kopf saß ein winziges rotes Hütchen; das dünne schwarze Gummiband, das es festhielt, schnitt tief in seine Wange ein.

»Du kannst ihn nicht allein lassen, auf dieser Fahrt«, sagte Gloria nachdenklich, als hätte sie seine Gedanken aufgefangen. »Ist es das?«

»Ich dachte zuerst, ich könnte es. Aber dann ... vielleicht ist es die letzte Fahrt.«

»Wann wird es sein?«

»Es sind keine sechs Stunden mehr.«

»Ich verstehe dich. Es sind ja nur wenige Tage ... Ich werde dann auf jeden Fall noch heute nacht auslaufen. Es ist das beste so. Wir sehen uns in Baltimore?«

»Ja, in Baltimore.«

»Gut. Wann glaubst du, seid ihr in Boston?«

»Schon morgen nacht.«

»Ich werde mit Lyman telephonieren, damit er jemand schickt, wegen der Formalitäten für die Einbürgerung ... Es bleibt doch dabei?«

Er nickte, aber es war etwas, das er sich im Augenblick nicht vorstellen konnte, in so weiter Ferne schien es zu liegen.

»Weiß Anne davon?«

»Nein.«

»Vielleicht solltest du es ihr sagen. Es macht für sie bestimmt einen Unterschied, daß du nicht mit mir Bar Harbor verläßt, sondern mit dem Schiff ... Bring mich jetzt bitte zum Tisch zurück. Ich werde noch mit Polack tanzen und dann verschwinden ... Komm bald!«

Er führte sie zu ihrem Platz zurück, verbeugte sich, küßte ihre Hand. Er kam sich plötzlich wie ein Schauspieler vor, und das schlimmste daran war das Gefühl, daß er seine Rolle zu perfekt spielte, zu routiniert. Ja, sie waren beide grausam. Sie dachten beide nur an sich und ihr geheimes Ziel. Sie waren alles andere als ein junges verliebtes Paar. Und dennoch: Sie liebten sich. Entschuldigte sie das? Nur die Zukunft konnte das zeigen.

Die nächste halbe Stunde ging wie etwas Unwirkliches an ihm vorüber. Aber hatte nicht das ganze Fest etwas Unwirkliches? Der große Saal, in dessen Mitte ein paar Schauspieler ein seltsames Stück aufführten. Die Stewards im Hintergrund als die Statisten. Nur die Zuschauer fehlten, und doch hatte er manchmal, wenn er zu den Galerien hinaufblickte, das Gefühl, daß dort im Schatten der Säulen Augenpaare das Treiben beobachteten.

Er hatte mit Temperence C. Butler getanzt, mit Edith Connors. Jetzt bemerkte er plötzlich, daß Gloria nicht mehr da war. Sie saß nicht am Tisch, und sie war nicht auf der Tanzfläche. Wann hatte sie sich von Polack verabschiedet?

»Ich glaube, es wird Zeit, daß wir auch aufbrechen. Hilfst du mir, Großmutter loszueisen?« Es war Anne. Sie hatte ihr Papierhütchen abgenommen und legte es auf den Tisch. Sie nahm die Menü-Karte, die neben ihrem Platz lag, sah ihn fragend an: »Darf ich?«

»Natürlich.« Besaß sie noch ein Poesie-Album? Würde sie die Karte dort hineinlegen? Es war ihm, als sehe er sie zum erstenmal an diesem Abend richtig an: Das weiße Kleid, das am Hals ausgeschnitten war, das Granatkollier, die Ohrringe aus dem gleichen Stein, die wie rote Beeren durch das helle Haar schimmerten. Und dann ihr Duft ...

»Ist das ein neues Parfüm?«

Sie wandte sich ihm zu, und die Bewegung verstärkte den Duft. »Du bist den ganzen Abend neben mir gesessen, und jetzt erst fällt dir das auf?« Auf ihrem Schoß lag die kleine Abendtasche und darauf die Menü-Karte mit Polacks Photographie. »Willst du wirklich wissen, was es für ein Duft ist? Oder ist das eine von den Fragen, die du jeder Frau stellst?«

»Ich möchte es gerne wissen.«

»Ich bin extra deswegen nach Bangor gefahren. Ein neues Kleid und ein neues Parfüm! Viel genützt hat es nicht.«

»Anne, bitte ...«

»Immerhin habe ich es versucht. Ich sagte mir, du brauchst etwas, an das er sich erinnert, wenn er alles andere längst vergessen hat.« Ihre Augen schienen noch dunkler zu werden. »Anne ... das ist ein Name zum Vergessen. Wer kann sich, nach Jahren, schon auf eine ›Anne‹ besinnen. Aber irgendwann, in zehn, zwanzig Jahren, da geht eine Frau an dir vorbei, eine Unbekannte, sie benützt dasselbe Parfüm, und du drehst dich um, und du wirst dich plötzlich erinnern: Da war doch etwas vor vielen Jahren, ein Sommer ...«

Sie erhob sich schnell, daß er ihr nicht einmal den Stuhl wegziehen konnte. Das Orchester spielte nicht mehr. Die Gäste hatten sich um Charly Polack geschart. Im Hintergrund standen bereits die Stewards mit den Mänteln der Damen bereit.

Temperence C. Butler protestierte: »Was soll dieser hektische Aufbruch! Charly! Es ist gerade erst Mitternacht. Seit wann gehn Ihre Feste so früh zu Ende?«

Polack winkte den Stewards. Sie kamen mit den Mänteln. »Kapitän McCagg verläßt uns morgen früh.«

»Aber Charly! Wer gehen will, soll gehen! Gloria Linzee braucht ihren Schönheitsschlaf, aber ich, Charly, ich brauche nicht mehr auf meine Schönheit zu achten ... Ein Spielchen noch! Nur ein einziges Spielchen. Ich hatte so auf eine kleine Pokerrunde gehofft. Doktor Fischer ist sicher mit von der Partie. Keine hohen Einsätze. Ein Dollar eröffnet das Spiel. Reizt Sie das nicht? Vielleicht können Sie alles, was Sie in Jahren an mich verloren haben, heute abend zurückgewinnen.«

»Dazu reicht ein Abend nicht aus.«

»Schön, ich sehe, das Fest ist zu Ende! Es war ein bezaubernder Abend. Ich danke Ihnen, Charly! Ich ... gleich werde ich noch sentimental ... Meinen, den Pelz!« Der Chefsteward legte ihr den bodenlangen Zobel um die Schultern. »Mein Täschchen, Meinen ... Wieviel Stewards waren es?«

»Fünfzehn, Madame.«

»Fünfzehn, und das Orchester ...« Sie öffnete ihr Täschchen, zählte Noten ab, unauffällig, und ebenso unauffällig ließ sie die rechte Hand sinken, und ein Bündel Banknoten glitt in die Hand des Chefstewards. »Diesmal sind es ganze Scheine, Meinert«, sagte sie, »es gibt ja wohl keine Rückfahrt für mich.«

»Ich fürchte, für uns alle nicht, Madame.«

Das Orchester begann zu spielen, als Temperence Butler sich bei Polack einhängte.

Linger longer, Lucy
Linger longer, Lu

Charly Polack und Temperence C. Butler führten die Prozession der Gäste an. Die Stewards standen links und rechts Spalier. Zwei hielten die Flügeltüren auf.

How I love to linger, Lucy
Linger longer you.

Vandermark, an Annes Seite und ganz am Schluß, blickte noch einmal zurück in den Saal. An den entfernten Tischen wurden bereits die ersten Lichter gelöscht. Das Gold und Weiß, eben noch leuchtend, wurde matt, Spiegel füllten sich mit Dunkel. Die zertretenen Luftschlangen auf der Tanzfläche verloren ihre bunten Farben. Der festlich gedeckte Tisch glich einer verwüsteten Landschaft; ein Steward ergriff eines der halbvoll zurückgelassenen Gläser und trank es schnell und verstohlen aus.

Draußen an Deck war es kalt und feucht. Die eisernen Bodenplatten glänzten.

»Sei vorsichtig.« Er hielt Annes Arm. In der anderen hatte sie die Abendtasche und die Menü-Karte. Und wieder war da ihr Duft.

»Sehen wir uns noch?« fragte sie.

Wenn er ihr die Wahrheit sagen wollte, dann mußte er es jetzt tun. Aber was nützte die Wahrheit?

»Wann geht ihr zurück nach Boston?« fragte er.

»Morgen. Mit dem Nachmittagsboot. Wir ... wir sind sehr lange geblieben dieses Jahr. In Bar Harbor sind die Sommer sonst nicht so lang ... Es ist der Abschied, nicht wahr?«

»Ja.« Plötzlich war die Erinnerung da: Sein erster Tag in Bar Harbor, der Abend, die reifen Pfirsiche am Spalier des Gelben Hauses. Sie hatten denselben Duft wie Annes Parfüm.

»Wir verlassen morgen früh Bar Harbor«, sagte er, »in aller Frühe, mit der ersten Morgenflut.«

»Aber ...« Sie blieb stehen. »Willst du sagen, die ›Çecilie‹ verläßt Frenchmans Bay? Und du bleibst an Bord?«

»Ja. Ich bleibe an Bord.« Es war keine Lüge, aber die ganze Wahrheit war es auch nicht. »Es ist Pfirsich, der Duft, nicht wahr?«

»Es hat einen anderen Namen, aber ich fand, auf meiner Haut duftet es wie die Pfirsiche am Gelben Haus.«

»Anne ...«

»Ja?«

Er suchte nach Worten. Aber es gab keine. Sein Blick fiel auf den Ring der Baronin an seinem kleinen Finger. Er zog ihn ab und nahm ihre Hand. »Er soll dir Glück bringen.« Er steckte ihr den Ring an den Mittelfinger.

Sie blickte auf ihre Hand. Dann stellte sie sich auf die Zehenspitzen und küßte ihn. »Viel Glück!« Sie lief davon, das Deck hinunter, den anderen nach.

War es nur die Erleichterung, daß er es hinter sich hatte, ohne Tränen, ohne Versprechungen, die niemand glaubte? Oder war es das plötzliche Begreifen, daß auch er etwas verlor: Für eine Sekunde hatte er das verrückte Gefühl, er müsse ihr nach und sie zurückholen. Ihre Absätze klapperten auf dem Holz. Etwas flatterte aus ihrer Hand, fiel zu Boden, die Menü-Karte ... Aus dem Dunkel tauchte ein Schiffsjunge auf. Er bückte sich nach der Karte, zögerte und ließ sie dann schnell unter seiner blauen Bluse verschwinden.

Vandermark hätte am Fallreep sein müssen, aber er blieb an Deck. Er hätte Temperence C. Butlers Fröhlichkeit in diesem Augenblick nicht vertragen. Er hörte die Stimmen von unten herauf. Sie mußten dabei sein, ins Boot zu steigen. Der Motor sprang an, und dann kam wie auf ein Kommando das Trompetensignal:

All ashore, that is going ashore!

Das weiße Boot entfernte sich von der CECILIE, glitt aus dem Lichtkreis. Dunst schwebte über dem Wasser. Bar Harbor lag im Dunkel; nur wenige Lichter am Ufer brannten. Vandermarks Blick ging hinüber zum Yachthafen. Er sah ein rotes und ein grünes Licht, die sich vom Ufer wegbewegten. Hinter sich hörte er die Stimmen von Polack und Kuhn.

»Jetzt hatten sie ihr Fest«, sagte Polack. Seine Stimme klang so nüchtern, als hätte er nicht einen Tropfen Alkohol getrunken. Das Papierhütchen saß nicht mehr auf seinem Kopf, die Luftschlangen um seinen Hals waren verschwunden.

»Mrs. Butler hätte gerne noch weitergemacht«, sagte Vandermark.

»Ein Fest, das um Mitternacht zu Ende geht, ist für Temperence Butler kein Fest ...« Polack blickte in die Bucht hinaus. Er hob die Hand und deutete auf die weiße Yacht, die sich schemenhaft aus dem Dunkel löste, die drei Masten, die Positionslichter.

»Die ›Nirvana‹ «, sagte Polack. »Wußten Sie, daß sie auslaufen wird?«

Vandermark nickte stumm. Das Motorengeräusch kam näher, die Yacht zog an der CECILIE vorbei.

»Sind Sie klargekommen?« fragte Polack.

»Ja, Sir.«

»In diesen Dingen waren meine Navigationskünste immer mangelhaft.« Polack atmete in tiefen Zügen, als müsse er seine Lungen von etwas reinigen. »Sie quittieren in Boston?«

»Ja, Sir.«

Polacks Hand sank herunter auf die Reling, ruhte dort. Vandermark kam es so vor, als beobachtete er den Kapitän bei einer unerlaubten Zärtlichkeit.

»Ein Haufen zusammengenieteter Stahl. Nicht zu glauben, daß man so daran hängen kann ... Vandermark!«

»Sir?«

»Ich bin froh, daß Sie für diese Fahrt an Bord geblieben sind. Aber ... Ich möchte Sie mit drei Streifen am Ärmel auf der Brücke sehn.«

»Ich weiß nicht, Sir.«

»Die Ernennung liegt in meinem Schreibtisch. Und Pommerenke wird schon eine Litze auftreiben ... Sie ist ein gutes Schiff, Vandermark. Und wenn sie hier ausläuft, hat sie es verdient, daß sie einen Kapitän und einen Ersten Offizier auf der Brücke hat. Ich möchte, daß ihr alle Ehre angetan wird, die ihr gebührt.«

»Jawohl, Sir.«

Polack blickte zum Himmel, der bedeckt war, bis auf einen kleinen Ausschnitt im Norden, in dem ein paar Sterne standen. »Ich denke, wir werden gutes Wetter haben ... Sehn Sie zu, daß Sie ein paar Stunden Schlaf bekommen.«

»Ich glaube nicht, daß ich schlafen werde, Sir.«

Polack nickte. »Wer kann schon schlafen in einer solchen Nacht. Kommen Sie. Eine Flasche Pommery wird sicher noch an Bord sein.«

Vierunddreißigstes Kapitel

Sie hatten das Leuchtfeuer von Egg Rock in der Dunkelheit passiert, sehr langsam, Meter für Meter, um nicht von der schmalen Fahrrinne zwischen den Untiefen abzuweichen, waren in der Morgendämmerung an Baker Island vorbeigezogen, immer noch vorsichtig, und nun war das Schiff bereits weit draußen im Golf.

Charles Polack stand auf der Brücke und beobachtete die veränderte Färbung des Wassers. Er hielt die Hand über die Augen, gegen die Sonne, die eben den Dunst durchbrochen hatte. Das Meer weitete sich vor ihm. Er hatte es selten so reglos gesehen, so glatt, kein Wind, keine Wellen.

Er lauschte auf die Maschinen der CECILIE. Noch hatten sie ihre volle Kraft nicht erreicht. Voller Ungeduld registrierte er, wie die Geschwindigkeit sich steigerte, wie die lange vermißten Geräusche sich einstellten. Nur noch ein wenig Geduld, und die CECILIE würde ihren vertrauten Schritt finden.

Und doch war etwas anders als früher. In der Fensterfront vor ihm spiegelte sich die Brücke, die Männer, die dort standen. Sie waren so auf ihn eingespielt, daß laute Befehle nicht nötig waren. Eine Handbewegung genügte, ein Blick von ihm, einzelne, hingeworfene Worte. Hinzu kam, daß heute nichts den Ablauf auf der Brücke unterbrach, kein Lotse, der von Bord ging, kein Zoll, kein aufgeregter Oberzahlmeister, der von ihm verlangte, den Streit um eine Luxuskabine, die doppelt vergeben worden war, zu schlichten. Vielleicht war es gerade das, was ihn irritierte. Vielleicht irgendeine andere Nebensächlichkeit ... Er warf einen Blick auf seine schwarzen Halbschuhe. Nein, daran konnte es nicht liegen, er stand richtig, die Absätze auf dem roten Läufer, die Sohlen auf dem gebohnerten Teakholz.

Er gab dem Maat am Maschinentelegraphen ein Zeichen. Das Geräusch der Maschinen wurde einen Grad dunkler. Das Vibrieren des Schiffs schwächer. Das Kribbeln in seinen Sohlen ließ etwas nach. Das Steigen und Fallen des Schiffs wurde konstanter. Aber seine Unruhe blieb. Seine eigene Stimme überraschte ihn, als er nun den Befehl erteilte: »Volle Kraft voraus!«

Die Türe zur Außenplattform wurde aufgeschoben. Fred Vandermark trat ein; der neu aufgenähte dritte Streifen am Ärmel seines Rocks hob sich deutlich von den zwei alten ab.

»Wir laufen zu schnell, Sir! Die Zerstörer morsen uns an. Wir sollen die Geschwindigkeit zurücknehmen. Sie können nicht mithalten.«

Auf der Brücke breitete sich Stille aus. Die Männer warteten auf Polacks Antwort. Pommerenke löste sich aus seiner Ecke. »Irgend jemand Kaffee?« Niemand achtete auf ihn. »Keinen frischen, heißen Kaffee? Niemand?« Er versuchte es noch einmal und zog sich dann mit seiner Kanne zurück.

»Weiter volle Kraft voraus, Sir?«

Polack wandte sich heftig um und starrte den Maat an. Die Augen des Kapitäns wurden hart, an seiner Schläfe trat eine Ader hervor – dann war er wieder Herr seiner selbst. »Hat keinen Sinn, daß wir ihnen davonlaufen, wie?« Er wußte nicht, was sein Gesicht von seinen Gefühlen verriet. »Vandermark!«

»Ja, Sir.«

»Übernehmen Sie das Kommando. Pommerenke ... einen Kaffee!« Er trat beiseite, den Blick immer noch nach vorne. Er trank seinen Kaffee, hielt die Tasse mit beiden Händen. Er hörte nur mit halbem Ohr hin, wie Vandermark seine Befehle erteilte. Er wäre, dachte er, eines Tages sicher ein guter Kapitän geworden; nicht nur im Speisesaal bei den Damen, auch auf See. Er wußte, es würde nicht dazu kommen. Ein paar Tage in Boston, und dann … Er, Polack, hatte seine Ersten Offiziere, alle, die unter ihm gefahren waren, immer als seine Söhne betrachtet. Das war ein alter Traum von ihm: Der Nordatlantik, befahren von Schiffen, die von seinen ›Söhnen‹ geführt wurden. Später, im Ruhestand, würde er ihre Abfahrten und Ankünfte verfolgen. Sie würden ihn vielleicht hin und wieder an Bord bitten, wenn sie im Heimathafen lagen, eine Flasche für ihn öffnen, vielleicht sogar eine Magnum …

Würde es je dazu kommen? Er versuchte, sich zu zwingen, daran zu glauben, aber bei dem Gedanken krampfte sich sein Herz zusammen. Und diese Fahrt heute? Hatte er nicht zu viel Hoffnung darauf gesetzt?

Er mußte plötzlich daran denken, wie er vor vielen Jahren eines seiner Schiffe, das außer Dienst gestellt wurde, zum Abwracker führte. Nach alter Seemannstradition waren einige Männer der ursprünglichen Besatzung mitgefahren; auch ein paar frühere Passagiere waren an Bord gewesen, um dem Schiff auf seinem letzten Weg das Geleit zu geben. Die Fahrt hatte Polack so deprimiert, daß er sich damals schwor, nie wieder ein Schiff zum Abwracker zu führen …

Und jetzt? War das jetzt etwas anderes? Boston? Totes Brackwasser. Kaum Gezeiten. Ein Schiffsfriedhof. Nein, er wollte jetzt nicht daran denken.

Das Geräusch der Maschinen erfüllte das Schiff. Die Gangart der CECILIE hatte sich verändert. Die grüngefärbte Dünung, die in einem langen Keil vom Atlantik hereindrängte, stemmte sich dem Schiff entgegen. Das Steigen und Fallen des Bugs übertrug sich auf Polacks Körper. Die CECILIE ging, wie sie immer gegangen war, ihren weichen, eleganten Gang …

Wieder einmal wurde ihm bewußt, wieviel sie ihm bedeutet. Sie war nicht nur das Schiff, das er führte. Sie war seine Gefährtin, und in dieser Stunde hatte er das Gefühl, als versuchte sie, ihn auf ihre Art zu trösten.

Der Mann auf der Brücke lächelte, ohne es zu wissen. Es war ein Lächeln, in dem sich Glück und Trauer mischten. Vielleicht hatte er keinen Grund zur Trauer. Vielleicht hatte SIE recht. Und doch fühlte er, daß etwas Unabänderliches geschehen war. Nichts würde je wieder so werden, wie es einmal war ...

In Bar Harbor hatten zu dieser Stunde viele Menschen das gleiche Gefühl. Sie drängten sich am Ufer und starrten fassungslos hinaus in die leere Bucht. Die CECILIE war nicht mehr da – sie sahen es, und doch konnten sie es nicht glauben. Und so standen sie da und blickten hinaus, als könnten sie vielleicht durch ihr Ausharren das Schiff zurückholen.

Nur wenige hatten das Auslaufen mit eigenen Augen gesehen, ein paar Fischer und Hafenarbeiter. Die Nachricht hatte sich wie ein Lauffeuer verbreitet, und ganz Bar Harbor war zum Hafen gelaufen. Es war zu spät, vom Schiff war nichts mehr zu sehen, und doch wurden es immer noch mehr Menschen.

Die wenigen, die das Auslaufen der CECILIE beobachtet hatten, wurden mit Fragen bestürmt. Aber was hatten sie schon zu berichten? Ein Schiff mit vier rauchenden Schloten, Anker, die eingeholt wurden ...

Im Grunde war es wie damals, als das Schiff eines Morgens in Frenchmans Bay aufgetaucht war. Damals wußte keiner, woher es gekommen war – jetzt wußte keiner, wohin es verschwunden war.

Es dauerte über eine Stunde, bis die Menge sich zu zerstreuen begann. Es wurde wieder leer und still am Ufer. Nur einzelne blieben zurück, wanderten am Kai auf und ab, blickten immer wieder hinaus in die leere Bucht.

Das erste Morgenboot lief ein, und das Leben nahm seinen gewohnten Gang. Etwas später am Vormittag gab es noch einmal einen Auflauf vor dem Schaufenster der lokalen Schiffahrtslinie in der Main Street. Kinder hatten es zuerst entdeckt: Im Fenster, auf blauem Stoff, der so drapiert war, daß er Wasser vortäuschen sollte, lag das Zuckerguß-Modell der CECILIE, das auf der *Eden-Fair* den ersten Preis gewonnen hatte.

Juli 1940

Sie stand vor der hohen Flügeltür in der Bibliothek des Hauses und blickte hinaus auf Terrasse und Park. Nach zwei Wochen, in denen kein Tropfen gefallen war, hatte es am frühen Morgen endlich zu regnen begonnen. Es war eine Erlösung, und der verhangene Himmel versprach, daß es nicht so schnell aufhören würde.

Sie wirkte schmal, fast zerbrechlich in dem Kleid aus mattroter Seide. Der Stock, auf den sie sich stützte, betonte noch das Zarte ihrer Gestalt. Aber als sie sich dann umwandte, weil sie ihn eintreten hörte, war dieser Eindruck weggewischt; was blieb, war nur die Ausstrahlung einer sehr lebendigen Frau.

»Irgend etwas nicht in Ordnung an mir?« Sie lächelte ihn an aus ihren grünen Augen, die mehr als alles andere ihr Alter vergessen ließen.

Er antwortete nicht sofort. Eine schöne Frau zu besitzen war für ihn ein wichtiger Teil seines Glücks. Es war ihm reichlich zuteil geworden, und er war sich dessen immer bewußt geblieben. Heute allerdings gab es einen Anlaß, der ihn besonders empfänglich machte für die Schönheit seiner Frau, so daß er jedes Detail aufnahm: die zarte Figur, das einfach geschnittene Kleid, die dünne Goldkette, die an ihr selbstverständlich und doch irgendwie dramatisch wirkte, ihr heller, feiner Teint, das rotblonde Haar ... Nur die Frisur war anders als sonst, aus der Stirn gekämmt und in Wellen gelegt. Er mußte unwillkürlich einen Blick auf das Porträt von ihr werfen, das über dem Kamin der Bibliothek hing.

»Sei nicht unfair«, sagte sie lächelnd. »Damals, als das Bild gemalt wurde, war ich sechsunddreißig.«

»Und?« sagte er. »Das Bild ist älter geworden, nicht du ... Was mir auffiel, du trägst dein Haar anders?«

»Ja«, sagte sie. »Es ist wieder Mode so. Wie in den alten Bar-Harbor-Tagen ... Sag nur, wenn es dir nicht gefällt. Helen hat schon protestiert.«

»Wo steckt sie eigentlich? Ich sehe meine Tochter kaum noch.«

»Du wirst sie heute abend sehen. Sie bringt jemand mit; bereite dich darauf vor, daß er um ihre Hand anhalten wird.«

»Dieser Marine-Kadett von Annapolis?«

»Oh, ich weiß, du kannst dich nur schwer an den Gedanken gewöhnen, deine Tochter herzugeben. Ein Glück, daß wir nur eine Tochter haben. Ich möchte nicht dein Schwiegersohn sein.«

»Ich frage mich nur, muß es einer von der Marine sein?«

»Scheinbar kommt für Helen nichts anderes in Frage. Vergiß nicht, daß sie von beiden Elternteilen erblich belastet ist.«

Er blieb ernst; seine Gedanken gingen weiter. Dieser Krieg in Europa: Diesmal würde Amerika sich nicht so lange heraushalten wie damals, und sie hatten zwei Söhne im Alter von fünfundzwanzig und dreiundzwanzig, die dann in der Marine dienen würden. Es war eine andere Zeit, es gab keinen Bar-Harbor-Sommer mehr ...

Er blickte auf die Kaminuhr. »Wenn wir rechtzeitig zur Auktion kommen wollen, müssen wir fahren.«

»Mir wäre es lieber, du fährst allein.« Sie hatte den Stock beiseite gestellt, wie immer, wenn sie nicht allein war; der genagelte Oberschenkelbruch nahm ihren Bewegungen etwas von der Leichtigkeit.

»Es ist noch etwas zu früh für mich, auf alten Schiffen herumzusteigen.«

Er sah sie an und schüttelte den Kopf. Sie war keine Frau, die der Wahrheit auswich. »Das ist nicht der einzige Grund oder?«

»Ich dachte mir, daß du mich vielleicht nur aus Höflichkeit gebeten hast mitzukommen und du eigentlich lieber allein fährst.« Sie trat zu ihm und zupfte das weiße Einstecktuch etwas mehr aus der Brusttasche seines dunklen Anzugs. Ihre Hände waren das einzige, was ihrem wahren Alter entsprach; sie waren übersät von Pigmentflecken, und der dünne goldene Ehering saß locker am Ringfinger. »Ich kann mir vorstellen, wie dir zumute ist. Nach all den Jahren das Schiff wieder zu sehen ... Es gibt Gefühle, die man mit niemandem teilen mag.«

Sicher stimmte ein Teil von dem, was sie sagte. Es war so etwas wie ein Schock gewesen, als er von der Auktion der CECILIE gelesen hatte. Er hatte nicht einmal gewußt, daß sie noch existierte und seit Jahren in der Chesapeake Bay – praktisch vor seiner Haustür – aufgelegt war. Eine Firma hatte sie zum Abwracken gekauft, und eine andere hatte es übernommen, alles, was dem Schiffsrumpf noch zu entreißen war, zu versteigern, ehe die Schweißbrenner ihre Arbeit taten.

»Vielleicht hast du recht«, sagte er. »Sie wird kein schöner Anblick sein.« Er nahm den Auktionskatalog, der auf dem Tisch in der Mitte des Raumes lag. »Hast du etwas gefunden, was ich ersteigern soll?«

»Das meiste scheint mir wertlos. Ich kann mir überhaupt nicht vorstellen, wer das kaufen soll. Vielleicht die Nummer zweihunderteinundvierzig. Es ist etwas, das ich vielleicht gern hätte. Du mußt jetzt wirklich fahren ...«

Sie ließ ihm keine Zeit, im Katalog nachzusehn; sie begleitete ihn hinaus in die Halle. Vor dem Haus wartete bereits der Fahrer mit dem Wagen. Fred Vandermark nahm den Regenmantel über den Arm, küßte sie.

»Ich mag dein Haar, wie du es jetzt hast.«

»Du hast doch Geld bei dir?« fragte sie.

»Geld?«

»Sie nehmen keine Schecks laut Versteigerungsbedingungen, nur Bargeld.«

Es war typisch für Gloria, dachte er später im Fond des ledergepolsterten Daimlers, daß sie ihn an das Geld erinnert hatte, aber auch typisch, daß sie ihn zu der Auktion nicht begleitete. Das war vielleicht ihre beste Eigenschaft, ein untrügliches Gespür, wann es besser war, ihn allein zu lassen. Sie hatte immer darauf geachtet, daß er genug Spielraum hatte, er selber zu bleiben. Vielleicht war es Instinkt, vielleicht war es Klugheit. Er hatte wirklich Glück gehabt mit ihr. Und sie mit ihm; denn wenn anfangs auch manche Leute in Baltimore in ihm nur den Prinzgemahl gesehen hatten – dazu noch ein Deutscher –, so hatten sie es schnell vergessen angesichts der jährlich steigenden Umsätze und Dividenden von Werft und Reederei. Heute war L&V die größte Reparatur-Werft in Baltimore, und die L-&-V-Lines beförderten mehr Fracht als jede andere Linie im Osten.

»In die Verwaltung?«

Die Frage des Chauffeurs riß ihn aus seinen Gedanken.

»Nein, George, Richtung Chesapeake Bay. Die Docks von Iron & Metal. Ich werde dir dann den Weg genauer beschreiben.«

Das Augenpaar des Fahrers tauchte im Rückspiegel auf. »Den Platz, den sie Todesrinne nennen, Sir?«

»Ja.«

»Dann kenne ich den Platz. Gibt einen Haufen Geisterschiffe dort. Traurige, alte Gebeine. Ich hab' früher für einen Abwracker gearbeitet, und ich kann Ihnen sagen ...«

»Wenn wir pünktlich sein wollen, wirst du aufs Gas treten müssen.«

Er lehnte sich zurück. Die Fahrt würde eine Stunde dauern, vielleicht länger bei dem dichten Regen. Das Hin und Her der Scheibenwischer, das Brummen des Motors, das Prasseln des Regens auf das Verdeck – all das wirkte beruhigend auf ihn. Sie waren jetzt aus der Stadt. Von Zeit zu Zeit führte die Straße nahe am Wasser entlang, und er sah durch die Regenschleier die Schornsteine fahrender Schiffe. Von Baltimore bis zum

Atlantik waren es gut einhundertfünfzig Kilometer Luftlinie, aber es gab Tage, da schien das Meer näher zu sein. Heute war so ein Tag.

Er schlug den Katalog auf, blätterte darin. Im Grunde hatte er nicht die Absicht, etwas zu ersteigern. Er kannte diese Auktionen. Er kannte auch die Käufer, die dort auftauchten: Schiffsausrüster, Direktoren von Schiffs-Museen, Antiquare, die vielen kleinen Bieter, die sich einen Gelegenheitskauf versprachen. Die meisten Nummern des Katalogs überflog er nur. Sechzehn Rettungsboote wurden versteigert, vier Zinnsärge, Turnhallen-Geräte, eine Druckerpresse, zehn Ledersessel aus dem Rauchsalon, ein Spieltisch, die Holzverkleidung einer I.-Klasse-Kabine, zehn Eismaschinen, zwanzig Patent-Eierkocher, ein Dinner-Gong, einhundertfünfzig Teile eines Fischbestecks, versilbert ... Bei anderen Nummern stockte er: Steinway-Flügel aus dem Damensalon; Roter Läufer aus der Kapitäns-Kabine; Schiffsglocke; Komplette Boiserie aus dem Veranda-Café, *East Frisian Style*; Original Namenszug des Dampfers vom Heck, Messingausführung, Schätzwert 150 Dollar. Derselbe Namenszug Steuerbord, drei fehlende Buchstaben, Schätzwert 100 Dollar. Er hatte die Seite mit der Nummer 241 überschlagen. Er blätterte zurück:

Eßgeschirr für zwölf Personen, kornblumenblauer Rand, Dekor Adler und Krone darstellend; Königliche Manufaktur Berlin, vermutlich der Patin des Dampfers gewidmet, teilweise beschädigt.

Das letzte Dinner an Bord der CECILIE, in der Nacht vor dem Auslaufen aus Bar Harbor ... Er erinnerte sich an die gedeckte Tafel, die Konfetti, die Luftschlangen. Warum hatte Gloria von allen Dingen gerade dieses ausgewählt? Die Schätzung lag bei siebzig Dollar. Hatte sie mit ihrem unfehlbaren Instinkt den wahren Wert erkannt? Kaufte sie eine Erinnerung? Wo würde es in ihrem Haus seinen Platz finden? Würde sie vielleicht gar damit ein Essen geben ... Er legte den Katalog neben sich. Eigentlich erstaunlich, daß nach all den Jahren noch so viel von diesen alten Dingen übriggeblieben war.

Er warf einen Blick aus dem Fenster. Sie waren nun an der Wasserfront. Sie passierten eine Werft. Die Umrisse eines Neubaus wurden sichtbar, die funkensprühenden violetten Lichtbögen von Schweißbrennern ...

»Bis zu den Kühlhäusern und dann links abbiegen«, sagte er.

»Ich finde den Weg.«

Die sechsundzwanzig Jahre, die seit Bar Harbor vergangen waren, schrumpften zusammen. Anfang Dezember 1914 waren die Formalitäten erledigt gewesen. An Weihnachten hatte er Gloria Linzee geheiratet. Charles Polack war als Trauzeuge nach Baltimore gekommen und dann wieder nach Boston auf die CECILIE zurückgekehrt. Drei Jahre später hatte der Kapitän noch einmal den Weg nach Baltimore gemacht, zur Taufe ihres zweiten Sohnes, der nach Polack Charles genannt wurde; der erste, Nick, 1915 geboren, hatte den Namen von Glorias Vater bekommen.

In diesen ersten Jahren hatte Vandermark sich immer noch mit dem Gefühl herumgeschlagen, Polack und das Schiff im Stich gelassen zu haben. Er hatte den Versuch gemacht, Polack mit Angeboten von Boston wegzulocken, vielleicht nur, um sein eigenes Gewissen zu beruhigen. Aber dann, als der Krieg sich hinzog und hinzog, 1915, 1916, da hatte er gefunden, daß er richtig gehandelt hatte. Im April 1917 war Amerika in den Krieg gegen Deutschland eingetreten. Innerhalb weniger Stunden waren die vielen in den US-Häfen liegenden deutschen Schiffe als Kriegsbeute beschlagnahmt worden, die Besatzungen interniert, auch die CECILIE. Kein halbes Jahr später war das Schiff zum erstenmal wieder ausgelaufen, unter einem anderen Namen natürlich, mit Tarnfarbe bemalt, der Speisesaal zu einem provisorischen Lazarett umgebaut, die Decks von unten bis oben vollgestopft mit amerikanischen Soldaten.

1917, 1918 – Die MOUNT VERNON, wie die ehemalige CECILIE jetzt hieß, fuhr ihre alte Atlantikroute: Truppen nach Westfrankreich, Verwundete zurück. Ihre Abfahrts- und Ankunftszeiten waren geheim, aber Vandermark erfuhr sie über Kontakte im Marine-Ministerium ... Dann hatte er gehört, daß sie Anfang September 1918 einen Torpedotreffer in den vorderen Kesselraum erhalten hatte; sechsunddreißig Tote, zweihundert Seemeilen vor Brest. Niemand hatte Hoffnung gehabt, sie könne einen Hafen erreichen ...

Er erinnerte sich daran, wie er mit Polack darüber gesprochen hatte. Es war seine letzte Begegnung mit ihm gewesen, in New York, vor Polacks Heimreise nach Deutschland nach einer langen Internierungszeit. Doch Polack hatte nicht darüber gesprochen, sondern über die CECILIE, die gerade zurückgekommen war, leck und wund ... Vandermark glaubte Polacks Stimme zu hören, das Lächeln auf seinem Gesicht zu sehen, als er sagte: ›So ist sie nun einmal, gib' ihr nur genug Wasser unter den Kiel, und sie läßt dich nicht im Stich. Sie würde noch auf Krücken über den Atlantik humpeln. Sie war immer ein glückliches Schiff ...‹

Aber sie sollte nie mehr glücklich sein, danach. Sie lag eingemottet fest. Immer wieder hatte es Pläne gegeben: Zwei amerikanische Linien erwogen, sie als Passagierschiff für Kreuzfahrten einzusetzen. Er selbst hatte einmal daran gedacht, sie zu kaufen und als Motorschiff umzubauen, aber der Postvertrag zerschlug sich. Keines der vielen Projekte wurde Wirklichkeit, und mit den Jahren hatte er sie vergessen. Gab es sie überhaupt noch? Nicht einmal diese Frage hatte er sich gestellt, bis er vor wenigen Tagen auf die Notiz gestoßen war, daß Iron & Metal ein Schiff namens STARS AND STRIPES, EX MOUNT

VERNON, EX KRONPRINZESSIN CECILIE gekauft hatte. Schrottwert 178 300 Dollar. Im ersten Moment hatte er sogar so etwas wie Stolz gefühlt, über den hohen Preis ...

Er bemerkte, daß der Wagen seine Geschwindigkeit verminderte. Die Räder schlitterten über ein Anschlußgleis. Schmutzwasser spritzte aus Schlaglöchern hoch. Dann kam der Wagen zum Stehen.

»Näher kann ich nicht heranfahren.«

Er stieg aus, zog den Regenmantel an und nahm den Katalog. Es regnete auch hier, ein nieselnder Schleier, der sich mit dem Dunst der Bay mischte. Man roch die Nähe des Wassers, diese Mischung aus Eisen, ausgelaufenem Öl und Fisch.

»Keinen Schirm?«

»Danke, nein.« Er hatte gesehen, daß es kein weiter Weg war. Sie parkten in der ersten Reihe eines Platzes, der für die Besucher der Auktion abgesperrt worden war; ein paar Privatwagen, viele Lieferwagen, zwei Busse, mit denen die kleinen Bieter hergekommen waren. Einige der Wagen wurden bereits mit Auktionsgut beladen.

»Dort liegt sie!«

Er nickte stumm. Er hatte sich auf einen traurigen Anblick gefaßt gemacht, aber was er jetzt sah, war schlimmer: Die CECILIE war nur noch ein Gespenst ihrer selbst. Über und über verschmutzt, die Seiten und das Heck zerstoßen und verbeult, von Rost zerfressen. Kein Schiff mehr, nur noch ein hilfloses Wrack, so lag sie dort, leicht schräg zur Pier geneigt. Sie wirkte auf ihn wie ein riesiges Meerestier, das man harpuniert und an Land gezogen hatte, um es auszuweiden. Und doch war da ein Rest von Würde, eine mühsam bewahrte Haltung, symbolisiert in den vier gewaltigen Schornsteinen und den drei Masten ...

Er mußte auf der Gangway, die zum Schiff hinüberführte, beiseite treten und warten, weil zwei Männer ein schweres Bronzerelief heraustrugen; er erinnerte sich dunkel, daß die

Figur im Rauchsalon neben dem Kamin in die Wand eingelassen war. An Bord verstärkte sich in ihm das Gefühl, auf einem Geisterschiff zu sein. Alles war ihm fremd.

Er war nicht den roten Pfeilen zum Auktionsraum gefolgt. Er hatte plötzlich den Wunsch gehabt, seine Kabine zu suchen. Seine Schritte auf dem rohen Eisen, wo einst dicke Teppiche lagen, hallten ihm in den Ohren. Holzverkleidungen waren abgerissen, Türen fehlten ... War dies seine Kabine gewesen? Er starrte in einen ausgebrannten, geschwärzten Raum, ein Loch. Er kannte das, Ratten, die auf stillgelegten Schiffen die Gummi-Isolierungen der elektrischen Leitungen hinter den Holzvertäfelungen annagten und so Kurzschlüsse und ausbrechende Feuer verursachten ...

Er irrte umher wie auf einem Schiff, das er nie gekannt hatte, bis er endlich wieder die roten Pfeile fand. Er hörte in der Ferne die Stimme des Auktionators, monoton und durchdringend, nur gelegentlich unterbrochen vom Zuschlag des Hammers. Die Stimme kam aus dem ehemaligen Speisesaal der I. Klasse.

Der Auktionator stand auf dem Podium, wo das Orchester gespielt hatte. Die Stuhlreihen der Bieter waren bereits gelichtet. Beim Eintreten hatte er einen Augenblick gezögert, übermannt von dem Schock der Wiederbegegnung: Die Erinnerung an die vielen glanzvollen Feste, die er hier erlebt hatte, standen in zu krassem Gegensatz zu der schwermütigen Düsternis, die in dem Saal herrschte. Die Männer und Frauen hatten ihre verregneten Mäntel anbehalten, die nassen Hüte. Der Geruch feuchter Kleider lag in der Luft.

Ein Mittelgang teilte die Stuhlreihen. Er ging nach vorne und fand einen Platz am Mittelgang in der dritten Reihe. Der Stuhl war mit grünem Leder gepolstert.

›Nummer zweihundertsieben. Drei Ölbilder, See-Szenen darstellend, signiert J. Ohling, aus dem ehemaligen Damen-Salon. Fünfzehn Dollar sind geboten ...«

Er lauschte auf die Stimme des Auktionators, die Gebote, die Zuschläge. Er nahm die Dinge wahr, die hereingetragen wurden, hochgehalten, zugeschlagen und wieder weggeschafft. Er war ebenso betroffen von der Absolutheit des Vergessens wie von der Genauigkeit mancher Erinnerung. Der Stuhl zum Beispiel, auf dem er saß – er sah genau den Platz vor sich und den Raum, wo er früher stand. Er hatte die Augen halb geschlossen. Es war, als zöge ihn etwas unwiderstehlich zurück in vergangene Zeiten. Der Raum um ihn schien heller zu werden. Abgeschlagene Stukkaturen saßen wieder an ihrem Platz. Er sah eine gedeckte Tafel, er hörte Musik, eine bestimmte Melodie. Er hörte Lachen, er sah die Luftschlangen auf den Tisch hinunterschweben. Und da war ein eigenartiger, frischer Duft. Die Illusion war vollkommen …

»Vermutlich der Patin des Dampfers gewidmet, beschädigt … Siebzig Dollar sind geboten! Bietet niemand mehr? Kein Gebot sonst?«

Er hätte fast den Aufruf der Nummer zweihunderteinundvierzig versäumt. Er hob eilig die Hand.

»Achtzig Dollar.«

Jemand in der ersten Stuhlreihe überbot ihn. Er steigerte weiter. Die Stimme des Auktionators wurde lebhafter.

»Hundertzwanzig Dollar.« Der Hammer zeigte auf ihn, dann wieder auf die erste Reihe. »Hundertvierzig Dollar.«

Er hatte bisher nicht auf den Mitbieter geachtet. Er beugte sich zur Seite und sah, daß es eine Frau war. Sie trug ein moosgrünes Kleid mit schwarzen Tupfen, auf dem Kopf einen Hut mit Schleier. An ihrer Hand, die bietend erhoben war, funkelten Ringe. Auch sie schien sich für den Konkurrenten zu interessieren, denn sie wandte sich um. Das Haar unter dem kleinen schwarzen Hut war schneeweiß, das Gesicht unter dem Schleier alt.

Ein Paar dunkler Augen waren auf ihn gerichtet, ein Ausdruck des Erkennens, der Überraschung – und dann ein Lächeln.

»Bieten Sie noch?« Die Stimme des Auktionators klang ungeduldig. »Der Herr in der dritten Reihe! Bieten Sie noch?«

Vandermark zögerte und winkte dann ab.

»Hundertvierzig Dollar, zum ersten, zweiten und zum ... dritten! Nummer zweihundertzweiundvierzig. Vier Tischlampen, Kerzenform, Messingfuß ...«

Die Frau in der ersten Reihe erhob sich. Sie nahm Geld aus ihrer Handtasche. Er konnte beobachten, wie sie die Scheine flink zählte und einem Mann in brauner Chauffeurs-Uniform überreichte, der neben ihr aufgestanden war. Dann kam sie auf ihn zu. Sie trug hohe Pumps, und die Absätze klapperten auf dem Parkett. An ihren Handgelenken klirrten Goldreifen. Sie nahm den Schleier aus dem Gesicht und breitete die Arme aus. Aber sie sagte nichts. Sie, der nie das passende Wort gefehlt hatte, blieb stumm.

Vandermark hatte befürchtet, daß er das Gesicht einer Greisin vor sich sehen würde, aber das Gegenteil war der Fall. Ohne den Schleier wirkte sie jünger. Die glatte hohe Stirn, die dunklen Augen, es war das Gesicht eines altklugen, eigensinnigen Kindes. Er neigte sich zu ihr hinunter, und sie küßte ihn auf beide Wangen, hielt ihn dabei an den Armen.

»Danke«, sagte sie. »Danke, daß Sie es mir überlassen haben.«

Wie alt mochte sie sein? Er rechnete in Gedanken. Neunundachtzig? War sie etwas kleiner geworden? Etwas schmaler? Ihre Haltung war kerzengerade, ihre Augen hatten denselben Glanz, dieselbe Lebhaftigkeit wie früher. Vandermark fand keine Worte.

»Natürlich hätte ich es noch lieber für siebzig Dollar gehabt«, sagte sie.

»Sie haben es immer noch sehr billig bekommen.«

»Sagen Sie es nicht zu laut!« Sie senkte die Stimme. »Zum Glück hat hier niemand eine Ahnung vom wahren Wert. Kommen Sie. Man kann nie sicher sein, daß sie die Sachen richtig einpacken. Ich möchte keine Scherben nach Hause bringen.«

»Temperence Butler ...«, sagte er, »Temperence C. Butler, ich kann es kaum glauben! Und Sie haben den Weg von Boston hierher gemacht, um das Geschirr zu ersteigern?«

»Dieses Service gibt es nur ein einziges Mal auf der Welt! Es ist eine Rarität. Und ich komme sogar noch von weiter her, aus Bar Harbor nämlich. In Boston hätte ich wahrscheinlich nie etwas von der Auktion erfahren. Aber im Bar-Harbor-Blättchen stand es! Man hängt dort immer noch an der ›Cecilie‹.«

Er konnte nicht anders, er mußte sie anstarren. »Wie alt sind Sie, Temperence?«

»Aber Fred, fragt man so etwas?«

»Sie scheinen ...«

»Nicht sehr gebrechlich, meinen Sie? Jemand, der lange leben will, kann sich Krankheiten nicht leisten.« Sie nahm seinen Arm. »Trotzdem lasse ich mich gern von Ihnen stützen.«

Die Ausgabe befand sich in der ehemaligen Main Lounge. Der Chauffeur stand am Tisch und überwachte das Einpacken. »Schau ihnen auf die Finger, Jenkins«, sagte sie.

»Jenkins?« fragte Vandermark. »Jenkins, war das nicht ...«

Sie lächelte. »Ein paar Jahre sind doch vergangen. Es ist der Sohn. Alt bin ich selber. Ich habe lieber junge Leute um mich. Es reicht schon, wenn man zusehen muß, wie einem alle Freunde nach und nach wegsterben, aber auch noch das Personal, nein ...«

»Sie haben sich nicht geändert, meine Liebe.«

»Sollte ich? Irgendwann werde ich mich ändern. Vielleicht im nächsten Leben. In diesem ist es zu spät, finden Sie nicht auch?«

»Vermutlich. Und Sie kommen aus Bar Harbor? ... Wie geht es Anne?«

»Immer noch der höfliche, korrekte Fred Vandermark, der weiß, was sich gehört. Das gefiel mir schon damals an Ihnen. Ja, Anne geht es gut. Sie wußten, daß sie damals Alec Butler geheiratet hat, noch im gleichen Jahr? Inzwischen hat sie ihren dritten Mann. Ihre beiden ersten Ehen waren nicht besonders glücklich, aber jetzt scheint sie den Richtigen gefunden zu haben. Ich sehe sie selten während des Jahres. Sie leben in Chicago. Aber im Sommer kommen sie nach Bar Harbor in mein Haus.«

»Sie haben das Haus noch?« Was hatte es für einen Wert, diese Fragen zu stellen? Anne? Edith Connors? Er wußte doch schon im voraus, daß er sich damit Schmerzen zufügte, und ihr auch.

»Ach ja, vieles hat sich verändert in Bar Harbor, aber nicht alles, nicht mein Haus ... Ja, Jenkins? Ist es wirklich gut verpackt? Gehen Sie lieber zweimal. Und warten Sie dann beim Wagen auf mich. Keine Sorge, Mister Vandermark wird dafür sorgen, daß ich heil vom Schiff herunterkomme.«

»Sie sind noch jeden Sommer in Bar Harbor?« fragte er.

»Das gäbe eine schöne Revolution in der Familie, ein Sommer ohne Bar Harbor. Das Gelbe Haus ist bis unters Dach voll mit Enkeln und Urenkeln. Ich dachte immer, wenn meine Kinder mal aus dem Haus sind, wird es ruhiger, aber dann kamen die Enkel, die Urenkel – und mein erster Ururenkel ist bereits unterwegs ...«

Hinter den Flügeltüren ging das Aufrufen und Bieten weiter.

»Keine Reisen nach Europa mehr?«

»Nein. Ich hab' es nach dem Krieg noch ein-, zweimal versucht. Aber es war nicht mehr dasselbe. Gefallen Ihnen die neuen Schiffe? Ich finde sie schrecklich. Die Schiffe und die Kapitäne! ... Sagen Sie«, ihre Augen wanderten mit einem Ausdruck des Widerwillens durch den häßlichen Raum. »Was ist aus Charly Polack geworden?« Sie machte eine Geste: »Weiß er davon?«

»O nein, nein ...«, Vandermark zögerte, und doch trieb ihn etwas, die Frage zu stellen. »Wann haben Sie ihn das letztemal gesehen?«

»Charly? In Boston, nach dieser schrecklichen Sache ... Ich glaube, er hat sich in Boston nie wohlgefühlt, die ganzen Jahre nicht. Ich versuchte alles, was in meinen Kräften stand, aber sein Herz hing immer noch an Bar Harbor. Irgendwie hat er bereut, Frenchmans Bay verlassen zu haben. Er verkroch sich auf seinem Schiff, kapselte sich richtig ab, war kaum noch zu bewegen, eine Einladung anzunehmen. Und dann natürlich war die Stimmung umgeschlagen seit der Versenkung der ›Lusitania‹, jetzt waren sie die ›bösen Deutschen‹ ... Aber das schlimmste für ihn war, als sie 1917 die ›Cecilie‹ beschlagnahmten. Sie marschierten mit über hundert Polizisten auf, trieben die Mannschaft im Speisesaal zusammen ... Sie mußten das Schiff innerhalb von Stunden verlassen, saßen dann in den Auswanderungshallen. Es dauerte Wochen, bis sie anständige Quartiere bekamen. Kein Ort wollte sie haben, die ›bösen Deutschen‹ ...«

»Er hat mit keinem Wort davon gesprochen«, sagte Vandermark, »als ich ihn das letztemal sah, bevor er nach Deutschland zurückkehrte. Haben Sie noch Kontakt mit ihm gehalten?«

»Nein. Er hatte mir versprochen zu schreiben, sobald er wieder ein Schiff hätte ...«

»Er hat kein Schiff mehr bekommen. Nach dem Krieg gab es keine. Und als es wieder Schiffe gab, war er zu alt.«

»Was verschweigen Sie mir, Fred?«

»Polack lebt nicht mehr.«

»Charly? Wenn er kein Schiff mehr bekommen hat ... wie ist es dann passiert? Sagen Sie nicht, er ist im Bett gestorben.«

»Wie kommen Sie darauf?«

»Ich könnte es mir einfach nicht vorstellen ... Charly Polack, der an irgendeiner gewöhnlichen Krankheit stirbt, das paßt nicht zu ihm ... Charly ... Wann ist es passiert?«

»Vor ... es sind jetzt schon wieder fünf Jahre her.«

»Dann war er ... fünfundsiebzig. Stimmt das?« Sie ließ den Schleier ihres Hutes herunter.

»Sie wissen, daß Polack alle Ersten Offiziere, die er ausgebildet hatte, seine Söhne nannte? Er war sehr stolz auf sie. Einer davon wurde später der Kapitän der ›Bremen‹, dem ersten großen Neubau von Lloyd nach dem Krieg; sie holte 1929 das ›Blaue Band‹.«

»Hat das mit seinem Tod zu tun?«

Vandermark nickte. Er hielt es plötzlich nicht mehr aus hier. Er nahm ihren Arm und führte sie aus der Lounge nach draußen. »Der Kapitän der ›Bremen‹ hieß Ziegenbein«, fuhr er dann fort, »und wann immer er mit seinem Schiff in Bremerhaven festmachte, besuchte Polack ihn an Bord. Wissen Sie, er war eine bekannte Erscheinung, der ehemalige Käpt'n der ›Cecilie‹, der seine ›Söhne‹ aufsuchte ... Charly war immer noch der alte. Es wurde kräftig gefeiert bei diesen Anlässen. Es war im November 1934, der 16. November, die ›Bremen‹ lag am Columbus-Kai, sollte am nächsten Tag auslaufen ... Es gab die übliche Abschiedstrinkerei. Polack ging um Mitternacht von Bord. Der Mann, der ihn zuletzt sah, war der Quartiermeister, der am Fallreep Wache hatte. Die Kais im Schleusengebiet sind sehr schmal ... Ja, er ist ins Wasser gestürzt und ertrunken.«

Jenkins, der Chauffeur, hatte auf Temperence C. Butler an der Pier gewartet. Er spannte den Schirm auf und hielt ihn über sie.

»Mein Gott«, sagte sie, »vierzig Jahre ist er zur See gefahren, und dann das.«

»Sie fanden seine Leiche erst drei Monate später, so lange hat das Wasser ihn nicht hergegeben.«

»Und er ist nie mehr gefahren, sagen Sie ... später, nach dem Krieg?«

»Nein. Er war alles mögliche, sogar Kurdirektor in einem Nordseebad, aber gefahren ist er nicht mehr. Vielleicht wollte er auch nicht mehr, nach der ›Cecilie‹ ...«

Sie ging mit kleinen Schritten, wich sorgfältig den großen Pfützen aus.

Es regnete stärker als vorher, und sie hatte es eilig, zu ihrem Wagen zu kommen. Es war ein schwarzer Rolls-Royce, und Vandermark lag eine Bemerkung auf der Zunge über ihren Sinneswandel, aber sie kam ihm zuvor: »Sagen Sie jetzt immer noch, daß ich mich nicht geändert habe? Eine ganze Zeit aufhalten – das kann nicht einmal ich. Aber in Bar Harbor habe ich immer noch zwei Pferde und eine alte ›Victoria‹.«

Jenkins hielt ihr den Schlag auf.

»Jetzt haben Sie gar nichts ersteigert«, sagte sie zu Vandermark. »Deswegen sind Sie doch hergekommen.«

»Nein, nicht deswegen ... Es hat mich gefreut, Sie zu sehen.«

Sie lächelte. »Wenn Sie so etwas sagen, glaubt man, Sie meinen es wirklich. Warum kommen Sie nicht mal nach Bar Harbor?« Sie stieg in den Fond des Wagens, drehte das Fenster herunter. »Ich habe eine Ewigkeit nicht mehr vierhändig gespielt.«

»Vielleicht ...« Sie hatte ihn bisher nicht nach Gloria gefragt, nach seiner Ehe, nach seinen Kindern. War es Absicht, oder war sie über das Wesentliche unterrichtet?

Sie streckte ihm die Hand hin. »Sie haben wahrscheinlich recht, vorbei ist vorbei. Aber wissen Sie, was mich ärgert? Ich hätte rechtzeitig L-&-V-Aktien kaufen sollen! Ich hätte wissen müssen, daß sie steigen. Adieu, Fred ...«

Er küßte ihr die Hand. Sie lächelte unter dem Schleier. »Immer noch europäische Relikte?«

Sie drehte die Scheibe hoch. Der Wagen stieß zurück, fuhr an. Ihr Kopf erschien hinter der Scheibe, ihre winkende Hand, und obwohl es unmöglich war, glaubte er das Klirren ihrer Armreifen zu hören.

Er drehte sich um und blickte zurück zur CECILIE. Es war gut, daß Polack sie nicht mehr so sehen konnte.

Er bemerkte erst jetzt, daß er den Auktionskatalog auf dem Schiff zurückgelassen hatte. Irgendwie fühlte er sich erleichtert, daß er nichts ersteigert hatte.

Ganz in seiner Nähe stand ein Mann, der, wie er, zum Schiff hinüberblickte. Der leichte Gabardinemantel war an den Schultern dunkel vor Nässe.

»War mal ein schönes Schiff ... eine richtige Schönheit war sie!«

Der Mann hatte es gesagt, ohne den Kopf zu wenden. Er sprach ohne ausländischen Akzent, nur in seiner Erscheinung war etwas, das nicht amerikanisch war, der Gabardinemantel vielleicht, die Schuhe aus hellem Wildleder. Er hielt etwas in den Händen, einen kleinen Gegenstand.

»Haben Sie etwas ersteigert?« fragte Vandermark.

Der Mann öffnete die Hand und streckte sie ihm hin. »Nur das da.« In der Handfläche lag ein Flaschenöffner. Am Griff war eine blaue Eingravierung: *Wiener Café*.

Der Mann lächelte. »Ich war mal Steward auf der ›Cecilie‹, so hieß sie früher, ›Kronprinzessin Cecilie‹, und das Wiener Café war mein Revier.« Er blickte Vandermark ins Gesicht. »Sagen Sie, kennen wir uns?«

Vandermark schüttelte den Kopf, obwohl eine vage Erinnerung sich in ihm regte.

»Entschuldigen Sie, ich dachte nur ...« Die Hand schloß sich wieder um den Flaschenöffner.

Vandermark warf einen letzten Blick auf die CECILIE. Er suchte die Brücke. Wie das ganze Schiff war sie über und über mit Rost bedeckt, ein Metallskelett. Aber er sah etwas anderes: Eine spiegelnde Fensterfront, und dahinter den Schatten einer hünenhaften Gestalt ...

Der Mann neben ihm sagte: »Kann niemand verstehen ... niemand, der nicht auf ihr gefahren ist.«